KB159040

In ewiger
Freundschaft 1

영원한
우정으로

In ewiger
Freundschaft 1

영원한
우정으로

넬레 노이하우스 지음

전은경 옮김

북로드

이 책은 소설이다. 많은 소설에서 등장인물과 비슷한 사람들이 현실세계에도 있고 거기서 한두 가지 생물학적 세부사항을 빌리는 것과 마찬가지로 이 책 또한 그렇다. 등장인물이나 그들의 특성과 행위, 거기서 벌어지는 사건과 상황은 허구이며 내가 자유롭게 창작했다. 살아 있거나 이미 사망한 사람들과의 유사성은 전적으로 우연이며 내가 의도한 바가 아니다.

특별한 편집자 마리온에게,

탁월한 협업에 감사하며

등장인물

호프하임 경찰서 강력11반(K11반)

올리버 폰 보덴슈타인: 고참 경위, 강력11 수사반 반장
피아 산더: 예전 성(전배우자의 성)은 키르히호프, 경위, 강력11 소속 경위
니콜라 엥겔 박사: 호프하임 경찰서 과장
카이 오스터만: 강력11 소속 경위
카트린 파힝거: 강력11 소속 경장
쳄 알투나이: 강력11 소속 경위
타리크 오마리: 강력11 소속 경장
크리스티안 크뢰거: 경위, 감식반장

혜닝 키르히호프 박사: 교수, 프랑크푸르트 법의학연구소장
프레데릭 레머 박사: 법의학자
로니 뵈메: 부검 보조

그 외 등장인물(성의 알파벳 순서대로)

그레타 알브레히트: 보덴슈타인의 의붓딸

카롤리네 알브레히트: 보덴슈타인의 배우자

발데마르 배어: 빈터샤이트 출판사 관리인

코지마 폰 보덴슈타인: 보덴슈타인의 전배우자

마리 루이제 폰 보덴슈타인: 보덴슈타인의 제수

크벤틴 폰 보덴슈타인: 보덴슈타인의 남동생

소피아 폰 보덴슈타인: 보덴슈타인의 막내딸

율리아 브레모라: 빈터샤이트 출판사의 헤닝 키르히호프 담당 편집자

안야 델라무라: 빈터샤이트 출판사 아트디렉터

파울라 돔스키: 문화 부문 저널리스트, 알렉산더 로트의 배우자

헬무트 엥글리슈: 수상 경력이 있는 작가

슈테판 핑크: 도로테아 빈터샤이트-핑크의 배우자, 핑크 인쇄소 소유주

마리아 하우실트: 헤닝 키르히호프의 문학 에이전트

요제핀 린트너: 마인-타우누스 센터 소재 서점 '책들의 집' 소유주

요제프 모스브루거: 제베린 벨텐의 문학 에이전트

알렉산더 로트: 빈터샤이트 출판사 문학부 기획부장

제베린 벨텐: 베스트셀러 작가

하이케 베르시: 빈터샤이트 출판사 전직 기획부장, 제베린 벨텐 담당 편집자

카를 빈터샤이트: 빈터샤이트 출판사 발행인

도로테아 빈터샤이트-핑크: 카를의 사촌누나이자 빈터샤이트 출판사 영업부장

헨리 빈터샤이트: 도로테아의 아버지, 빈터샤이트 출판사의 전직 발행인

마가레테 빈터샤이트: 헨리 빈터샤이트의 배우자, 도로테아의 어머니

차례

2권

누아르무티에섬, 1983년 7월 18일

아, 세상에. 난 사랑에 빠졌다! 매력적인 이 섬에! 욘이 이야
기해준 것과 정말 똑같다……. 완전히 마법 같다! 처음에는 미
처 몰랐던 소박한 아름다움, 엿새째 구름 한 점 없이 새파랗게
끝없이 펼쳐진 하늘 아래 놓인 편평한 땅. 이 빛만 하더라도 어
떻게 묘사할 방법이 없다. 누아르무티에섬이 '빛의 섬'이라고
불리는 데는 다 이유가 있다. 나는 연파랑 유리창 덧문과 오렌
지색 지붕을 이고 있는 하얀색 집들, '너와 나'라든가 '바다 별',
'사랑의 둥지'나 '반딧불이'라는 매력적인 이름을 지닌 이 집들
과 당아욱이 활짝 핀 좁은 골목과 한낮의 열기 속에서 풍겨오
는 매혹적인 소나무 향기를 사랑한다. 그리고 바다도! 이상하
게 들릴지도 모르지만 이 섬은 내가 다른 생에서 이미 와본 적
이 있는 곳처럼 마음속 깊이 와 닿는다. 여기 영원히 머문다면
얼마나 좋을까. 나는 반짝이는 바닷물 수조가 있는 염전을 사랑
한다. 세상 어디서나 살 수 있는 플뢰르 드 셀(Fleur de Sel, '소금
꽃'이란 뜻으로, 프랑스 해안가에서 전통 수작업으로 생산되는 소금을 말
함—옮긴이)을 여기서 생산한다.

이 집은 정말 엄청나다! 방 열두 개와 테라스 세 개가 있고 위층에서는 모래언덕과 하얀 백사장이 내다보인다! 이 부지에는 작은 집이 한 채 더 있는데, 거기에는 이 집의 모든 일을 돌보는 가정부 피네트와 그녀의 남편이 산다. 완벽하게 꿈같은 일이지만 이런 특권을 누리는 버릇없는 패거리는 이 모든 걸 전혀 고마워하지 않는다! 그들에게는 너무나 당연한 일인 모양이다. 그들이 얼마나 많은 곳을 여행했는지 듣기만 해도 정말! 바하마제도, 질트섬, 캘리포니아, 마요르카, 포르투갈! 나는 이번에 생전 처음 바닷가에 왔다! 하지만 아무에게도 말하지 않는다. 그들이 알 필요는 없으니까.

오늘 괴츠와 슈테판, 미아와 나는 시트로엥 메하리를 타고 이 섬에서 유일하게 숲이 있는 부아 드 라 셰즈로 갔다. 그곳 해변에는 19세기에 지어진 하얀 오두막 탈의실이 늘어서 있다. 나는 차양이 넓은 모자를 쓰고 후프스커트를 입은 귀부인들이 예전에 거기서 옷을 갈아입던 모습을 상상해봤다. 벨 에포크 시대에 지어진 아름다운 전원주택들이 바위가 많은 자그마한 만 뒤편에 숨어 있고, 길쭉한 판자 다리 위에는 낚시꾼들이 낚싯대를 바다에 드리우고 끈기 있게 서 있었다. 그 후 누아르무티에섬 중심지에 있는 시장에도 들렀는데, 나는 늦어도 그때는 우리가 정말 낙원에 있다는 사실을 깨달았다. 하지만 모든 낙원이 그렇듯이 이곳에도 뱀은 빠지지 않는다. 이들 모두가 얼마나 소름 끼치게 이기적인 행동을 하는지 알았더라면 욘이랑 함께 나중에 왔을 텐데. 내가 괴츠에게 경솔한 약속을 했다는 게 날이 갈수록 더 확실해진다. 미아가 제 역할을 잘해낸다 해도 모두들 이 연극을 눈치챌 것이다! 나는 괴츠가 왜 하이케와 알렉스, 요지와 미아를 초대했는지 도무지 이해할 수 없다. 아마 그의 부모님 때문이기도 한 것 같다. 다들 네댓 번이나 이곳에서 함께 여름을 보냈고 이런 상황은 이제 일종의 전통이 됐다. 어쩌면 괴츠는 그들에게 힘을 행사하기 좋아하고, 본인은 부정하지만 그들에게 명령을 내리며 괴롭히는 걸 남몰래 즐기는지도 모른다. 그들이 괴츠에게 아부하고, 그에게 그저 잘 보이기 위해 서로 이겨먹으려는 모습을 봐주는 게 쉽지 않다. 괴츠에게는 이 모든 게 그냥 장난일지 몰라도, 나는 그의 농담을 그들이 얼마나 진지하게 받아들이는지 그가 알려고 하지 않는 게 위험하다고 생각한다. 진짜 기이한 패거리다. 나는 그들이 이제 더는 존재하지 않는 뭔가를 온 힘을 다해 붙잡고 있다는 인상을 점점 더 강하게 받는다. 이제 사흘만 지나면 욘이 온다!!! 얼른 시간이 지나기를 손꼽아 기다린다…….

추신: 오늘은 우리가 시장에서 사 온 싱싱한 굴을 먹었다. 멍청한 뱀들이 있긴 하지만, 이 여름이 끝나지 않았으면 좋겠다.

여자는 남자의 경력, 아니 삶 전체를 파괴한 열흘 전부터 남자의 이메일에 답장을 보내지 않았고 전화도 받지 않았다. 바깥에서 기자와 텔레비전 팀과 실망한 팬들이 그가 문밖으로 머리를 내밀기만 하면 달려들려고 노리는 동안, 남자는 분노의 폭풍을 피해 쥐구멍에 숨은 쥐처럼 집 안에 틀어박혀 있었다. 그가 큰 실수를 하기는 했다. 그랬다, 사기를 쳤다. 하지만 그 사기를 치도록 내몰고 강요한 사람은 '그 여자'였다. 그는 그러면 안 된다는 걸 알면서도 일단은 허영심 때문에, 그리고 돈이 필요하기도 했으므로 이 강요에 굴복했다. 여자는 아무도 눈치채지 못할 거라며—이미 오래전에 사망한 칠레 작가의 하찮은 얇은 책에 누가 관심이 있겠어요?—그를 안심시켰다. 하지만 여자는 예고도 없이 그를, 자기가 발견한 가장 성공적인 작가이자 스스로 표현했듯이 자신의 '창조물'인 그를 대중에게 던져버린 후에 계속 외면했다. 남자의 불안과 자기연민은 점차 짜증과 분노로, 그러다가 결국은 평생 느껴보지 못한 증오로 바뀌었다. 그는 망했다. 명성이 더럽혀졌다. 그는 여자가 왜 자기를 배신했는지 전혀 이해할 수 없었다. 지난밤에 남자는 여자에게 따져야겠다고 결심했다. 예전 같으면 그는 사람들이 자기를 알아보고 흥분해서 킥킥거리며 고개를 쭉 빼고 보는 걸 모르는 척하며 즐기느라 전철을 탔을 것이다. 인터뷰에서는 겸손을 가장하여 이런 관심이 불편하다고 말하긴 했지만 사실은 여자들이 눈을 반짝이며 자기에게 감탄하거나 수줍게 미소를 지으며 함께 사진을 찍자거나 사인을 청하는 일에 거의 중독되어 있었다. 그러나 사기극이 탄로 난 지금 상황에서는 이런 만남을 피하는 게 분명 현명할 터였다. 기자와 팬들이 기다림에 지쳐 부주의한 틈에 남자는 살그머니 건물에서 나와 차에 오를 수 있었다. 30분 후에 붉은 페인트를 칠한 철제 대문 앞에 서서 우편함 옆에 붙은 낡은 초인종 명패에서 여자의 이름을 발견하자 손바닥이 축축해졌다. 며칠 전부터 마음속으로 몇 번이나 했던 대화를 이제 바로 나누어야 한다고 생각하니 용기가 사그라졌다. 집은 장미와 철쭉 덤불 뒤쪽에 숨은 채 보기 흉한 세쿼이아 몇 그루에 에워싸여 있었다. 도로로 향한 앞쪽에는 현대식 플라스틱 문이 달린 이중 차고가 있었지만 집 자체는 1930년대에 지어진 듯했다. 빛바랜 붉은색 덧문이 달린 하얀 격자창, 2층 가운데 창문 위쪽의 사랑스러운 발코니와 다락방의 아치형 창문 두 개. 사실 매력적인 집이었지만 손질이 잘된 주변 집들에 비해 별로였고, 집주인 여자와 마찬가지로 어딘지 모르게 남루해 보였다. 남자는 얼마 전까지만 해도 여자를 대도시 사람이라고 간주했었다. 이따금 밤늦게까지 통화할 때면 그는 이미 여러 번 손님으로 가본 적이 있는, 프랑크푸르트 그뤼네부르크 공원 옆의 우아한 19세기 중반의 호화 주택에 거주하는 그녀를 상상하곤 했다. 12년 동안 아주 가까이에서 함께 일한 사람에 대해 아는 게 거의 없다는 사실은 어딘지 모르게 기이했다. 12년 동안 그는 여자의 집에 한 번도 가본 적이 없었다. 그는 여자와 여자의 삶에 대해 아는 게 하나도 없었지만 여자는 그의 불안과 판타지, 그가 좋아하는 것이나 단점 등 그의 모든 것을 알고 있었다. 여자는 서른 군데가 넘는 출판사에서 거부당한 남자의 첫 원고의 가치를 알아본 사람이었고, 그를 발견해내어 빈터샤이트의 작가로 만들었다. 극소수의 최고 작가들만 누리는 명예였고, 그의 결혼생활이 깨진 이후에 여자는 그의 삶에서 내내 가장 중요한 사람이 됐다. 두 사람은 소설 속 등장인물들에 대해 마치 이들이 실존 인물이기라도 한 것처럼 자주 토론했다. 둘은 남자의 원고를, 각각의 문장과 표현을 둘 다 만족할 때까지 함께 다듬었다. 여자는 그가 글쓰기에 진전이 없어 몇 번이고 포기해버리려고 할 때 응원하고 용기를 주었다. 12년도 더 전에 그에게 전화를 걸어, 그의 데뷔 소설인 《깃털처럼 부드러운》이 순식간에 베스트셀러 목록에 오를 거라는 놀라운 소식을 전한 사람도 그녀였다. 그는 《깃털처럼 부드러운》을 집필한, 물 얼룩과 불에 탄 구멍이 가득한 식탁이 놓인 작은 부엌에 앉아 있던 장면을 마치 어제 일처럼 기억할 수 있었다. 그때 어리둥절하면서도 이루 말할 수 없이 행복한 심정이었다.

그에게 판매부수보다 훨씬 더 중요한 것은 자신의 책이 드디어 인정받았다는 사실이었다. 그 후 몇 년 동안 여자는 놀라운 소식을 많이 전해줬지만, 그는 이 전화를 절대 잊지 못할 터였다. 베스트셀러 목록 1위. 독일도서상. 뷔히너상. 영화화 선택권. 24개국에 저작권 판매. 신문 문예란의 열광적인 비평. 남자는 처음에는 작은 서점에서, 나중에는 아주 큰 홀에서 수많은 낭독회를 열었다. 인터뷰와 토크쇼. 프랑크푸르트 도서전에서는 실물보다 큰 그의 초상 사진 포스터가 출판사 부스를 장식했다. 남자는 독일 문학계의 스타로 떠올랐다. 10년 동안 편하고 가볍게 일곱 권을 썼으니 앞으로도 계속 이렇게 될 거라고 믿었다. 그러나《강의 왼편》이후로 모든 게 끝나버렸다. 갑자기 그의 머릿속과 영혼은 완벽하게 텅 비었다. 몇 달 동안 점점 더 심하게 절망하며 하얀 모니터에서 깜박이는 커서를 노려보다가 열 번에서 열댓 번 정도 서툴게 시작해봤지만 결국은 자기 내부에 이야기할 게 더는 존재하지 않는다는 사실을 스스로 인정해야 했다. 뭘 써야 할지 전혀 아이디어가 없었다.

처음에는 모두 참아줬다. 진지한 작가가 컨베이어벨트에서 작품을 생산하는 경우란 없으니 아무도 그에게 강요하지 않았다. 발행인은 예전과 마찬가지로 남자의 생일과 크리스마스에 샴페인을 보냈고 겨울에 자신의 빌라에서 열리는 전설적인 이브닝파티에 그를 계속 초대했으며 유익한 낭독 여행을 가능하게 해주었다. 하지만 남자는 밤에 잠을 이룰 수 없었다. 작가로서의 삶이라는 꿈은 환상처럼 느껴졌고, 통장이 무서울 정도로 비어가고 베스트셀러가 구간 도서목록으로 옮겨지는 모습을 보자―얼마 전에는 경악스럽게도 슈퍼마켓 할인 품목 판매대에서《깃털처럼 부드러운》과《동전의 앞면 또는 뒷면》을 발견했다―이제 곧 밥벌이를 찾아야 한다는 걸 확실하게 깨달았다.

그 상상만 해도 공황상태에 빠질 지경이었다. 이게 웬 참패인
가! 이게 무슨 몰락인가!

하지만 붉은색 덧문과 정원에 세쿼이아가 있는 집에 사는 여
자 덕분에 상황은 그 정도로 악화되지 않았다. 여자가 그의 딜
레마를 해결할 방법을 알고 있었기 때문이다. 여자는 이미 오래
전에 사람들의 기억에서 사라진 단편소설 한 편을 찾아냈고, 남
자는 그것을 가지고《외다리 두루미》를 썼다. 처음에는 마음이
편하지 않았지만 얼마 지나지 않아 그는 자신의 소설이 다른 작
가의 작품에서 영감을 받긴 했지만 본인만의 독특한 문체를 담
고 있다는 걸 깨달았다. 이 소설은 3월에 라이프치히 도서전에
맞추어 출간됐고 순식간에 베스트셀러 목록 1위에 올랐다. 평
론가와 독자들 모두 이 작품을 사랑했다. 선인세 잔금이 들어오
자 공황발작도 멈추었다. 그는 숨 돌릴 틈을 찾았고, 독일 문학
계에서 인기작가로서의 삶은 이삼 년쯤 더 확보된 듯했다. 출판
사는 만족했고 에이전트도 행복했으며, 도서 판매업자와 비평
가와 독자들은 기뻐했다. 그러다가 마른하늘에서…… 날벼락
이 떨어졌다!

위층 창문 안쪽에서 움직임이 보였다. 그러니까 그가 존경하
던, 아니 사랑했으나 이제는 온 마음으로 증오하는 그 여자는
집에 있었다. 남자는 심호흡을 하고 용기를 모두 그러모아 초인
종을 눌렀다. 아무 반응도 없었다. 철쭉 덤불에서 지빠귀 두 마
리가 싸우고 있었다. 아래쪽 대로에서 이따금 자동차가 지나갔
다. 주변 정원들에서 목소리가 넘어오고 웃음소리도 밀려왔으
며 어딘가에서 누군가 고기도 굽고 있었다. 도로 건너편에서 한

남자가 개를 데리고 산책하며 지나갔지만 그 남자는 그에게 신경 쓰지 않았다.

그는 망설이며 울타리 앞에 서서 그만둘까 하는 생각을 잠깐 했다. 하지만 안 되지! 지금 그냥 겁을 집어먹고 빈손으로 돌아갈 수는 없었다. 그의 실존과 명성과 신빙성에 관한 문제가 아닌가! 여자 때문에 그의 삶은 잿더미에 묻혔다. 남자는 여자가 왜 사전 경고도 없이 그를 표절자라고 폭로하여 둘이 함께 이룬 모든 것을 파괴했는지 그녀에게서 직접 듣고 싶었다. 남자는 거리에서는 보이지 않는 위치에서 무릎을 덜덜 떨며 울타리를 넘어가, 이끼 낀 잔디밭을 단호하게 걸어 현관으로 향했다.

1일째

2018년 9월 6일 목요일

"우리, 10분 후에 출발해야 해." 강력반 경위 올리버 폰 보덴슈타인은 빵이 든 아침 도시락을 딸에게 건네고 도마를 개수대에 넣었다.

"위에서 미술 시간에 필요한 그림을 얼른 가지고 와야 해요." 소피아가 말했다. "빵에 뭐 넣었어요?"

"파스트라미와 닭가슴살." 도시락 준비를 아버지와 딸 사이의 확고한 아침 의식 중 하나로 만든 보덴슈타인이 대답했다. 소피아는 원래 엄마가 필름 제작 여행을 하지 않을 때면 엄마와 함께 살면서 2주에 한 번씩 주말에만 그에게 와서 지냈다. 하지만 전배우자 코지마가 병이 나서 언제 퇴원할지 알 수 없게 되자 딸은 이제 그에게로 옮겨 왔다.

"버터랑 고기는 건강에 너무나 안 좋고 기후에도 해를 끼쳐요." 지저분한 잠옷 차림으로 식탁에 쭈그리고 앉아 스마트폰을 노려보며 콘플레이크를 퍼먹고 있던 보덴슈타인의 의붓딸 그레타가 끼어들었다. "또 그것 때문에 암에 걸리기도 한다고요. 암은 흡연 때문에만 걸리는 게 아니에요."

소피아는 그레타의 이 말에 얼굴이 창백해져서 불안한 눈길로 아버지를 쳐다봤다.

"어머나, 실수로 '암'이라는 단어를 말해버렸네!" 그레타는 손으로 입을 가린 채 인상을 찌푸리며 웃었지만 눈은 음흉함으로 번쩍였다. "정말 미안해."

"소피아, 그림을 가지고 오렴." 보덴슈타인은 맥박이 빨라지는 걸 느꼈다. 그는 카롤리네의 열여덟 살짜리 딸이 일으키는 지속적인 도발에 예민하게 반응하는 습관을 버렸다. 언제나 자기 친딸을 편들고 온갖 뻔뻔함과 잘못된 행동을 옹호할 핑계를 찾아내는 아이 엄마와 어쩔 수 없이 싸우게 되는 결과를 낳았기 때문이다. 그레타는 이 사실을 정확하게 알고 시시때때로 악용했다. 아이는 첫날부터 보덴슈타인에게 거부감과 질투를 전혀 숨기지 않았다. 자기 엄마의 삶에서 그를 몰아내려고 갖은 시도를 벌였다. 그중에는 보덴슈타인에게 충격을 준 교활한 행동도 있었다. 그레타가 신문 잉크 냄새 때문에 숨을 쉬지 못하겠다고 우겼으므로 그는 이제 아침 식탁에서 신문을 읽을 수 없었다. 클래식 음악도 할머니를 떠오르게 한다며 비명을 질러댔기에 그것 역시 금지 목록에 올랐다. 열아홉 살이 다 되어가는 그레타는 소피아가 함께 살게 된 뒤로 악몽을 꾸기 때문에 엄마 침대 옆에 매트리스를 깔고 자겠다는 고집을 부렸다. 아이가 기숙학교에서 지낸 몇 달을 제외하고는 5년 동안 상황이 나아지기는커녕 점점 나빠졌고, 가족은 언제나 살얼음판 위를 걷는 것처럼 생활했다.

"나도 모르게 나온 말이에요." 그레타는 보덴슈타인에게 느긋하게 히죽 웃어 보이고 기름기 가득한 머리카락을 목덜미에서 빙빙 틀어 매듭져 묶었다.

"그래, 당연히 실수였겠지." 그는 비웃듯 대꾸하고는 사용한 그릇을 식기세척기에 넣었다. 이런 싸움이 정말 싫었다. 이 어린 아가씨에게 자기 의견을 밝히면 부부관계가 위태로워지게 마련이었다. 이런 상황이 혐오스러웠다. 그러나 코지마가 중병에 걸려 소피아에게 다른 어느 때보다도 안전과 조화가 절실하게 요구되는 지금 이때 열두 살짜리 딸에게 평화로운 가정생활을 제공할 수 없다는 게 가장 많이 마음에 걸렸다.

"사실이잖아요!" 그레타가 목소리를 높였다. "아저씨 전부인이 암에 걸렸다는 이유만으로 내가 여기서 이제 더는 사실을 말할 수 없나요? 그런 거예요?"

보덴슈타인은 속으로 열을 세었다.

"아이고, 대답 좀 하시겠어요?"

소피아가 일주일 동안 그린 수채화를 손에 들고 부엌으로 돌아왔다. 아이는 그 그림을 무척 자랑스러워했다. 소피아는 숱이 많고 짙은 색 머리카락은 아버지에게서, 초록 눈동자와 우아한 몸매는 엄마에게서 물려받았다. 지난 몇 년 동안 폭식하여 체중이 심하게 늘어난 그레타는 의붓자매의 몸매를 무척 부러워했다.

"그게 뭐야?" 그레타가 경멸하듯 웃음을 터뜨렸다. "유치원 아이들도 그것보다는 잘 그리겠다."

"물론 그렇겠지. 언니는 유치원 아이들을 아주 많이 겪어봤잖아." 보덴슈타인이 미처 뭐라고 하기도 전에 소피아가 가시 돋친 말을 돌려줬다. "어린이집에서 며칠이나 일했더라? 하루?

아니, 이틀씩이나 했던가?"

"주둥이 닥쳐, 이 멍청한 계집애야!" 그레타는 얼굴이 새빨개졌다.

좋지 않은 품행과 성적 때문에 그레타는 이런저런 학교에서 쫓겨났고, 지난여름은 문제학생과 성적이 안 좋은 학생들만 모아둔 기숙학교에서 지내기도 했다. 김나지움 고학년 초반인 10학년 때 두 번 낙제해서 대학입학자격시험을 더는 볼 수 없었고, 그래서 이제 실습생 자리도 일거리도 없이 지내고 있었다. 아버지가 바트 조덴 어린이집에 실습 자리를 하나 마련해줬지만 그곳 리놀륨 바닥재 때문에 알레르기가 생기고 아이들 비명소리 때문에 두통에 시달린다며 하루 만에 그만뒀다. 끔찍한 사건 직후에 부모님이 사준 말에는 관심을 완전히 잃었고 그 이유로 카롤리네는 다른 사람들이 말을 움직여주는 대가로 매달 어마어마한 비용을 치러야 했다.

카롤리네가 부엌에 들어왔다. 노란색 여름 원피스와 금빛 끈 샌들은 날씬한 몸매를 돋보이게 했다. 반짝이는 짙은 색 머리카락은 목덜미에서 하나로 묶어 올렸다. 보덴슈타인은 예전 같으면 이런 그녀를 칭찬하고서 사랑이 듬뿍 담긴 입맞춤을 그 답례로 받았을 터였다. 하지만 오늘 그가 알아챈 거라고는 아내의 굳어진 턱과 꽉 다문 입술과 그가 투명인간이라도 된 것처럼 그냥 스치고 지나가는 화난 눈길뿐이었다.

"두 사람, 정말 너무해!" 그레타가 고함을 지르며 마치 각본에 쓰여 있기라도 한 것처럼 눈물을 쏟았다.

"또 무슨 일이야?" 카롤리네가 짜증 섞인 목소리로 물었다.

"엄마 '남편'이 나한테 시비를 걸잖아!" 그레타가 울먹이며 거짓말을 했다.

"아빠는 아무것도 하지 않았……." 화가 난 소피아가 입을 열었지만 그레타가 더욱 크게 소리를 질렀다.

"둘은 나한테 너무 '못되게' 굴어! 내가 아주 '뚱뚱'해졌다며 계속 놀려대니까!"

"말도 안 돼!" 뻔뻔한 거짓말에 당황한 소피아가 반박했다. 그레타가 또 분노 발작을 일으키는 걸 피하려면 반박하지 않는 게 더 편할 텐데도, 정의를 중요하게 생각하는 소피아는 아버지와 달리 충돌을 피하지 않았다.

"맞잖아! 두 사람이 나를 빤히 보며 히죽거리는 걸 내가 눈치채지 못할 정도로 눈이 먼 줄 알아?" 자기가 옳지 않다는 걸 알 때면 늘 그렇듯이 그레타의 신경질적인 발작이 심해졌다.

"우리 아가 그레타, 진정하렴." 카롤리네가 달래며 다 큰 딸을 품에 안으려고 했지만 그레타는 자기 엄마를 거칠게 밀어냈다. '우리 아가 그레타'라니! 보덴슈타인은 속으로 들끓기 시작했다. 이 멍청한 애칭과 카롤리네가 이를 발음할 때의 비굴한 말투를 듣기만 하면 그는 열불이 났다. 카롤리네는 예전에 직업 때문에 딸에게 소홀했다는 생각에 지금도 죄책감을 느끼고 있었다. 보덴슈타인은 아내에게 심리상담사 도움을 받으라고 몇 년 전부터 조언해왔다. 그가 보기에 진짜 문제는 모녀가 6년 전에 겪은 사건의 트라우마인데, 보덴슈타인 자신도 그 사건의 심각한 결과를 오랫동안 과소평가했었다. 당시에 열세 살이었던 그레타는 부엌 유리창을 뚫고 들어온 총알에 할머니가 맞을 때 바로 그 옆에 있었다. 카롤리네는 끔찍하게 망가진 어머니의 시신을 목격했을 뿐 아니라 존경받는 심장외과 의사였던 아버지의 장기 징역 선고를 감당해야 했다. 당시 보덴슈타인은 이 저격수 사건의 수사반장이었는데, 소름 끼치는 이 사건이 두 사람 사이에 지뢰밭처럼 놓여 있으며 둘 모두 그곳에 들어설 용기가 없다는 느낌을 자주 받았다. 그레타는 여러 가지 심리요법을 거쳤지만 보덴슈타인을 제외하고는 아무도 그녀를 통제할 시도를 진지하게 하지 않았다. 카롤리네가 보덴슈타인에게 그레타를 양육하는 일은 그의 문제가 아니라 오로지 자기 문제라고 명확하게 밝힌 후에야 그는 포기하고 물러났다. 카롤리네는 양심의 가책과 딸의 거침없는 분노 발작에 대한 불안 때문에 충돌에 맞서는 대신 그레타에게 언제나 져준 결과 이런 상황이 오게 만들었다. 자기애가 충만한 열여덟 살짜리가 이끄는 대로 살얼음판을 걷게 된 것이다.

"저 남자에게 이제 더는 디스당하지 않을 거야!" 그레타가 새된 목소리로 말하며 고발하듯이 손가락으로 보덴슈타인을 가리켰다. "아빠한테 갈 거야! 오늘 당장!"

보덴슈타인은 그저 한숨만 내쉬었다. 이 말은 공허한 위협에 불과했다. 그레타는 새엄마에게도 그에게 하듯 뻔뻔하게 굴었으므로 아버지 가족도 아이를 환영하지 않았다.

"꼴도 보기 싫어!" 그레타가 그에게 쇳소리를 내지르고 부엌에서 달려나갔다. "모두 싫다고!"

"왜 그레타를 계속 화나게 만들어?" 카롤리네가 보덴슈타인과 소피아를 비난했다. "애가 요즘 정말 힘든 시기란 말이야!"

"나도 힘들어요." 소피아가 대꾸했다. "아줌마가 혹시 잊어버렸는지도 모르겠는데, 우리 엄마는 '암'이라고요."

위층에서 문이 쾅 닫히는 소리가 나더니 그 직후에 시끄러운 음악 소리가 집 전체를 천둥처럼 울렸다.

"내가 그걸 어떻게 잊을 수 있겠니?" 카롤리네가 쓸쓸하게 말하며 순교자 같은 눈빛으로 보덴슈타인을 훑어봤다. "네 아버지가 나보다 네 엄마와 더 많은 시간을 보내고 있는데."

그러고는 그레타를 다시 한번 달래려고 서둘러 계단을 올라갔다. 보덴슈타인은 그런 아내의 뒷모습을 바라보다가, 아내의 마지막 문장에 자기 인내심이 드디어 한계에 이르렀음을 깨달았다.

"가자." 그가 소피아에게 말했다. 둘은 차고로 가서 포르쉐에 올라탔다. 보덴슈타인은 예전 장모님이 선물한 이 차를 직장에 가지 않을 때만 사용했다. 상관인 니콜라 엥겔이 지역범죄수사국 직원용 주차장에 이 차를 대는 걸 못마땅해했기 때문이다. 3분 후에 그는 가거른 환상도로를 따라 시내 쪽으로 차를 몰았다.

"그레타 언니가 계속 거짓말을 하고, 아빠에 대해 아주 뻔뻔한 얘기를 하고, 카롤리네 아줌마가 언니 말이라면 뭐든지 다 믿는 건 너무나 '반사회적'이에요!" 소피아가 울화를 터뜨렸다. "언니는 엄마를 '암 넬라'라거나 '미시즈 간암'이라고 불러요! 알코올중독자만 간암에 걸린다는 말이 사실이에요?"

보덴슈타인이 핸들을 너무 세게 움켜쥔 바람에 손가락 마디들이 하얗게 도드라져 보였다. 그가 코지마의 질병에 대한 세부 사항을 소피아가 일단 알지 못하게 해달라고 카롤리네에게 절박하게 부탁했지만 그녀는 모든 걸 즉시 딸에게 말했고, 그 딸은 또 소피아에게 바로 대놓고 다 말한 모양이었다.

"엄마 병은 알코올과 관련이 없어." 그는 이렇게 설명하며 최대한 객관적으로 말하려고 애썼다. "오래전에 여행하다가 간염에 걸렸는데, 의사선생님들은 간세포암이 그 감염의 후유증이라고 짐작하고 있어."

"엄마가 돌아가실까요?"

"아닐 거야. 의사선생님들이 엄마가 다시 건강해지도록 최선을 다하는 중이야."

"흐음." 소피아가 그를 곁눈질했다. "그레타 언니 말로, 아빠가 경찰이라서 돈을 거의 벌지 못하니까 엄마가 돌아가시면 우린 돈이 하나도 없을 거래요."

"뭐라고?" 보덴슈타인은 당황한 눈길로 딸을 바라봤다.

"그리고 내가 자기 말을 듣지 않으면 자기 엄마가 우리를 쫓아낼 거라고 했어요. 그 집은 자기 엄마 집이지 아빠 집이 아니라고요. 아빠, 그런 거예요? 우리가 그 다닥다닥 붙어 사는 아파트로 이사 가야 해요?"

보덴슈타인은 어찌할 바를 몰랐고, 잠시 심장이 터질 것 같은 기분이 들었다.

"아니야, 그럴 필요 없어." 그는 소피아를 안심시켰다.

"난 그레타 언니가 정말 싫어요." 딸이 열두 살다운 결기를 담아 말했다. "평생 안 보면 좋겠어요!"

'나도 그래.' 보덴슈타인이 속으로 말했다. '정말이야, 나도 그래!'

그는 방향지시등을 켜고 학교 앞 주차 구역에 차를 세웠다. 소피아는 원래 바깥에서 애정 표현을 하지 않는 성격이었지만 그의 목에 팔을 두르고 뺨에 입을 맞추었다.

"아빠, 사랑해요!"

"나도 사랑한다, 우리 막내." 그가 대답했다.

"엄마 문병 가실 때 내 그림을 가져다주실래요?"

"미술 시간에 필요한 거 아니었어?"

"네." 소피아가 히죽 웃었다. "지난주에 '수'를 받았어요. 그레타 언니에게는 말하지 않았지만요."

"이런 장난꾸러기!" 보덴슈타인이 미소를 지었다. "엄마에게 그림을 가져다줄게. 무척 기뻐할 거야."

소피아가 차에서 내려 배낭을 어깨에 메고, 그에게 다시 한 번 미소를 짓고 학생들의 물결 속으로 사라졌다.

교통 흐름에 다시 끼어든 보덴슈타인은 지속적으로 울리는 휴대전화 진동음을 무시했다. 카롤리네가 그에게 연락하는 중이었다. 아마도 사과하려는 모양이었지만 그는 언제나 똑같은 연극에 이미 지친 상태였다. 다툼과 그릇된 주장과 비난 후에는 후회와 그레타가 이제 더는 둘 사이에 끼어들지 않게 하겠다는 눈물 섞인 맹세가 뒤따랐다. 그러나 채 사흘도 지나지 않아 소동이 다시 시작되곤 했다. 보덴슈타인은 전화를 받고서 소피아가 방금 했던 말을 카롤리네에게 전할지 잠깐 고민했지만 그러지 않기로 했다. 그의 삶 전체가 마음의 눈앞에 펼쳐졌고, 그 광경은 그를 의기소침하게 만들었다. 그가 또 자기 망상의 희생물이 되었음을 깨달았기 때문이다. 카롤리네와의 관계는 처음부터 복잡하고 깨지기 쉬웠다. 실수에서 배우지 못하고 왜 늘 똑같은 잘못을 저지르는지 그 스스로도 알지 못했다. 50대 중반에 이르러 두 번째 결혼생활이 깨지기 직전이라는 사실을 이제 더는 모르는 척할 수 없었다. 빨간 신호등에 멈춰 선 그는 카롤리네가 벌써 음성 메시지 두 통과 문자 메시지 다섯 통을 보낸 걸 봤다. 그가 양보하지 않으면 하루 종일 메시지와 전화가 쏟아질 터였다. 하지만 이번에는 굽힐 마음이 없었다. 카롤리네가 무슨 말을 하고 뭘 썼는지 이미 알고 있었고 또 아무것도 달라지지 않을 거라는 것 역시 알았으므로 메시지를 읽지도, 듣지도 않을 작정이었다.

* * *

줄에 묶이지도 않고 제멋대로 뛰어다니는 바이마라너 두 마리가 강력반 경위 피아 산더의 눈에 멀리서부터 들어왔다. 피아는 개와 함께하는 아침 산책에서 돌아오던 길로, 과수원과 개울이 있는 아름다운 쥐세 그륀트헨을 지나 자우어보른 주차장으로 향하던 중이었다.

"아이고, 큰일이네." 피아는 이렇게 중얼거리며 벡스의 끈을 바짝 당겨 자기 바로 옆에 오게 했다. 이 벨지안 셰퍼드 말리노이즈 또한 풀밭 한가운데에서 배변하는 개 두 마리를 알아봤다. 벡스의 몸이 뻣뻣해지더니 목덜미 털을 세우고 으르렁거리기 시작했다.

"가만히 있어." 피아는, 전화를 하며 풀밭 오솔길을 느릿느릿

걷고 있는 개 주인이 이 개들이 벡스에게 달려들기 전에 제때 그들을 붙잡지 못하리라고 예상했다.

"개들을 줄에 묶어주시겠어요?" 피아가 소리쳤다.

"애들은 아무 짓도 하지 않아요!" 여자가 귀에서 휴대전화를 떼지 않은 채 멀리서 소리쳤다.

"하지만 내 개는 한답니다!" 피아가 대꾸하며 벡스의 목줄을 꽉 쥐었다. 벡스가 사실 순하고 사회성이 좋은 개이긴 하지만 다른 개들이 달려들어 뛰어오르고 귀찮게 구는 것은 아주 싫어했기 때문이다. 바이마라너도 이제 벡스를 보고서 단거리미사일처럼 초점을 맞추고 달려왔다. 두 마리 대 한 마리였고, 게다가 이 한 마리는 줄에 묶여 있어 불리했다! 순식간에 거친 소동이 벌어졌다. 벡스는 순하긴 하지만 방어력이 뛰어나서 당하고만 있는 개는 아니었다. 몇 초 만에 벡스는 자기보다 더 크고 무거운 첫 번째 바이마라너의 목을 졸랐다.

"에디! 빌리! 이리 와!" 여자가 고함을 질렀다. 팔을 휘저으며, 높이 자란 풀에 발이 걸려 비틀거리며 다가왔지만 개들은 주인의 고함과 휘파람을 무시했다.

"어떻게 좀 해봐요!" 여자가 흥분해서 피아에게 소리쳤다. "당신 개가 내 개를 물어 죽이겠어요!"

"당신이야말로 뭔가 좀 해보시죠!" 피아가 화를 내며 대꾸했다. 싸우는 개들을 맨손으로 갈라놓을 생각은 꿈에도 하지 않았다. "내 개는 줄에 묶여 있지만 당신 개는 아니라고요!"

벡스가 두 번째 바이마라너의 귀를 물자 개는 우월한 상대와 싸우는 것보다 숲이 더 흥미롭겠다고 생각했는지 덤불로 도망쳤다. 첫 번째 바이마라너가 비명을 지르며 배를 드러내고 눕자 벡스는 곧장 그를 놓아주었다.

"당신, 고소할 거예요! 막대한 비용을 치러야 할 겁니다!" 여자가 휴대전화를 들어 피아를 사진 찍었다. "이게 증거예요!"

"마음대로 하시죠." 피아가 어깨를 으쓱하며 대답했다. "원하신다면 전화번호도 드릴게요."

"이렇게 사나운 개라면 입마개를 해야지요!" 금발 여자가 고함을 질렀다.

"내 개는 사납지 않아요. 방어했을 뿐이죠. 당신이 개를 줄에 묶고 제어했더라면 아무 일도 일어나지 않았을 겁니다." 피아가 날카롭게 응수했다.

"내 개들도 좀 마음껏 달려야 할 게 아니에요!" 타우누스 지역에서 흔히 보이는 금발 염색 보브커트를 한 40대 여자는 인상을 찌푸리고서 개가 다친 곳이 없는지 털을 살폈다. "여기, 피! 당신 괴물이 내 개를 물었다고요!"

"자기 잘못이지요." 피아가 대답했다. "게다가 이 계곡은 동식물 서식지, 자연보호구역이에요. 저 앞에 야생동식물 보호를 위해 개를 줄에 묶으라는 안내판이 있잖아요."

벡스는 몸을 털고 의기양양하게 뒷발로 땅을 긁었다. 바이마라너 주인은 '멍청한 년'처럼 들리는 말을 중얼거리고는 비웃듯이 코를 씩씩거렸다. 논쟁은 시간 낭비였으므로 피아는 걸음을 옮겼다.

"벡스, 잘했어." 그녀가 개를 칭찬했다. "그냥 참고 있을 필요 없어."

50미터쯤 떨어졌을 때 여자가 뒤에서 목소리를 높여 상스러운 욕설을 내뱉었다. 모욕 법률 구성요건이 될 만한 단어였다. 피아는 벡스의 줄을 놓아 여자를 뒤쫓게 만드는 판타지를 잠깐 꿈꾸기는 했지만 아무 반응도 하지 않았다.

지난가을에 피아는 사이코패스 연쇄살인범에게 잡혔던 여동생 킴과 조카 피오나와 함께 시간을 보내기 위해 석 달 동안 휴직했다. 하지만 킴은 사는 게 힘들어질 때면 늘 그렇듯이 또 도망쳐버렸다. 미국 프로파일러 데이비드 하딩 박사의 일자리 제안을 받아들인 것이다. 이에 실망한 피오나는 취리히로 돌아가고, 피아는 여유 시간을 이용하여 뮐하임 소재 경찰 아카데미에서 벡스와 함께 구조견 훈련을 받았다. 이 연갈색 벨지안 셰퍼드 말리노이즈는 탁월하게 훈련을 마쳤다. 예전 주인은 벡스를 자신의 넓은 뜰과 집 안에서만 길렀다. 테오도르 라이펜라트가 지난해 봄 사망한 후에 그의 이웃이 개를 데려가려고 했지만, 그 집 아이들 중 한 명이 개털에 심각한 알레르기가 있다는 게 밝혀졌다. 피아는 개를 동물보호소에 보내지 않으려고 오랜 고민 없이 바로 입양했다. 그때부터 피아는 다시 주변이 만족스러워졌다. 개 없는 삶은 어딘지 모르게 비어 있는 것 같았으니까. 일을 시작하기 전에 개와 함께하는 아침 산책은 하루의 완벽한 시작이었고 규칙적인 운동은 그녀 자신에게도 좋았다. 강력반 과장 니콜라 엥겔은 벡스를 직장에 데려와도 좋다고 직접 허락했다. 연쇄살인범의 흔적을 찾을 수 있게 인도한 이 개는 호프하임 경찰서의 전설이었다. 피아의 동료들은 네 발 달린 신참에게 모두 감탄했다. 단순한 성격에 식탐이 강한 벡스는 책상 서랍에 항상 먹을 것을 두고 자기와 나눠 먹는 피아의 동료 카이 오스터만과 아주 친해졌다.

피아는 자우어보른 스포츠 단지에 도착했다. 그녀의 오렌지색 미니 카브리오 옆에 주차된 차량은 검은 SUV 한 대뿐이었다. 피아는 차량 번호판을 사진 찍은 후에 벡스를 조수석 발치에 오르게 하고 운전석에 앉았다. 차 지붕을 열고 시원한 주행풍을 즐겼다. 공기는 아직 선선했지만 구름 한 점 없는 파란 하늘뿐 아니라 라디오 일기예보도 이맘때치고 지나치게 높은 기온과 건조한 늦여름 날씨가 계속될 것임을 알렸다. 지난 몇 달 동안 지속된 폭염과 심각한 가뭄 때문에, 평소라면 과즙이 넘치는 과수원과 작은 개울과 녹음이 짙고 깊은 숲을 품어 더없이 사랑스러울 타우누스 전방 지역의 풍경은 햇볕에 그을린 안달루시아 후방 지역의 풍경과 비슷해졌다. 유럽 전역이 몇 달 내내 기록적인 무더위에 시달렸고, 지난 주말의 거센 소나기도 그저 잠시 무더위를 식혔을 뿐이다. 곳곳에서 깊은 샘과 물통이 마르고 지하수 수위도 대폭 하강하여 타우누스의 몇몇 지역은 소방대가 식수를 날라야 했다. 이런 상황은 짧은 소나기에도 달라지지 않았다.

"······6월부터 8월까지 25도를 넘는 날이 75일이었고 최소한 30도를 넘는 날도 20일 이상이었습니다." 라디오 진행자가 뉴스라고는 기록적인 더위와 도널드 트럼프뿐이라는 듯이 다시 한번 방송을 내보냈다. "1881년에 시작된 기상 관측 이래 이런 기록은······."

피아는 떡갈나무 숲을 따라가다가 병원 앞에서 크론베르거

거리로 차를 꺾었다. 어제 크리스토프와 사이가 조금 틀어졌는데, 오늘 아침에 그가 '유럽 동물원과 수족관 협회' 회의 참가를 위해 출발할 때까지도 화해하지 못했다. 크리스토프도 피아만큼이나 고집이 세므로 피아는 그가 토요일에 돌아올 때까지 연락하지 않으리라고 예상했다. 그녀 역시 양보할 마음이 없었다. 게다가 싸운 원인이 너무도 하찮은 것이었다. 크리스토프는 하필이면 피아의 전남편인 프랑크푸르트 법의학연구소장 헤닝 키르히호프를 두고 질투했다. 헤닝은 지난해 가을에 데뷔작 소설이 놀랍게도 엄청난 성과를 거둔 후에 두 번째 범죄소설을 썼다. 주인공인 프랑크푸르트 법의학자와 그의 전배우자인 강력반 경위가 한 사건을 수사하는, 실화를 배경으로 한 내용인데, 허구와 현실이 녹아든 이 소설에 독자들뿐 아니라 언론도 감탄했다. 헤닝은 자신의 소설 《사랑받지 못한 여자》를 홍보하는 데 망설임이라고는 전혀 없었다. 낭독회와 인터뷰를 부지런히 소화해냈고, 박사학위 과정에 있는 학생의 성실한 도움으로 페이스북과 인스타그램, 유튜브와 자신의 웹사이트 등 인터넷에 불쑥불쑥 모습을 드러냈다. 책이 크리스마스 직전에 문고판 베스트셀러 목록 1위와 아마존 11월 주문량 1위에 오르자 텔레비전 방송국도 관심을 갖게 됐고, 생생한 법의학자인 데다 죽음을 상기시키는 전문가 스타를 카메라 앞에 세우려고 독일에서 유명하다는 온갖 토크쇼가 열을 올렸다.

"당신 전남편이 뵈르네 교수(텔레비전 시리즈 〈타트오르트〉의 주인공―옮긴이) 흉내를 내는군!" 당시에 크리스토프는 이렇게 비웃었다. 이제 후속작이 완성되어 10월 초순 프랑크푸르트 도서

전에 맞추어 출간될 예정이었다. 헤닝이 몇 달 전 크리스토프에게 크론베르크 오펠 동물원을 자기 범죄소설 현장 중 한 곳으로, 그리고 그곳 동물원장을—크리스토프는 오래전부터 그곳 동물원장이었다— 조연으로 등장시켜도 되겠냐고 지나가는 말처럼 물었을 때, 이 문제를 진지하게 생각하지 않은 크리스토프는 그러라고 허락하고서 바로 잊어버렸다. 사흘 전에 헤닝이 피아에게 보낸 PDF 교정쇄를 크리스토프가 먼저 읽었다. 크리스토프는 두 사람이 만나게 된 실제 살인사건 수사와 소설의 명백한 유사성을 처음에는 재미있어했지만 곧 웃음은 사라졌고 이제 화가 아주 많이 나 있었다.

피아가 하인리히 하이네 길에 막 접어들었을 때 전화기가 핸즈프리 장치를 통해 맑은 소리를 내며 울렸다.

"네, 산더입니다." 피아가 전화를 받았다.

"피아, 잘 있었어?" 헤닝이었다. 마치 그녀가 지금 그를 생각했다는 걸 알기라도 한 듯했다.

"그래, 헤닝." 피아가 싸늘하게 대꾸했다. "드디어 전화를 걸어줘서 고맙군. 나 지금 정말 당신에게 화가 많이 났다고!"

"도대체 왜?" 헤닝이 놀란 목소리로 물었다.

"당신 새 책 때문에 크리스토프랑 심하게 다퉜어. 남편이 그걸 읽고는 거의 제정신이 아니었단 말이야!"

"아니, 잠깐만!" 헤닝이 소리쳤다. "내가 미리 허락을 구했잖아! 그리고 그 등장인물은 결말도 좋았는데! 어쨌든 결국 여자 경위를 잡았으니."

"아이고, 헤닝!" 피아는 짜증이 치밀었다. "책에서 경위가 전남편이랑 섹스하잖아. 그게 꼭 필요한 내용이었어?"

"그건 경위가 동물원장이랑 사귀기 전인걸." 헤닝이 유쾌한 목소리로 답했다. "그리고 나중에 경위는 전남편이 검사랑 즐기는 현장을 덮치고 말지."

"내 결혼생활을 위험에 처하게 할 생각이 아니라면 적어도 헌사는 고쳐줘." 피아가 말했다. "'피아에게'로 충분해. '사랑을 담아'라니……. 이건 너무 당혹스럽잖아."

"아, 그래? 알겠어. 방법이 있는지 알아볼게. 교정쇄가 이미 인쇄로 넘어갔거든." 헤닝이 말을 이었다. "그런데 내가 전화를 건 이유는 말이야. 혹시 바트 조덴에 잠깐 가줄 수 있을까? 방금 마리아에게서 전화를 받았는데…… 어…… 하우실트 씨 말이야. 으음…… 내 에이전트. 당신도 알 거야. 맞지?"

"당연히 알지. 지난번 출판기념회에서 만났잖아." 피아는 전남편이 그답지 않게 말을 더듬는 걸 듣고서 그와 에이전트 사이에 뭔가 있으리라는 예감이 또 들었다. 그 여자는 헤닝이 지금까지 살아온 길을 떠나 50대 중반에 뭔가 아주 다른 것, 다시 말해 범죄소설을 쓰도록 지지한 사람이었다. 피아는 헤닝이 그 이후로 얼마나 달라졌는지 잘 알고 있었다. 냉소적이고 비사교적인 자신의 역할이 그동안 사실 즐겁지 않았던 듯했다.

"그 사람이 뭐?"

"그 사람에게 무슨 일이 있는 건 아닌데……. 으음…… 난 이제 곧 강의를 해야 해서 여길 떠날 수 없거든. 그래서 당신에게 전화를 걸어보겠다고 그 사람에게 약속했어."

"무슨 일인데?" 피아는 차고 앞에 정차한 후에 리모컨으로 차고 문을 올렸다.

"며칠 전부터 연락이 닿지 않는 친구 집 앞에 가봤는데, 문에 혈흔이 묻어 있어서 친구에게 무슨 일이 일어난 게 아닌가 걱정하더라고."

"아, 그래." 피아는 헤닝에게, 시간이 있었더라면 에이전트의 불확실한 추측이 맞는지 안 맞는지 확인하기 위해 아침 8시 반에 타우누스 전방 지역까지 직접 갈 작정이었냐고 묻고 싶은 것을 꾹 참았다. "좋아. 가볼게. 하지만 조건이 하나 있어. 헌사를 바꾸어야 해."

"내가 당장 출판사에 전화해서 편집자와 이야기할게." 헤닝이 곧장 약속했다. "정말이야."

"그래, 좋아." 피아가 너그럽게 답했다. "난 어차피 아직 집이니까. 정확하게 어디로 가야 하지?"

"부르크베르크 거리 74번. 피아, 고마워. 자기, 최고다!"

피아는 차고 문을 내리고 다시 도로로 나섰다.

"아, 헤닝. 입 좀 닥쳐!" 피아가 대꾸하고서 전화를 끊었다.

＊ ＊ ＊

"올리버, 왔어?" 보덴슈타인이 병실에 들어서자 코지마가 기쁘게 미소를 지었지만, 빛나던 예전의 미소와 비교하면 그저 희미한 자취에 불과했다. 보덴슈타인은 잠시 숨이 막혔다. 암은 코지마가 늘 내뿜던 반짝임과 생기를 꺼버리고 화학요법은 그녀의 힘을 모조리 빼낸 듯했다. 좁은 병원 침대에 누워 있는 사람은 예전의 껍데기일 뿐이었다. 첫 번째 결혼생활 내내 보덴슈타인은 갑자기 홀아비가 되어 어린 자식 둘을 혼자 키워야 할지도 모른다는 불안감에 떨었다. 코지마가 가장 먼 세상의 한쪽 구석에서 다큐멘터리 필름을 제작하려고 위험한 원정을 떠날 때면 그는 언제나 밤잠을 제대로 이루지 못했다. 휴대전화가 없던 시절에는 직장 일과 아이들 양육 사이에서 힘겹게 줄타기를 하면서 아내의 생존 신호를 기다리며 며칠 또는 몇 주를 지냈다. 뜬눈으로 밤을 새울 때마다 이 만성적인 불안을 더는 견디지 못할 것 같아 다시는 코지마를 떠나보내지 않겠다고 다짐했다. 하지만 아내가 지쳤어도 감동으로 눈빛을 반짝이며 돌아올 때면, 또 이따금 길에서 만난 개나 고양이를 짐에 넣어 와서 아이들에게 기쁨을 안겨줄 때면 그의 모든 불안도 눈 녹듯 사라졌다. 그는 아내의 역마살이 도져 다음 필름 프로젝트를 계획할 때까지 건강한 모습 그대로 포옹할 수 있다는 사실에 만족하며 사는 법을 배웠다.

코지마를 사랑하게 됐을 때 이미 그는, 자유를 사랑하는 정열적인 그녀가, 그에게는 필수적인 규칙적이고 그다지 흥미진진하지 않은 일상에 결코 행복해하지 않으리라는 사실을 확실히 알고 있었다. 하지만 그녀를 사랑했으므로 그녀의 탐험, 그녀의 지인들, 몇 주씩이나 집에 와 머물 때가 많은 기이한 영화계 사람들, 그녀가 편집하느라 보내는 시간, 전 세계로 다니는 필름 페스티벌 여행을 그는 매번 이를 악물고 받아들였다. 하지만 10년 전에 아내가 한 러시아 북극 탐험가이자 등산가와 외도했을 때 그의 마음은 부서졌고, 아내를 용서하기까지는 오랜 시간이 걸렸다. 결국 그는 무엇보다도 아이들 때문에 코지마를 용서했고, 둘의 관계는 부부였을 때보다 지난 몇 년간 오히려 더 좋아졌다.

"안녕, 코지. 좀 어때?" 그가 물었다.

"아주 좋아." 코지마가 대답하며 몸을 일으켰다. 목소리가 바뀌고 거칠어졌다. 피부는 노랗고 유산지처럼 얇았으며, 윤기 흐르던 붉은 머리카락과 속눈썹과 눈썹이 화학요법 때문에 듬성듬성해졌다.

"이것 좀 봐. 소피아가 당신을 위해 그림을 그렸어." 보덴슈타인은 둘둘 말린 그림을 펴서 높이 들었다. "수를 받았대."

"프랑크푸르트 스카이라인이네! 정말 잘 그렸다!" 코지마가 미소를 지었다. "간호사들에게 내가 늘 볼 수 있게 걸어달라고 부탁해야겠어."

보덴슈타인은 텔레비전 아래에 있는 탁자에 그림을 내려놓았다. 이곳은 병실치고는 거의 호화롭다고 말할 수 있을 정도였다. 작은 발코니가 딸렸고, 쾌적한 욕실과 구석 공간에 맞춘 긴 소파와 편안한 안락의자에다 미니바도 있었다.

"내가 해줄 일 없어?" 보덴슈타인이 물었다. "필요한 건? 읽을거리는 많아?"

"고마워. 필요한 건 다 있어. 그런데 담배가 무진장 피우고 싶네." 코지마가 이렇게 말하고는 장난꾸러기처럼 히죽 웃었다. "혹시 담배 가지고 있어?"

"아니. 3주 전부터 피우지 않아." 보덴슈타인은 시계를 흘끗 보고 자리에 앉았다. 심전도와 흉부 방사선, 간의 자기공명 혈관조영술과 부피 측정, 간 생검 등 검사 마라톤이 시작되기 전까지 30분이라는 시간이 있었다. "이유는 당신도 알잖아."

"물론 알지."

둘은 서로를 바라보았다.

"당신 무척 침울해 보이네. 올리버, 무슨 일이야? 이 모든 일에 동의한 걸 후회해?"

"아니, 그게 아니야." 보덴슈타인이 한숨을 내쉬었다. 자기 고민으로 코지마를 귀찮게 할 생각은 없었지만, 뭔가 감추기에는 그녀가 그를 너무 잘 알았다.

"카롤리네의 질투가 이제 더는 견딜 수 없을 정도야." 그는 오늘 아침에 무슨 일이 있었는지 설명했다. "이런 식으로 계속 지내면서 어느 날 모든 게 저절로 나아지길 기대할 수는 없어. 그렇게 되지 않을 테니까. 그리고 소피아가 힘들어해. 다른 해결책을 찾을 때까지 아이를 부모님 댁이나 마리 루이제와 크벤틴에게 데려다주는 게 좋겠어."

"안타깝다." 코지마가 입을 열었다. "소피아가 당신 가족과 함께 사는 거야 당연히 괜찮지. 나중을 위해서도 그게 가장 좋을 것 같아."

"내 생각도 그래." 보덴슈타인이 고개를 끄덕였다.

앞으로 두 사람이 맞게 될 의학적 문제에 대해서는 이미 여러 번 충분히 대화를 나눴으므로 이야기는 다른 일반적인 주제로 이어졌다. 보덴슈타인은 헤닝 키르히호프가 새 범죄소설을 썼는데, 경찰서 동료들이 호기심에 가득 찬 채 출간을 기다리고 있고 피아 산더의 남편은 그 소설 때문에 잔뜩 화가 났다고 전했다. 두 사람은 웃음을 터뜨리며 일상적이고 편안한 이 소중한 순간을 누렸다.

코지마의 병을 계기로 보덴슈타인은 원하지 않는 일을 하거나 좋은 영향을 못 주는 이들과 지내며 시간을 낭비하기에 인생이 너무 짧다는 사실을 깨달았다. 순식간에 모든 게 끝날 수도 있었다. 코지마는 두 달 전에 슈퍼마켓에서 장을 보다가 쓰러져 병원에 실려 갔다. 이때 우연히 발견한, 단계가 꽤 진행된 간세포암 진단은 가족 전체에게 충격을 안겼다. 유일한 생존 가능성은 간 이식이었다. 종양 세포가 림프절이나 다른 기관으로 아직 전이되지 않았기 때문이다. 코지마는 사후 기증된 간을 이식받기 위해 유럽 장기이식재단 대기자 명단에 이름을 올리고, 그녀에게 맞는 간을 이식할 때까지 종양이 자라는 걸 막으려고 간동맥 화학 색전술을 시작했다. 얼마나 기다려야 할지 아무도 알수 없었으므로 로렌츠와 로잘리가 혹시 기증자로 적합할지 검사해봤지만 유감스럽게도 몇 가지 요소가 맞지 않았다. 이식 관련 법률이 엄해 생존 기증의 경우에는 가족, 배우자나 반려자만 기증할 수 있었다. 결국 보덴슈타인도 검사를 해봤다. 뜻밖에도 모든 변수가 맞아 코지마에게 적합한 기증자가 됐다. 그는 아이들 엄마에게 자기 간의 일부를 기증하기로 마음먹었다. 생존 기증 위원회가 상세한 의학적, 사회적 문진 뒤에 기증을 허락했으므로 보덴슈타인은 오늘 다른 검사 몇 가지를 더 해봐야 했다. 코지마의 상태가 눈에 띄게 나빠졌기에 모든 것은 시간과의 싸움이었다. 코지마가 수술을 견디지 못할 만큼 쇠약해지면 암이 그녀를 이길 터였다.

"10시 10분 전." 보덴슈타인이 말했다. "이제 출발해야겠다."

"카롤리네에게 말했어?" 코지마가 물었다.

"아니. 말하지 않을 작정이야. 내일 마리 루이제의 호텔로 들어가야겠어. 그러면 소피아와 가까이 있게 되고 조용히 지낼 수 있으니까."

"오!" 코지마는 이런 소리만 냈다.

"이미 오래전에 그렇게 해야 했어." 보덴슈타인의 말에 코지마가 속삭였다.

"올리버, 당신은 정말 좋은 사람이야. 정말 고마워. 혹시 일이 잘못되더라도……."

"잘못되지 않아." 보덴슈타인이 얼른 말을 가로챘다. "당신은 다시 건강해질 거야."

"그렇게 안 될 가능성도 있다는 걸 우리 둘 다 알잖아." 코지마는 그를 차분한 눈으로 바라봤다. "설령 이 모든 걸 이겨내지 못한다 해도 나는 어쨌든 아름다운 삶을 살았어. 올리버, 아주 많은 부분은 당신 덕분이야. 우린 멋진 아이들을 세 명, 귀여운 손주를 네 명 뒀어. 직업에서도 난 행복했지. 그러니 이제 끝난다고 해도 만족한 사람으로 이 세상을 떠나는 거야." 그녀의 잠긴 음성에 보덴슈타인은 목구멍에 무슨 덩어리라도 걸리는 듯했다.

"죽는다는 건 꿈도 꾸지 마. 내가 지금 이 모든 걸 견디고 있는데 무슨 소리야." 그는 전혀 농담할 기분이 아니었지만 이렇게 익살을 부렸다. "간 생검이 얼마나 끔찍한지 알기나 해?"

코지마는 웃음을 터뜨리고는 금방 진지한 얼굴로 돌아왔다.

"이봐요, 당신이 하는 일은 정말 대단해. 특히 당신이 바늘과 주사를 얼마나 무서워하는지 내가 알잖아."

* * *

피아는 오늘 오전에 사무실에 가지 않아도 될 핑계를 헤닝이 만들어주어 좋았다. 최근에 상해사건 두어 건과 현금인출기 폭발 한 건, 방화 두 건을 빼고는 강력11반에 특별한 일이 없었으므로 과장인 니콜라 엥겔 박사는 직원 전원에게 '당당하고 시민들에게 친근한 개별적 행위 능력, 범죄 행위 분석, 전술에서 전력 형성까지'라거나 '상황에 적절하고 대상 그룹 지향적인 행동 조직 능력'처럼 제목도 모호한 연수를 받게 했다. 단체 이메일에는 참여는 자유 선택이라고 적혀 있었지만, 막상 세 명만 등록하자 '자발적인'이라는 형용사가 진한 글씨로 '의무적인'이란 단어로 바뀐 채 명령을 하달하는 상관의 이메일이 다시 도착했다. 급박한 업무상 이유가 있을 경우에만 이 의무에서 면제된다고 했다. 이런 상황이니, 전남편 에이전트의 친구 소재를 파악하는 일이 피아에게 귀찮게 느껴질 리가 없었다.

알텐 쿠어파크 위쪽의 파크 거리를 따라가다가 부르크베르크 거리로 가서 헤닝이 불러준 주소를 곧 찾았다. 집은 도로에서 약간 떨어진 곳에, 거대한 침엽수 몇 그루에 에워싸인 채, 손질되지 않고 마구 자란 장미 넝쿨 뒤편에 있었다. 그 집의 대지를 도로와 경계 짓는 낮은 담장 위에 한 금발 여자가 걸터앉아 통화하는 중이었다. 피아는 프랑크푸르트 번호판을 단 흰색 스마트 뒤에 주차한 후에 배낭을 어깨에 메고 벡스의 끈을 고리에 걸고는 차에서 내렸다. 여자가 통화를 끝내고 담장에서 일어나 선글라스를 벗었다. 개를 보고 살짝 웃었지만 그 미소는 금방 다시 사라졌다.

"안녕하세요, 하우실트 씨." 피아가 인사하자 혜닝의 에이전트가 화답했다.

"안녕하세요, 키르히호프 형사님."

"산더예요. 예전에 키르히호프였죠." 피아가 미소를 지으며 말했다.

"아, 그렇죠. 죄송해요. 이렇게 빨리 와주셔서 고맙습니다."

마리아 하우실트는 멀리서 볼 때와 달리 가까이에서 보니 그다지 젊은 나이는 아니었지만 그래도 매력적인 여자였다. 피아는 혜닝이 이 사람과 잤을까 속으로 질문을 던져봤다. "별말씀을요. 어차피 이 근처에 있었답니다."

에이전트는 하얀 리넨 셔츠에 7부 청바지, 형광 녹색 스니커즈 차림이었다. 턱까지 오는 보브커트는 금발이 아니라 은회색이었지만 눈 주위와 윗입술 위쪽의 잔주름만 아니라면 충분히 40대 후반으로 보일 만했다.

"멋진 개로군요. 이름이 뭔가요?"

"벡스예요." 피아가 대답했다. "맥주 이름과 같지요."

자기 이름을 듣자 벡스는 고개를 갸우뚱하고는 기대에 차서 꼬리를 흔들었다.

"혜닝 말로, 지인 때문에 걱정하신다고요." 피아는 크리스토프와 다투고 바이마라너 주인과 불쾌한 만남을 겪은 후에 정중

한 미사여구를 늘어놓을 기분이 아니라서 바로 본론으로 들어
갔다.

"네, 그렇답니다. 벌써 며칠 전부터, 친구인 하이케에게 연락
했는데 전화도 받지 않고 이메일이나 문자에 답장도 보내지 않
아요." 에이전트는 걱정이 많아 보였다. "40년 친구인데 이런 적
은 한 번도 없었답니다. 실은 그 친구가 얼마 전에 직장을 잃었
어요. 그래서 혹시…… 무슨 일이라도 벌어진 게 아닐까 걱정스
러워서요."

"무슨 뜻인가요?" 피아가 이마를 찡그리며 물었다. "혹시 자
해했다고 짐작하시나요?"

"모르겠어요." 마리아 하우실트는 망연자실한 채 어깨를 으
쓱했다. "어쨌든 며칠이나 소식을 듣지 못하는 건 정말 이상해
요. 게다가 이런 배후 사정도 있으니……."

피아는 사람들이 상대방이 물어주기를 바라며 문장을 제대
로 끝마치지 않는 걸 아주 싫어했다. 친구에게 정말 무슨 일이
벌어졌다는 게 확실해지기 전까지 피아는 배후 사정에 아무 관
심도 없었다.

"헤닝 말로, 당신이 문에서 혈흔을 발견했다더군요."

"네, 이리 오세요. 보여드리지요." 마리아 하우실트가 붉은
페인트칠이 벗겨진 문을 열고 뜰에 들어섰다. 피아는 자그마한
차고 창문을 들여다봤다. 이중 차고에 짙은 색 자동차가 서 있
었다.

"차는 있어요. 제가 이미 봤답니다." 에이전트가 말했다.

"친구분이 그냥 여행이라도 간 게 아닐까요?" 피아가 물었다.

"기차나 비행기를 타고 친척이나 친구들을 방문하고 있는지도 모르지요. 일자리를 잃은 사람들은 이따금 기분 전환이 필요하니까요."

"하이케는 친척이 없고 친구도 몇 명밖에 없어요." 하우실트가 대답했다. "그리고 여행을 가지도 않아요. 특히 기차 여행은 절대로 안 가요. 몇 시간 동안이나 금연해야 하는 걸 못 견디거든요. 제 말을 믿으셔도 돼요. 제가 하이케를 아주 오래전부터 잘 알아요."

피아는 줄에 묶은 벡스를 데리고 그녀를 뒤따라 이끼와 소나무 잎으로 뒤덮인 길을 통해 집으로 올라갔다. 정원은 손질되지 않은 인상을 풍겼다. 덤불과 꽃들이 지난 몇 주 동안 이어진 더위에 시들어 있었고 잔디는 이미 오래전부터 깎지 않아 마치 초원처럼 보였다. 정원 의자 여섯 개가 탁자에 기대어 있고, 그 옆에는 낡은 그네 의자와 접힌 파라솔과 녹슨 그릴 기구가 있었다. 다양한 크기와 형태의 화분 식물들은 이제 회생 불가능해 보였다. 예전에 딸기처럼 빨간색이었을 법한 차양은 흐릿한 분홍색으로 바랬고 가장자리 장식은 아래로 축 처져 있었다. 회칠이 여기저기 떨어졌고 담장 한 곳에는 담쟁이가 빗물받이까지 자라 올라갔다.

"친구분과 마지막으로 이야기하신 게 언제인가요?" 피아가 물었다.

마리아 하우실트가 뭐라 대답했지만, 원형 톱 돌아가는 소음이 귀를 먹먹하게 하는 바람에 제대로 알아들을 수 없었다. 오른쪽 이웃집 대지에 요즘 사람들이 좋아하는, 유리창이 많은 거대한 콘크리트 덩어리 건축물이 올라가는 중이었다. 피아는 개를 데리고 산책하다가 이런 새 건물들을 볼 때마다, 능란한 건축가와 융통성 있는 건축 감독청을 모두 손아귀에 쥐고 있을 경우 건축 설계도에서 무엇이든 끄집어낼 수 있다는 사실에 늘 놀라곤 했다. 예전에 차고와 정원이 딸린 자그마한 단독주택들이 있던 곳에 토지 면적을 밀리미터 단위까지 철저하게 사용한, 그리고 차를 수십 대 주차할 수 있는 지하 공간까지 갖춘 직사각형 유리 벙커들이 솟아났다. 이웃들은 별안간 2층짜리 유리 상자의 그늘에 갇혔음을 깨닫고 경악하곤 했다.

피아가 같은 질문을 반복했다.

"지난주 언젠가였어요." 마리아 하우실트가 대답했다. "겨우 며칠이 지났을 뿐인데 이렇게 걱정하는 걸 이상하게 생각하실지도 모르겠군요. 실은 하이케가 화요일 저녁에 아주 중요한 라이브 토크쇼에 초대받았답니다. 하이케가 한동안 공동 사회자를 맡았던 프로그램이었어요. 그런데 거기에 나타나지 않은 거예요. 미리 얘기도 안 하고서 말이에요."

"아, 그랬군요."

두 사람은 페인트칠이 갈라지고 벗겨지는 흰색 나무 문 앞에 서 있었다.

"이 문은 부엌으로 이어져요. 하이케는 여길 현관문으로 자주 이용한답니다." 에이전트가 설명했다. 그러고는 계단에 있는 몇몇 얼룩과 문짝에 그어진 선을 가리켰다. "이걸 보세요. 피 맞지요?"

피아는 벡스에게 앉아서 기다리라고 명령하고, 쪼그려 앉아

갈색 얼룩을 살펴봤다.

"네, 피일 수도 있겠군요. 하지만 곧장 끔찍한 일을 상상하실 필요는 없어요. 친구분이 혹시 정원 일을 하다가 다쳤을 수도 있지요."

아니면 코피가 났을 수도, 또는 핏물이 흐르는 스테이크를 그릴로 옮겼을 수도 있다. 피아는 문에 난 유리로 안쪽을 들여다봤다. 찬장과 냉장고가 보였다. 그녀는 배낭 옆 주머니에서 라텍스 장갑을 꺼내 끼고 문을 노크했다.

"벌써 해봤어요." 하우실트 씨가 말했다.

"집 안에 어떻게 들어가지요?" 피아가 물었다. "당신도 열쇠가 없을 거 아니에요."

"어…… 저는 위급한 경우에는 경찰이 문을 열 수 있다고 생각했는데요." 하우실트 씨가 주저하며 답했다.

"네, 맞아요." 피아는 에이전트에게로 몸을 돌렸다. "하지만 지금 여긴 위험하지도 않고 위급한 경우도 아니에요. 친구분은 성인이니 어디든 자기가 가고 싶은 곳에 갈 수 있답니다. 아무에게도 미리 말하지 않고 말이지요. 제가 문을 부순다면 주거 침입이 될 거예요."

"저는 정말이지 걱정이 '아주' 많이 됩니다." 마리아 하우실트가 다급하게 말했다. "친구가 다쳐서 집 안에 쓰러져 있으면 어쩌죠? 빈터샤이트 출판사는 30년이 넘는 세월 동안 내내 그녀의 가족이었어요. 하이케는 자기 일과 작가들을 위해 살았지요. 그런데 이제 아무것도 남은 게 없어요."

피아는 귀가 번쩍 띄었다.

"빈터샤이트? 헤닝도 그 출판사 소속 아닌가요?"

"네, 맞아요." 에이전트가 고개를 끄덕였다.

"혹시 집 열쇠를 가지고 있는 사람이 없을까요? 이웃이라든가." 피아가 물었다.

"그건 저도 모르겠어요." 하우실트 씨가 이마를 찌푸리며 대답했다. 그녀의 입가에 갑자기 단호한 표정이 드러났다. 그녀는 팔꿈치 위로 걷어놓았던 블라우스 오른팔 소매를 내리고는 피아가 미처 말리기도 전에 문에 난 유리를 팔꿈치로 쳤다.

"뭐하시는 거예요?" 피아가 당황해 소리쳤다. "이건 주거 침입이에요!"

"손해 배상은 제가 할게요." 하우실트 씨가 구멍으로 손을 넣어 안쪽에 꽂힌 열쇠를 돌려 문을 열었다. "이제 문이 열렸으니 안에 하이케가 있는지 둘러봐도 되잖아요. 안 그래요?"

그녀는 안에 들어가려고 몸을 움직였다. "하이케?"

"멈춰요!" 피아가 그녀를 막았다. "여기 계세요. 제가 일단 혼자 둘러볼게요. 혹시…… 으음, 그러니까…….."

"아! 물론이지요." 마리아 하우실트는 깜짝 놀라 주위를 둘러봤다.

사람들은 해고보다 훨씬 더 대수롭지 않은 이유로도 자기 목숨을 끊는다. 하우실트 씨의 친구가 정말 자해를 했고 시신이 이 무더위에 여러 날 동안 집 안에 있었다면 그다지 보기 좋은 장면은 아닐 터였다. 부엌에 들어서는 피아의 신발 아래에서 유리 조각들이 바스락거렸다. 피아는 냄새를 맡아봤다. 차갑게 식은 담배 연기의 자취뿐, 치즈나 암모니아 같은 전형적인 시신

냄새는 없었다. 니코틴과 먼지로 뿌옇게 된 유리창 때문에 이 공간은 흐릿한 여명에 잠겨 있었다. 냉장고가 요란하게 웅웅거렸다. 피아는 널따란 부엌을 한번 훑어봤다. 조리대에 냄비와 프라이팬들이 놓여 있었다. 뚜껑을 열어보니 말라붙은 음식 찌꺼기가 보였다. 커피메이커의 유리 주전자는 절반쯤 채워져 있고, 종이 필터 안의 커피 가루에는 벌써 곰팡이가 피어 있었다. 단단한 목재 식탁은 아무래도 일할 때 쓰는 가구인 듯했다. 닫혀 있는 노트북 주위에 종이와 책, 개봉된 우편물과 아직 개봉되지 않은 우편물이 쌓여 있었다. 꽁초들로 넘치는 재떨이, 곰팡이가 떠다니는 도자기 커피잔 옆에 담배 한 갑과 라이터가 놓여 있었다. 피아는 냉장고를 열어 대강 살펴봤다. 와인 두세 병. 버터. 슬라이스 햄. 치즈. 여섯 개들이 계란 상자. 수북이 쌓인 샐러드 밀키트. 음식으로 꽉 찬 밀폐용기 여러 개. 피아는 부엌에서 집 현관으로 이어지는 복도로 나가 방들을 둘러봤다. 틈이 있는 곳마다 책과 잡지와 신문이 쌓여 있었다. 부엌 바로 옆방이 사라진 집주인의 침실인 모양이었다. 침구 정리를 하지 않은 상태였다. 옷걸이에 옷들이 걸려 있고, 나이트테이블 위에는 약통과 책이, 침대 옆 방바닥에는 역시 담배꽁초로 가득 찬 재떨이와 레드와인의 흔적이 남은 와인잔이 있었다. 방금 읽다가 내려놓은 듯한 책이, 눌린 자국이 난 베개 위에 거꾸로 펼쳐져 있고, 의자 위에는 핸드백이 놓여 있었다. 핸드백을 연 피아는 온갖 잡동사니 외에도 약간의 현금, 하이케 베르시라 적힌 신용카드와 현금카드, 신분증과 차량등록증과 운전면허증이 든 낡은 지갑을 발견했다.

마리아 하우실트의 말이 맞는 것 같았다. 뭔가 이상했다. 며칠 여행을 떠나면서 온갖 증명서가 들어 있는 가방을 놓고 가는 사람은 없으니까. 동료인 크리스티안 크뢰거에게 전화하려고 휴대전화를 막 꺼내는데 벡스가 짖는 소리가 들려왔다. 피아가 복도로 나서자 검은 고양이가 쏜살같이 그녀 옆을 스쳐 가고, 눈에 살기를 번득이는 벡스가 그 뒤를 바짝 쫓고 있었다. 벡스는 고양이만 나타나면, 피아네 고양이만 빼고 어김없이 충동 조절에 실패했다. 피아는 바닥의 줄을 잡으려고 했지만 그렇게 빠르지 못했다. 고양이가 위층과 이어지는 계단으로 올라가자 말리노이즈도 그 뒤를 바로 쫓았다.

"이런, 젠장!" 피아는 욕설을 퍼부으며 두 마리 동물을 쫓았다. "벡스! 거기 서! 돌아와!"

이윽고 위층에서 벡스가 신경질적으로 짖는 소리를 듣고 피아는 깜짝 놀랐다. 그녀는 벡스가 짖는 다양한 소리가 가리키는 바를 정확하게 이해하고 있는데, 지금 이 소리는 좋은 신호가 아니었다. 벡스가 하이케 베르시의 시신을 발견한 건가? 숨도 쉬지 않고 마지막 층계 몇 칸을 뛰어 올라간 피아는 경악하여 그 자리에 멈춰 섰다. 어두컴컴한 복도에 줄무늬 잠옷을 입은 노인이 벽에 등을 기댄 채 앉아 있었다. 벡스는 노인 앞에 서서 구조견 교육에서 배운 대로 그를 향해 짖고 있었다.

"그만! 잘했어!" 피아는 벡스의 목줄을 잡고 뒤로 당겼다. 개가 짖기를 멈추고 꼬리를 흔들었다.

"개 때문에 놀라셨을 텐데 죄송합니다." 피아가 쪼그리고 앉았다. "제 이름은 피아 산더이고, 호프하임 경찰서 형사입니다."

노인이 피아를 빤히 바라봤다. 맨발에 면도를 하지 않은 상태였고, 하얀 머리카락이 이리저리 뻗쳐 있었다.

"죄송하지만⋯⋯." 그가 떨리는 목소리로 속삭였다. "좀 도와줘요."

그가 다리를 움직이자 쩔렁거리는 소리가 울렸다. 노인의 오른쪽 발목에 묶여 있는 쇠사슬이 그제야 피아의 눈에 들어왔다.

* * *

"다음 정거장은 하우프트바헤입니다!" 기계음 방송이 나왔다. 율리아 브레모라는 계약사항을 다시 한번 점검하느라 살펴보던 태블릿을 가방에 넣고 자리에서 일어났다. 9시 40분이었다. 어제 밤늦게 잠들었는데도 오늘 아침에 알람도 없이 깼다. 베스트엔드 지역 이탈리아 레스토랑에서 열린 파티는 완벽하게 성공적이었는데, 무엇보다도 '그녀의' 작가가 그날 저녁의 주인공이었기 때문이다. 사실 상을 여러 번 수상한 작가들 중 한 명이 아니라 '범죄소설 작가'가 올해 외부 영업자 회의에서 주빈이 되는 걸 빈터샤이트 출판사 고참 편집자들이 불평하리라고 예상했지만, 불화만 일으키던 늙은 마녀 베르시가 4주 전에 해고된 후에 출판사 분위기는 확연히 좋아졌다. 헤닝 키르히호프 또한 어제저녁에 법의학자의 일상적 일화들이 다수 포함된 흥겨운 연설과 신작 범죄소설의 짤막한 낭독을 통해 카를 빈터샤이트 반대 동맹자들에게서도 일그러진 미소이긴 했으나 한두 차례 웃음을 끌어냈다. 마지막에는 베토벤 같은 헤어스타일과 30년 전 유행하던 둥근 뿔테 안경을 낀 문학부 기획부장 로트 씨까지 전원이 박수갈채를 보냈다. 발행인이 모든 동료와 외부 영업자들 앞에서 지나칠 정도로 율리아를 칭찬하자 그녀는 기쁨과 자긍심에 심장이 터질 것만 같았다. 카를 빈터샤이트는 그녀가 언어와 내용, 시대정신과 도서시장에 대한 탁월한 감각이 있다고 칭찬했는데, 율리아의 무릎이 떨린 이유는 그가 말하는 내용뿐 아니라 그의 눈빛 때문이기도 했다. 물론 동료들은 이를 악물고 억지 미소를 지었지만 율리아는 그들의 시샘에 전혀 개의치 않았다. 새 작가를 발굴하고 그 작가의 첫 작품이 그해에 가장 많이 팔린 범죄소설이 되어 다른 모든 작품을 능가하게 만드는 데 성공한 사람은 그녀 말고 아무도 없었다. 초판 15만 부를 찍은 키르히호프의 두 번째 소설《너무 친한 친구들》은 아마 3주쯤 후에는 전작을 추월하여 베스트셀러 목록 꼭대기에 오를 터였다. 물론 헤닝 키르히호프가 귄터 간텐베르크나 알프리트 켐퍼만처럼 노벨문학상을 타거나 게오르크 뷔히너 상 또는 그 외 다른 문학상을 받는 일은 없을 것이다. 그는 마리나 베르크만-이케스, 로베르트 자흐트레벤, 제베린 벨텐, 게자 리히터, 파비안 마리아 놀 같은 작가들과 달리 문학비평가들의 총아는 아니었다. 그러나 그의 범죄소설은 독자층이 넓었다. 《사랑받지 못한 여자》는 작년에 놀라운 성공을 거두었다. 〈슈피겔〉 베스트셀러 목록에 오르고 아마존을 정복했으며, 오만한 문학 작가와 그들의 편집자는 꿈도 꾸지 못하는 판매고를 올렸다. 1년 반 전부터 카를 빈터샤이트가 명성 높은 이 출판사를 진두지휘하면서 전략적인 새 방향으로 출판사를 파산 위기에서 구해낸 뒤로, 높은 판매고와 상업적인 성공은 이제 더 이상 오명이 아니었다.

전철이 섰다. 천식에 걸린 숨소리를 내며 차 문이 열리자 승객들이 승강장으로 쏟아져 내렸다. 대부분 양복을 입은 이 사람들은 이제 하루 동안 은행과 각종 사무실과 법률 사무소 등에서 일하게 될 터였다. 율리아는 계단을 서둘러 올라가 비버 골목을 건너 실러 거리로 접어들었다. 외부 영업자 회의 둘째 날인 오늘, 그녀는 내년 봄 프로그램을 위한 신작을 네 권이나 소개할 수 있게 됐다. 몇 주 전부터 즐겁게 이 회의를 고대하고 있었다! 율리아는 출판사 건물이 눈에 들어오자 미소를 지었다. 독특한 방식으로 살짝 파인 전면과 거대한 지붕과 나체 석제 조각상들이 두 그룹으로 나뉘어 회랑에 솟아 있는 웅대한 신고전주의 건물이었다. 2차대전의 파괴적 공습에도 거의 피해 없이 살아남은 몇 채 안 되는 시내 건물 중 하나였다. 율리아는 아침에 출입문을 지나 로비에 들어와, 벽과 계단실에 걸린 유명한 작가들의 초상 사진을 볼 때마다 기쁨과 자부심을 느꼈다. 자기 직업이 마냥 좋았다. 신작 프로젝트를 발굴하고 매주 열리는 편집회의에서 그걸 위해 싸우는 일은 흥미진진했다. 율리아는 작가와 함께 플롯을 다듬고, 국내와 해외 에이전트와 전화를 하고, 보도 자료를 쓰고, 드디어 인쇄로 넘기기 전에 교정쇄를 대조하는 일을 사랑했다. 게다가 이제 3주 후에는 국제 도서 세계에서 가장 중요한 행사인 프랑크푸르트 도서전이 시작되는데, 율리아 브레모라는 이번에 그곳 한가운데에 설 예정이었다. 하찮은 초보 편집자로 서는 게 아니었다! 독일 범죄소설 분야에서 새로운 혜

성의 발굴자로 이름을 알린 것이다! 도서전 내내 일정이 꽉 차 있었다. 에이전트 센터에서 30분 단위로 영국과 프랑스, 이탈리아와 미국 에이전트들을 만나 저작권을 협상하고, 저녁에는 출판사 파티에 가서 동료들을 만나 최신 소식을 나누며 떠들썩한 분위기를 즐길 계획이었다. 그녀가 로비에 막 들어서는데 휴대 전화가 울렸다. 헤닝 키르히호프였다.

"안녕하세요?" 율리아가 유쾌하게 인사했다.

"브레모라 씨, 안녕하세요?" 키르히호프의 목소리는 정중했다. "잠을 방해하지 않았기를 바랍니다."

"아, 아니에요. 이미 출판사에 도착한걸요." 율리아는 유리 승강기에 타고 4층 버튼을 눌렀다. "어제 정말 멋진 저녁이었죠? 모두 엄청나게 감동했답니다!"

움직이기 시작한 승강기가 위로 부드럽게 올라갔다.

"네, 좋았습니다." 키르히호프는 수다를 떨 기분이 아닌 듯했다. 그가 헛기침을 하고 말을 이었다.

"브레모라 씨, 원고에서 꼭 고쳐야 할 게 있어요."

"어머나! 그건 좀 어려워요. 지난주에 문장을 모두 손봤고, 제작자가 원고를 인쇄소에 넘겼거든요."

"정말로 중요한 일이 아니라면 부탁을 드리지도 않을 겁니다." 키르히호프가 고집을 부렸다. "헌사를 고치겠다고 전배우자에게 단단히 약속했어요. 그냥 '피아에게'라고만 써야 합니다."

다행스럽게도 내용이 아니라 헌사뿐이군! 율리아는 안도의 숨을 내쉬었다. 하지만 왜 이제야 생각이 났단 말인가? 그걸 고민할 시간은 정말 많지 않았나!

"고칠 수 있는지 봐야겠어요." 승강기가 멎었다. 율리아는 복도를 서둘러 걸어가 자그마한 사무실로 들어갔다. 사실 지금 이런 일에 신경 쓸 틈도 없을 정도였지만 헤닝 키르히호프는 그녀가 담당하는 작가 중에 가장 중요하므로 그를 화나게 할 마음도 없었고 그래서도 안 되었다.

"혹시 얼마 전에 해고당한 편집자에 대해 들으신 이야기 있나요?" 키르히호프가 물었다.

"베르시 씨요? 제가 들은 얘기요?" 율리아는 당황했다. "아니요. 그걸 왜 물으시죠?"

"제 에이전트인 하우실트 씨 말로, 며칠 동안 그 편집자와 연락이 되지 않아 걱정스러워서 그 집에 갔다고 하더라고요." 그가 대답했다. "그래서 제가 전배우자에게 거기 가서 살펴봐달라고 부탁했는데, 전배우자가 헌사를 바꾸는 걸 조건으로 내걸었습니다."

율리아는 등줄기에 소름이 끼쳐 침을 꿀꺽 삼켰다. 키르히호프의 전배우자는 그가 쓴 소설 주인공의 실제 모델이었다. 가공인물인 이나 그레벤캄프와 마찬가지로 피아 산더는 호프하임 지역수사과 강력11반 경위이며 살인과 폭행치사 같은 강력범죄를 담당했다. 형사가 하이케 베르시의 집을 살핀다는 게 무슨 뜻일까?

"아, 그렇군요……." 율리아는 갑자기 무릎이 떨리는 바람에 가방을 바닥에 아무렇게나 내려놓고 책상 앞에 앉았다. 손이 떨려서 소스라치게 놀랐다. "전배우자에게서 이미 연락이 왔나요?"

"아니요, 그런데 마리아가 저한테 문자를 보냈습니다." 키르히호프는 자기 말이 율리아에게 어떤 반응을 일으키는지 전혀 모른 채 답했다. "뭔가 이상하다는군요. 감식반을 기다리고 있다고 합니다."

"어머!" 키르히호프와의 작업을 통해 율리아는 어딘가에서 시신이 발견됐을 때 진행되는 절차에 대해 꽤 잘 알고 있었다. 형사가 이유도 없이 감식반을 부르지는 않는다. 그러니 뭔가 일이, 뭔가 아주 안 좋은 일이 벌어진 게 틀림없었다. 어쩌면 율리아 자신의 잘못일 수도 있었다. 더없이 활기차게 시작한 날에 돌연 그늘이 드리웠다.

"……브레모라 씨, 어떻게든 바꿀 수 있다면 정말 좋겠습니다." 헤닝 키르히호프의 목소리가 아득히 먼 곳에서 들리는 듯했다.

"네, 네. 그럼요." 율리아가 더듬더듬 말을 이었다. "어…… 제가 제작자에게 당장 이메일을 보낼게요."

새로운 소식을 들으면 자기에게 바로 알려달라고 부탁하고 싶었지만 그랬다가는 헤닝이 의심할 테니 그럴 수 없었다. 헤닝은 율리아가 담당하는 작가이고 그녀에게 호의적이긴 하지만, 동시에 하이케 베르시의 집으로 감식반을 요청한 형사의 전남편이기도 했다. 율리아는 통화를 끝내고 검은 컴퓨터 모니터를 빤히 노려봤다. 베르시는 오만하고 상처를 주는 솔직함 때문에 불편한 사람이었다. 율리아는 그녀를 견딜 수 없었고 이따금 정말 증오하기도 했다. 매주 편집회의 때나 그 외 협의에서 베르시와 격하게 다툰 게 한두 번이 아니었다. 그럼에도 율리아는

그녀를 존경했다. 하이케 베르시는 독일어권 현대문학의 우상
이자 20년 이상 빈터샤이트 출판사의 중추적 인물이었다. 그러
나 예고 없이 즉시 해고되었고, 이제 어쩌면 뭔가 일이 벌어졌
는지도 모른다. 빌어먹을! 율리아는 입술을 깨물며 죄책감이 솟
아오르는 것을 억눌렀다. 우연히 들은 이야기를 그냥 혼자만 알
고 있을 것이지 왜 입을 열었던가?

* * *

피아는 마리아 하우실트에게 위층으로 올라오라고 말했다.
에이전트는 당황하여 양손으로 입을 가린 채, 피아가 구급의사
에게 연락하라고 부탁할 때까지 그냥 그대로 서 있었다. 피아는
계단 입구 옆 탁자에서 족쇄 열쇠를 발견하고 노인의 사슬을 풀
어줬다. 노인은 그녀가 가져다준 수돗물 한 컵을 고맙다며 다
마시고는 하이케와 기젤라가 어디 있는지 물었다. 피아는 하이
케 베르시가 아마도 아버지인 이 노인을 강제로 묶었으리라고
예상했다가, 사방에 붙어 있는 쪽지들을 보고 생각을 바꾸었다.
'옷장', '실내화 신기!', '수도꼭지 왼쪽 찬물, 오른쪽 뜨거운 물',
'변기 물 내리기!', '잊지 말고 물 마시기!', '전등 끄기' 등이 적
힌 쪽지였다. 사슬은 노인이 2층 전체를 어려움 없이 돌아다닐
수 있을 만큼 길지만 계단을 내려올 정도는 안 되는 길이였는
데, 베르시 씨가 외출할 때 아버지의 안전을 걱정해서 도덕적으
로는 지극히 미심쩍긴 해도 나름 효율적인 방법을 생각해낸 듯
했다. 복도 탁자에 빈 물병 여러 개와 큼지막한 숫자의 노인용

전화기가 있고, 그 곁에 세 가지 전화번호가 적힌 쪽지가 붙어 있었다. 제일 위 것은 하이케의 휴대전화 번호였고 바로 밑에 스니호타 박사(주치의)의 것, 그 아래는 클라우스와 게르다 비데부시(이웃집)의 유선전화 번호였다.

"누구시오?" 베르시 씨가 의자에 앉아 벡스의 머리를 쓰다듬으며 마리아 하우실트에게 다시 물었다.

"하이케의 친구인 미아예요. 공증인 몰리토어의 딸이지요." 에이전트도 그에게 다시 설명했다. "하이케와 저는 켈크하임에서 학교를 같이 다녔고 대학교도 함께 갔어요. 예전에 여기 자주 놀러왔답니다."

"공증인 몰리토어의 딸이라고? 아니, 그럴 리가 없지." 노인은 미심쩍은 눈길로 그녀를 머리끝부터 발끝까지 살폈다. "미아는 젊은 애라오. 그런데 당신은…… 쭈그렁바가지인데!"

피아는 터져 나오려는 웃음을 꾹 참고 휴대전화로 전화기 옆에 붙어 있는 쪽지를 사진 찍었다. 그러고 하이케에게 전화했다. '지금 거신 번호는 연결할 수 없습니다.' 기계음이 들려왔다. 그다음에 주치의에게 전화했더니 자동응답기가 돌아갔다. 피아는 자신에게 전화해달라는 메시지를 남겼다. 그러고 호프하임 경찰서 감식반장 크리스티안 크뢰거와 통화하고, 그 후에 동료인 셈 알투나이와도 통화했다. 여기 혈흔을 조사하려면 두 사람이 필요했다.

구급의사와 구급차가 도착했다. 마리아 하우실트는 의사와 구급대원들을 안내하려고 아래층으로 내려갔다. 피아도 구급의사에게 노인을 인계한 후에, 하우실트 씨에게 실종된 친구에 대해 더 자세히 물어보려고 아래층으로 내려갔다. 혜닝의 에이전트는 한눈에 보기에도 충격을 받은 창백한 얼굴로 테라스의 녹슨 정원 의자에 쭈그리고 앉아 있었다.

"하이케는 아버지를 돌본다는 말을 한 번도 한 적이 없어요." 그녀가 무거운 목소리로 말하며 두 검지로 눈 아래를 쓸었다. 그런 다음 어깨를 펴고 자리에서 일어났다. "그런 이야기를 하지 않다니, 무슨 우정이 이런가요?"

피아도 이미 의아하게 생각하던 일이었다.

"이리 오세요. 집 바깥에서 기다리지요. 감식반을 요청했거든요."

"하이케가 뭔가 일을 당했다고 짐작하시는군요?" 마리아 하우실트가 걱정스럽게 묻고 피아를 따라 계단을 내려왔다.

"최소한 그럴 가능성은 배제하지 않고 있습니다." 피아가 대답하고 벡스를 미니의 조수석 발밑 공간으로 들여보냈다. 차 지붕은 개가 너무 더워하지 않게 절반이 열려 있었다. 그런 다음 피아는 동료 카이 오스터만에게 최근에 어디선가 익명의 여자 시신이 발견된 적이 있는지 데이터베이스를 뒤져보라는 문자를 보냈다.

"자, 친구분에 대해 이야기를 좀 해주시죠?" 피아는 처음에 담의 기둥을 책상으로 사용하려고 하다가 이중 차고 앞쪽 인도에 놓인 커다란 쓰레기통에 눈길이 갔다. 무릎으로 쓰레기통을 담 쪽으로 밀고 배낭을 쓰레기통 뚜껑에 올린 다음 안에서 수첩과 볼펜을 꺼냈다.

"볼펜으로 수첩에 메모를 하세요?" 에이전트가 놀라서 눈썹을 치켜세우자 피아가 대답했다.

"저는 구식이거든요."

"정말 정감 있네요." 마리아 하우실트는 이제 정신을 좀 차렸다. 창백한 얼굴에 미소가 스쳐 갔다.

"친구분이 왜 일자리를 잃었나요?" 피아가 물었다.

"하이케는 새 발행인과 사이가 좋지 않았어요. 20년 이상 출판 기획 책임자였는데, 1년 반 전에 모든 게 달라졌지요. 하이케는 단순한 성격이 아니에요. 직설적인 방식으로 사람들을 모욕해요. 충동적이고 호전적이기도 하고, 가끔 심하게 상처를 주기도 해요. 사장과 계속 다퉜는데, 4주 전에 사장이 그녀를 해고한 거예요. 예고도 없이! 30년 동안 출판사 소속이었는데 말이에요! 그래서 하이케는 노동법원에 갔고 승소할 가망이 컸어요. 해고할 때 형식상의 오류가 있었대요. 하이케는 노사협의회 회원이거든요."

"하지만 즉시 해고했다면 그럴 만한 이유가 있었을 텐데요." 피아가 의견을 말했다.

"제 생각에는 자기 출판사를 설립하고 빈터샤이트의 작가와 동료들을 빼가려는 하이케의 계획을 그곳 경영진이 알게 된 듯해요."

그건 사실 해고 사유가 될 것 같았다.

"그 계획을 누가 알고 있지요?" 피아가 물었다.

"제가 알아요." 하우실트 씨가 생각에 잠긴 채 대답했다. "그리고 편집부에서 하이케의 오랜 동료이자 기획부장인 알렉산더 로트, 전직 발행인인 헨리 빈터샤이트와 그의 부인도 알고 있어요. 아마 알렉산더의 부인인 파울라 돔스키도 알 거예요. 파울라와 하이케는 〈파울라와 책 읽기〉라는 방송을 한동안 함께 진행했어요. 그리고 당연히 하이케가 데리고 가려던 작가와 그 에이전트들도 알아요. 그러고 보니 상당히 많은 사람들이 알고 있네요."

"베르시 씨가 당신 말고 또 누구와 친구이거나 직업상 가깝나요?" 피아가 또 질문했다.

"친구가 많지는 않아요. 하이케의 뒤를 이어 기획부장이 된 알렉산더 로트와 친구예요. 그리고 요제핀 린트너와도. 요제핀과 그녀의 남편은 마인-타우누스 센터에 서점을 소유하고 있어요. 하이케와 알렉산더, 요지와 저는 김나지움 학생 때부터 친구랍니다. 대학에서도 함께 공부했고요."

피아는 계속 메모했다.

"프랑크푸르트 에이전트 동료인 요제프 모스브루거도 친구라고 할 수 있어요. 하이케와 그는 몇 년 전부터 야심 많은 작가 지망생들을 위한 세미나를 주최하고 있어요. 그 세미나는 토스카나주 시에나 근처 모스브루거의 집에서 열리지요. 그런데……."

"그런데 뭔가 있나요?"

"아, 아닙니다."

마리아 하우실트는 엄지와 검지로 목덜미를 주물렀다. 햇볕에 그을린 얼굴이 다시 창백해지고 이마에 땀방울이 맺혔다. 갑자기 산만하고 혼란스러워 보였다.

"하우실트 씨, 몸이 안 좋으신가요?" 이름을 모두 받아 적은 피아가 고개를 들었다.

"아니, 괜찮아요." 에이전트는 가방에서 물병을 꺼내 뚜껑을 열고 몇 모금 마셨다. "하이케가 자기 아버지를 돌본다고 우리 중 누구에게도 말하지 않았다는 걸 도저히 이해할 수 없어서 그래요. 우린 친구인데 말이에요. 게다가 아주 오래전부터!"

피아는 이 말에 대답하지 않았다. 항상 듣는 말이었다. '우리는 아주 친한 친구예요'라는 말이 신뢰와 정직의 보증이라도 되는 것처럼! 이른바 친구라는 사람들이 가장 심한 상처를 주는 일은 무척 흔했고, 실망한 기대 심리가 법의학연구소 지하실 냉장칸으로 이어지는 경우도 적지 않았다.

"베르시 씨에게 적이 있나요?"

하우실트 씨가 대답하려는 찰나 카이 오스터만에게서 전화가 걸려왔다. 연방범죄수사국의 데이터베이스에 따르면 독일 전역에서 최근 사흘 동안 발견된 익명의 여자 시신은 없다는 답이었다.

"알았어. 고마워, 카이." 다음 전화가 들어왔으므로 피아는 짤막하게 대답했다. 베르시 씨의 주치의였다. 스니호타 박사는 아주 오래전부터 게르노트 베르시의 주치의를 맡아왔다고 자신을 설명했다. 피아는 의사에게 간략하게 상황을 설명하고, 연락할 가족이 있는지 물었다.

"제가 아는 한 가족은 딸뿐입니다." 의사가 대답했다. "부인은 오래전에, 아들도 어릴 때 사망했어요. 베르시 씨는 10년쯤 전에 알츠하이머 진단을 받는데 딸이 요양원에 아버지를 보내려고 하지 않았습니다. 아버지를 정말 잘 돌봤어요. 출장을 가야 할 때면 언제나 성 엘리자베스 양로원과 요양원의 단기 요양에 모셨지요."

외출할 때면 하이케 베르시가 아버지에게 사슬을 묶었다는 걸 의사는 알고 있었을까?

"제가 성 엘리자베스 시설 원장을 알고 있어요." 스니호타 박사가 말을 이었다. "원하신다면 제가 베르시 씨가 들어갈 자리가 있는지 알아봐드릴 수 있습니다. 딸에게 정말 뭔가 일이 생긴 경우에 말이지요."

"네, 그렇게 해주신다면 정말 고맙겠습니다." 피아는 감사 인사를 하고 통화를 끝냈다. 구급의사가 계단을 내려와, 들것에 베르시 노인을 싣고 뒤를 따르는 구급대원들에게 대문을 열어줬다. 보행보조기에 의지한 한 노인과 그 배우자로 보이는 노파가 도로 건너편에서 호기심 어린 눈길로 이 모습을 지켜보고 있었다.

"상태가 어떤가요?" 지금과 비슷한 상황에서 만난 적이 있어 낯이 익은 구급의사에게 피아가 물었다.

"탈수와 저혈당, 혼란에 빠져 있긴 하지만 대체로 안정된 상태입니다." 의사가 대답했다. "일단 병원으로 모셔 갈 겁니다. 연락이 닿는 가족이 있나요?"

"방금 주치의와 통화했어요. 가족에 대해서는 모르더군요." 피아는 구급의사에게 명함을 건넸다.

"제가 가족이 있는지 알아낼 때까지 의사선생님들이 저에게 연락해주셔야 해요."

구급차 문이 닫히고 곧 움직이기 시작했다. 구급의사도 자기

차에 올라 바로 출발했다. 피아는 다시 하우실트 씨를 향해 몸을 돌렸다.

"제가 여기 더 있어야 할까요?" 에이전트가 불안한 표정으로 물었다.

"아니, 지금은 아니에요. 여러 가지 정보를 주셔서 고맙습니다. 더 알고 싶은 게 있으면 그때 여쭤볼게요."

"알겠어요." 마리아 하우실트가 망설이다가 덧붙였다. "어······ 아, 아니에요."

"왜 그러시나요?"

"직계가족이 아닌데 진행 상황을 알려달라고 부탁드리는 게 평범한 일은 아니죠?"

"네, 늘 있는 일은 아니에요." 피아가 대답했다. "하지만 제가 베르시 씨에 대한 소식을 듣게 되면 알려드릴게요."

"고맙습니다." 에이전트는 마음이 놓인 듯했다. "정말 친절하시네요. 하이케에게 나쁜 일이 일어나지 않았기를 바랍니다."

둘은 작별 인사를 나누었다. 피아는 길을 건너 흰색 스마트에 올라타는 그녀의 뒷모습을 바라봤다.

"실례합니다." 보행보조기를 잡은 노인이 피아에게 조심스럽게 말을 걸었다. "내 이름은 클라우스 비데부시라오. 게르노트 베르시네 바로 옆집인데, 그 사람 때문에 걱정이 좀 되는군요. 게르노트가 지금 어떤 상태인지, 그리고 당신이 누구인지 알 수 있겠소? 하이케는 어디 있지요?"

"저는 호프하임 경찰서 형사 피아 산더입니다." 피아가 자기소개를 했다. 바로 옆집은 대부분 탁월하고 풍성한 정보의 샘이었다. "하이케 베르시의 친구가 며칠 내내 그녀와 연락이 안 된다며 우리에게 신고했습니다."

형사를 자주 접하지 않는 사람들이 일반적으로 그렇듯이, 비데부시 부부도 갑자기 당황한 기색을 보였다.

"하이케를 마지막으로 보신 게 언제인가요?" 피아가 예의를 갖춘 말투로 물었다.

부부가 서로 마주 봤다.

"정확하게는 기억나지 않아요." 비데부시 부인이 망설이다가 대답했다. "토요일이었던 것 같은데. 아, 맞아요. 토요일이었어요. 게르노트가 베란다에 앉아 있어서 울타리 너머로 같이 잡담을 좀 나누었는데 나중에 하이케도 나왔어요."

"베르시 씨가 알츠하이머병을 앓으시죠?" 피아가 물었다.

"네, 맞아요." 비데부시 부인이 대답했다. "어떤 날은 괜찮아서 나를 알아봐요. 그럼 우린 날씨나 정원 이야기를 나누지요. 하이케는 아버지를 정말 잘 돌본답니다. 딸이 아니었더라면 이미 오래전에 요양원에 갔을 거예요."

"난 하이케를 월요일 오후에 봤다오. 어떤 남자가 찾아왔었는데, 오래 있지는 않았어요." 비데부시 씨가 말했다. "난 그때 앞마당에서 시든 당아욱을 자르고 있었지. 저녁에 비가 온다고 해서 그 전에 마치려고 했소." 그는 손바닥으로 보행보조기를 두드리며 웃었다. "이건 조금 먼 거리를 움직일 때만 필요해요. 집 안에서는 없어도 잘 지내지. 슬로 모션처럼 움직이기는 하지만 말이오."

"그 남자 모습은 어땠나요?" 피아가 물었다.

"흐음, 회색 곱슬머리가 어깨까지 내려오고 안경을 끼고 있었어요. 예술가 타입이었지요. 젊은 사람은 아니었다오." 피아는 수첩을 다시 꺼내 들고 그의 말을 받아 적었다.

"우린 하이케가 어린아이였을 때부터 알아요." 비데부시 부인이 말했다. "하이케 엄마가 아직 살아 있을 때 나는 하이케에게 피아노를 가르쳤어요."

"그 엄마에게 무슨 일이 일어났나요?"

"후우, 비극이었어요." 형사 앞에서의 망설임이 사라지자 이웃은 말이 많아졌다. "하이케 남동생 다니엘이 등굣길에 시청 바로 앞에서 버스에 치여 죽었어요. 그때 겨우 일곱 살이었지요. 기젤라는 그걸 견디지 못했어요. 술을 마시기 시작했고, 몇 년 후에 사망했지요. 그때가 1980년 무렵이었어요. 게르노트는 한동안 혼자 살았어요. 그러다가 그가 병이 들자 하이케가 집에 다시 들어왔지요."

"하이케는 결혼을 한 적이 없나요?" 피아는 메모를 하다가 고개를 들고 물었다. "아이도 없고요? 사촌들도?"

비데부시 부부는 다시 서로 마주 보더니 두 사람 다 고개를 저었다.

"우리는 언제나 하이케는 남자가 필요 없다고 말하곤 했다오. 일이랑 결혼했어요. 출판계에서 유명인이지요." 비데부시 씨가 말했다.

"게르노트가 아직 심하게 안 좋은 상태가 아니었던 시절에는 하이케가 외출하거나 오랫동안 일해야 할 때면 우리가 그를 자주 들여다봤어요. 하이케는 감사 표시로 늘 책을 선물했는데,

작가가 직접 사인을 한 책도 많았지요."비데부시 부인이 자랑스럽게 덧붙였다. "우린 하이케가 그만두기 전까지 매주 일요일에 〈파울라와 책 읽기〉라는 문학 방송도 늘 시청했어요. 거기서 하이케는 다른 도서 전문가들과 함께 신간 도서에 대해 토론했지요. 하이케는 굉장히 신랄하기도 해요. 걔가 빠지니 방송이 지루해지더군요."

비데부시 씨는 지금 누구와 이야기를 나누는 중인지 다시 번쩍 정신이 들었는지 걱정스러운 표정으로 물었다.

"하이케에게 무슨 일이라도 났소? 그렇다면 게르노트는 정말이지 큰일인데."

"저도 모르겠어요."피아가 솔직하게 대답했다. "그럴 가능성이 없다고 말하지는 못하겠군요. 베르시 씨를 집에서 발견했는데, 정신이 혼란한 상태에 탈수였어요. 그래서 일단 병원으로 모시게 됐습니다."

"하이케가 쓰레기통을 아직 바깥에 그대로 둔 게 이상하네."피아가 책상으로 썼던 쓰레기통을 비데부시 씨가 가리키자 그의 아내도 동의한다고 고개를 끄덕였다.

"그렇군요."피아는 이날 오전에 세 번째로 명함을 내밀었다. "지난 사흘 동안 본 일 중에 뭔가 또 생각나면 전화 주세요. 당시엔 별로 중요하게 보이지 않았더라도 말이지요."

"그러지요."비데부시 부부가 약속했다. "하이케가 아무 일 없이 건강한 모습으로 다시 나타나야 할 텐데."

"저도 그러길 바랍니다."피아는 이렇게 대답했지만 예감이 좋지 않았다. 하이케 베르시는 힘든 성격이긴 하지만 늙은 아버

지를 사랑으로 성실하게 돌보는, 책임감이 무척 강한 사람 같았
다. 이런 사람은 대책을 마련해두지 않고 그냥 여행을 떠나거나
자살하지 않을 터였다.

* * *

나흘 전, 믿을 수 없는 변화를 겪은 이후에 그는 마실 것을 가
져오거나 화장실에 갈 때만 책상을 떠났다. 블라인드를 올리지
도, 휴대전화를 충전하지도 않았으며, 식사를 하지도, 잠을 자
지도 않았고 지금이 낮인지 밤인지도 몰랐다. 하지만 아무 상관
도 없었다. 드디어 다시 글을 쓸 수 있게 됐으니까. 그는 나흘째
노트북 앞에 앉아 있었다. 손가락이 자판 위를 날아다니며 취
한 듯이 글을 썼다. 평생 처음으로 '살아 있음'을 느꼈다. 사람처
럼, '남자'처럼. 어떻게 느껴야 한다는 상상만 묘사하는 사기꾼
이 아니라 정말 뭔가 이야기할 게 있는 사람 같았다. 그전에는
언제나 자신이 창가 커튼 뒤에 숨어 '인생'을 연기하는 타인들
을 훔쳐보는 수동적인 관찰자라고 느꼈었다. 그의 소설들도 마
찬가지였다. 간접적인 경험에서 나온 서툰 묘사였다. 복잡하게
얽히고 이따금 한 페이지에 걸친 긴 문장들을 쓰면서 얼마나 기
교를 부렸던가! 자기가 원래 마음먹은 것을 결코 표현하지도 못
하는 문장들을! 하지만 지금은 모든 것이 얼마나 가볍게 머릿속
에서 손가락으로 흘러가는가! 속박하던 코르셋에서 벗어나 날
개를 단 듯 가볍고 행복했다. 경고하는 여자의 목소리는 영원히
사라졌다. 그녀는 이제 다시는 그에게 형용사를 사용하지 말라

고 금하지 못할 것이다! 그녀가 그의 소설 속 등장인물들을 해부하여 혐오감을 일으키고 생기 없는 종이 인형처럼 황폐하게 만드는 일은 다시 없을 터였다!

제베린 벨텐은 자신이 지난 며칠 동안 얼마나 엄청난 변화를 겪었는지 스스로도 거의 이해할 수 없었다. 한없이 망설이고 겁이 많던 예전의 자아는 자동차에 올라타고 여자에게 가서 그의 집 앞에서 내려 울타리를 넘었다. 겁쟁이에다 세상 물정에 어두웠던 옛날 자아는 바로 그곳에 걸린 게 틀림없었다. 그는 뱀이 자신에게 작아진 껍질을 벗듯이 예전의 제베린을 탈피했고, 자의식에 넘치고 분노하는 새로운 제베린이 되어 여자의 집에 들어가 따져 물었다. 겉모습은 유약한 겁쟁이 예전 자아와 똑같았으므로 그녀가 알아보지 못했지만, 그의 새 자아는 주눅 들지 않았다. 그는 자기가 행한 일이 언젠가 책임져야 할 일이라는 걸 알았다. 부인하지 않고 의연하고 자랑스럽게 자기 행위의 결과에 책임을 질 생각이었다.

하지만 그 전에 이 책을 쓰고 싶었다. 아니, 써야 했다. 그녀가 판단하기에 제베린 벨텐에게는 너무 통속적이라며 쓰지 말라고 금지했던 이야기를 써야 했다. 그는 이 이야기와 등장인물들을 사랑했다. 그들의 감정을 몸소 느꼈다. 그는 그들과 함께 괴로워하고, 사랑하고, 살인을 저질렀다. 이 행위들은 마치 그가 자기 손으로 몸소 행하는 것처럼 탄력 있고 잔인했으며 가차 없이 현실적이었다. 그는 그 여자와 비평가들이 그토록 사랑하던, 복잡하고 거의 이해할 수 없는 긴 문장에 이제 더는 걸린 채 허우적거리지 않았다. 그의 문장은 간결하고 정확했으며 의미

론적 해석을 위한 여지를 남겨두지 않았고, 그가 묘사하려던 바로 그것을 정확하게 표현했다. 그가 쓰는 것은 드디어 진짜였고 바로 그 자신이었다. 어쩌면 그를 대중 앞에서 웃음거리로 만든 여자에게 감사해야 할지도 모른다. 대중은 어쩌면 언젠가 그의 잘못을 용서하고 무엇, 그리고 누가 그에게 다른 작가의 말과 생각을 훔치라고 강요했는지 이해하게 될 수도 있다. 하지만 이 순간 그에게는 이 모든 게 아무 문제도 되지 않았다. 지금은 그저 다시 쓸 수 있게 됐다는 것, 그것도 과거 그 어느 때보다 더 잘 쓸 수 있게 됐다는 점만 중요했다.

* * *

옆쪽 건축 현장에서 들리던 소음이 멎고, 골격뿐인 건물이 죽은 듯 서 있었다. 피아는 감식반이 도착할 때까지 시간을 보내려고 휴대전화 인터넷으로 하이케 베르시에 대한 정보를 검색했다. 놀랍게도 몇 초 만에 수백 개의 결과물이 나왔는데 최근 며칠 것도 꽤 많았다. 일단 상당히 짤막한 위키피디아 내용을 통해 실종자가 1962년 프랑크푸르트 암 마인에서 태어났으며 켈크하임 소재 프리드리히 실러 김나지움에서 대학입학 자격시험 과정을 마치고 그 후에 튀빙겐과 프랑크푸르트에서 문학 이론과 독문학, 영문학을 공부했다는 사실을 확인했다. 빈터샤이트 출판사에서 편집자로, 번역가와 문학비평가로 일했고 2004년부터 2016년까지 문화 분야 저널리스트 파울라 돔스키와 함께 문학 방송 〈파울라와 책 읽기〉를 진행했다. 피아는 검색 페이지에서 '이미지'를 클릭해, 책장 앞에 서서 슬며시 비웃는 듯한 미소를 띤 채 사진사를 위해 포즈를 취한 하이케 베르시의 사진을 캡처했다. 사방으로 뻗은 붉은 곱슬머리와 독특한 검은색 사각 테 안경, 손가락 사이에 낀 불붙은 담배는 그녀의 트레이드 마크인 듯했다. 피아는 호기심이 생겨 링크된 몇몇 기사를 얼른 훑었다. '이익의 돼지 앞에 놓인 문학적 진주' 또는 '구두쇠 상속자', '그 사람은 자기가 무슨 짓을 하는지 모릅니다'라는 제목을 단 기사들을 읽고 나니, 베르시 씨가 즉시 해고를 당한 후에 노동법원에만 간 게 아니라 동시에 발행인 카를 빈터샤이트에 대항해 각종 언론을 통해 진흙탕 싸움을 걸었다는 것도 알게 됐다. 얼핏 읽기만 해도 그녀가 직설적으로 말하는 스타일이고 그 결과 적이 무척 많았으리라는 것을 충분히 짐작할 수 있었다.

아래쪽 도로에 감식반의 파란색 폭스바겐 미니버스 세 대가 나타났다. 순찰차 두 대와 지역범죄수사국의 공무용 차량 한 대가 그 뒤를 이었고, 그 차에서 셈 알투나이와 타리크 오마리, 카트린 파힝거가 내렸다. 감식반장 크리스티안 크뢰거도 팀원들을 모두 이끌고 왔다. 피아는 돋보기와 휴대전화를 집어넣고 계단을 내려갔다.

"경찰이 이렇게 대단위로 투입되다니." 피아가 말했다. "혹시 연수 세미나와 관계가 있는 거 아니야?"

"아이고, 피아 선배. 너무 끔찍하게 지루해요. 선배는 상상도 못 할 겁니다!" 강력11반에서 가장 젊은 타리크 오마리가 투덜거리며 눈을 흘겼다.

"세미나 강사가 백 살쯤 됐는데 말을 하면서 본인이 거의 잠들 정도예요." 카트린 파힝거도 말을 보탰다. "엥겔이 그 화석을 도대체 어디서 발굴했는지 모르겠네요!"

"선배가 우리에게 뭔가 할 일을 주길 모두 간절히 바라고 있어. 뭐가 됐든 말이지." 터키에서 4주 동안 가족 여행을 즐기고 돌아온 셈 알투나이는 갈색으로 그을린 몸과 완벽하게 자른 짧은 헤어스타일로 과거 그 어느 때보다도 더 할리우드 영화배우처럼 보였다. 형사를 연기하는 영화배우.

"유감스럽게도 정말로 할 일이 있어." 처음에 피아는 마리아 하우실트의 걱정이 지나치다고 간주했지만 지금은 이 상황을 아주 심각하게 받아들였다. 살인자가 되는 이유는 외부인들이 보기에는 깜짝 놀랄 정도로 사소하지만, 피아는 형사로 일하는 20년간 많은 일을 겪은 결과 사람이 어떤 일이라도 저지를 수 있다는 걸 알게 됐다. 영화나 범죄소설이 묘사하는 것과 달리, 희생자와 아무 관계도 아니던 범인은 거의 없었다. 99퍼센트의 사건에서 희생자와 가해자가 아는 사이였고, 살해 또는 폭행치사는 원한 관계에 의한 경우가 아주 흔했다.

"이 집에 사는 하이케 베르시가 월요일 이후로 살아 있다는 징후가 없어. 연락이 닿지 않아 걱정하던 친구가 오늘 아침에 부엌문에서 혈흔을 발견하고 헤닝에게 전화했고, 헤닝은 나더러 여기로 가봐달라고 부탁했지."

"그 친구는 왜 경찰이 아니라 법의학자에게 전화했대요?" 타리크가 물었다.

"잘 아는 사이라서." 피아가 대답했다. "친구 이름은 마리아

하우실트이고, 헤닝의 에이전트야. 난 처음에 베르시 씨가 일자리를 잃은 지 얼마 안 되었으니 어쩌면 여행을 갔을 수도 있겠다고 생각했는데 지금은 그럴 가능성이 없고 자살도 아닐 거라고 봐. 벡스가 위층에서 치매에 걸린 실종자의 아버지를 찾아냈는데, 발목에 사슬이 묶여 있었어. 탈수에 저혈당이라 구급의사가 돌보고 병원으로 모셨어."

"여자 이름이 뭐라고? 애니 윌크스(스티븐 킹의 소설 및 동명의 영화인 〈미저리〉에서 작중 소설가에게 집필을 강요하며 광기를 드러내는 인물—옮긴이)?" 셈이 농담을 했다.

"알투나이, 웃을 상황이 아니야." 다른 이가 건드리거나 오염시키기 전에 모든 범죄 현장을 독차지하길 원하는 크뢰거가 짜증스러운 듯 이맛살을 찌푸렸다. "처음에는 개가, 그다음에는 구급의사와 구급대원들이 온 집을 막 밟고 다니며 흔적을 망쳐 놨겠군!"

"하이케 베르시? 예전에 일요일 아침마다 텔레비전에서 책 관련 프로그램 진행하던 여자 아니에요?" 카트린 파힝거가 물었다. "50대 중후반에 붉은 갈기 같은 곱슬머리, 저음의 애연가 목소리."

"맞아, 그 사람." 피아가 대답했다. "인터넷에서 사진을 한 장 캡처해서 팀원들에게 보냈어."

"뭐야, 선배가 일요일 오전에 텔레비전 방송을 본다고요?" 타리크 오마리가 믿지 못하겠다는 듯이 물었다. "진짜예요?"

"보면 안 돼?" 카트린 파힝거가 되물었다. "베르시가 함께하는 동안은 방송이 완전 재밌었어. 마르셀 라이히-라니츠키가 진행하던 〈문학 사중주〉와 비슷했다고. 베르시가 빠지자 방송이 싱거워졌지."

타리크와 셈이 웃기다는 듯 눈길을 주고받았다.

"바보들이네!" 카트린이 짜증으로 씩씩거렸다. "일요일 텔레비전 방송에 축구와 포뮬러 원(세계적인 자동차경주대회—옮긴이) 말고 다른 것도 있답니다!"

크뢰거와 그의 팀원들이 흰색 전신작업복을 껴입고 장비를 내리는 동안, 피아는 순찰대원들에게 관계자 외에는 아무도 집 부근에 접근하지 못하게 하라고 일렀다. 형사들과 감식반이 현장에 있다는 소문이 돌면 곧 구경꾼들이 나타난다는 것을 경험상 잘 알았기 때문이다. 그런 다음 자기 팀원들에게 다시 돌아서서 말했다.

"이웃집 비데부시 부부와는 이미 이야기를 나눴어. 바로 옆에 붙어 있는 집뿐 아니라 이웃들 전체에게 물어봐줘. 하이케 베르시가 마지막으로 목격된 게 언제인지, 혹시 누구랑 다투었는지 알아내야 해."

모두 출발하고 피아는 크뢰거와 함께 집으로 들어갔다. 그에게 열린 부엌문의 혈흔을 보여준 뒤에 바닥에 유리 조각들이 흩어져 있는 이유를 설명했다. 집 안에 범죄 행위를 암시하는 흔적이 있다면 크뢰거와 그의 팀원들이 찾아낼 터였다.

* * *

출판사 3층 도서관의 높은 창문으로 밝은 햇빛이 들어와 천장까지 뻗은 유리 책장을 비추었다. 책장에는 빈터샤이트 출판사가 1919년에 설립된 이래 출간된 모든 책이 꽂혀 있었는데, 그중 많은 수가 현대 독일어권 문학에서 아주 중요한 위치를 차지한 작품들이었다. 외부 영업자 회의를 위해 책상들이 U자로 배열되어 있었다. 율리아는 U자의 열린 쪽에 놓인 강단으로 가서 출판사 외부 영업자들과 영업부와 편집부 동료들의 얼굴을 훑어봤다. 뒤쪽에 앉은 카를 빈터샤이트가 그녀에게 용기를 주려는 듯 고개를 끄덕였다. 율리아는 질비아 블랑케와 크리스티네 바일, 만야 힐겐도르프도 참석한 걸 보고 깜짝 놀랐다. 하이케 베르시와 오랫동안 함께 일했고 출판사의 새로운 방향에 반대한다고 공공연하게 선언했던 이 세 명은 얼굴을 찌푸린 채 대중소설과 실용서 신간 프로그램에 전혀 관심이 없음을 명백하게 드러내 보였다. 게다가 문학부 기획부장 알렉산더 로트는 입을 가린 채 하품하고는 손목시계를 몇 번이나 힐끔거렸다. 그는 하이케 베르시가 실종됐다는 걸 알고 있을까?

율리아는 두어 달 전에 우연히 엿들은 알렉산더 로트와 하이케 베르시의 다툼을 잊어버리고 프레젠테이션에 집중하려고 애썼다. 다툼은 자기 출판사를 설립하고 빈터샤이트의 중요한 작가와 동료를 빼가려는 베르시 씨의 계획 때문이었다. 그녀는 처음에 자신의 계획에 동조했던 로트가 그사이 결심이 흔들린 것에 화를 내는 듯했다. 율리아는 우연히 듣게 된 이 대화의 내용의 파괴력이 얼마나 심각한지 알았지만 한참 고민하다가 결국 임원진 비서인 알레아 샬크에게 이것을 알렸다. 알레아는 율리아가 퇴근 후에 이따금 만나는 유일한 동료였다. 다음 날 알렉산더 로트는, 카를 빈터샤이트의 큰아버지인 헨리 빈터샤이트가 발행인일 때 20년 동안 베르시 씨의 자리였고 이후 1년 동안 공석이었던 문학부 기획부장으로 승진했다. 그러고서 고작 사흘 뒤 주간 편집회의 때 베르시 씨가 카를 빈터샤이트의 말을 무례하게 여러 차례 가로채자 즉시 해고되는 모습을 지켜보고 율리아는 경악했다. 베르시 씨는 영업부장이 지켜보는 가운데 책상을 정리하고 열쇠를 넘겨줘야 했는데 이는 최악의 굴욕적 행위였고, 그러잖아도 분열된 직원들 사이를 더욱 갈라놓고 소문을 들끓게 만들었다.

하이케 베르시는 즉시 출판사와 카를 빈터샤이트를 공공연하게 비난했다. 분노 때문에, 자기 작가인 제베린 벨텐마저 보호하지 않고 표절작가라고 폭로해버렸다. 이 소식은 언론의 헤드라인을 장식했다. 1년 반 전에 카를이 진두지휘를 맡게 된 뒤로 들끓던 빈터샤이트 출판사의 내부를 마침내 들여다볼 기회였으므로 언론은 이 스캔들에 탐욕스럽게 달려들었다. 발행인은 하이케의 비난이 지극히 인신 공격적이고 감정적이며, 노동법원에 고소까지 당했는데도 공식적인 반대도, 입장표명도 하지 않았다.

율리아는 이 모든 일에 죄책감을 느꼈다. 자기가 입을 다물고 알레아에게 말하지 않았더라면 아무 일도 일어나지 않았을지도 모른다. 하지만…… 마땅히 고용주에게 이렇게 해야 하는 것 아닌가? 신의를 지켜야 할 사람은 고용주이지 그 여자가 아니니까…….

"브레모라 씨, 시작하셔도 됩니다." 영업부장이자 출판사 내부에서 '와이-파이(Winterscheid-Fink의 머리글자들을 딴 별명―옮긴이) 씨'로 불리는 도로테아 빈터샤이트-핑크가 다정하게 말했다.

율리아는 심호흡을 하고, 지금 하이케 베르시의 집을 수색하고 있을 감식반과 헤닝 키르히호프의 전배우자에 대한 생각을 머릿속에서 몰아낸 다음 첫 번째 프레젠테이션을 시작했다.

"오늘 여러분에게 아주 독특한 젊은 작가와 그녀의 신작을 소개하게 되어 기쁩니다." 율리아가 단단한 목소리로 입을 열었다. "샤논 슈바르츠를 영입하게 되어 무척 자랑스럽습니다. 독일에서 큰 성공을 거둔 자비출판 작가 가운데 한 명이며 지난 3년 동안 비즈니스 스릴러 한 권과 범죄소설 두 권, 터프한 여주인공이 등장하는 유망한 시리즈 몇 권을 출간했는데, 모두 전자책 전체 순위 50위 안에 올라 있습니다. 소셜미디어에서 무척 유명하고 대형 팬 커뮤니티가 있어서 도서시장에서의 위치가 막강합니다."

율리아는 외부 영업자들을 새 작가에게 감탄하게 만드는 데 성공했다는 것을, 다수의 질문과 영업부장의 호의적인 미소로 알아챌 수 있었다. 《얼음 자매들》의 표지 시안에 대해서도 반응이 좋았지만 외부 영업자들은 다만 제목이 좀 약하고 표현하는 바가 부족하다는 의견을 내놓았다. 이에 대해 토론하는 중에 갑자기 문이 벌컥 열리더니 흰머리에 하늘색 줄무늬 시어커서 정장을 입은 남자가 도서관에 들어와 사방을 훑어봤다. 그를 따라 헨리 빈터샤이트와 그의 부인도 들어섰다. 노르트라인-베스트팔렌과 니더작센주 서점들을 담당하는 외부 영업자가 말을 하다가 중단하고 다른 참가자들도 모두 당황하여 고개를 돌렸다. 흰머리 남자는 분노로 일그러진 얼굴로 카를 빈터샤이트에게 달려들었다.

"내가 전화를 걸었는데 없다고 속이다니, 무슨 짓이냐?" 남자가 분통을 터뜨렸다. "오줌싸개일 때 내 무릎에 앉아 있던 놈이 이제 엉터리 대변인을 통해 나를 떼어내려고 해?"

그의 갈라진 목소리가 쪽매널마루 바닥에 부딪쳐 울렸다.

"안녕하세요, 엥글리슈 씨." 카를 빈터샤이트가 정중하게 인사하고 자리에서 일어났다. 율리아는 그제야 무례한 훼방꾼이 세계적으로 유명한 작가이자 뷔히너 상을 받은 헬무트 엥글리슈임을 알아봤다. 자비롭게 미소 짓는 계단실의 초상사진은 실물과 닮은 점이 거의 없었다.

"지금 당장 여기 이…… 이 빌어먹을 쓰레기에 대해 적합한 사과를 해!" 얼굴이 가재처럼 새빨갛게 된 엥글리슈가 과장된 몸짓으로 서류 한 장을 공중에 던졌다. "나는 출판사가 계약을 이행할 것을 '요구'한다!"

그가 숨을 헉헉 내쉬었다.

"헬무트, 진정하세요!" 알렉산더 로트가 벌떡 일어나 양팔을 벌리고 노인에게 급히 다가갔지만 그는 거칠게 알렉산더를 밀어냈다.

"'자네' 여기서 뭐 하나?" 엥글리슈가 독설을 내뱉었다. "자네는 그저 어릿광대에 겁쟁이 고자일 뿐이야. 아니라면 이…… 이 '속물'이 나를 쓰레기처럼 대접하도록 절대 내버려두지 않았을 테니까!"

엄청난 욕설을 들은 기획부장은 얼굴이 시뻘게졌다.

"이성적으로 처리하는 게 좋겠네." 묵직하게 울리는 헨리 빈터샤이트의 베이스 목소리는 헬무트 엥글리슈의 흥분한 가성과 대조를 이루었다. "카를, 헬무트는 네가 직접 이야기를 나누어야 할 사람이야. 비서에게 없다고 말하라고 속일 사람이 아니다."

율리아는 카를 빈터샤이트의 전임자이자 큰아버지를 실제로 본 것이 처음이었다. 그동안 사진으로만 봤고 나이 많은 직원들이 하는 이야기만 들었다. 직원들은 그가 마치 신이라도 된다는 듯 말해왔다. 큰 키에 숱 많은 은회색 머리카락, 각진 얼굴 윤곽선, 깨어 있는 눈빛과 귀족적인 분위기를 풍기는 휘어진 매부리코 등 한창 시절인 옛날에는 위풍당당한 모습이었을 것이 틀림없다. 지금은 힘겹게 지팡이를 의지한 약한 모습이었지만, 한여름 기온에도 아랑곳없이 회색 신사복과 하얀 셔츠, 넥타이와 반짝반짝 윤을 낸 구두를 갖추어 흠이라고는 전혀 없는 옷차림이었다.

"헬무트 엥글리슈 같은 작가에게 협업 해약을 통보하다니, 게다가 이런 식으로 통보하는 건 수치다! 무능이야!" 그가 격앙된 목소리로 고함치자, 그의 아내는 얇은 입술에 얼음 같은 미소를 띠고 남편의 말 한마디 한마디에 고개를 끄덕였다.

"아버지, 지금 이 자리는 그 주제를 다루기에 적절하지 않아요." 도로테아 빈터샤이트-핑크가 짜증스러운 표정으로 끼어들었다. "우린 지금 한창……."

"도로테아, 뭐가 적절한지는 내가 정해!" 전직 발행인이 야단을 치는 것에 그녀가 반박하려고 다시 입을 열자 카를이 말을 가로챘다.

"큰아버지, 당연히 불만을 말씀하셔도 돼요. 우린 아직 동업자니까요."

"'아직'이라니, 그게 무슨 뜻이야?" 와이-파이 씨가 따지고 들었지만 카를은 사촌의 항의에 신경 쓰지 않았다. 그의 표정은 완벽하게 차분하고 억양도 지극히 점잖았다. 하이케 베르시를 해고하던 그 기묘한 편집회의에서도 지금과 똑같았다.

"큰아버지가 하마터면 파산시킬 뻔한 빈터샤이트 출판사를 제가 지난 18개월 동안 일단은 구해내는 데 성공했다는 걸 잊지 마세요." 카를이 큰아버지에게 말했다.

"출판사를 파산시킬 뻔한 사람은 아무도 없다!" 노인이 경멸하듯 코웃음을 쳤다.

"우린 일자리를 모두 유지했을 뿐 아니라 확장하기까지 했어요. 그리고 작가들에게 인세를 줄 수 있었고요. 예전에는 남의 도움 없이 늘 가능한 일은 아니었지요." 카를 빈터샤이트는 동요하지 않고 말을 이었다. "제 관점에서 좋은 책이란 잘 읽히고 잘 팔리는 책이에요. 비평가와 문예란 집필가들에게 극찬을 받은 후에 책장에서 먼지만 쌓이는 책이 아니라요. 출판사에서 제공할 수 있는 1천 종 가운데 영업연도 2017년에 2천 부 이상 팔린 게 어떤 책인가요? 큰아버지, 제목이 뭐지요? 몇 권인지 제가 말씀드릴게요. 백리스트 중에서 정확하게 여덟 종이에요. 그것도 학교에서 의무로 읽어야 할 책들!"

"다 멍청한 소리야!" 헨리 빈터샤이트가 반박했다.

"우린 엥글리슈 씨의 신작이 나오길 '7년째' 기다리면서 계속 선금을 지불하고 있어요! 결코 다시는 거둬들일 수 없는 선금이지요. 출판사가 이런 사치를 누리려면 재정이 튼튼해야 해요. 사랑하는 큰아버지, 제 전략은 상업적으로 성공을 거두는 책을 통해 큰아버지 표현대로 '좋은' 책들을 출간하는 거예요. 하지만 그러려면 일단 깔끔히 청소를 하고 필요 없는 짐을 버려야 한다고요."

헬무트 엥글리슈는 얼굴 근육을 신경질적으로 떨면서 이 격렬한 논쟁을 따라잡았다.

"그 말은, 내 작품과 내가 '필요 없는 짐'이라는 뜻이냐?" 그는 흥분하여 카를 빈터샤이트를 심지어 주먹으로 위협했다. "이 건방진 코흘리개야, 네가 누구라고 생각하는 거지? 내가 노벨 문학상 후보로 거론될 때 너는 아직 태어나지도 않았어!"

"그래서 이 출판사가 헬무트 엥글리슈의 출판 고향이라는 점을 우리 역시 무척 자랑스럽게 생각하고 있습니다." 카를 빈터샤이트가 바로 망설임 없이 대답했다. 테플론코팅 프라이팬에 물이 부딪히듯 모든 욕설이 다시 튕겨 나왔다. "하지만 지난 몇 년 동안 제작비조차 거둬들이지 못한 책들은 앞으로 다시 인쇄하지 않고 전자책으로만 출간될 겁니다. 저자가 누구든 상관없이 말이지요."

"너, 후회할 거다!" 헬무트 엥글리슈가 호통쳤다. "내 이름은 문학계에서 영향력이 커! 네가 나에게 다시 빈터샤이트로 와달라고 애걸하는 날이 올 테지. 하지만 나는 돌아오지 않아! 절대 안 돌아온다! 이제 끝이야! 우정은 깨졌다!"

그는 자신이 외부 영업자 회의에 뛰어들었다는 사실을 이제야 깨달은 듯했다. 짜증 섞인 표정으로 눈을 껌벅이며 신간 프로그램 표지 시안이 붙어 있는 화이트보드를 노려보았다. 그러고는 포스터 한 장을 뜯어내 구기면서 못 알아들을 분노의 신음 소리를 내뱉었다.

"'이게' 도대체 무슨 쓰레기야?" 그의 입에서 침방울이 튀었다. 그는 분노하여 전직 발행인을 향해 팔을 벌리고 말했다. "연애소설? 범죄소설? 이런 저속한 잡동사니를! 헨리, 자네 어떻게 이걸 그냥 내버려둘 수가 있나? 고귀한 내 명성을 이런…… 이런 낙서와…… 조잡한 쓰레기 같은 인간들과 함께 두다니?"

율리아는 민망해서 고개를 돌리는 동료들을 어이없는 표정으로 바라봤다. 발행인과 영업부장조차 구겨진 양복을 입은 이 작은 남자가 광란을 피우며 그녀가 몇 달 동안 작업한 결과물을 짓밟고 그녀의 작가들을 거칠게 다루는 걸 가만 보고만 있었다. 율리아의 실망이 분노로 변하여 폭발했다. 상대가 노벨상 후보든 뭐든 율리아는 부당하고 오만한 언행을 견딜 수 없었다. 그녀는 연단을 돌아 앞으로 나아갔다.

"제 작가들과 책을 그렇게 말하다니, 도대체 무슨 생각이신 거죠?" 율리아가 노인에게 소리치며 그의 손에서 포스터를 빼앗아 다시 반듯하게 폈다. "당신은 이렇게 멋진 책을 쓴 젊은 작가들을 모욕할 권리가 전혀 없어요!"

넓은 홀은 바늘이 떨어지는 소리라도 들릴 것처럼 고요해졌다. 당황한 헬무트 엥글리슈는 눈물 젖은 눈으로 멍하니 율리아를 노려봤다.

"어…… 이 건방진 여자는 뭐지?" 그가 말을 더듬었다. "내가 누군지 모르시오?"

"알아요, 게다가 아주 잘 안답니다. 엥글리슈 씨!" 율리아는 두려움 없이 양 옆구리에 손을 척 올렸다. "창피한 줄 아세요! 당신의 무례한 행동에 경악했어요. 양해도 얻지 않고서 외부 영업자 회의에서 제 프레젠테이션을 중단시키고, 심술쟁이처럼 행동하며 스스로를 바보로 만드시는군요! 그렇게 고함을 지르면 누가 겁먹을 줄 아세요?"

노인의 얼굴은 시체처럼 창백해졌다가 다시 새빨개졌다. 율리아는 한순간 그의 눈에 존경심 비슷한 게 스쳤다고 생각했다. 그는 몸을 휙 돌려 도서관을 성큼성큼 걸어 나갔다. 질비아 블랑케와 만야 힐겐도르프가 겁먹은 두 마리 닭처럼 파닥거리며 그를 따랐고 헨리와 마가레테 빈터샤이트도 그 뒤를 이었다. 야단법석은 끝났다. 문이 닫히자 모두 마비에서 깨어나 시끌벅적 떠들기 시작했다. 율리아는 창백한 얼굴로 의자에 주저앉아 허공을 노려보는 알렉산더 로트를 바라봤다. 그녀는 땋은 머리를 힘차게 어깨너머로 넘기고 다시 연단으로 향했다. 탁자에 기댄 채 더없이 새파란 눈동자로 그녀를 빤히 바라보는 카를 빈터샤이트가 눈에 들어왔다. 율리아는 속이 살짝 울렁거렸다. 지금 나한테 일단 경고를 할지 아니면 이 자리에서 바로 해고할지 고민하는 걸까?

"모두 조용히 하세요!" 도로테아 빈터샤이트-핑크가 헛기침을 하고 억지로 미소를 짜냈다. "짜증스러운 방해를 받게 되어 유감이에요. 브레모라 씨, 계속하세요."

'가족 간의 유대'라는 말이 율리아의 머릿속을 스쳐 지나갔다. 자기가 고향에 그대로 남아 언젠가 조경회사를 물려받길 바라지 않은 부모님에게 감사하는 마음이 드는 게, 살면서 이번이 처음은 아니었다.

* * *

감식반은 집 안에서, 동료들은 이웃을 돌며 일하는 중이었기에 피아는 얼른 집으로 가서 옷을 갈아입기로 마음먹었다. 오늘 하루가 아주 길어질 것 같았으므로, 아침에 개를 데리고 산책하던 그대로 낡은 청바지와 해진 운동화 차림으로 있다가 상관의 질책을 받는 일은 피하고 싶었기 때문이다. 피아와 니콜라 엥겔 박사가 피아의 여동생 킴 때문에 함께 긴박한 추격전 끝에 연쇄 살인범을 붙잡은 이후로 두 사람은 거의 친구 같은 사이가 되었다고 표현할 만했다. 과장은 쌀쌀맞은 태도를 던져버리고 피아에게 말을 '편하게 놓자'고 제안하기까지 했다. 따라서 피아는 격식 맞춘 옷차림에 큰 가치를 두는 과장을 쓸데없이 도발하고 싶지 않았다.

어디에나 등장하는 구경꾼들이 건너편 인도에 이미 모여 있었다. 베르시 씨 집 앞에 늘어선 순찰대원들은 그들이 가까이 오지 못하게 했다. 이 조용한 주택가에 어쩌면 강력범죄가 발생했을지도 모른다는 소문에 사람들이 케이크에 벌 꼬이듯 모여들었다. 대각선 방향의 고층건물 거주자들은 발코니에 서거나 창문에 기대어 호기심 어린 눈길로 건너다봤고 자극적인 것을 좋아하는 이들은 볼 게 전혀 없는데도 휴대전화로 동영상을 찍기도 했다. 끔찍한 디테일을 망원경으로 엿보려 하는 이들도 많았다. 혐오스러운 것에 대한 열광은 인류 자체만큼이나 오래된 현상이었다. 중세에는 교수대와 화형장 장작더미에 몰렸고, 이제는 피를 뚝뚝 흘리는 범죄소설을 읽거나 폭력적인 영화를 보면서 섬뜩함을 즐겼다.

45분 후에 피아는 샤워를 마치고 옷도 갈아입고 화장까지 가볍게 하고서 돌아왔다. 개가 있기에는 차 안이 너무 더웠으므로 피아는 벡스를 줄에 묶어 같이 도로를 건넜다. 벡스가 쓰레기통에 다가가 킁킁 냄새를 맡았다. 피아는 쓰레기통 손잡이를 잡고 들어 올려 대문을 지나, 차고 옆쪽 벽에 놓인 파란색과 갈색 쓰레기통 옆에 갖다 세웠다. 벡스가 줄을 잡아당기며 낑낑 소리를 냈다.

"피아 선배!" 타리크가 다가왔다. "흥미로운 점을 몇 가지 알아냈어요! 베르시 씨가 옆집 새 건물 건축주를 상대로 공사 중단 소송을 냈고 그때부터 법정에서 싸운대요. 설계도면 위반과 지열 펌프 계획과 관련해서라네요."

"오전 내내 공사하던데?" 피아가 의아했다. "원형 톱 돌아가는 소리가 조금 아까까지도 들렸단 말이야."

"그 사람들은 건설 노동자가 아니에요." 타리크가 대꾸했다. "세상에, 건축주가 베르시 씨를 괴롭히려고 소음을 낼 사람들을 고용했대요."

"건축주 이름이 뭔지는 알지?" 피아가 줄을 거칠게 잡아당겼다. "벡스, 빌어먹을. 잡아당기지 마. 계속 그러면 너 혼자 차에

가 있어야 해!"

"그럼요, 건설 표지판 사진을 찍어뒀지요." 타리크가 스마트폰을 꺼내 사진 한 장을 불러냈다. "여기. 건축주는 마르셀 얀이라는 사람인데 바트 조덴에 살아요. 일요일 오후도 얀 부부와 베르시 씨가 시끄럽게 싸웠대요. 새집 건너편 이웃이 알려줬어요. 서로 하도 상스러운 욕설을 퍼부어서 그 이웃이 아이들 때문에라도 끼어들어야 했다네요. 그랬더니 건축주의 부인이 그 이웃한테도 욕을 했고요."

벡스가 헥헥거리며 피아에게 뛰어올랐다.

"벡스가 왜 이러죠? 평소에는 전혀 이러지 않잖아요." 타리크가 물었다.

"갑자기 왜 이러는지 모르겠네." 피아가 개를 단단하게 잡으려고 애쓰는데, 다른 차와 조금도 헛갈리지 않을 포르쉐 911의 엔진 소리가 들려왔다.

"반장님이네!" 타리크가 깜짝 놀라 말했다. "여기서 뭐하시는 거지?"

보덴슈타인은 평소에는 언제나 동료들의 눈에 안 보이게 조심스럽게 감춰두는 스포츠카를 피아의 미니 바로 앞에 세우고 차에서 내렸다. 그가 자기 감정을 무표정한 얼굴 뒤에 감추는 데 대가이고 더욱이 지금 선글라스까지 꼈지만, 피아는 그를 보는 순간 뭔가 심상찮은 일이 있다는 걸 대번에 알아챘다. 그가 풍기는 분위기는 그저 운 나쁜 날의 상심이 아니라 뭔가 더 깊은 것, 포괄적인 것과 관계가 있었다. 지난 몇 달 동안 보덴슈타인은 체중이 최소한 10킬로그램은 줄었고 숱 많은 짙은 색 머리카락에는 잿빛이 더 많이 섞여들었다. 피아는 배려심 깊고 정직과 신의의 본보기인 이 남자가 지난 몇 년간 사적인 문제로 점차 쇠약해지는 모습을 지켜봤다. 보덴슈타인은 안타깝게도 늘 똑같은 유형의 여자를 선호했다. 즉 그의 선량함과 관대함을 악용하는, 심리적 결함이 있는 커리어우먼에게 항상 빠졌다. 니콜라 엥겔과 코지마 폰 보덴슈타인, 아니카 좀머펠트와 잉카 한젠에 이어 이제는 카롤리네 알브레히트였다. 6년 전 수사 중에 그는 불행하게도 쉽게 풀리지 않는 문제들로 가득한 그녀를 사랑하게 됐다. 이런 개인적인 불행만으로는 부족하다는 듯 두어 달 전에는 코지마가 암 진단을 받았다. 보덴슈타인이 말하지는 않아도 피아는 그가 세 아이들의 엄마에게 여전히 얼마나 깊은 유대감을 느끼는지 잘 알고 있었다. 이미 오래전에 끝난 연애 관계 후에 코지마는 혼자 살았고, 보덴슈타인은 힘닿는 대로 그녀를 돌봤다. 그는 중병에 걸린 전부인과 열두 살짜리 딸 소피아, 질투심 많은 아내와 그녀의 못된 딸의 요구를 모두 조화시켜야 한다는 의무감을 갖고 있었다. 다른 사람 같으면 이미 오래전에 포기했을 테지만 그는 귀족적 윤리에 의해 영웅다운 자기 포기로 내몰린 상태였다.

"반장님, 오셨어요?" 피아가 인사를 건넸다. "오늘 비번이신 줄 알았는데요."

"나도 그런 줄 알았지." 보덴슈타인이 대꾸했다. "그런데 엥겔 박사가 나더러 여기 정말 열두 명이나 필요한지 가서 직접 확인하라고 하더군. 그리고 연수는 연기된 거지 취소된 게 아니라던데."

"아이고, 이런 일이." 타리크가 툴툴거렸다.

"크리스티안과 팀원들 작업이 어느 정도나 진행됐는지 가보죠." 피아가 가려고 하는데도 벡스는 네 발을 바닥에 대고 버티면서 움직이기를 거부했다. 피아의 머릿속에서 갑자기 톱니바퀴들이 돌아가기 시작했다. 벡스는 피아가 줄을 느슨하게 풀어주자마자 곧장 쓰레기통으로 달려들어 냄새를 맡고는 뭔가 말하듯 짖어댔다. 몸을 숙여 들여다보던 피아는 검은 쓰레기통의 옆면과 가장자리에서 적갈색 얼룩을 발견했다. 심장이 빠르게 뛰었다.

"여기 보세요." 그녀는 침착하려고 애쓰며 보덴슈타인과 오마리에게 말을 건넸다. "이거 혹시 피 아니에요?"

보덴슈타인이 선글라스를 벗자 피아는 그의 눈 밑에 난 다크서클에 놀랐다. 이윽고 두 남자가 얼룩을 확인하고 고개를 끄덕였다.

"타리크, 크뢰거를 데려와." 보덴슈타인이 말했다. "인간 혈액인지 신속 테스트를 하라고 해."

"알겠습니다." 타리크가 집으로 들어갔다. 피아는 벡스를 칭찬하느라 수선을 떨며 개가 좋아하는 간식을 한 움큼 주었다.

"별일 없어요?" 그러고는 지나가는 말처럼 물었다.

"심각한 건 아니야."

"코지마 때문이에요? 더 안 좋아졌어요?"

"아니. 코지마는 상황에 비해 잘 지내는 편이지."

보덴슈타인은 자기 감정을 떠벌리고 다니는 사람이 아니었다. 피아와 그는 물과 불처럼 서로 달랐지만 이 점에서는 상당히 비슷했다. 자기 이야기하는 걸 좋아하지 않는 그에게 말하라고 강요하는 건 아무 소용 없었다.

"카롤리네 집에서 나오려고." 그가 말했다.

이 대답에 피아는 밀려오는 안도감을 느끼며 스스로 놀랐다. 하마터면 큰 소리로 '드디어!'라고 소리칠 뻔했지만 제때 얼른 입술을 깨물었다.

"안타깝네요." 그녀는 대신 덤덤한 억양으로 이렇게 말했다.

"그럴 필요 없어. 진작에 나왔어야 했는데." 보덴슈타인이 대꾸했다. "자, 여긴 무슨 사건이지?"

피아는 실종자에 대해 지금까지 알아낸 일과 자신이 왜 하이케 베르시가 여행을 떠났거나 자살한 게 아니라고 짐작하는지 자세히 보고했다.

"뭐라고 했지? 그 여자가 어디서 일했다고?" 보덴슈타인이 물었다.

"우연하게도 헤닝의 책이 출간된 출판사더라고요. 빈터샤이트요."

"그래서 이름이 귀에 익었구나." 보덴슈타인은 이마를 찌푸리며 생각에 잠겼다. "내 기억이 옳다면 한두 주 전에 그 사람, 꽤 심각한 스캔들을 터뜨렸는데."

"네, 저도 방금 인터넷에서 봤어요." 피아가 고개를 끄덕였다. "해고당한 후에 고용주를 비난하고 온갖 지저분한 일을 들춰냈더군요."

"그것도 그렇지만 무엇보다도 제베린 벨텐이라는 작가를 공개적으로 표절작가라고 비난해서 그와 빈터샤이트 출판사의 명성에 심각한 해를 끼쳤지." 보덴슈타인이 말했다. "벨텐은 아주 중요한 현대작가 중 한 명이고 그의 소설들이 여러 가지 상을 이미 받았기 때문에 그 일이 언론에 지진을 일으켰어. 올봄에 출간된 최신작《외다리 두루미》는 몇 주 동안이나 베스트셀러 목록에 올랐던 책이거든."

"외다리 두루미라고요?" 피아가 고개를 저었다. "그렇게 바보 같은 책 제목을 누가 생각해내죠?"

"오랫동안 그 출판사의 기획부장이었다가 해고당한 벨텐의 편집자가 직접 사실을 밝혔다는 것 때문에 더 자극적인 스캔들이었어." 보덴슈타인이 설명을 이어갔다. "벨텐이 다른 작가의 글을 마구 베꼈다는 게 밝혀졌지. 문장 몇 개 정도가 아니라 줄거리 전체를 베꼈다더군. 그러니 이제 그의 작품들이 모두 표절이라는 의심을 받게 됐고 명성 높은 빈터샤이트 출판사는 해명해야 할 처지가 된 거야."

피아는 시간이 날 때면 책을 읽긴 하지만—특히 범죄소설을 즐겼다—서점의 책장을 가득 채운 온갖 책들이 어디서 오는지 생각해본 적은 없었다. '에이전트'라는 단어를 들으면 원고를 출판사에 중개하는 사람보다 스파이와 제임스 본드가 먼저 떠올랐다. 헤닝이 작가가 된 이후에야 출판계와 책에 대해 조금 알게 되었을 뿐이다.

"그럼 그 삼류 글쟁이는 베르시 씨를 죽이고 싶을 만큼 싫어했겠군요." 그녀가 보덴슈타인의 말에서 추론했다. 그러고는 머리를 묶고 있던 고무줄을 빼서 어깨까지 오는 머리칼을 열 손가락을 동원해 그녀만의 방식으로 대강 빗질해 다시 단순한 매듭으로 묶었다. 보덴슈타인은 아내가 아침마다 욕실에서 만족할 때까지 머리와 옷과 메이크업을 다듬느라 얼마나 긴 시간을 보내는지 자기도 모르게 떠올렸다.

"어쨌든 그 사람과 이야기해봐야 해." 그도 동의했다. "빈터 샤이트 출판사의 책임자들과도 해야 하고."

타리크가 흰색 작업복을 입은 크뢰거와 함께 돌아왔다.

"여기 무슨 일이 그렇게 급하기에 내 일을 중단해야 하지?" 크뢰거가 짜증스러운 표정으로 물었다. "반장님, 안녕하세요? 여긴 언제 오셨어요?"

"방금 왔어. 과장님이 여기 정말로 인원이 이렇게 많이 필요한지 확인하고 싶다고 해서."

"네, 진짜 많이 필요하답니다!" 크뢰거가 대꾸했다.

피아가 쓰레기통의 얼룩을 가리켰다.

"피야." 크뢰거가 잠깐 들여다보고는 단언했다. 그는 신속 테스트 세트를 뜯어 테스트 막대로 쓰레기통 얼룩을 훑고는 액체 시약이 든 작은 병에 넣고 흔든 다음, 테스트기 아래쪽 끝 둥근 구멍에 몇 방울 떨어뜨렸다. 그리고 그 샘플을 파란색 쓰레기통 뚜껑에 올려놓았다.

"그건 그렇고," 크뢰거는 검사 결과를 기다리면서 말을 이었다. "부엌에서 굉장한 살육이 일어났던 모양이야. 누군가 청소를 하려고 상당히 서툴게 시도했더군. 그 사람은 혈흔을 다 지우려면 염소계 표백제를 써야 한다는 걸 몰랐어. 게다가 찬장에 튄 혈흔 몇 방울은 놓쳤고."

"몇 년 전에 어떤 남자가 여자친구를 목 졸라 살해하고 시신을 쓰레기통에 버렸던 거 기억 나세요?" 피아가 두 사람에게 물었다.

"응." 보덴슈타인이 고개를 끄덕였다. "4년 전 프랑크푸르트에서 일어난 사건이잖아."

"쓰레기 소각장에서 이미 비커 소재 폐기물 처리장으로 보낸 재가 식을 때까지 경찰이 거의 6주나 기다려야 했어요." 크뢰거가 말했다. "그리고 거기서 정말로 희생자의 유골 잔해를 발견했지요."

"타리크, 여기 쓰레기통을 마지막으로 언제 비웠는지 알아봐줘." 피아가 말했다.

"그럴게요."

크뢰거가 샘플을 확인했다.

"붉은 줄 두 개." 그가 피아와 보덴슈타인을 번갈아 바라봤다. "명백하게 사람 피예요."

"좋아. 자동차는 살펴봤어?" 피아의 질문에 크뢰거가 퉁명스럽게 대꾸했다.

"하나씩 차례로 하자고." 그는 자기 팀원 중 한 명에게 부엌 열쇠걸이에 있는 검은색 BMW 열쇠를 가져오라고 말하고 이중 차고의 뒷문을 열었다. 보덴슈타인과 피아는 크뢰거를 따라가서 그가 자동차를 빙 돌며 사방을 철저하게 조사하는 모습을 지켜봤다.

"트렁크에서 뭔가 액체가 떨어지네." 피아가 말했다. 안 좋은 예감이 들었다. 유리창으로 자동차 내부를 들여다봤지만 특별한 점은 눈에 띄지 않았다. 크뢰거의 동료가 돌아와 리모컨으로 중앙 잠금 시스템을 열었다. 오래된 담배 연기와 뭔가 썩는 냄새가 뒤섞인 악취가 차 안에서 밀려 나왔다.

"자, 그럼 어디 한번 볼까." 크뢰거가 트렁크로 다가섰다. "일단 냄새는 안 좋군."

그가 트렁크를 열었다. 보덴슈타인과 피아는 앞으로 몸을 숙였다가 파리 떼가 몰려나오자 얼른 뒤로 물러섰다.

* * *

율리아는 첫 세 권 프레젠테이션으로 동료와 외부 영업자들에게서 큰 박수갈채를 받았다. 가장 좋아하는 책은 오후로 미뤄뒀다. 절묘한 블랙코미디 범죄소설이자 일종의 명상 안내서인 그 책을 위해 율리아는 특별한 행사를 계획해뒀다. 저자를 깜짝 손님으로 초대하여 자기 작품에서 두세 페이지를 읽게 해 분위기를 띄운다는 계획이었다. 이 계획을 아는 사람은 영업부장, 그리고 저자인 토르스텐 부세를 이곳 도서관으로 남몰래 안내할 관리인뿐이었다. 하지만 헬무트 엥글리슈의 기이한 등장으로 율리아는 맥이 빠져버렸다. 스마트폰이 웅웅거렸다. 대중소설 편집부 동료인 카를라가 문자를 보냈다. '율리, 정말 멋졌어'라는 메시지에 엄지 척 이모티콘이 붙어 있었다. 책상 아래에서 비밀스럽게 쓴 문자들이 몇 개 더 날아왔다. 모두 그녀를 인정하고 감탄하는 말투의 메시지였지만 이 출판사에서 일어나는 다른 많은 일들과 마찬가지로 한결같이 은밀하기만 한 것에 율리아는 불편했다. 또 동료들에게 서운하기도 했다. 조금 전에 자기 작가들을 편들어줄 용기를 아무도 내지 않았던 것에 화가 났고 실망했다. 모욕감을 느낀 노인이 자신들을 청중으로 악용하는데도 다들 항의하지 않고 겁먹은 쥐처럼 그냥 앉아 있었다. 그녀가 예전에 일했던 출판사도 모든 점이 좋았던 건 아니다. 짧은 기간 내에 발행인이 세 번 바뀌어 그 변화로 인해 혼란이 일어났고 능력을 두고 논쟁도 있었다. 그래도 이삼 주 후에는 흥분이 가라앉고 일상으로 돌아갔다. 그러나 이곳은 달랐다. 아무도 속마음을 내보이지 않았다. 빈터샤이트 출판사의 직원들은 두 진영으로 나뉘어 있었다. 한쪽에는 출판사 내부의 변화를 싫어하거나 거부하는 오래된 직원들이, 다른 한쪽에는 율리아처럼 지난 1년 반 동안 카를 빈터샤이트가 고용한 새로운 직원들이 있었다. 양쪽이 서로 정중하게 대하기는 했지만 '노인들'은 완고하게 옛날 관습을 고집하며 새로운 직원들에게는 닫힌 일종의 엘리트 클럽을 만들었다. 사무실 문을 닫은 채 일하는 기이한 관습이나 그뤼네부르크 공원 옆에 있는 발행인 빌라에서의 모임이 여기에 포함됐다. 헨리 빈터샤이트와 그의 부인은 매달 첫째 목요일 저녁에 모임을 주최했는데, 예전에 이 나라의 지성인 엘리트들과 함께하던 벽난로 앞에서의 전설적인 이브닝파티에 대한 추억 때문인 듯했다.

율리아의 시선이 알렉산더 로트에게로 향했다. 그 역시 율리아와 마찬가지로 젊은 의학자가 저술한 인간의 장에 대한 안내서를 소개하는 편집자의 프레젠테이션에는 거의 신경 쓰지 않고 스마트폰만 두드리고 있었다. 그는 지금 무슨 일을 꾸미는 걸까? 하이케 베르시가 쫓겨난 걸 유감스럽게 생각할까, 아니면 20년 동안 그녀의 그늘에 있다가 이제 그녀가 사라져서 남몰래 기뻐하고 있을까? 카를 빈터샤이트도 정신이 다른 곳에 가 있는 듯했다. 팔짱을 끼고 다리를 꼰 채 앉아 있는 그를 바라보며 율리아는 혹시 그가 하이케 베르시의 실종과 연관 있는 것은 아닐까 한순간 의심했다. 그럴 만한 동기는 충분했다.

와이-파이 씨가 아래층 라운지에 화려한 뷔페가 차려져 있다고 알리자 환영하는 박수갈채가 터졌다. 웅성거리는 소리, 의자를 빼는 소리와 함께 청중이 흩어졌다. 율리아는 누군가 말을 걸기 전에 서둘러 홀을 빠져나왔다. 식욕도 없고 입에 발린 칭찬도 듣기 싫었으며, 무엇보다도 바로 샤논 슈바르츠에게 전화해 외부 영업자들이 《얼음 자매들》에 얼마나 감탄했는지 알려주고 싶었다. 샤논이 봄에 하마터면 다른 출판사와 계약을 맺을 뻔했던 일을 생각하면 더욱 그랬다. 그녀의 에이전트가 돌연, 대형 그룹 출판사가 빈터샤이트보다 훨씬 더 많은 자본과 마케팅 파워를 작가에게 투자할 수 있다고 주장했기 때문이다. 그러나 다행스럽게도 그사이에 율리아와 친해진 샤논 슈바르츠가, 빈터샤이트 기획팀의 누군가가 자기 에이전트에게 경쟁 출판사로 가는 편이 나을 거라고 조언했다는 사실을 율리아에게 귀띔해줬다. 율리아는 곧장 베르시 씨를 의심하고는 분노에 차, 이 교활한 방해 행위에 대해 따져 묻기 위해 담배 연기 가득한 그녀의 사무실로 뛰어들었다.

"누군가 내 의견을 물어오면 말을 해줍니다." 베르시 씨가 니코틴 때문에 노랗게 변한 손가락 사이에 불붙은 담배를 끼우고 으르렁거렸다. 율리아는 샴페인 병 바닥처럼 두툼한 검은 사각

테 안경을 낀 베르시 씨를 볼 때마다 영화 〈해리 포터〉의 트릴로니 교수와 닮은 점이 있다고 생각했다. "내가 오래전부터 아는 에이전트가 빈터샤이트 출판사가 범죄소설을 쓰는 젊은 작가에게 적합한지 나에게 물었어요. 난 다른 출판사가 더 나을 거라고 대답했고요. 그게 다입니다."

"그것 때문에 제가 몇 달 동안이나 공들인 일이 거의 망가질 뻔했다고요!" 율리아는 이렇게 비난했었다.

"그래도 뭐 일은 당신이 제대로 잘한 모양이더군요." 하이케 베르시가 이렇게 말을 받고는 비웃듯 미소 지었다. "작가가 에이전트의 조언을 무시하고 결국 당신과 빈터샤이트를 선택했으니까요."

"앞으로는 그런 일반적인 조언을 삼가주세요." 율리아가 싸늘하게 대꾸했다. "범죄소설은 당신 분야가 아니에요. 어떤 에이전트가 그런 걸 다시 묻는다면 바로 저에게 안내해주시면 되겠네요."

나중에 생각해보니 문학계의 전설인 베르시 씨에게 그렇게 말할 용기가 어디서 생겼는지 율리아 스스로도 납득할 수 없었지만 어쨌든 효과가 있었다. 하이케 베르시는 잠시 입을 다문 채 율리아를 바라보더니 어쩔 수 없이 인정한다는 미소를 입가에 머금었다.

"사자, 잘 으르렁거렸어요." 율리아는 그녀의 대답에 놀랐다. "당신 말이 옳아요. 앞으로는 그렇게 하지요. 믿을 수 있는 좋은 관계를 작가들과 유지하는 게 편집자에게 얼마나 중요한지 배웠겠군요."

율리아는 계단을 오르면서 제작자가 보낸 휴대전화 문자를 읽었다. 마지막 순간에《너무 친한 친구들》헌사를 작가가 원하는 대로 고치는 데 성공했다는 메시지였다. 율리아는 처음에 헤닝 키르히호프에게 이 기쁜 소식을 곧장 알리려다가 생각을 바꾸었다. 오늘 저녁이나 내일 알리는 편이 하이케 베르시에 대한 새로운 소식을 알아내는 데 도움이 되지 않겠는가. 율리아는 4층에 거의 다 도착했을 때 가방을 도서관에 두고 온 걸 깨닫고는 투덜거리며 다시 돌아섰다. 홀에 막 들어서려는 찰나 도로테아 빈터샤이트-핑크의 흥분한 목소리가 들려왔다.

"당연히 화나지! 그것도 아주 많이! 네가 나라면 안 그럴 것 같아? 왜 나한테 말하지 않았어? 그 여자, 어쩜 그리 교활하지? 지금 당장 전화해야겠다!"

율리아는 당황하여 그대로 멈춰 섰다. 엿듣고 싶지 않았지만, 토르스텐 부세를 출판사 뒷문으로 몰래 들여보내기 위해 관리인 발데마르 배어를 만나려면 일단 가방부터 필요했다.

"그 사람, 오늘 아침 노동법정 질의에 나오지 않았어." 율리아는 카를 빈터샤이트의 목소리를 듣고 깜짝 놀랐다. 하루에 두 번씩이나 불편한 방식으로 그의 눈에 띄고 싶지 않았다. 하지만 미처 피하기도 전에 그가 도서관 문간에 나타났다. "그 사람 변호사가 몇 번이고 전화했는데 전화기가 꺼져 있더래. 판사는 잔뜩 화가 나서⋯⋯."

율리아를 본 그가 말을 멈췄다.

"죄송해요. 가⋯⋯ 가방을 여기 두고 갔어요." 율리아는 당황해서 말을 더듬었다. 두 사람이 지금 하이케 베르시에 대해 이

야기하고 있던 걸까? 그렇다면 그녀가 실종되어 친구 마리아가
경찰에 신고한 걸 이 두 사람은 아직 모르는구나.

발행인 뒤에서 따라 나오던 도로테아 빈터샤이트-핑크가 모
습을 드러냈다.

"아, 율리아. 프레젠테이션 세 개 아주 훌륭했어요." 그녀는
화난 모습을 감추고 미소를 지었다. "그리고 헬무트에게서 힘을
빼앗은 거, 무척 용감했고요! 점심식사 하러 내려갈까요? 배어
씨에게 전화했어요. 2시 지나서 바로 그 사람 사무실로 우리가
가면 된답니다."

도로테아가 홀에서 나와 계단으로 향했다.

"오늘 저녁에 이야기하자." 카를 빈터샤이트가 사촌누나에게
말하고는 율리아에게로 돌아섰다. "브레모라 씨, 잠깐 시간 있
습니까?"

"네, 그럼요." 율리아는 자기가 앉았던 의자에서 가방을 집
어 들고는 흥분으로 심장을 두근거리며 다시 나왔다. 1년 반이
나 지났지만 상관을 제대로 이해하기란 여전히 어려웠다. 처음
면접을 본 후에 율리아는 그에 대해 더 많이 알아보려고 시도했
지만 소셜미디어에 그의 흔적은 전혀 존재하지 않았고 인터넷
에서 검색되는 정보도 직업 경력뿐이었다. 출판사에서도 그가
연애를 하는지, 아니면 결혼을 했는지 아는 사람이 아무도 없
었다. 그는 이른 아침부터 늦은 밤까지 출판사 건물 꼭대기 층
의 자기 사무실에 앉아 있었고 직원들과는 정중하게 거리를 유
지했다. 누군가에 대해 아무것도 아는 게 없으면 늘 그렇듯 소
문만 잡초처럼 무성해졌다. 그가 동성애자라고 짐작하는 사람

들이 많았다. 또 어떤 이들은 그의 배우자가 미국에 살고 있다고 했고, 또 어떤 이들은 그가 일찍 홀아비가 되어 성격이 그렇게 싸늘하다고 했다. 확실한 것은 카를 빈터샤이트가 젊은 나이에 일찌감치 미국 미디어그룹 페가수스에서 엄청난 성공을 거둔 매니저였으며 페가수스 유럽 지사 사장 자리 제안을 거절하고 그보다 훨씬 이익이 적은, 할아버지가 공동 설립자이며 거의 파산 위기에 처한 빈터샤이트 출판사의 사장직을 맡았다는 사실뿐이었다.

이삼 주 전 토요일 아침에 율리아는 시장에서 우연히 그를 만났다. 그는 놀랍게도 율리아에게 커피를 마시자고 청했고 그 후에 프로세코도 한 잔씩 했는데, 그렇게 둘은 장을 보는 대신 수다를 떨며 오전 시간을 보내면서 두 사람 모두 이 도시에 출판사 사람들 외에는 지인이 거의 없다는 걸 알게 됐다. 자를란트 출신인 율리아는 에어랑겐과 뮌헨과 파리에서 공부하고 뮌헨의 피퍼 출판사에서 수습사원으로 일했다. 그 후에 베를린 울슈타인 출판사에서 처음에는 육아 휴직 직원 대신 기간제로 일하다가 나중에는 정규직 편집사원이 됐다. 그곳에서 계속 일하고 싶었지만 2년 전에 개인적인 상황이 너무 어려워져, 프랑크푸르트 빈터샤이트 출판사가 새로 창설된 대중소설 분야 편집자를 모집할 때 지원하여 기회를 잡았다.

카를은 대도시 프랑크푸르트에서 태어나긴 했지만 부모님이 사망한 후에 그뤼네부르크 공원 옆의 발행인 빌라에서 큰아버지와 큰어머니인 헨리와 마가레테의 손에서 자랐다. 그러나 프랑크푸르트에서 학교를 다닌 게 아니라 기숙학교에 다녔으므로 이곳에 옛 친구들이 없었다. 대화를 나누면서 둘은 몇 가지 공통점을 찾아냈다. 둘 모두 일을 즐기면서 많이 하고, 피트니스센터에 가는 것보다 조깅을 즐기며, 아시아 요리와 십자 낱말 퍼즐과 남아프리카산 레드와인과 넷플릭스 시리즈 〈하우스 오브 카드〉를 좋아했다. 단 한 번뿐이었던 이 특별한 오전에도 불구하고 두 사람은 여전히 서로 존댓말을 했다. 율리아도 갑자기 상황이 달라지는 걸 원하지 않았다. 그녀는 희한할 만큼 완벽하게 자기와 어울려 보였던 어떤 남자를 성급하게 신뢰한 적이 있었는데, 이 실수로 하마터면 목숨을 잃을 뻔했다.

"정말 굉장했습니다." 사촌의 발소리가 계단에서 사라지자 카를 빈터샤이트가 말했다. "당신이 '심술쟁이'라고 말했을 때 엥글리슈 표정이 정말 볼만했지요! 당신이 자기 작가들을 위해 싸우는 모습이 마음에 듭니다."

"아니에요. 제가 엥글리슈 씨를 비난한 건 무례한 행위였어요." 율리아가 대답했다. "어쨌든 그분은……."

"뭐가 옳은 행동인지 모르는 공룡이지요." 카를이 말을 가로채는 바람에 둘은 웃음을 터뜨렸다. 율리아는 카를이 전후의 유명한 독일 작가와 철학자, 그리고 중요한 외국 작가들과 어릴 때부터 개인적으로 친분이 있다는 사실을 알고 있었다. 그들 대부분이 그의 할아버지이자 전설적인 발행인인 카를 아우구스트 빈터샤이트와 친했기 때문이다.

"오만한 자아를 소유한 그의 많은 동료들과 마찬가지로 엥글리슈도 현실감각을 완전히 잃었어요. 과거의 영광을 움켜쥐고서 자신들의 위대한 시절이 끝났다는 걸 인정하지 않지요. 물론 독일어권에서 수십 년 동안 매우 중요한 현대작가들이었지만 그들이 괴테나 실러는 아니잖아요. 시대정신은 변합니다. 독자들의 취향도 변하고요. 요즘 알프리트 켐퍼만이나 파비안 마리아 놀, 마리나 베르크만-이케스나 폴커 뷤을 읽으려는 사람은 거의 없어요." 카를 빈터샤이트의 얼굴에 그늘이 스쳐 지나갔다. "큰아버지는 그걸 전혀 이해하지 못했고, 그 절대적 신의로 출판사를 파산 직전까지 몰고 갔어요." 그가 입을 다물고, 둘은 마주 봤다. "당신이 샨논 슈바르츠를 우리와 계약하도록 설득해서 기쁩니다."

"네, 저도 그래요." 율리아가 미소를 지었다. "베르시가 하마터면 거래를 망칠 뻔했지만 말이에요. 하지만 외부 영업자들은 샨논의 책을 좋아해요. 아주 잘 될 거예요!"

"얼른 읽어보고 싶군요." 발행인이 대답했다. "그리고 키르히호프의 범죄소설 신작도요. 어제저녁 그의 강연에 호기심이 생겼거든요."

율리아는 스마트폰을 얼핏 봤다. 2시 10분 전이었다. 점심식사를 하기에는 이미 늦은 시간이었지만 상관없었다. 키르히호프에게서 들은 말을 그에게 막 전하려는데 그의 휴대전화가 울렸다.

"그럼 이따 봅시다." 그가 액정 화면을 흘끗 보고 이렇게 말하고는 승강기 버튼을 눌렀다. "당신의 다음 프레젠테이션도 기대하고 있습니다!"

* * *

"이게 뭐야?" 피아는 썩는 냄새와 트렁크에서 차고 바닥으로 떨어지는 액체의 원인을 역겨운 표정으로 노려봤다. 축구공만 한 크기인 그 물체는 여름 더위에 끔찍한 악취를 풍기며 형태를 알아볼 수 없는 죽처럼 변하여 구더기가 들끓었다. 삶의 온갖 끔찍한 것에 면역이 된 크뢰거가 그 물체를 손가락 끝으로 건드렸다.

"원래 유기농 닭이었던 것 같아. 신선하고, 내장 포함 1.3킬로그램이었고 말이야. 포장 비닐이 터지긴 했지만 상표를 읽을 수 있네."

"그 사람이 장을 보고는 잊어버리고 트렁크에 둔 모양이군." 보덴슈타인이 자기 짐작을 말했다. "유효기간을 읽을 수 있겠어?"

"잠깐만요." 크뢰거가 트렁크 안으로 더 깊숙하게 몸을 숙였다. "냉장고에서 2018년 9월 5일까지."

"그러면 늦어도 월요일에는 샀겠네요. 9월 3일쯤." 피아가 계산했다. 이 닭이 하이케 베르시의 마지막 순간에 대한 수수께끼의 해답에 더 가까이 다가서게 해줄까?

크뢰거는 팀원 두 명에게 자동차를 감식하라고 넘겼다. 보덴슈타인과 피아는 그와 함께 집으로 올라갔다. 누군가 부엌 유리창에 블라인드를 내려두어 실내가 어두웠다. 루미놀을 뿌려두어 식탁과 부엌 설비들 사이의 넓은 바닥이 어둠 속에서 형광 하늘색으로 빛났고, 핏방울과 줄처럼 끌린 혈흔이 부엌문까지 이어지며 빛을 발했다. 싱크대 하부장과 문손잡이와 문 옆의 벽에서도 빛이 보였다. 감식반 팀원 한 명이 바닥에 혈흔이 뿌려진 패턴을 조심스럽게 사진 찍는 중이었다.

"누군가 코피만 흘린 것처럼 보이지는 않네." 보덴슈타인이 말했다. 이 정도의 명백한 감식 상태라면 감식반과 강력11반 열두어 명이 몽땅 현장에 있는 상황이 니콜라 엥겔 과장에게도 잘 설명될 터였다.

"이걸로 보아 베르시 씨가 강력범죄의 희생물이 됐다고 추측해야겠군요." 피아가 말했다.

"다쳤을 수도 있지. 혈액희석제를 먹는 사람이라서 피를 심하게 흘렸는지도 몰라." 기본적으로 실존하는 팩트만 믿는 크뢰거가 반박했다. "게다가 혈흔이 이 집 거주자의 것인지도 아직 전혀 모르고."

"여기요, 반장님." 크뢰거의 팀원 중 한 명이 열린 부엌문 앞에 나타났다. "쓰레기통 내부에서 혈흔이 더 발견됐습니다. 그리고 자동차 브레이크 페달과 문손잡이 안쪽에도 혈흔처럼 보이는 얼룩이 있고요."

"자, 어때?" 피아가 비꼬듯 물었다. "그 사람이 코피를 너무 심하게 흘려서 쓰레기통으로 몸을 숙인 건가?"

크뢰거는 그녀의 이의제기를 못 들은 척했다.

"좋아. 증거를 모두 확보해서 최대한 빨리 실험실로 가져가자고. 다른 샘플도 같이." 그가 팀원들에게 말했다. "욕실과 침실에서 DNA 대조를 위한 샘플을 채취해. 결과가 빨리 나올수록 좋아. 오늘 나온다면 제일 좋고."

"알았어요. 실험실에 서두르라고 재촉할게요." 팀원이 떠난 후에 잠시 정적이 흘렀다.

"베르시 씨 시신이 쓰레기통에 버려졌을 가능성을 생각해봐야겠어요." 피아가 모두의 생각을 요약해서 말했다. "혈흔이 정말 그 사람 것인지 아직 확실하지는 않지만, 늙은 아버지를 그냥 혼자 집에 내버려두고 여행을 떠났거나 자살했을 가능성은 없다고 봐요."

"내 생각도 그래." 보덴슈타인이 고개를 끄덕이며 동의했다.

"바트 조덴에서 나온 쓰레기는 어디로 가죠?" 피아의 질문에 크뢰거가 대답했다.

"에슈보른 쓰레기 소각장으로. 그곳에서 소각돼."

"그러면 집 수색영장을 받으면서 쓰레기 소각장 수색영장도 받아야겠다." 보덴슈타인이 말했다.

"농담이죠? 그게 얼마나 많은 비용이 드는지 아세요?" 크뢰거가 목소리를 높였다. "확실한 근거도 없이 쓰레기 소각장을 멈추게 하고 몇 톤이나 되는 쓰레기를 뒤진다면 엥겔이 제 목을 뽑아버릴 거라고요! 우리 팀 올해 예산은 이미 완전히 소진됐고, 그런 일을 허락받으려면 일단 서류 수십 장을……."

"내가 알아서 처리할게." 보덴슈타인이 그를 진정시켰다. "DNA 비교 결과, 쓰레기통의 혈흔이 베르시 씨 것이라고 확인되면 근거는 충분해."

"아주 골치 아파지겠는데요." 크뢰거가 비관적으로 말했다. "벌써 뻔히 보이네요."

"그래도 할 수 없지. 그런다고 세상이 망하는 것도 아니고."

보덴슈타인이 가볍게 대꾸했다.

"도대체 무슨 일인가요?" 크뢰거가 화를 낸다기보다 놀란 말투로 물었다. "반장님도 저만큼이나 규정을 잘 아실 텐데요!"

보덴슈타인은 물론 규정을 알고 있었다. 호프하임 지역수사과에서 그는 규정을 잘 지키기로 유명했다. 하지만 자기를 에워싼 세상이 조각조각 부서지는데 업무 규정이 다 무슨 소용인가? 그는 아무도 죽지 않았기를 바랐지만, 지금으로서는 복잡한 수사만이 두 번째로 깨진 결혼생활과 코지마에 대한 고민을 잊게 하는 유일한 일이었다.

그는 크뢰거의 어깨를 두드리고 자기 휴대전화를 흘끗 봤다. 카롤리네는 그에게 연락하기를 포기했다. 어쨌든 일시적으로는 조용할 터였다.

타리크 오마리가 서둘러 올라왔다.

"이 거리의 쓰레기통은 화요일 오전에 수거됐답니다." 그가 숨을 살짝 헐떡이며 보고했다. "이웃들에게 물어봤어요. 안 그래도 베르시 씨가 쓰레기통을 왜 다시 들여놓지 않는지 다들 이상하게 생각했대요."

"또 다른 멍청이가 쓰레기통을 건들지 않았기만을 바라야겠네." 크뢰거가 투덜거리며 피아를 매서운 눈길로 쏘아봤다. "'당신' 지문을 골라내는 일만도 성가시다고."

"나를 '멍청이'라고 부르지 마." 피아가 뾰로통하게 되받아쳤다. "난 쓰레기통을 발로 밀었고 손잡이에만 손을 댔으니까."

"이곳 바트 조덴 쓰레기 수거 담당은 리더바흐 소재의 한 회사입니다." 타리크가 보고를 이어갔다. "화요일에 수거 담당이

누구였는지 알아보려고 카이 선배가 지금 그 회사와 연락 중이
에요."

섬과 카트린도 주변 탐문 수사를 마치고 돌아왔다.

"건너편 이웃 말로, 월요일 오후 4시 반 무렵에 회색 곱슬머
리 중년 남자가 베르시 씨를 찾아왔대요." 카트린이 메모를 보
며 보고했다. "몇 분쯤 대문 앞에 서 있다가 들어갔대요. 그 남자
가 언제 나오는지는 못 봤다고 합니다."

"다른 이웃은 월요일에서 화요일로 넘어가는 밤에 그녀를 봤
답니다." 섬이 말했다. "자정이 지난 늦은 시각이었고, 천둥 번
개에 소나기가 심하게 내려 개를 데리고 아주 잠깐 나왔답니다.
그때 베르시 씨가 차고에서 자동차를 타고 막 나오더래요. 그
사람 말로는 베르시 씨가 늦은 밤에 잠깐 나갔다가 돌아오는 일
이 잦았다고 합니다. 아마 담배나 술을 사러 다녀온 모양이에
요."

"어쨌든 베르시 씨는 상당히 고립된 생활을 했고 친하게 지
낸 사람이 없어요." 카트린이 말했다. "그 사람에 대해 나쁘게
말하는 이웃은 아무도 없지만 잘 아는 사람도 없더라고요. 몇몇
은 그녀가 아버지를 돌본다는 걸 알고 있고, 또 텔레비전 문학
방송을 통해 아는 사람도 많았어요."

"저기 건축 현장 건축주는 베르시 씨를 아주 싫어해요." 섬이
보충 설명했다. "1년 반 전부터 고소와 소송을 벌이며 집이 완성
되는 걸 방해했답니다. 건축주와 베르시 씨가 주말에 거리에서
크게 말다툼을 벌였는데, 건축주의 부인이 베르시 씨 자동차를
걸어차고 침을 뱉었다는군요."

"건축주와 이야기를 해봐야겠군." 보덴슈타인이 말했다.

"아참, 조금 전에 요제프 모스브루거랑 통화했어요. 베르시 씨와 그나마 친하다는 에이전트예요." 피아가 끼어들었다. "마리아 하우실트가 제게 그 사람 이름을 알려줬어요. 반장님, 그거 아세요? 그 남자가 우연히도 외다리 두루미의 에이전트라는데요."

"뭐라고, 그런 일이!" 보덴슈타인이 깜짝 놀랐다.

"누구 에이전트?" 셈 알투나이와 카트린 파힝거, 타리크 오마리가 이구동성으로 물었다.

피아는 동료들에게 제베린 벨텐과 베르시 씨가 일으킨 표절 스캔들에 대해 이야기했다.

"모스브루거가 예전에 빈터샤이트 출판사에서 일한 적이 있어서 베르시 씨와 아는 사이였대요. 둘은 1년에 한두 번 유명한 작가들과 함께 토스카나에 있는 그의 집에서 작가 지망생을 위한 글쓰기 세미나를 연대요. 지망생들은 유명해지기를 꿈꾸며 엄청난 비용을 지불한다더라고요. 그런데 지금 모스브루거 씨는 외다리 두루미 때문에 베르시 씨에 대해 그다지 좋게 말할 것 같지는 않아요."

"크리스티안 팀원들이 부엌과 자동차에서 일을 마칠 때까지 피아와 나는 여기 있다가 쓰레기 소각장으로 갈게." 보덴슈타인이 진두지휘를 시작했다. "타리크, 자네는 주변 주유소를 모두 탐문해서 베르시 씨가 월요일에서 화요일로 넘어가는 밤에 어디서 담배를 샀는지 알아봐. 셈, 자네는 리더바흐 쓰레기 수거장으로 가서 쓰레기차 운전사와 얘기하고. 그 후에 아직 만나지 못한 이웃들을 탐문해봐. 우리, 실종자 사진이 있나?"

"네, 제가 우리 채팅방에 올렸어요."

"카트린, 자네는 사무실에 가서 베르시 씨에 대해 알아낼 만한 건 뭐든 알아내. 그 사람이 정말 사망했는지 아직 확실하지 않으니까 혹시 비행기표나 기차표를 예약한 건 아닌지 오스터만에게 확인하라고 해. 그리고 베르시 씨 휴대전화 통화 목록과 위치 추적도 필요하고."

"허가서가 있나요?" 카트린 파힝거가 물었다.

"얻어야지." 피아가 상관 대신 대답했다. "지금 충분히 그럴 만한 상황이니까." 오늘 아침까지만 해도 그저 실종자에 관한 사건이었다면, 이제는 강력범죄라는 명백한 증거가 있으므로 미지의 인물에 대한 수사가 자동으로 시작되고, 형사소송법 163조에 의해 관청과 은행 또는 이동통신사로부터 합법적으로 자료를 얻을 수 있었다.

"자, 그럼 시작하자고." 보덴슈타인이 말했다. "6시에 경찰서에서 만나."

"카트린, 벡스를 데려갈 수 있을까?" 피아가 동료에게 부탁했다. "차에 두기에는 너무 더워서 말이야."

"그럼요." 카트린이 목줄과 간식 봉투를 넘겨받았다.

"어, 우리 차가 한 대뿐이네." 셈이 끼어들었다.

"카트린과 경찰서로 같이 가서 거기 내려줘." 보덴슈타인이 문제를 해결했다.

"그리고 당신은 내 차를 타고 가." 피아가 타리크에게 자동차 열쇠를 건넸다. "반장님이 내 운전사니까. 과속 단속 카메라 조심해! 미니가 엄청나게 빨라."

세 사람이 개와 함께 떠났다. 마리아 하우실트를 검색한 피아는 같은 이름의 문학 에이전시 웹사이트를 발견했다.

"1989년에 에릭 하우실트가 설립한 우리 에이전시는 독일의 오래된 문학 에이전시 가운데 하나로, 독일어권 작가뿐 아니라 대중문학과 실용서에서 전 세계 외국 작가와 출판사들을 대리합니다." 보덴슈타인이 소리 내어 읽었다. "다니엘 클레, 조지 드래건, 안드레 그렌다, 크리스티나 야고프, 페트라 마리아 마이어-뷔헬레, 마티스 하스와 헤닝 키르히호프가 우리에게 소속된 작가입니다."

"우와! 모두 유명한 작가들이네!" 보덴슈타인이 감탄하여 휘파람을 불었다. "문학 에이전트들이 얼마나 버는지 모르겠지만, 아마도 작가 수입에 따라 비율로 받겠지."

상관이 오늘 또다시 자기를 무식하다고 생각하기 전에, 피아는 지금까지 한 번도 들어보지 못한 작가들 이름을 얼른 검색해 위키피디아 항목을 훑으면서 깊은 인상을 받았다. 크뢰거가 집에서 나왔다. 그가 전신작업복 모자를 뒤로 젖히고 장갑을 벗고 말했다.

"부엌은 끝났어요. 원하신다면 이제 들어가도 돼요. 우린 차고랑 자동차를 조사한 뒤에 뜰을 훑을게요."

"조지 드래곤 작품은 독일에서만 3천만 부 이상 팔렸네요. 우와, 엄청나요!" 피아가 말했다.

"그걸 이루려면 당신 전남편은 좀 더 노력해야겠네." 크뢰거가 비웃었다.

"자네, 그 사람이 이번에 쓴 범죄소설 신작 읽어봤나?" 보덴슈타인이 물었다.

"그럼요! 그 교수가 너무나 친절하게도 교정쇄를 저한테 보내줬답니다. 나중에 제가 자기를 고소할지도 모른다고 걱정했나 봐요." 크뢰거가 대답했다. "제가 키르히호프를, 키르히호프가 저를 싫어한다는 건 비밀도 아니지만 둘 다 우리 직업에서 전문가이고 서로 존중해요. 키르히호프는 저라는 게 아주 분명한 등장인물을 전문가로 묘사하고, 그건 제 마음에 들더라고요. 괴팍하고 지나치게 꼼꼼한 감식반장 크리스 크뢰거가 그의 범죄소설에서 숨은 영웅이거든요." 그가 히죽거리며 몸을 숙여 인사했다. "'폰 부흐발트 남작'이나 '여형사 그레벤캄프'가 아니고요!"

보덴슈타인이 입을 비죽이며 고개를 저었다. 처음에 그는 헤닝 키르히호프가 대중소설 세계로 일탈한 것을 약간 비웃었지만, 피아의 전남편에게 재능이 있음을 인정할 수밖에 없었다. 그가 자기 분신인, 사람을 싫어하고 냉소적인 법의학자 군나르 그레벤캄프 박사를 눈을 깜박이며 과장 묘사하는 방식은 무척이나 우스꽝스러웠다. 의학부 학장과 대학 본부는 처음에 키르히호프의 부업을 비판하거나 거부하는 반응을 보였으나, 그가 거의 하룻밤 사이에 베스트셀러 작가가 되고 토크쇼에서 환영받는 초대 손님이 되자 학교가 광고될 것을 예상하고는 돌연 흥분했다. 어쨌든 호프하임 강력반 대부분은 그들의 사무실이 범죄소설에 영원한 흔적을 남긴 걸 자랑스러워했고, 니콜라 엥겔조차 키르히호프가 자신을 소설에서 '나탈리 토이펠 박사'라는 이름으로 이용하는 것을 허락했다.

피아의 휴대전화가 울렸다.

"호랑이도 제 말 하면 온다더니." 피아가 중얼거리며 전화를 받았다. "안녕, 헤닝. 약속은 지킬 생각이지?"

"이미 지켰어." 헤닝이 대답했다. "오늘 아침에 편집자에게 전화했다고. 알아서 해결한대."

"그게 무슨 뜻이야?"

"편집자가 알아서 처리한다고."

"처리하지 못하면 난 크리스토프와 정말 곤란한 상황이 되는데." 피아는 보덴슈타인과 크뢰거가 엿듣지 못하게 몸을 돌렸다. "당신이 크리스토프를 우스꽝스럽게 만들어서 그러지 않아도 이미 화가 나 있단 말이야."

"무슨 소리! 내가 도대체 그를 어떻게 우스꽝스럽게 만들었다는 거지?"

"당신 책에서 토막 난 시신을 본 동물원장이 구역질을 하잖아." 피아가 말했다.

"그게 뭐? 내 기억이 옳다면 그건 사실이야." 헤닝은 이 상황이 즐거운 모양이었다.

"그리고 트리스탄 폰 부흐발트가 '땅딸막하고 불친절하고 다혈질인 남자'를 자기 동료가 왜 좋아하는지 곰곰이 생각한다는 내용도 아주 별로야." 피아가 원고를 그대로 인용했다. "그거 내가 바꿔달라고 부탁했잖아."

"문학적 표현의 자유에 대해 들어본 적 있어?" 헤닝이 피아를 놀리다가 바로 화제를 돌리고는 진지하게 물었다. "마리아의 친구가 어떻게 됐는지 알아냈어?"

"아니." 피아가 단답형으로 대꾸했다.

"아직 알아낸 게 없어, 아니면 나에게 말하기 싫은 거야?"

"둘 다야."

"알려주지 않겠다는 거로군."

피아는 헤닝과 마리아 하우실트가 하이케 베르시의 시신을 천둥 번개가 치고 소나기가 쏟아지는 와중에 쓰레기통에 넣고 함께 부엌을 닦는 모습을 얼핏 상상했다. 하지만 헤닝이라면 절대 뚜렷한 흔적을 남기는 실수를 하지 않을 테고, 또 그는 혈흔을 흔적도 없이 지우는 화학약품을 알고 있었다. 그러나 막연한 의심은 여전히 남았다.

"당신이랑 마리아 하우실트는 무슨 관계야?" 그래서 이렇게 물었다.

"그게 무슨 소리? 아무 관계도 아니지!" 헤닝이 순진한 목소리로 대꾸했다. "마리아는 내 에이전트야. 그게 전부라고. 우리는 오로지 사업상의 관계야."

"당신이 그렇게 말하니 일단 믿을게. 그 사람을 얼마나 잘 알고 있어?"

"무슨 뜻이지?"

"그 사람은 베르시 씨와 수십 년 된 친한 친구라면서 그녀가 늙은 아버지를 집에서 부양한다는 걸 모르더라고. 또 내가 옆에 서 있는데도 집에 들어가려고 부엌문을 부쉈어!"

"걱정이 돼서 그러는 거겠지." 헤닝이 대답했다. "걱정하는 친구를 둔 사람들도 있는 법이니까."

"그건 또 무슨 소리지?" 피아가 화를 내며 대꾸했다. "나도 친구들이 있다고!"

"나는 없어. 나에게 뭔가 일이 생긴다면 기껏해야 동료나 학생들이 알아챌 테지. 내가 일하러 가지 못할 테니 말이야."

피아는 그 말에 마음이 불편해졌다. 크리스토프가 없다면 그녀 역시 헤닝과 똑같은 처지였다. "하우실트 씨가 당신에게 묻거든 아직 알아낸 게 없다고 대답해주면 돼."

피아는 통화를 끝내고 보덴슈타인을 따라 집으로 들어갔다.

* * *

카를 빈터샤이트는 통화를 끝낸 후에 생각에 잠겨, 오래전에 사망한 할아버지의 초상화를 바라봤다. 그는 전설적인 발행인 카를 구스타프 빈터샤이트의 초상화를 맞은편 벽 천장 높이의 책장 두 개 사이에 걸어뒀다. 카를의 부모님은 대단히 독특한 인물이었던 집안 어른의 이름을 자기 아들에게 붙였다. 사람을 낚는 어부였던 그 어른은 카리스마 있고 재산을 관리할 줄 알았으며, 탁월한 문학적 감각을 소유한 현자인 동시에 몽상가이자 훌륭한 사업가였다.

출판사의 원래 설립자에 공동 소유주였던 아브라함 리브만은 선견지명이 있어 독일에서 어떤 일이 벌어질지 일찌감치 예상했다. 그가 1931년에 가족과 함께 독일을 떠나 미국으로 이민하자 카를 아우구스트 빈터샤이트는 출판사를 넘겨받았고, 1934년에 나치 정권의 압력으로 출판사를 자기 이름으로 바꾸어야 했다. 그는 때때로 대중성이 없는 결정을 내릴 만큼 용감하기도 했지만 작가와 직원들의 복지를 항상 염두에 두었다. 문학에도, 경영에도 소질이 없어 하마터면 출판사를 망하게 할 뻔한 맏아들 헨리와는 아주 딴판이었다.

카를은 폭풍 같은 시절에 50년 동안 출판사를 이끌며 전후 시절의 중요한 독일어권 문학 출판사 가운데 하나로 만든 사람과 마음속으로 대화를 자주 나누었다. 지난 몇 달 동안 할아버지라면 지금 과연 어떻게 했을까 생각해볼 때가 많았다. 출판사를 구하기 위해 도입한 변화에 대한 강력한 반발과 100년도 넘은 전통을 파괴하려 한다는 비난에도 불구하고 그는 할아버지라면 자신의 행동에 찬성했으리라고 확신했다.

문을 노크하는 소리에 그는 상념에서 깨어났다.

"예?" 카를이 소리치자 사촌누나 도로테아가 사무실에 들어서며 물었다.

"내가 방해했나?"

"아니야, 들어와." 그는 몸을 똑바로 세워 앉았다. "만족해?"

"뭐가?" 도로테아가 문을 닫으며 되물었다.

"외부 영업자 회의 말이야."

"아, 그럼. 아주 만족스럽지. 봄 프로그램은 굉장할 거야. 외부 영업자들이 감탄했잖아. 대중소설과 실용서 분야에서 탁월해. 나, 뭐 좀 마셔도 될까?"

"물론이지." 카를은 자리에서 일어나 책상을 돌아 나왔다. "내가 찾아줄……."

"아니, 괜찮아." 도로테아는 찬장 문 뒤에 숨어 있는 바로 곧장 걸어갔다. 바는 그녀의 아버지이자 카를의 큰아버지인 헨리 빈터샤이트가 이 사무실에서 과도한 술자리를 즐기던 시절의 유물이었다. "너도 좀 마실래?"

"응, 좋아. 스카치 한 잔."

도로테아는 술병과 잔을 들고 냉장고를 열었다.

"도로 누나, 무슨 일이야?" 카를은 그녀를 쳐다보며 물었다. 자신이 생각할 수 있게 된 이래로 알아온 누나였다. 그가 여섯 살에 어머니를 잃고 완전히 고아가 되어 큰아버지 집으로 왔을 때 20대 초반이던 도로테아는 그를 위해 많은 시간을 내줬다. 나중에 그가 미국에서 대부 집에 살 때도 도로테아와 그녀의 남편은 정기적으로 그를 방문했다. 도로테아는 독일 초대형 서점 체인에서 오랫동안 판매업자로 일했고 그 후에 S. 피셔 출판사 영업부에서 외근을 하다가 나중에는 주요고객 담당 매니저, 마지막으로 영업부 차장으로 일했다. 그러다가 5년 전에 아버지가 빈터샤이트로 그녀를 불러 왔다. 카를은 도로테아에게 영업부를 맡기고 이사 자리도 내줬다. 이 결정을 후회한 적은 단 한 순간도 없었다. 출판사 프로그램 확장이라는 그의 비전에 처음부터 동의한 도로테아는 가장 든든한 우군이었다. 그녀는 서적 판매와 도서 산업을 속속들이 알았고, 현명하고 성실하며 그 무엇에도 흔들리지 않았다. 그러니 지금처럼 분노하고 흥분한 모습을 그는 한 번도 본 적이 없었다.

"정말 너무 화나!" 그녀가 대답했다. "화가 나서 폭발할 것 같아!"

카를은 각얼음 부딪치는 소리와 스카치가 얼음에 닿을 때 스티로폼처럼 버스럭거리는 소리를 들었다. 도로테아는 찬장 문을 닫고 두 잔 가운데 한 잔을 그에게 건넸다.

"방금 아버지랑 통화하면서, 오늘 아침에 아버지와 헬무트가 등장한 게 얼마나 창피하고 무례한 일인지 말했어." 그녀가 스카치를 한 모금 마시고 말을 이었다. "또 갑자기 왜 출판사 지분을 팔려고 하는지, 그리고 왜 내가 그걸 아버지에게서 직접 듣지 못하고 다른 경로로 우연히 들어야 하는지 물었지. 10년 전에 출판사가 가까스로 파산을 비껴갔을 때도 아버지는 프란츠 배어라우흐의 제안을 계속 거절했잖아. 그때는 10퍼센트도 팔려고 하지 않았어. 아버지는 처음에 계속 다른 소리만 하다가 나중에는 나더러 무슨 상관이냐고 하시더라. 그래도 계속 캐물었더니 출판사 지분 판 수입을 하이케가 새로 설립하는 출판사에 투자하려 한다고 드디어 털어놓으셨어! 그 출판사 이름을 '빈터샤이트&베르시'로 할 거래."

"뭐라고?" 카를은 자기 귀를 의심했다. "어떻게 그러실 수 있지?"

"새로운 우리 출판사 프로필에 동질감을 느끼지 못하시겠대!" 도로테아의 말투가 냉소적으로 변했다. "하지만 내 생각에는 네가 거둔 성공을 질투하시는 거 같아. 우린 오늘 키르히호프 신작을 인쇄했고, 바로 2쇄를 찍게 될 거야." 그녀가 카를을 빤히 바라봤다. "내가 기억하는 한, 이 출판사에서 초판을 이렇게 많이 찍은 책은 '한 종도' 없어! 그래서 아버지는 속이 아주 많이 상한 거야."

"그런데 큰아버지가 일단 지분을 팔 수 있어야 하는 거 아닌가?" 카를은 이 사실에 자신이 당황한 건지, 실망한 건지, 아니면 웃어야 할지 혼란스러웠다. 큰아버지와 큰어머니는 그가 십 대일 때까지는 출판사에 가까이 오지 못하게 언제나 막았다. 열한 살에 기숙학교에 밀어 넣었고, 열네 살에 대부가 있는 미국으로 가고 싶다는 소망을 밝히자 도리어 안도하는 듯했다. 카를이 돌아가신 아버지로부터 40퍼센트의 지분을 상속받았음에도 그를 가업에서 떼어놓기 위해 갖은 방해를 했다. "누구에게 팔려고 하는지 얘기하셨어?"

"아니." 도로테아가 고개를 저었다. "프란츠 배어라우흐는 작년에 사망했으니 그는 확실히 아니야. 하지만 누가 됐든 지분을 사려는 사람은 내 동의도 필요해. 초라한 내 12퍼센트는 그걸 막아내는 소수 지분이니까."

"절대 동의하면 안 돼." 카를이 말했다. "누나가 이미 말했듯이, 큰아버지 지분은 누나의 상속분이잖아. 누나는 빈터샤이트 일원이고 큰아버지의 외동딸이야."

"그 사실이 아버지에게 의미 있던 적이 한 번이라도 있었나?" 도로테아가 우울한 목소리로 물었다.

"큰아버지가 매각이 불러올 결과를 알고 계시는지 모르겠네." 카를이 생각에 잠겨 말했다. "그 경우에 두 분은 그 빌라에서 살 수 없어. 거긴 출판사 소유 재산이니까. 그리고 앞으로는 발데마르 배어의 서비스도 포기해야 하고. 아니면 그가 운전할 때 비용을 지불하거나."

"거기까지는 분명히 생각하지 못하셨을 거야." 도로테아는 경멸하듯 웃음을 터뜨렸다. "아버지는 새 출판사를 집에다 차리려고 하시거든." 그녀의 미소가 순식간에 사라졌다.

"빌어먹을! 하이케가 정말 싫어! 벨텐의 일도 그렇고, 얼마나 음흉한지." 도로테아는 회의 탁자에 소리 나게 잔을 내려놓았다. "우린 내년 봄 문학책이 두 권이야! 두 권! 그 못된 여우가 자기 출판사 첫 번째 프로그램에 넣으려고 모든 걸 감추고 있었던 게 분명해! 그리고 알렉스는 하이케와 달리 문학적 소양이 없어. 중요한 작가들을 경쟁사에 빼앗기지 않으려면 탁월한 후임자를 찾는 일이 급해! 게다가 하이케에게 돈까지 던져줘야 한다는 게 제일 화가 나!"

"그러지 않아도 돼." 카를이 스카치를 마저 마셨다. "하이케는 오늘 아침에 노동법원 법정에 나타나지 않았어. 하이케 변호사가 손가락에 불이 나도록 전화를 걸었지만 받지 않더군. 판사는 기분이 아주 안 좋았지." 카를은 그 생각을 하며 싱긋 웃었다. "우린 즉시 해고를 철회하고 절차에 맞게 다시 해고해야 하지만, 배상금은 지불하지 않아도 돼."

"그거 좋은 소식이네!" 도로테아의 어두웠던 얼굴이 살짝 밝아졌다. 그녀는 카를의 책상 앞에 놓인 손님용 안락의자에 털썩 주저앉아 펌프스를 벗었다.

"이게 뭐야?" 도로테아가 몸을 숙여 컴퓨터 자판 옆에 놓인 하늘색 매치박스 미니카를 유심히 살폈다. 뜻밖이라는 미소가 얼굴을 스쳐 갔다. "이걸 아직도 가지고 있었네! 머리카락을 자를 때 네가 아주 얌전하게 있었다고 내가 선물했던 거잖아. 넌 그때 기껏해야 다섯 살이었어."

"그래?" 카를은 다시 책상 앞에 앉았다. "그 기억은 전혀 나지 않아."

"뒷좌석에 앉은 하얀 강아지 때문에 넌 이 차를 아주 좋아했지." 도로테아는 미니카를 손에 들고 꿈꾸는 듯한 눈길로 바라봤다. "세상에, 정말 옛날 일이다!"

"그렇지." 카를이 대꾸했다. "그런데 이상한 게 뭔지 알아? 이차는 지난주에 충전재로 속을 채운 봉투에 담겨 우편으로 왔어. 발신인 이름은 없더라고. 누나가 보낸 줄 알았는데."

"내가 왜 그러겠어?" 도로테아는 놀라서 눈썹을 치켜떴다. 그녀의 휴대전화가 울렸다. 도로테아는 가방에서 휴대전화를 꺼내고 미니카를 도로 내려놓았다. "미안, 받아야 할 전화야."

카를은 고개를 끄덕였다.

"나 아직 출판사에 있어." 도로테아의 목소리가 들려왔다. "응……. 외부 영업자 회의가 있었어……. 아니, 아직 할 일이 좀 남았네. 그래…… 알았어. 그런데 여덟 시 전에는 여기서 나가지 못해."

카를은 피아트 미니카의 찌그러진 지붕에 검지를 대고 종이 뭉치와 컴퓨터 자판 사이의 좁은 통로로 차를 부드럽게 이리저리 밀었다. 이 작은 차는 그동안 내내 어디 있었던 걸까? 누가 보냈지? 그리고 왜 하필 지금?

* * *

"화요일에 바트 조덴으로 나갔던 쓰레기차 담당자와 이야기했습니다." 셈이 입을 열었다.

저녁 회의 때 강력11반 전원이 호프하임 지역수사과 2층 회의실에 모였다. 인기 없는 연수를 피하려고 부하 직원들이 별일 아닌 실종 사건을 의도적으로 과장한다고 아직도 믿는 니콜라 엥겔 과장도 참석했다.

"쓰레기통을 비운 환경미화원은 베르시 씨의 쓰레기통이 평소보다 무거웠다는 기억은 없었다고 하더라고요. 책들을 쓰레기통에 버리기 때문에 대부분은 가득 차 있었다고 해요. 어쨌든 혈흔은 전혀 못 봤답니다."

"좀 전에 마인-타우누스 쓰레기 처리장에 다녀왔어요." 피아가 넘겨받았다. "이 지역 전체와 프랑크푸르트 일부 지역의 일반 쓰레기가 에슈보른 쓰레기 소각장에서 소각되고, 재는 비커 소재 폐기물 처리장으로 갑니다. 무게가 적힌 서류로 화요일에 수거한 쓰레기가 어느 갱도로 들어갔고 지금 어느 깊이에 있는지 대략 계산할 수 있답니다."

"쓰레기통에 정말로 시신이 있었을 확률이 얼마나 되지?" 니콜라 엥겔이 피아에게 물었다. 벡스는 제일 좋아하는 회의 탁자 아래를 떠나 니콜라 엥겔에게 터벅터벅 걸어가 쓰다듬어달라고 그녀의 무릎에 머리를 기댔다.

"백 퍼센트 확실한 건 아니야." 피아도 인정했다. "신속 테스트 분석 결과, 부엌과 트렁크 가장자리와 쓰레기통 내부의 혈흔은 동일한 여성의 것으로 밝혀졌지만 DNA 대조 결과를 기다려야 해."

"베르시 씨가 여행을 가거나 자살을 하지 않았다는 것은 확실합니다. 치매인 아버지를 절대로 혼자 집에 남겨두지 않을 테니까요." 타리크 오마리가 보충 설명했다. "하루나 이틀만 여행할 때도 요양원에 단기 요양으로 모셨다고 합니다. 여러 이웃들과 주치의, 바트 조덴 성 엘리자베스 요양원 원장이 확인해준 사실입니다."

"살인사건의 경우에는 비용 편익 계산이 없긴 하지만, 쓰레기 소각장을 멈추는 것은 엄청난 경비가 소모되고 쓰레기 몇 톤을 뒤지는 것도 굉장한 인력이 드는 일이에요. 그런 조처를 허용하기 전에 납득할 만한 단서가 필요합니다." 니콜라 엥겔은 평소보다 부드럽게 말하며 벡스의 머리를 쓰다듬었다. 사무실에 있는 벡스의 존재는 엥겔의 기분에만 영향을 준 게 아니었다. 개가 온 이후로 엥겔 과장은 근엄한 정장과 굽이 높은 구두를 포기하고 청바지를 즐겨 입게 되었다. "그러니 DNA 분석을 기다립시다."

"화요일에 수거한 쓰레기가 들어간 갱도는 어쨌든 잠정적으로 폐쇄됐습니다." 보덴슈타인이 이렇게 말하고 카이 오스터만에게 몸을 돌렸다. "알아낸 거 있나?"

"하이케 베르시에 대한 수사가 진행 중입니다." 카이가 대답했다. "연방범죄수사국과 지역범죄수사국의 데이터베이스, 실종자 및 신원을 알 수 없는 시신 데이터베이스에도 얼마 전에 발견된 여성 시신은 없었습니다. 비행기와 기차 예약에서도 이름을 찾지 못했고요. 휴대전화 위치 추적과 지난주 통화 목록은 신청해둔 상태입니다. 운이 좋다면 내일은 둘 다 받아볼 수 있을 겁니다."

셈과 타리크와 카트린이 번갈아가며 베르시의 이웃과 나눈 대화 내용을 보고했다.

"그러니까 베르시 씨는 월요일 늦은 오후와 이른 저녁에 각각 한 명씩 남자 손님이 있었고, 그 사람들의 신원은 아직까지 모르는 거네." 피아가 요약해서 말했다. "그리고 밤에 차를 타고 차고에서 나오는 게 목격됐지만 주변 주유소 어디에서도 담배나 다른 물품을 사지는 않았고 말이야."

"그렇습니다." 타리크가 고개를 끄덕였다. "그런데 이웃 한 명이 그녀가 새벽 1시 30분쯤 쓰레기통을 길가에 내놓는 걸 봤답니다."

"그건 그 사람의 시신이 쓰레기통에 들어 있었을 거라는 가설과 상반되는군요." 니콜라 엥겔이 끼어들었다. "트렁크와 자동차 내부의 혈흔도 마찬가지고요. 걸어서 어디론가 가다가 사고를 당했을 수도 있지 않을까요?"

"이 지역의 모든 병원에 연락해봤습니다." 카이 오스터만이 대답했다. "하이케 베르시라는 이름 또는 우리 묘사에 맞는 익명의 여성은 들어오지 않았답니다."

"아직 발견되지 않은 것일 수도 있어요." 카트린이 말했다.

"어쩌면 어딘가에 잡혀 있는지도 모릅니다." 타리크도 끼어들었다.

"그렇지! 아마 외다리 두루미가 그녀를 납치해서 지하실에 가뒀을 거야." 피아가 그의 아이디어에 흥미를 보였다. "그 사람은 그녀에게 화를 낼 정당한 이유가 있으니까."

"외다리 두루미? 누굴 말하는 거야?" 니콜라 엥겔이 물었다.

"제베린 벨텐, 《외다리 두루미》 저자입니다." 보덴슈타인이 상관에게 맥락을 설명했다.

"아! 실종된 사람이 제베린 벨텐의 편집자라고요?" 니콜라 엥겔의 눈이 커졌다. "난 그 사람 소설의 열성 독자인데!"

"그 사람은 그저 다른 작가들의 작품을 베낄 뿐입니다." 셈이 경멸하듯 대꾸했다. "그건 범죄 행위지요."

"확실하게 증명되지 않았어요." 과장이 주장했다. "그리고 설령 그렇다고 하더라도…… 영화는 언제나 리메이크하잖아요."

"과장님, 그 비유에는 결함이 있어요." 셈이 고개를 저었다. "영화 제작자가 리메이크하려면 제작할 수 있는 권리를 사야 합니다."

논쟁이 저작권과 관련된 법과 도덕의 열띤 토론으로 변질되기 전에 보덴슈타인은 카트린 파힝거에게 실종자에 대해 알아낸 것을 보고하라고 부탁했다.

"하이케 베르시, 56세, 프랑크푸르트 출신입니다. 편집자이자 문학비평가, 텔레비전 진행자, 번역가예요. 이삼 년 전에 베르시를 인터뷰한 〈슈피겔〉의 타키스 뷔거 기자는 그녀가 독일 문학계에서 강력한 영향력을 지닌 인물 중 한 명이라고 썼습니다. 작가들을 좋게 평해서 '킹메이커'로 존경받기도 하지만, 파괴하기도 해서 두려움의 대상이라고요."

"아! 그 사람 알아요!" 니콜라 엥겔이 카트린의 말을 끊었다. "일요일에 그 문학 방송을 자주 봤거든요!"

"저도요!" 카트린이 셈과 타리크에게 경멸하는 눈길을 던지며 대답했다.

"저는 안 봤습니다." 카이 오스터만이 무미건조한 목소리로 끼어들었다. "하지만 오늘 오후에 〈파울라와 책 읽기〉 유튜브

방송 두어 편을 봤는데, 이 말을 하지 않을 수가 없군요. 하이케 베르시는 방송마다 살인 동기를 '대량으로' 만들어냅니다." 그가 메모를 보며 말을 이었다. "말하는 데 주저함이라고는 전혀 없고, 무자비할 만큼 인신공격적입니다. 예를 들어 범죄소설 작가 스벤 클리체크를 '멍청'하고 '재능이 없다'라고 표현했고, 다른 책들을 '이루 말할 수 없이 유치한 쓰레기'라거나 '미련한', '불쌍한' 또는 '구역질 나는', '고문', '독자 모욕'이라고 했습니다. 호세 쿠에뇨의 신작을 읽는 것과 생선 식중독 중 하나를 선택해야 한다면 썩은 생선을 먹겠다고 한 적도 있어요."

"그것 때문에 누군가를 죽인다고?" 피아가 생각에 잠겼다.

"흐음, 나라면 내가 몇 달 또는 몇 년이나 쓴 책을 누군가 돌아가는 카메라와 청중 앞에서 그런 형용사로 난도질하고 쓰레기통에 던져 넣는다면 끔찍한 모욕감을 느낄 거야." 카이가 대답했다.

"하지만 저는 베르시가 추천한 책보다 쓰레기통에 던진 책을 언제나 더 재미있게 읽었어요." 카트린이 말했다.

"잠깐만, 쓰레기통은 무슨 이야기지?" 스마트폰을 두드리던 보덴슈타인이 얼굴을 들고 물었다.

"하이케 베르시가 마음에 들지 않는 책을 비난한 후에 쓰레기통에 던지는 게 방송 중에 나와요." 니콜라 엥겔이 설명했다.

"그럼 말이 좀 되네요!" 셈이 히죽 웃었다. "비평가에게 모욕을 당한 작가가, 그 비평가가 자기 책을 다룬 것과 똑같은 방식으로 비평가를 처리하는 거죠!"

"흥미로운 가설이군." 보덴슈타인이 웅얼거렸다.

"어쩌면 책 살해 사건인지도 모르겠어요." 타리크가 농담을 던지자 셈도 화답했다.

"책에 쓰여 있는 그대로 살인하기."

"쓰레기통에 있는 그대로." 카이가 히죽 웃으며 끼어들었다.

"신작 스릴러, 저자는 쓰레기……."

"자, 그만하죠!" 니콜라 엥겔이 세 사람을 제지했다. "파힝거 형사, 계속하세요."

"베르시 씨는 30년이 넘게 일한 빈터샤이트 출판사에서 몇 주 전에 해고됐습니다." 카트린이 보고를 이어갔다. "그 후에 발행인 카를 빈터샤이트를 지극히 부정적으로 묘사하는 인터뷰를 몇 번 했는데 모든 신문이 대서특필했어요. 인터넷도 그 소식들로 가득합니다." 카트린은 서류를 뒤져 출력물을 낭독했다. "저명한 문학 출판사 프랑크푸르트 빈터샤이트는 출판계의 전설 카를 아우구스트 빈터샤이트(1989년 사망)의 손자 카를 빈터샤이트(34세)가 2017년 1월에 경제적으로 어려움에 처한 회사의 지휘권을 넘겨받은 이후로 잠잠한 날이 없다. 지금 다시 붕괴 위험에 직면했다. 오래 일한 직원들은 발행인이 제시하는 새로운 방향을 거부한다. '그는 문학을 전혀 모릅니다.' 30년 동안 노벨문학상 수상자 알프리트 켐퍼만이나 헬무트 엥글리슈, 프란체스카 만스펠트와 같은 탁월한 작가들을 담당하며 오랜 세월 기획부장으로 일한 하이케 베르시(56세)의 말이다. '카를 빈터샤이트는 이익에 눈이 먼 속물이고 수준이 낮으며 좋은 책의 조건이 뭔지 모릅니다. 그는 독일 최고의 문학 출판사를 도서 대량 생산업체 중 하나로 전락시킬 겁니다. 이상한 일도 아니지요. 그는 가문의 곁가지, 옹졸한 구두쇠 출신이니까요.'" 카트린이 눈길을 들었다. "이게 3주 전이에요.

이삼 일 후에 그녀는 제베린 벨텐의 최신 소설이 칠레 작가의 책을 완전히 베낀 거라고 공개적으로 발표했어요. 언론은 이걸 보복 행위라고 표현했고요."

"흐음." 니콜라 엥겔은 멍한 표정으로 입술을 삐죽이며 왼손으로 벡스의 귀 뒤를 쓰다듬었다. "하이케 베르시가 강력범죄의 희생자라는 게 확인되면 언론이 몰려들겠군요."

대규모 기자회견과 플래시 세례를 즐기던 전임자와 달리, 니콜라 엥겔은 언론의 관심을 그다지 좋아하지 않았다. 저명한 문학비평가가 어쩌면 세계적으로 이름난 작가에게 살해당해 쓰레기통에 버려졌을지도 모른다는 소식은 도널드 트럼프와 브렉시트, 너무 건조한 여름에 대해서만 지속적으로 보도하던 언론에 당연히 기분 전환 소재가 될 터였다. 피아는 상관을 흘낏 바라봤다. 제베린 벨텐의 극성팬인 상관이 수사에 끼어들지 말아야 할 텐데!

"내무부장관과 경찰청장에게 이 사건을 알려야겠어요." 과장이 일어나며 청바지에 묻은 개털을 떨어냈다.

"철저한 비밀 엄수와 세심함을 유지해주세요. 보덴슈타인, 나에게 계속 보고하시고요."

"물론이지요." 보덴슈타인이 고개를 끄덕였다.

"그리고 여러분, 쓰레기통 농담은 이제 그만." 니콜라 엥겔은 셈과 타리크, 카이를 엄한 눈빛으로 노려봤다. 나가기 전에 문간에서 다시 한번 몸을 돌리고 물었다.

"피아, 베르시 씨 키가 얼마나 되지?"

"어, 모르겠네." 피아는 그 질문에 당황했다. "그게 중요해?"

"크다면 쓰레기통에 넣기 어려울 테니까."

"이 쓰레기통은 가능해요." 타리크가 피아 대신 대답했다.

"베르시 씨네는 240리터짜리 쓰레기통을 썼거든요."

2일째

2018년 9월 7일 금요일

"아빠, 여기 계셨네요!"

누군가 왈칵 껴안는 바람에 깜짝 놀라 깊은 잠에서 깬 보덴슈타인은 자기가 어디에 있는지 알아차리지 못하다가 카롤리네 집의 반지하층 손님방이라는 것을 환기했다.

"왜 여기 아래에서 주무세요?" 소피아는 완전히 제정신이 아닌 듯했다. 그를 꼭 껴안고 목에 매달리는 바람에 그는 거의 숨을 쉴 수 없었다. "아빠, 사방을 찾아다녔어요! 그레타 언니 말로, 카롤리네 아줌마가 아빠를 쫓아냈다면서요!" 소피아는 너무 흥분해서 예전 어릴 때처럼 딸꾹질을 했다.

"아, 말도 안 되는 소리. 우리 아가. 내가 그냥 나갈 리 없잖아." 보덴슈타인이 중얼거리며 딸을 품에 안았다. "게다가 너도 없이."

소피아가 훌쩍이며 그에게 기댔다. 보덴슈타인은 딸의 상실 불안을 잘 이해했다. 소피아는 정해진 주거지 없이 내내 불안정하게 지냈다. 어떤 때는 코지마와, 어떤 때는 그와 살았고 주말에도 이리저리 떠돌았다. 코지마가 몇 주 동안 필름 원정을 가고 보덴슈타인이 일해야 할 때면 소피아는 로렌츠나 로잘리, 그의 부모님 댁 또는 친구 집으로 밀려났다. 열두 살짜리 딸은 이미 오래전부터 마치 승무원처럼 짐을 잘 꾸렸고 어디서든 금방 적응했다. 하지만 그것은 겉모습일 뿐 내면은 완전히 다른 모습이었다. 코지마가 아프게 된 뒤로 소피아는 더 심하게 그에게 달라붙었다.

"지금 몇 시지?" 소피아가 어느 정도 흥분을 가라앉히자 보덴 슈타인은 휴대전화를 들고 검은 액정 화면을 슬쩍 들여다봤다.

"7시 20분요." 소피아가 대답했다.

"네가 깨워줘서 다행이야." 그는 딸의 이마에 입을 맞추었다. "내 휴대전화 배터리가 방전돼서 알람이 울리지 않았어."

"그런데 왜 손님방에서 주무셨어요?" 그가 하품을 하며 몸을 일으키자 소피아가 물었다. 그가 문자에 답장을 보내지 않아 카롤리네가 어젯밤에 고집 센 10대 소녀처럼 울면서 침실 문을 잠갔다고 말해줘야 할까? 소피아는 사실을 알 권리가 있었다. 열두 살이니 나이도 먹을 만큼 먹었고 또 어차피 이르든 늦든 알게 될 터였다.

"아빠 칫솔 좀 써도 돼요?" 아이가 아버지 부부의 안 좋은 관계가 자기 탓이라는 죄책감을 갖지 않게 하려면 이 상황을 어떻게 설명해야 할지 그가 고민하고 있는데 소피아가 물었다.

"왜 네 걸 안 쓰고?" 그가 놀라서 물었다.

"그레타 언니가 욕실에 들어가 문을 잠그고 욕조에 누워 있어요."

"지금? 하루 종일 시간이 있을 텐데."

"언니는 제 화를 돋우려고 그러는 거예요. 보통은 아침에 제가 더 빠른데, 오늘은 복도에서 언니가 저를 따라잡았어요."소피아가 인상을 찌푸리며 말을 이었다. "제가 나가면 언니는 다시 침대에 누워 넷플릭스를 볼 거예요. 카롤리네 아줌마 말로, 그건 그레타 언니 욕실이고 저는 여기 그저 손님으로 와 있으니 더 빨리 일어나야 한대요."

그 말에 보덴슈타인의 머리와 사지에서 피로를 모두 몰아내는 아드레날린이 치솟았다. 그는 바지를 입고 양말과 신발을 신은 후에 방문을 열었다.

"아빠, 어디 가세요?"소피아가 걱정스러운 말투로 물었다. "뭐 하시려고요?"

"욕실에서 네 칫솔을 가지고 오자."그가 어두운 얼굴로 대답했다. 보덴슈타인은 보통 온화한 사람이었고, 위기와 스트레스 상황에서도 자제력을 잃는 일이 극히 드물다는 사실을 스스로 자랑스러워했지만, 지금은 들끓는 분노를 어쩔 수 없었다. 욕실 문을 걷어차고, 6년 전부터 테러를 일삼으며 결혼 관계를 망친 불쾌하고 비열한 아이를 욕조에서 끌어내 계단 밑으로 밀어버리는 자기 모습이 눈앞에 훤히 보였다.

"아빠, 제발 그러지 마세요! 이를 꼭 닦지 않아도 돼요!"소피아가 애원했지만 보덴슈타인은 분노로 귀가 멀었다. 2층으로 재빨리 올라가 잠긴 욕실 문을 주먹으로 두드렸다.

"그레타, 소피아가 얼른 이 닦고 머리 빗게 들여보내줘."그가 간신히 분노를 억누르며 차분한 목소리로 말했다. "안 그러면 학교에 지각한다."

"안됐네요. 난 지금 욕조에 누워 있어요."그레타가 대꾸했다.

"조금 있다가 해도 되잖아." 보덴슈타인이 주먹을 꽉 쥐고 말했다. "어서 문 열어!"

"아빠, 제발 그냥 둬요!" 소피아가 떨리는 목소리로 말했다. 딸의 커다란 눈동자에 눈물이 고이자 보덴슈타인은 더욱 분노했다. 이제는 칫솔이 아니라 원칙이 문제였다. 그레타는 그뿐 아니라 딸에게도 폭군 노릇을 했고, 그는 지금까지 딸을 지켜주지 못했다.

"이 빌어먹을 문 열어. 안 그러면 걷어찰 테니까!" 그가 고함을 지르는데 복도 끝에서 카롤리네가 나타났다. 샤워를 해서 머리카락은 젖어 있지만 옷은 이미 다 갖춰 입은 상태였다.

"이른 아침부터 왜 이렇게 소란스러워?" 그녀가 짜증스러운 표정으로 보덴슈타인에게 소리쳤다.

"당신 딸이 욕실 문을 잠그고 있어. 하루 종일 욕조에 누워 있을 수 있는데도 말이지." 그가 이를 갈며 대답했다. "소피아가 이를 닦게 들여보내달라고 부탁하는 중이야."

"어쩌라고? 여긴 그레타의 욕실이야." 카롤리네가 말했다. "자기가 원할 때는 언제든, 몇 시간이든 사용할 수 있잖아."

보덴슈타인은 불현듯 아주 차분해졌다.

"진심이야?" 그는 돌아서서 아내를 빤히 노려봤다. 눈앞에 보이는 사람은 그의 가슴에 더 이상 와 닿지 않았다. 이방인이 서 있었다. "소피아와 나는 당신 집에서 그저 '손님'이라는 말이지?"

욕실 안에서 첨벙이는 소리가 나더니 열쇠가 돌아가는 소리가 들리고 문이 열렸다. 그레타가 물방울을 뚝뚝 떨어뜨리며 벌

거벗은 몸으로 서 있었다. 그러고는 도발적으로 히죽 웃더니 그의 가슴에 칫솔을 내던졌다.

"여기 빌어먹을 칫솔 있어. 이 멍청한 개자식아! 이제 만족하냐?" 그러고는 그의 코앞에서 다시 문을 쾅 닫았다.

"그렇다 이거지." 보덴슈타인이 낮은 목소리로 말하고 몸을 숙여 칫솔을 주워, 울고 있는 소피아의 손에 쥐여줬다.

"그렇다 이거지라니, 무슨 뜻이야?" 카롤리네가 물었다.

"아가, 밑에 가서 기다려." 보덴슈타인이 딸에게 말했다. "내가 옷을 갈아입은 후에 출발하자."

그가 침실로 가자 카롤리네가 뒤따라오며 물었다.

"당신, 왜 나랑 말을 안 해? 올리버! 왜 내 문자에 답장을 안 했냐고!"

그가 휙 돌아서는 바람에 카롤리네는 하마터면 그와 부딪힐 뻔했다.

"당신이 나를 침실에서 몰아내고, 또 당신 딸이 나를 '멍청한 개자식'이라고 부르는데 그냥 두기 때문이지." 그가 싸늘하게 대꾸했다. "그리고 내가 몇 달 동안이나 부탁하는 걸 모두 묵살하기 때문이고, 둘 다 약속하고서는 소피아를 전혀 배려하지 않기 때문이야. 이유로 충분한가?"

"그레타는 지금 무척 힘든 시기를 보내고 있어⋯⋯." 카롤리네가 입을 뗐지만, 보덴슈타인은 이 주제로 다시 대화하고 싶지 않았다.

"그만!"

카롤리네의 눈에 갑자기 눈물이 가득 고였다. 그녀의 기분은 변덕스러운 4월 날씨보다 더 자주 바뀌었다. 예전에는 어느 정도 평범하게 지내는 시기도 있었지만 코지마가 병원에 입원하여 소피아가 함께 지내게 된 이후로 카롤리네와의 동거는 질투 폭발과 후회와 맹세로 점철된 롤러코스터였고 이 상황에 보덴슈타인은 완전히 지쳐버렸다. 그는 심리상담가들의 조언이라면 뭐든 그대로 따랐다. 아내에게 안전하다는 느낌과 안락함을 주도록 노력했고, 믿을 만하고 사려 깊고 너그럽게 행동했지만 상황은 점점 더 악화됐다. 카롤리네는 하루에 서른 번씩 전화해서 그가 어디에 있는지, 지금 누구랑 함께 있는지 물을 때도 있었다. 그가 외도를 한다고 의심하여 경련을 일으키듯 울다가 영원한 사랑을 맹세하고는 겨우 30초 후에 다시 욕을 퍼부었다.

보덴슈타인은 옷장에서 깨끗한 옷을 꺼내 입었다. "우리 얘기 좀 해." 카롤리네가 애원했다. "내가 약속할게. 이제 앞으로……."

나이트테이블에 놓인 유선전화 벨이 울렸다. 카롤리네가 무선전화기를 충전기에서 꺼내 들었다.

"알브레히트입니다." 그녀가 전화를 받고 잠시 귀를 기울였다. "아니, 그 사람은 지금 전화 받을 수 없어요. 나중에 휴대전화로 다시 해보세요."

그러고는 전화를 끊었다.

"내가 왜 지금 전화를 받을 수 없지?" 보덴슈타인은 짜증이 나서 물었다. "누구야?"

"산더." 카롤리네의 말투가 냉소적으로 변했다. "당신의 피아. 당신에게는 나보다 늘 더 중요한 그 여자. 코지마와 니콜라,

그리고 이름이 뭐든 간에 당신의 그 여자들! 당신이 나중에 다시 전화 걸면 되잖아. 올리버, 지금은 우리가 이야기를 해야 할 때야!"

"어젯밤에 얘기할 수 있었을 거야. 하지만 당신은 침실에 들어가 문을 잠갔지." 보덴슈타인이 손을 내밀었다. "'지금' 난 동료에게 전화해야 해. 전화기 이리 줘."

그 순간 전화벨이 다시 울렸다. 보덴슈타인이 말없이 바라보자 아내는 결국 포기하고 마지못해 전화기를 건넸다. 그런 다음 그를 스쳐 욕실로 들어갔다.

"반장님, 어제저녁부터 계속 연락했어요!" 피아의 목소리가 보덴슈타인의 귓가에서 울렸다. "무슨 일이에요? 벌써 이사 나오신 거예요?"

"아니." 보덴슈타인은 욕실을 얼른 곁눈질했다. 카롤리네가 피아의 목소리를 듣지 못한 것 같았다. "휴대전화를 충전기에 연결하는 걸 잊었어."

"그랬군요. 타리크와 제가 어제저녁에 바트 조덴에서 낮에 만나지 못한 베르시 씨 이웃 몇 명을 찾아갔어요. 그중 한 명이 월요일 저녁 7시 무렵에 하이케 베르시의 집 앞 거리에 서 있던 남자를 봤대요. 이건 다른 이웃의 진술과도 일치해요. 그 남자가 한동안 거기 서서 집을 노려보고 있다가 울타리를 타 넘었다고 했어요. 이웃이 그 남자를 상당히 자세히 묘사했는데, 타리크가 외다리 두루미의 사진을 그에게 보여주자는 아이디어를 냈어요."

"제베린 벨텐 사진을?" 보덴슈타인이 옷걸이에서 재킷을 꺼내고 옷장 문을 닫았다. "사진을 어디서 구했지?"

"인터넷에 그 사람 사진 수백 장이 있어요. 상당히 유명한 작가니까요." 피아가 대답했다. "어쨌든 이웃이 사진 속 인물을 보고는 울타리를 타 넘은 사람이 틀림없다고 진술했어요. 하지만 다른 이웃이 베르시 씨를 나중에 봤다고 했으니 두루미는……."

"제베린 벨텐은."

"아, 네. 제가 이름을 잘 기억하지 못하잖아요. 그러니 어쨌든 그 남자는 베르시 씨를 살해한 게 아니에요."

"알았어. 난 일단 소피아를 학교에 데려다주고 30분 후에는 사무실에 도착할 거야. 카이에게 벨텐 주소를 알아보라고 해. 그 사람 진술을 받아야 하니까. 자, 그럼 곧 보자고!"

"당신은 누구와도 대화를 나누지!" 카롤리네가 침울한 목소리로 비난했다. "나만 빼고! 내가 뭘 그렇게 잘못하는데?"

"나가봐야 해." 보덴슈타인은 아내에게 작별 입맞춤도 없이 침실을 나왔다. 결과도 없는 대화를 아내와 계속하는 것보다 시신을 찾는 편이 나았다.

* * *

카이 오스터만이 커다란 화이트보드에 하이케 베르시의 이웃들이 월요일에 목격한 모든 진술을 표시한 타임라인을 그렸다. 시간과 인물 묘사가 막연하고 상당히 주관적이며 서로 정확하게 맞지는 않았지만, 빈틈이 있더라도 일단 전체적인 상황은 그려졌다. 수사는 풀어야 할 어려운 수수께끼와 늘 비슷했고,

아무리 소소하고 중요해 보이지 않는 정보라도 진실의 문을 여는 열쇠가 될 수 있었다. 보덴슈타인만 제외하고 니콜라 엥겔까지 포함하여 강력11반이 모두 모였다.

피아는 화이트보드 앞쪽, 과장 옆에 서서 지난 월요일에 하이케 베르시의 집에서 무슨 일이 벌어졌는지 알아내려고 애썼다. 16시 30분경에 회색 곱슬머리에 안경을 낀 어떤 남자가 하이케 베르시의 뜰에 들어섰다. 타리크는 베르시 씨의 현금카드로 타우누스 은행 기기에서 최신 입출금명세서를 뽑은 결과, 그녀가 9월 3일 19시 4분에 바트 조덴의 한 슈퍼마켓에서 186.88유로어치 장을 보고 현금카드로 지불했음을 알게 됐다. 확실하지 않은 점은 베르시 씨가 장을 보느라 아버지를 묶어둔 건지, 그리고 유기농 닭을 제외한 나머지 물품들은 어디에 있는지였다. 19시에서 19시 30분 사이에는 조금 더 젊은 다른 남자─이웃이 제베린 벨텐 작가라고 확인해준─가 울타리를 넘어갔다. 예술가 타입의 남자 또는 제베린 벨텐이 어디서 나타났는지, 그리고 어떻게 다시 사라졌는지 목격한 사람은 없었다. 새벽 1시 30분에 한 이웃이 하이케 베르시가 쓰레기통을 길가에 내놓는 모습을 목격했다. 또 다른 이웃은 밤에 개를 데리고 나왔다가 그녀의 자동차가 차고를 빠져나오는 것을 봤다.

"뭔가 맞지 않네." 피아가 말했다. "장본 건 어떻게 됐을까? 뭔가 샀을 거잖아."

"쓰레기통은 언제 비워졌죠?" 니콜라 엥겔의 질문에 타리크가 대답했다.

"화요일 오전 11시경에요."

"예술가 타입이라는 곱슬머리는 누구지?" 피아는 고민에 빠졌다.

"아마 알렉산더 로트일 거야." 뒷자리에서 카이의 목소리가 들려왔다. 그는 회의 탁자에 노트북을 놓고 앉아 있다가 피아에게로 몸을 돌렸다. "빈터샤이트 출판사 문학부 기획부장이니 하이케 베르시의 후임이겠지. 출판사 웹사이트에서 사진을 찾았어."

"아하." 니콜라 엥겔과 피아, 셈과 카트린과 타리크는 남자의 사진을 자세히 들여다봤다. 남자는 붙임성 있는 미소를 띠고 카메라를 응시하고 있었다.

"헤닝의 에이전트인 마리아 하우실트는 그를 하이케 베르시의 친구라고 표현했어." 피아가 기억을 떠올렸다. "학창시절부터 아는 사이래."

"여러분, 오늘 그 사람을 만나봐요." 니콜라 엥겔이 말했다. "발행인도 마찬가지고."

"제베린 벨텐을 만나는 게 훨씬 더 급한 거 같은데." 피아가 끼어들었다. "카이랑 내가 어젯밤에 인터넷을 검색했어. 그는 독일에서 아주 저명한 작가 가운데 한 명이야. 상을 받은 작품도 많아. 표절 비난 후에 댓글 테러가 일어났지. 베를린대학교 객원교수 자리도 잃었고 말이야. 또 작가협회는 그와 거리를 두고 있어. 명성도, 경력도 파괴됐지. 많은 악성 댓글 때문에 그의 웹사이트와 페이스북은 잠정적으로 차단됐어. 그러니 누군가 하이케 베르시가 지옥에 떨어지기를 바라는 합당한 이유를 지녔다면 바로 그 사람일 거야."

니콜라 엥겔은 입술을 잘근거리며 생각에 잠겼다.

"당신 말이 맞아." 그러고는 잠시 고민한 후에 인정했다. "그가 그런 일을 저질렀을 거라고는 상상이 안 되지만 말이야."

피아는 수사를 할 때마다 거의 매번, 자기가 아는 그 사람은 살인범일 리가 없다고 주장하는 사람들을 만나왔다. 하지만 상관도 예외가 아니라는 걸 보고 당황했다.

니콜라 엥겔이 주위를 둘러보며 물었다. "보덴슈타인은 어디 있지?"

"오는 중이야." 피아가 대답했다.

"요즘 그에게 무슨 일이 있는지 알아?" 과장이 피아를 옆으로 데리고 가서 물었다. "이제 슬슬 걱정되기 시작하네."

"내 상관에 대해 수다 떠는 걸 원하는 건 아니지?" 피아가 되물었다.

"그러니까 뭔가 안다는 뜻이구나?" 니콜라 엥겔이 눈을 가늘게 뜨고 캐물었다. "그가 얘기한 게 있어?"

"그리고 내가 당신에게 거짓말하는 것도 원하지 않을 테지?" 피아는 세련되게 이 상황에서 빠져나갔다. "아 참, 하이케 베르시의 주치의에게서 연락이 왔어. 그녀의 아버지가 병원에서 퇴원하면 바트 조덴 요양원에 들어갈 수 있대. 우리가 그의 진술을 들어보는 게 어떨까? 어쩌면 뭔가 들은 게 있는지도 모르잖아."

"알츠하이머라고 했지?" 니콜라 엥겔은 화제 전환을 받아들였다.

"응, 치매가 심각해."

"일단 시도는 해봐." 과장이 동의했다. "알츠하이머 환자들도 가끔 정신이 맑을 때가 있어."

"하이케 베르시가 쓰레기통을 직접 내놓거나 차를 타고 나간 게 아닐 수도 있지 않을까요? 그 시각에 이미 사망해서 말이에요." 타리크가 가설을 내놓았다.

"이웃들이 봤잖아." 셈은 반대 의견이었다.

"흠, 그렇지만 예전 그 어머니날 살해범을 생각해보세요. 범인이 희생자와 우리를 어떻게 속였는지를!" 타리크의 말에 카트린도 거들었다.

"게다가 어둡고 비까지 왔어요. 어쩌면 이웃들은 하이케 베르시를 봤다고 그저 '생각'한 걸 수도 있죠."

수사 시작 단계에는 아무리 이상하게 보이는 추측이라도 뭐든 허용됐다. 경찰 수사에서 훌륭한 단 하나의 아이디어로 충분한 경우는 거의 없었다. 올바른 결론으로 이끄는 것은 다양한 사고 게임과 가능성의 고려 및 폐기였다.

"여러분, 내 말 좀 들어봐요!" 크리스티안 크뢰거가 회의실로 들어오자 벡스가 그를 반기느라 회의 탁자 아래에서 벌떡 일어났다. "실험실에서 연락이 왔어요. 부엌과 트렁크 뚜껑, 자동차 내부와 쓰레기통 혈흔은 욕실 칫솔과 빗의 DNA 대조 샘플과 일치합니다." 그가 몸을 숙여 벡스의 목덜미 털을 잡아당겼다. "하이케 베르시의 피예요."

하이케 베르시의 시신이 그녀의 자동차 트렁크에서 발견되기를 바랐던 사람은 아무도 없었다. 하지만 누군가 그녀를 살해해서 시신을 쓰레기처럼 처리했다는 상상은 훨씬 더 마음에 들지 않았다.

"쓰레기를 몇 톤씩 뒤지는 일은 없길 바랐는데." 니콜라 엥겔이 한숨을 내쉬었다. "보덴슈타인 어른께서 곧 친히 왕림하신다면 나에게 오라고 하세요. 휴대전화 위치 추적은 어떻게 되어가나요?"

"오늘 나올 것 같아요." 카이 오스터만이 대답했다. "재촉해 뒀거든요."

"쓰레기 소각장에 갈 때 저도 함께 가겠습니다." 크뢰거가 끼어들었다. "이미 몇 번 해본 적이 있어서 뭐가 필요한지 알아요. 강력11반 몇 명과 함께 간다면 기동수사대를 더 데려갈 필요가 없어요. 그러면 비용이 많이 줄어듭니다."

"타당한 말이에요. 크뢰거, 그렇게 하세요. 산더, 내게 계속 보고하고요." 과장은 다른 부서 사람들 앞에서는 예전과 마찬가지로 피아와 존댓말 하기를 선호했다. "난 비스바덴에서 일이 있지만 연락은 됩니다."

과장이 회의실을 나갔다.

"카이, 제베린 벨텐이 어디에 사는지 알아냈어?" 피아는 니콜라 엥겔이 좋아하는 작가를 심문할 때 함께하기 위해 일정을 모두 취소할 거라고 예상했기 때문에 일부러 그녀가 나가길 기다렸다가 이 질문을 했다.

"당연하지." 피아의 속마음을 꿰뚫어본 오스터만이 히죽 웃었다. "프랑크푸르트에 등록되어 있어. 베스트하펜 바흐포렐렌 길이야."

밤에 잠을 제대로 못 이룬 율리아는 하품을 하며 책상에 앉아 있었다. 작년 가을에 다른 출판사와 격렬하게 경쟁한 끝에 저작권을 낙찰받은 프랑스 소설 번역본을 읽던 중에 새벽 2시에 잠들었다. 원고를 급하게 조판해야 하므로 오늘은 어쨌든 마저 읽어야 했다. 원본 원고가 계획보다 훨씬 늦게 들어오는 바람에 새로운 번역자를 찾아야 했고, 이 책이 4주 후에 개최되는 도서전에 즈음하여 대표작으로 출간되어야 하기에 시간이 없었다. 이런 '급선무'는 이따금 흥미진진하기도 했지만 급하다 보니 반드시 피해야 할 실수가 발생하는 일도 흔했다. 그녀는 일반적으로 일에 집중을 잘하는 편이었지만 지금은 생각이 계속 다른 데로 흘러갔다. 헤닝 키르히호프에게 전화해서, 하이케 베르시의 소재에 대해 전배우자에게서 새로운 소식을 들은 게 있는지 묻고 싶었다. 그녀에게 정말 뭔가 일이 벌어졌다면 어떻게 하지? 헤닝 키르히호프의 전배우자가 그에게 뭔가를 알려줘도 되나? 율리아의 지인이나 친척 중에 삼촌 집에 도둑이 한 번 들었던 걸 빼면 범죄 피해를 당한 사람은 없었고, 그녀 또한 운전면허를 취득한 직후에 교통 단속을 받은 것 말고는 경찰을 만날 일이 없었다.

전화벨이 울리자 율리아는 소스라치게 놀랐다. 안타깝게도 키르히호프가 아니라 아트디렉터인 안야 델라무라였다. 둘은 괴테광장에 있는 '모시모시'에서 간단하게 점심식사를 하면서 내일 발행인 빌라 정원에서 진행될 사진 촬영의 마지막 세부사항을 의논하기로 했다. 지금까지 드로에머 출판사에서 소설을 출간했던 작가 밀리에 피셔의 새 사진을 영업부에서 꼭 필요하다고 했으므로 마케팅 팀은 저명한 사진작가와 메이크업 아티스트와 스타일리스트를 추가로 예약했다. 율리아는 서너 시간이 소요될 사진 촬영 후에 밀리에를 멋진 레스토랑 점심식사에 초대하고, 그 후에 오랜 역사를 지닌 출판사 건물을 구경시킬 계획이었다. 그녀는 빈터샤이트-핑크에게 출판사 안내를 부탁했고, 영업부장은 밀리에가 오는 날이 토요일인데도 그렇게 하겠노라고 대답했다. 율리아는 한숨을 내쉬며 번역 원고로 다시 눈을 돌렸다. 나중에 키르히호프에게 전화를 걸 핑곗거리가 생각나길 바랐다.

* * *

피아와 카이 오스터만이 함께 쓰는 사무실에 들어온 보덴슈타인은 면도도 하지 않았고 전날보다 더 피곤한 모습이었다. 백스가 카이 책상 옆 쿠션에서 벌떡 뛰어올라 꼬리를 흔들며 그를 반겼다.

"오셨네요!" 피아가 메모에서 눈을 떼고 말했다. 그녀는 어제 하이케 베르시의 집 안팎에서 일어난 일에 관한 보고를 보안관리 시스템의 사건 파일에 입력하는 중이었다. "과장님에게 가보세요."

"해결됐어." 보덴슈타인이 대답했다. "복도에서 만났거든. 다른 직원들은 모두 어디 있지?"

"쓰레기 소각장으로 가는 중이에요." 피아가 대답하고 자판을 계속 두드렸다. "크리스티안이 지휘권을 낚아챘어요. 셈과 타리크와 카트린이 함께 갔고요, 저도 여기 이 일은 금방 끝나요."

"반장님, 커피 드셔야 할 것 같네요." 카이가 담처럼 쌓인 모니터들 너머로 건너다보며 말했다. "방금 끓였으니 드세요."

"고마워. 바깥에서 마실게. 자네 커피는 너무 진해." 보덴슈타인이 거절했다.

"흥!" 카이는 손을 내저었다.

그가 아주 오래된, 석회를 전혀 제거하지 않은 커피메이커로 만드는 타르 같은 커피는 경찰서 전체에서 악명이 높았고, 한번 마셔본 사람이라면 작은 에스프레소 잔으로 마시는 셈을 제외하고는 똑같은 실수를 반복하지 않았다.

"문 좀 닫아주세요." 피아가 반장에게 부탁했다.

"왜?" 보덴슈타인은 묻기는 했지만 부탁을 들어줬다.

"과장님이 하이힐을 벗은 후로 걸어오는 소리가 들리지 않거든요." 카이가 이렇게 알려주고 킥킥거렸다. "피아는 과장님이 좋아하는 작가를 심문하는 자리에 자신도 참석하겠다고 할까 봐 걱정하는 중이랍니다."

"카이가 외다리 두루미의 주소를 찾았어요." 피아가 보충 설명했다. "프랑크푸르트에 산대요. 베스트하펜 바흐포렐렌 길. 그는 월요일 저녁에 하이케 베르시 집에 갔고, 동기도 있어요. 엥겔 과장님이 심문해도 좋다고 허락했고요."

"그 작가를 좋아해서 심문하지 말라고 했더라면 더 심각한

148

일이었을 것 아닌가." 보덴슈타인이 툴툴거렸다. "쓰레기 소각장에 가기 전에 그 사람을 만나보자고. 카이, 벨텐 주소로 순찰차를 한 대 보내. 그를 체포할 경우에 동료들이 여기로 데려오게 말이야."

잠시 후에 둘은 공무용 차량을 타고 66번 고속도로를 따라 프랑크푸르트 방향으로 향했다. 피아가 아침 회의에서 있었던 일을 보고한 후에 보덴슈타인은 스마트폰을 두드리기 시작했다. 베스트크로이츠에서 프랑크푸르트 베스트하펜 진출로와 굿로이트 거리를 달리는 짧은 구간 동안 평화로운 침묵이 지속됐다. 둘은 오랫동안 함께 일하고 잘 아는 사이라서 대화가 끊기지 않고 계속되어야 한다는 강박을 느끼지 않았다. 25분 후에 잔더 거리로 접어든 피아는 제베린 벨텐의 집이 있는 건물에서 아주 가까운 곳에 주차할 자리를 하나 발견했다. 7층짜리 아파트 12동 중 하나로, 항만과 파도에 흔들리는 요트들이 내다보이는 건물이었다. 순찰차 한 대가 이미 건물 입구에 주차되어 있었다. 햇살을 받은 마인강은 사과주 잔을 연상시키는 다이아몬드 구조의 베스트하펜 타워 전면과 경쟁하듯 반짝였다. 예전에 베스트하펜은 화물을 옮겨 싣는 중요한 지점이었지만 1980년대 후반 무렵에 경제적인 중요성을 잃었고, 시청의 어느 현명한 직원이 이 우울한 산업지구를 젠트리피케이션하자는 아이디어를 내기 전까지 수십 년 동안 구슬픈 존재감을 근근이 이어갔다. 과거의 오명의 지역은 이제 항만 환경의 인기 높은 주택가로 변했다. 프랑크푸르트 한복판에서, 물가에 살 수 있게 된 것이다.

"예전에 누군가 체포하려고 건너편 집들 중 한 채에 간 적이 있어요." 피아가 상관에게 말했다. "'백설공주 사건' 때 말이에요. 기억나세요?"

"아니. 난 여기 온 적 없어." 보덴슈타인의 대답을 들은 피아는 그제야 그때 프랑크푸르트로 향하던 상관이 사고를 내는 바람에 자기 혼자 이곳에 와서 영화배우 나디야 폰 브레도프를 체포했던 걸 기억해냈다. 그녀는 고물덩어리가 된 자동차 잔해가 견인차에 실리는 동안 보덴슈타인이 메세 고속도로 진출로 가드레일에 웅크리고 있던 처량한 모습을 생생하게 떠올렸다. 10년 전의 일이었는데, 당시 코지마와의 결혼생활이 망가지고 있던 그는 지금과 무척 비슷했다.

둘은 차에서 내려 제복을 입은 동료들에게 인사하고 건물 현관으로 갔다. 초인종을 여러 번 눌러도 문을 열어주는 사람이 없었다. 피아는 다른 초인종을, 또 다른 초인종을 눌렀지만 응답이 없었다.

"아무도 없는 게 이상한 일은 아니에요. 여기 집을 소유할 수 있는 사람이라면 금요일 오전에 집이 아니라 저쪽 어딘가에 있겠죠." 순찰대원 두 명 가운데 한 사람이 이렇게 말하고 인근 은행 구역 고층건물 방향을 대충 가리켰다. 마지막으로 초인종을 누르자 어떤 여자 목소리가 들려왔다. 선량한 시민들 대부분이 그렇듯이, 이 사람 역시 피아가 '형사'라는 말을 하고 신분증을 카메라에 들어보이자 건물에 들어오게 했다. 경찰은 제베린 벨텐이 바흐포렐렌 길 주민들의 호감을 잃은 이유가 그의 사기 행각보다는 실망한 팬들과 언론 기자들, 텔레비전 팀까지 그 건물을 며칠씩이나 포위하고 있었기 때문임을 알게 됐다. 작가의 바로 위층에 사는 그 여자는 주민들이 건물에서 한 발짝만 나오면 누군가 불쑥 마이크를 입에 들이댔었다고 화를 냈다. 그녀가 벨텐을 마지막으로 본 건 지난 월요일이라고, 그날은 포위가 느슨해진 첫날이고 몇 시간 동안 집 앞에 아무도 없었다고 했다. 벨텐은 고개를 숙인 채 가방 몇 개와 작은 트렁크를 끌고 그녀 옆을 급하게 지나 승강기로 가면서 짤막하게 인사를 중얼거렸다고, 자기 때문에 일어난 소란에 사과도 하지 않더라고 했다.

"외다리 두루미가 날아갔네요." 자동차로 돌아가면서 피아가 말했다.

"갈 만한 곳을 그 사람 에이전트에게 물어보자." 보덴슈타인이 제안했다.

"그러면 에이전트가 곧장 그에게 전화를 걸어 경고할 테죠." 피아가 반대했다. "그러니 안 돼요. 갑자기 들이닥쳐야죠."

둘은 순찰대원들에게 감사 인사를 하고 에슈보른 쓰레기 소각장으로 가려고 공무용 차량에 올랐다. 이번에는 보덴슈타인이 운전대를 잡았고, 굿로이트 거리를 따라 5번 고속도로 방향으로 가는 동안 피아는 강력11반을 지키고 있는 카이 오스터만에게 제베린 벨텐이 숨을 만한 곳을 알아봐달라고 부탁했다.

"그러지." 카이가 대답했다. "그리고 그가 자동차를 가지고 있는지 확인도 해봐야겠다. 추적하라고 해야지."

"그래, 최고다. 고마워, 나중에 다시 연락할게." 피아가 대답하고 전화를 끊었다. 카롤리네와는 어떻게 되어가는지 알고 싶어 입이 근질거려서 질문을 막 하려는데 핸즈프리 기기가 울렸다. 보덴슈타인의 휴대전화는 블루투스를 통해 보드 컴퓨터와 연결되어 있었으므로 내비게이션 화면에 'ES 켈크하임 전화'라고 떴다.

"소피아 학교야." 보덴슈타인이 당황한 표정으로 말했다. "미안, 받아야겠네."

"폰 보덴슈타인 씨, 안녕하세요. 아이헨도르프 학교 비서실 멜처입니다." 눈에 보이지 않는 스피커에서 싹싹한 여자 말소리가 흘러나왔다. "따님 소피아가 제 옆에 있어요. 복통이 아주 심하다네요. 불쌍하기도 하지. 데리러 오실 수 있을까요?"

보덴슈타인이 어떻게 하냐는 눈길로 바라보자 피아는 고개를 끄덕거려 아버지의 의무를 하러 가도 좋다는 신호를 보냈다.

"네, 그럼요." 그가 학교 비서에게 대답했다. "30분 후에 도착할 수 있습니다."

* * *

마인-타우누스 쓰레기 소각장은 에슈보른 끝자락, 66번과 5번 고속도로 사이의 삼각지대에 있었다. 주변 산업지구 위로 우뚝 솟은, 담에 에워싸인 100미터 높이의 굴뚝이 멀리서부터 눈에 들어왔다. 보덴슈타인은 피아가, 그 없이도 크뢰거와 함께 잠깐 동안은 일을 처리할 수 있다고 안심시키자 그녀를 출입문 앞에 내려주고, 딸을 학교에서 데리고 나와 부모님 집에 데려다주려고 켈크하임으로 향했다. 피아는 아이가 없는 걸 종종 아쉬워했지만 이런 상황일 때면 돌볼 아이가 없는 게 차라리 다행이라고 여겼다. 크뢰거와 타리크, 카트린이 쓰레기 소각장 소장 및 몇몇 직원들과 이야기를 나누는 중이었다. 수천 세제곱미터 의 쓰레기를 뒤지는 것이 귀찮은 일임에도 그들은 무척이나 협 조적이었다. 경찰이 쓰레기더미에서 시신을 찾는 게 이번이 처 음도 아니었기에 그들은 전체 소각장 운영을 중단하지 않고도 이런 조처를 어떻게 이행해야 할지 경험상 잘 알았다.

"화요일 쓰레기차가 쓰레기를 어느 갱도에 비웠는지 무게가 적힌 서류로 알아내서 그곳을 즉시 차단했습니다." 소장이 설명 했다. "그래도 최소한 이틀, 그러니까 대략 6미터까지는 내려가 야 합니다."

"일이 어떤 방식으로 진행되나요?" 피아가 물었다. "우리 직 원들이 갱도로 내려가야 할까요?"

"아이고, 아닙니다!" 소장이 고개를 저었다. "이쪽으로 오십 시오. 어떻게 일하게 될지 보여드리지요."

그들은 헬멧을 받아 쓰고 소장을 따라 거대한 실내 공간으로 이동했다. 쓰레기차들이 줄지어 서 있다가 자기 차례가 되면 삑 삑 소리를 내며 후진하여 열 개 갱도 중 한 군데로 가서 쓰레기 를 비웠는데, 운전자는 내릴 필요도 없었다. 끔찍한 악취와 쓰 레기차들이 내는 소음은 견디기 힘들 정도였다.

"여기가 쓰레기와 재 벙커랍니다." 소장이 목소리를 높여 설 명했다. "길이 65미터, 폭 13미터, 깊이 24미터이고 갱도 열 개 로 나뉘어 있어요. 매일 약 130대 분량이고 주 5일 들어옵니다. 벙커는 일반 가정과 영업장 쓰레기를 대략 2만 세제곱미터, 그 러니까 약 1만 톤 수용합니다. 레일을 오가는 기계 삽은 쓰레기를 한 번에 5톤까지 들어 소각 화로에 넣습니다. 중형차 한 대 분량이지요. 첫 번째 화로는 약 1,200도, 마지막 화로도 여전히 85도를 유지합니다. 남는 것은 용암 같은 물질뿐입니다."

그들은 9번 갱도 가장자리로 다가갔다. 쓰레기 소각장에 처음 온 피아는 이 거대한 기계 장치에 깊은 인상을 받았다. 악취를 풍기는 지옥의 심연을 들여다보자니 소름이 끼쳤다. 저 아래 어딘가에 하이케 베르시의 시신이 있을까? 이런 생각만 해도 이상한 느낌이 들었다. 피아는 누군가 왜 흥분해 폭행치사나 살인을 저지르는지 알 수 없을 때가 많았지만 어느 정도 공감이 갈 때도 있긴 했다. 하지만 이 경우와 같은 범행 후 행동은 전혀 이해할 수 없었다. 이런 행동을 하는 범인은 도대체 어떤 종류의 사람일까? 존중감과 인간성의 완벽한 부재는 범행 자체보다 더 충격적일 정도였다.

"9번 갱도 쓰레기를 기중기로 들어 올려 특별 적재 공간에 부려놓을 예정입니다." 소장이 말했다. "화요일 쓰레기는 아직 소각 화로에 들어가지 않았을 확률이 높아요."

크뢰거가 그 공간을 보여달라고 한 후에 그들은 이 엄청난 쓰레기더미를 가장 효율적으로 뒤지는 방법을 토론했다. 피아는 망원경을 들고 특별 적재 공간 주위에 서서 인간의 잔해가 남아 있는지 알아내려고 몇 시간 또는 며칠씩 쓰레기를 노려봐야 할 동료들이 전혀 부럽지 않았다. 소장은 예전에 프랑크푸르트 경찰들이 했듯이 기계 삽이 쓰레기를 비우는 장면을 세분하여 보고 또 필요한 경우에는 반복해서 볼 수 있게 고속 카메라 설치를 제안했다.

크뢰거가 이곳 일은 모두 알아서 할 테고 또 어차피 일을 시작하기까지는 한동안 시간이 걸릴 터라 피아가 굳이 여기 있을 필요는 없었다. 그래서 피아는 하이케 베르시의 옛 상관, 그리고 가까웠던 동료들에게서 그녀에 대한 정보를 더 많이 얻기로 했다. 유미주의자인 셈은 우울한 일을 다른 이들에게 넘기는 게 기쁜지 얼른 피아를 따라나섰다. 타리크와 카트린은 이곳에 머무는 편을 택했다. 두 사람은 잠정적 희생자의 과거보다 쓰레기를 파는 게 더 흥미진진하다고 생각했다. 실내 공간을 나와 자동차로 가는 동안 셈은 생각에 잠긴 채 말이 없었다.

"저 안은 정말 끔찍하다, 그렇지?" 피아가 침묵을 깼다. "나라면 악취와 소음을 하루도 견디지 못할 것 같아."

"나도 그래." 셈이 운전석에 앉았다. "그래서 부끄러워."

"왜?" 피아가 놀라서 물었다.

"우리 아버지는 스물한 살이던 1961년에 터키 가지안테프에서 독일로 오신 이후 평생 쓰레기 수거 일을 하셨어." 셈이 대답했다. "누이들과 내가 좋은 교육을 받을 수 있게 지원하려고 하루도 병가를 내지 않고 정신 나간 사람처럼 일하시다가 쉰한 살에 쓰러져서 그대로 돌아가셨지. 내가 김나지움에 가고 우리 집안에서 처음으로 대학입학 자격시험을 치르고 나중에 대학에서 공부할 수 있었던 건 오로지 아버지 덕분이야. 아버지는 나를 엄청나게 자랑스러워하셨지만 나는 아버지가 환경미화원이라는 사실이 늘 괴로웠어."

"하지만 지금은 다르게 생각하고 아버지를 자랑스러워하잖아." 피아는 동료에게 힘을 북돋워주고 싶었다. "나도 어렸을 때는 아버지가 너무나 창피했어. 내 학교 친구들 아버지는 의사나 이사장, 투자 은행가, 건축가나 기업 경영인이었는데 우리 아버지는 그저 회흐스트 주식회사의 일개 직원에 불과했지."

"내 아들들은 지금도 내가 그저 경찰이라는 걸 친구들에게 말하는 걸 부끄러워해. 조종사나 축구 트레이너 아니면 뭔가 쿨한 직업인이 아니라서 말이야." 셈이 씁쓸하게 웃었다. "자식들이 부모님을 자랑스러워하는 건 기대할 수 없는 일인가 봐."

"그렇지." 피아도 그에게 동의했다. "기대 못 하지. 대부분은 훨씬 나중에야 자랑스러워하게 돼."

* * *

소피아의 복통 원인을 완벽하게 알고 있는 보덴슈타인은 켈크하임으로 가는 길에 재빨리 전화 세 통을 연거푸 처리했다. 그가 창백하고 힘없는 딸을 아이헨도르프 학교 비서실에서 데리고 나올 때는 이미 계획이 모두 서 있었다.

"아빠 사무실에 가도 돼요?" 소피아가 물었다. "일하시는 거 방해 안 할게요."

"안타깝지만 안 돼." 보덴슈타인이 딸에게 조수석 문을 열어주며 대답했다. "할아버지랑 할머니 댁에 데려다줄게."

"정말요?" 아이 얼굴이 금세 환해졌다.

"그 전에 카롤리네 아줌마 집에 들러 네 짐을 가져가자. 내가 계획을 모두 세워뒀고 엄마랑도 이미 이야기했어. 넌 일단 크벤틴 삼촌과 마리 루이제 숙모 집에 살게 될 거야. 거긴 넓고, 또

두 사람은 널 보고 싶어 해."

"진짜요?" 소피아가 믿을 수 없다는 듯이 재차 물었다. "그레타 언니를 다시는 안 봐도 된다고요?"

"그래, 안 봐도 돼." 그가 딸을 안심시켰다. 소피아는 마음이 놓여 눈물을 터뜨리며 팔로 그의 허리를 감고 그의 가슴에 얼굴을 기댔다.

"고마워요, 아빠. 고마워요!" 아이가 흐느끼며 말했다. "정말 더는 견딜 수 없었어요."

"나도 알아." 보덴슈타인은 걱정스러운 표정으로 한숨을 내쉬며 딸의 머리를 쓰다듬었다. 딸을 위해 최선을 다하고 딸에게 보호받는다는 느낌과 가족의 연대감을 심어주고 싶었지만, 자신의 최선만으로는 부족할 때도 가끔 있었다.

학교에서 카롤리네 집으로 가는 짧은 시간에 복통은 다 사라졌다. 소피아는 보덴슈타인의 대농장과 그곳에 사는 모두를 사랑했다. 조부모님과 삼촌 부부, 그리고 특히 1월에 첫 아이를 낳고 남편 장 이브 생 클레어와 성 레스토랑을 넘겨받은 언니 로잘리를 무척 따랐다.

"그러면 난 매일 아침 학교에 가기 전에 마구간에 가서 말에게 인사할 거예요. 당연히 개랑 고양이들에게도요." 소피아가 조잘조잘 종알거렸다. "그리고 친한 친구들을 아침마다 스쿨버스에서 만날 수 있고요!"

소피아를 동생 부부에게 맡기는 건 물론 코지마의 상태가 앞으로 어떻게 될지 확실하게 알기 전까지만 해당하는 일시적인 해결책이었다. 지난밤에 그는 또 잠을 이루지 못한 채, 자기가 간을 기증해도 코지마에게 아무 소용이 없다면 어떻게 해야 할지 고민했다. 그는 코지마가 살아남지 못할 수도 있다는 가능성을 진지하게 생각해본 적이 없었다. 그녀가 없는 세상이란 그의 상상력을 넘어서는 것이었기 때문이다. 하지만 아무리 무시하고 싶어도 이제 현실을 직면해야 했다. 기이하고 모순되는 말이긴 하지만, 코지마를 더 이상 사랑하거나 갈망하지 않게 되면서 그는 그녀를 더욱 좋아하게 됐고, 이런 상황은 코지마 역시 마찬가지였다. 둘 사이에는 온갖 기쁨과 슬픔을 함께 겪으면서 싹트는 진정한 우정과도 같은 강제성 없는 신뢰감이 생겼고, 이 점에서 카롤리네의 질투는 사실 이유가 없는 것은 아니었다. 사랑과 정열이 일상의 거친 조약돌에 닳아버린 후에 그의 심장 첫 번째 자리는 코지마가 차지하고 있었으니까.

5분 후에 그는 유리와 콘크리트로 이루어진, 한 번도 집이라고 느껴보지 못한 육면체 덩어리 앞에 정차하고서 차고 문을 올렸다. 이제껏 그렇게 느낀 적이 없었음에도 지금 집을 보자마자 심장이 더 세차게 뛰고 그냥 이곳에 들어가지 않은 채 계속 차를 운전해 여길 지나치고 싶어지는 마음은 그의 현재 결혼생활이 어떤 상태인지를 여실히 증명했다. 그가 지하 차고에 주차하자 소피아는 짐을 싸러 곧장 자기 방으로 달려 올라갔다. 블라인드가 내려온 거실에 텔레비전이 켜져 있고 그레타는 소파에 누워 있었다. 보덴슈타인은 그녀를 못 본 척하고 서재로 가서 책상 앞에 앉아, 언젠가 카롤리네에게서 선물로 받았지만 지금까지 한 번도 사용하지 않은 큰 트렁크에 개인 서류를 모두 챙겼다. 노트북과 온갖 충전용 케이블과 책상 서랍 내용물까지 투박한 트렁크에 모두 들어갔다.

"지금 이 시간에 여기서 도대체 뭐해요?" 그가 트렁크를 복도로 나르는데 그레타가 거실 문간에 나타났다. 보덴슈타인은 대답하지 않았다. 아이에 대한 거부감 때문에 복통이 일어났다. 그는 전쟁터처럼 보이는 부엌을 흘낏 바라봤다.

"자, 또 잔소리해보시죠." 그레타가 뻔뻔하게 말하고 팔짱을 꼈지만 그는 그 제안을 무시했다. 소피아가 터질 듯한 배낭과 가방을 들고 계단을 내려왔다.

"다 쌌어요!" 그러고는 숨도 쉬지 않고 말했다.

"에엥?" 히죽거리던 그레타의 얼굴에서 미소가 사라졌다. 손을 옆구리에 척 얹고서 물었다. "도대체 뭐예요? 이제 꺼지는 건가?"

소피아는 그레타를 쳐다보지도 않았고, 보덴슈타인 역시 카롤리네의 딸에게 대답하지 않은 채 집을 나섰다.

* * *

빈터샤이트 출판사는 프랑크푸르트 증권거래소에서 멀지 않은 실러 거리에 있었다. 피아는 그곳에 가는 길에 인터넷으로 발행인 카를 빈터샤이트에 관한 정보를 검색했다. 이미 알고 있던 수많은 언론 기사 링크를 지나 링크드인 프로필을 마주하게 되었는데, 셈이 자신의 로그인 정보를 누설하고서야 읽어볼 수 있었다.

"카를 아우구스트 빈터샤이트, 1984년 3월 17일 프랑크푸르트 암 마인에서 태어남." 피아가 큰 소리로 동료에게 내용을 읽어줬다. "스탠포드대학교와 예일대학교에서 경영학과 문학 공부."

"우와!" 셈이 대단하다는 듯이 휘파람을 불었다. "미국 상위 열 개 대학에 들어가잖아."

"젊은 사람치고 경력도 상위야." 피아가 대꾸했다. "미디어그룹 페가수스에서 초고속으로 승진했고, 페가수스 미디어그룹 유럽 주니어 부사장이었어. 하지만 중소형 출판사를 운영하려고 독일로 돌아왔지. 경영인치고는 상당히 특이해."

"아마 감정상의 문제인지도 모르지." 셈은 융호프 거리에서 노이에 마인처로 차를 꺾었다. "그 출판사는 집안 소유인 데다 할아버지가 공동 설립자니까."

피아는 검색 엔진에서 가장 최근 결과를 클릭했다.

"아이고, 이것 봐라!" 그녀가 깜짝 놀라 목소리를 높였다. "카를 빈터샤이트가 화요일 저녁에 문학 토크쇼 〈파울라와 책 읽기〉에 초대됐었네. 에이전트 마리아 하우실트가 하이케 베르시도 이 방송에 초대됐는데 나타나지 않았다고 그랬거든."

"그게 뭐?"

"카를 빈터샤이트는 하이케 베르시를 즉시 해고했어." 피아가 설명했다. "그러자 그녀는 공개적으로 그를 비방하고, 출판사의 유명 작가 한 명에게 엄청난 죄를 씌웠지. 오랜 친구 마리아 하우실트는 하이케의 성격이 '충동적'이고 '호전적'이라던데. 그녀가 카를 빈터샤이트와 나란히 평화롭게 앉아서 수다를 떨었을 것 같아?"

"무슨 말을 하고 싶은 거야?"

"하이케 베르시는 오랫동안 그 방송 프로그램 사회를 봤어. 그러니 아마 제작자와 잘 아는 사이였을 거고 자기 말고 또 누가 초대됐는지 정확하게 알았을 거야. 텔레비전에서 생방송으로 결투를 벌일 계획이었는지도 모르지. 그런데 카를 빈터샤이트도 예전 직원이 초대될 거라는 사실을 미리 알았을지, 아니면 몰랐다가 깜짝 놀라는 곤란한 일을 겪게 되는 거였을지 모르겠군."

"그가 알았더라면 방송에 출연하지 않았을 거라고?" 셈은 방향지시등을 켜고 뵈르젠 거리로 차를 꺾어 몇 미터 가다가 증권거래소 주차장 입구로 들어갔다.

"바로 그거야." 피아가 대답했다. "하지만 그는 거기에 나왔어. 정말 몰랐거나, 아니면 하이케 베르시가 나타나지 않으리라는 걸 이미 알았기 때문이겠지."

"여자를 죽여서 시신을 쓰레기통에 버렸으니까?" 셈이 보충했다. 그가 유리창을 내리고 밖의 기계에서 빨간 플라스틱 칩을 뽑아 들자 차단기가 올라갔다.

"이 남자는 정신적인 것만 좋아하는 책벌레가 아니라 냉철한 경영자야." 피아는 검색 엔진이 제공하는 사진들을 보며 말했다. "소형 독일 출판사를 넘겨받아 다시 이윤을 내는 회사로 키우려고 전도유망한 미국 미디어그룹의 경력을 포기했어. 이런 사람은 자기 목표를 이루기 위해 수단 방법을 안 가리고 송장도 칠 사람이지."

"그건 속담일 뿐이야." 셈이 반박했다. "똑똑한 경영인이 자기가 의심받을 게 뻔한데 예전 직원을 살해하고서 들키지 않기를 바란다는 건 상상이 안 되네."

"흠, 글쎄. 이제 알게 되겠지." 피아가 대답했다. "어쨌든 내가 보기에 그 사람과 외다리 두루미는 강력한 동기가 있어."

주차장 5층에 자리를 발견하고 주차한 후에 두 사람은 승강기를 타고 아래로 내려가 뵈르겐 거리를 가로질렀다. 날씨 좋은 늦여름이라 쇼핑가는 배회하는 사람들로 가득했다. 점심시간의 레스토랑 실외 자리는 모두 찼고, 프랑크푸르트 증권거래소 건물 계단에는 젊은 사람들과 양복에 넥타이를 맨 증권거래소 직원과 은행가들이 햇빛을 받으며 나란히 앉아 뭔가 먹거나 스마트폰을 들여다보거나 아니면 이 두 가지를 동시에 하고 있었다. 몇몇 아이들이 엄마가 지켜보는 가운데 황소와 곰 동상에 기어오르고, 일본인 단체 관광객들이 상승과 하락을 상징하는 이 동상들을 사진 찍고 있었다. 조금 전 쓰레기 소각장이나 동료들이 편안한 옷차림으로 자리한 사무실에서와 달리, 새하얀 셔츠와 몸에 딱 맞는 엷은 회색 정장을 입은 셈은 온갖 사업가들 틈에서 전혀 튀지 않았다.

몇 분 후에 둘은 5층짜리 출판사 건물에 도착하여 크기만으로도 방문객을 압도하는 로비에 들어섰다. 유리 승강기와 넓은 계단 사이의 받침대에 걸출한 모습으로 놓인 어떤 남자의 청동 흉상이 제일 먼저 피아의 눈에 들어왔다. 그 위쪽 벽에는 '인간이란 자기 분야에서 희생물이 되더라도 그 분야의 최고가 되려는 남성이다'라는 격언이 쓰여 있었다.

"안녕하세요? 어떻게 오셨나요?" 로비 오른쪽의 수수한 검은

색 목제 접수대 뒤편에 새까맣게 염색한 머리채를 머리 꼭대기에 돌돌 말아 올린 젊은 여자가 앉아 있었다. 셈은 이런 헤어스타일을 비웃는 조로 '분노의 종려나무'라고 불렀는데, 이런 헤어스타일을 한 여성들이 잠재적으로 공격성을 띠는 경우를 개인적으로 자주 겪었기 때문이다.

"안녕하세요?" 피아가 인사에 화답했다. "저쪽 벽에 있는 격언 말이에요. 누가 한 말인가요?"

"모르겠어요." 여자가 대답했다. "어쨌든 저걸 볼 때마다 화가 난답니다."

"정말요? 이유가 뭐죠?" 셈이 순진한 척 물었다.

"인간이란 자기 분야에서 최고가 되려는 '남성'이라잖아요." 분노의 종려나무가 공격적으로 대꾸했다. "완벽하게 성차별적이고 여성혐오적이에요. 더욱이 이곳 직원들의 90퍼센트는 여성인데."

"저건 니체가 한 말입니다." 셈이 대답했다. "당시에 그는 전혀 성차별적인 의미로 사용하지 않았을 거예요."

"저런 격언은 이제 더는 시대에 맞지 않아요. 결코 아니지요!" 이 젊은 여성은 대화 상대의 외모가 이제야 눈에 띄었는지 얼굴이 살짝 붉어졌다. 셈과 마주하는 여자들이 자주 보이는 현상이었다. "어…… 음…… 혹시 제가 아는 분이신가요?"

"아니에요. 저를 다른 사람과 착각하시는 모양입니다." 셈은 젊은 여성에게 매혹적인 할리우드 영화배우 같은 미소를 지으며 형사 신분증을 내보였다. "제 이름은 케말 알투나이입니다. 이쪽은 동료인 피아 산더. 빈터샤이트 씨를 만나고 싶습니다."

접수처 직원은 눈을 동그랗게 떴지만 아무 대답도 하지 않고 전화기를 들어 누군가와 통화했다.

"5분 후에 모셔 갈 거예요." 직원이 피아와 셈에게 말하고 다시 자기 일에 집중했다. 젊은 여자 몇 명이 웃고 떠들며 로비로 들어와서 접수처 직원에게 인사하고 승강기로 들어갔다. 셈은 출판사 신간들이 꽂혀 있는 접수대 맞은편의 높다란 책장 쪽으로 가고, 피아는 청동 흉상을 더 자세히 살펴봤다. 받침대에 붙은 휘장에 '아브라함 리브만, 출판사 설립자. 1872~1954'라고 쓰여 있었다. 방금 인터넷에서 읽기로는 현재 발행인의 할아버지가 출판사를 설립했다고 하지 않았던가?

"피아, 여기 좀 봐!" 셈이 책장에서 책을 한 권 빼어 높이 들어 올렸다. "헤닝의 범죄소설 신작이 벌써 나왔어!"

"정말?" 피아가 그에게 건너갔다. "그게 어떻게 가능해? 헤닝이 어제 헌사를 바꾸겠다고 호언장담했는데!"

피아는 셈의 손에서 책을 넘겨받아, 다 쓰러져가는 오두막이 있는 표지를 들여다보고는 뒤표지 글을 재빨리 훑었다. 출입문이 다시 열리고 점심시간을 마친 여성 몇 명이 또 들어왔다. 책을 편 피아는《사랑받지 못한 여자》가 눈에 들어오자 당황했다.

"오류가 생긴 모양이야." 그녀는 계속 페이지를 넘기다가 이것이 헤닝의 첫 번째 소설이라는 걸 알게 되자 맥이 빠졌다. "표지용지도 허접하네."

"이른바 도서 모형이지요." 편안한 바리톤 목소리가 뒤에서 들려왔다. "나중에 어떤 모습이 될지 더 잘 상상할 수 있게 새 표지를 다른 책에 그냥 붙여보는 겁니다."

"아, 그렇군요." 피아는 카를 빈터샤이트를 바로 알아봤다. 인 터넷 사진보다 실물이 더 매력적이었다. 키가 크고 호리호리한 몸에 각진 얼굴 윤곽, 사흘쯤 자란 수염, 갈색이 섞인 뻣뻣한 금 발, 가늘고 긴 입술, 피아가 늘 반하는 다크 초콜릿 빛 눈동자. 목 단추를 풀고 소매를 걷어 올린 하얀 셔츠에 청바지, 소박한 손목시계 차림이었다.

"카를 빈터샤이트입니다." 발행인이 자기소개를 했다. "저를 만나러 오셨다고 들었습니다."

"네, 맞아요." 피아는 사장이 직접 데리러 오리라고는 예상하 지 못했다. 그녀가 셈을 소개하고 말했다. "예전 직원 하이케 베 르시에 관한 이야기입니다."

"오케이." 그 말은 대답이라기보다는 질문처럼 들렸다. 빈터 샤이트는 걱정하는 게 아니라 호기심이 생긴 듯했다. "제 사무 실로 가시지요."

그가 따라오라는 손짓을 하자 둘은 그를 따라 승강기 쪽으로 향했다.

"조부께서 출판사 설립자인 줄 알았는데요." 승강기 문이 열 리기를 기다리는 동안 피아가 청동 흉상을 가리키며 말했다.

"아닙니다. 출판사는 1919년에 아브라함 리브만과 제 할아 버지가 공동으로 설립했어요." 발행인이 설명했다. "리브만은 당시 이미 매우 유명한 발행인이었고, 제 할아버지는 모든 것을 그에게서 배웠습니다. 리브만은 독일에 무슨 일이 벌어질지 일 찌감치 알아차리고 1931년에 가족과 함께 미국으로 이민했지 요. 나치는 할아버지에게 사업을 계속하라고 허락하긴 했지만 출판사 이름을 '빈터샤이트'로 바꾸라고 종용했습니다. 리브만은 독일로 돌아오지 않았지만 탁월한 작가들과 교류는 유지했어요. 제 할아버지는 리브만이 사망할 때까지 계속 친구로 머물렀습니다. 출판사 역사에서 유감스럽게도 이 부분은 최근 수십 년 동안 잊혔지요. 그래서 제가 리브만의 흉상을 지하창고에서 가지고 와서 먼지를 털고 여기 세워두게 했습니다."

"벽의 니체 인용문도 당신이 걸게 했나요?"

승강기가 도착했다. 카를 빈터샤이트는 피아와 셈을 먼저 들여보냈다.

"네." 소년 같은 미소가 그의 얼굴을 스쳐 갔다. "제 할아버지는 니체를 무척 존경했고, 저 문구를 가장 좋아했답니다. 하지만 여성 직원들 사이에서 비판에 부딪혀 바꾸려고 합니다. '인간이란 자기 분야에서 희생물이 되더라도 그 분야의 최고가 되려는 여성이다. 니체 문구를 변형함.' 이렇게 말이지요. 이 문장 역시 원문과 똑같이 좋습니다. 안 그런가요?"

"솔직하게 말하자면 남성이라고 쓰여 있어도 저는 전혀 상관없어요." 피아가 웃음기 없이 대답했다. "젠더에 관한 온갖 허튼소리는 그저 마음 상태에 따를 뿐이에요. 제 직업에서는 그런 걸 따질 시간이 없답니다."

"흥미롭군요." 발행인이 이렇게 말하며 의아한 듯 피아를 빤히 바라봤다. "제 생각에는 특히 경찰에서 여성들의 어려움이 많을 것 같은데요."

"그건 그래요." 피아가 대답했다. "하지만 언어를 바꾼다고 사람들의 견해가 달라질 거라고 정말 믿으시나요? 예전에 저는 따돌림을 많이 당했지만 지금은 형사예요. 그리고 예전에 제가 여자라서 경찰 일을 제대로 하지 못할 거라고 말했던 많은 남자들은 지금도 여전히 승진을 못 하고 있어요."

유리 승강기가 소리 없이 위로 향했다. 유리 너머로 계단실 벽에 걸린 작가들의 흑백사진이 보였다. 피아는 혜닝의 사진이 있는지 찾아봤지만 그는 아마 이런 영광은 아직 누리지 못하는지도 모른다.

"시간 내주셔서 고맙습니다." 발행인 사무실의 회의 탁자에 앉았을 때 셈이 말했다. 그는 이런 느긋한 방식으로 피아의 성급함을 없애는 데 성공할 때가 많았다. 셈과 피아는 커피 또는 다른 뭔가를 마시겠냐는 발행인의 제안을 정중하게 거절했다. "당신의 예전 동료 하이케 베르시 씨가 며칠 전부터 흔적도 없이 실종됐습니다. 정황상 범죄의 희생자가 된 것 같군요."

"이런, 빌어먹을." 카를 빈터샤이트가 자기도 모르게 즉각 나타낸 이 진짜 반응에서 피아는 용의자 목록 꼭대기에 있던 그의 이름을 아래로 뚝 떨어뜨렸다. "정…… 정말 끔찍하군요! 하지만 확실한 건 아니겠죠?"

발행인은 다른 사람이 보기에도 무척 당황한 듯했지만 금방 다시 평정을 찾았다.

"베르시 씨는 월요일 저녁에 마지막으로 목격됐습니다." 셈이 대답했다. "그때 이후로 전혀 흔적이 없어요."

"그녀의 아버지는 어떻게 계십니까?" 빈터샤이트가 물었다. "그녀가 아버지를 집에서 돌보고 있었는데요."

"주치의가 요양원에 자리를 알아봐준다고 했어요." 피아는 발행인이 베르시 씨의 사생활에 대해 친구인 마리아 하우실트보다 더 잘 알고 있다는 사실이 놀라웠다. 그녀는 앞에 앉은 남자를 평가해보기 시작했다. 하이케 베르시는 인터뷰에서 그를 냉정하고 감정이입 능력이 없으며, 이익에 눈이 먼 속물이고 아는 게 없어 출판사를 망하게 할 거라고 평가했다. 하지만 피아는 카를 빈터샤이트에게서 이런 인상을 전혀 받지 못했다. 물론 사람들은 범죄자가 늘 범죄자처럼 보이고 말도 그렇게 할 거라고 믿지만, 현실이 이런 진부한 생각과 일치하는 일은 거의 없었다. 피아가 지금까지 상대한 살인범 대부분은 완벽하게 평균적이고 평범해 보였다. 그러니 사람의 외모가 풍기는 인상이란 믿을 만한 것이 아니었다.

"제가 뭘 도와드릴까요?" 발행인이 물었다.

"우린 지금 베르시 씨에 관해 전반적으로 알아보는 중입니다." 피아가 이렇게 대답하고 수첩을 꺼냈다. "그래서 지인과 이웃, 예전 직장 동료들과 이야기를 나누고 있어요. 베르시 씨에 대해 해주실 말씀이 있을까요?"

"베르시 씨를 즉시 해고하게 된 사건에 대해서는 아마 이미 들으셨을 겁니다." 그가 대답했다. "그녀는 문학적 재능을 알아보는 비범한 감각을 지닌 탁월한 기획부장이었고, 저는 그 사람과 계속 함께 일하고 싶었어요. 하지만 출판 프로그램의 새로운 정비와 확장이 가져다주는 기회와 장점을 인정하지 않으려고 했습니다."

"왜 그랬을까요?" 셈이 물었다.

"빈터샤이트는 90년 이상 높은 지적 요구를 지닌 순수문학 출판사였습니다." 카를 빈터샤이트가 대답했다. "하지만 그동안 내내 성공을 거두었던 이 구상이 이제 더는 통하지 않아요. 제 전임자였던 큰아버지는 21세기로 진입하는 데 성공하지 못했습니다. 사람들의 독서 태도와 시대정신, 독자의 취향이 바뀐 걸 이해하려고 하지 않았지요. 그러다가 결국 대부분의 도서가 1년에 1,000권 이하로 팔렸습니다. 제가 운영을 맡아 대중소설과 실용서 부문으로 프로그램을 확장하기 전까지 출판사는 파산 직전이었어요. 베르시 씨는 이런 확장을 신성모독처럼 받아들였습니다. 무례하게 들리지 않기를 바라는데, 제 큰아버지는 출판사의 간판 역할을 했습니다. 카리스마를 풍기는 성격이긴 해도 문학을 잘 알지는 못하세요. 출판사 프로그램은 베르시 씨의 소관이었지요. 결정권이 컸고, 제 큰아버지는 에이전트나 작가와의 계약을 모두 그녀에게 자유롭게 맡겼습니다. 제가 사장이 된 이후로 상황이 바뀌었고, 그녀는 축소된 자신의 결정권을 심각한 횡포와 모욕으로 받아들였지요."

"베르시 씨는 즉시 해고된 후에 출판사를, 특히 당신 개인을 심각하게 비난했습니다." 피아가 말했다. "상당히 화가 나고 상처를 받으셨겠지요."

"제가 그녀에게 해를 입힐 동기가 있었는지 의심하시는군요." 빈터샤이트의 표정은 진지했지만 눈빛에서 슬쩍 조롱이 묻어났다.

"그렇게 표현하신다면 그럴 수도 있고요." 피아가 미소를 지었다. 자기에게 필적하는 적과 칼날을 맞대는 것만큼 상쾌한 일은 없었다.

"공개적으로 그렇게 비방을 당하고 욕을 먹으면 당연히 기분이 좋지 않습니다." 카를 빈터샤이트가 인정했다. "하지만 이미 예상하고 있던 일이었어요. 베르시 씨는 다혈질이고 충동적인 성격이에요. 1년 반 동안 직원들 사이에서 분란을 일으키고, 새로운 구상을 공개적으로 비난하고, 제 권위를 몇 번이고 무시했습니다. 문학 부문 기획 책임을 다른 직원에게 옮긴 제 결정은 그녀에게 끔찍한 굴욕이었지요. 그래서 저는 그녀가 보인 반응에 그다지 놀라지 않았습니다. 제 변호사와 임원진 동료들은 베르시 씨에 대해 법적 조치를 취하라고 조언했지만 저는 그럴 마음이 없었습니다. 그랬더라면 쓸데없는 관심만 불러일으켰을 테니까요."

그의 말에서 엿보이는 게 오만함일까, 현명함일까? 피아는 예전에 권력과 야망이 있는 남자들, 회사 사장이나 최고 관리자들을 이따금 상대해본 적이 있었다. 예를 들어 조카 피오나의 친부인 프리트요프 라이펜라트나 뇌물 스캔들에 걸린 카르스텐 보크, 지그베르트 칼텐제와 프리트헬름 되링 또는 클라우디우스 테를린덴 등이 그랬다. 이들 모두에게는 공통점이 있었다. 겉보기에는 교양 있고 정중했지만 사실은 자기 이익만 꾀하고 모든 패배를 개인적인 모욕으로 받아들이는, 비도덕적이고 무분별한 이기주의자였다. 카를 빈터샤이트도 친절한 태도 뒤에 이런 점을 감춘 사람일까?

"노동법원에서 패소하셨지요." 그의 느긋한 원숙함을 완전히 믿지는 않는 피아가 말했다. 하지만 다른 한편으로, 관리하는 위치에 있는 사람은 너무 예민해서는 안 되고 비판을 잘 견뎌야 하는지도 모른다.

"진정한 패소는 아니었어요." 카를 빈터샤이트가 대답했다. "우린 양쪽 다 그럭저럭 만족할 만한 절충안을 찾았습니다."

"그러니까 당신 개인에 대한 공격은 그다지 큰 해를 입히지 않았군요." 피아가 말을 이었다. "하지만 베르시 씨는 지극히 성공을 거둔 당신의 작가 한 명에게 심각한 타격을 입혀서 출판사에까지 손해를 끼쳤지요. 안 그런가요?"

"제베린 벨텐 사건은 명백하게 베르시 씨의 보복 행위였습니다." 카를 빈터샤이트가 대답했다. "하지만 그 일로 우리보다는 자기 자신과 본인의 미래 계획에 훨씬 더 크게 해를 가했지요."

"어째서요?"

"작가와 편집자의 관계는 무척 특별합니다. 작가 쪽에서는 두터운 신뢰가 필요하고, 작가의 기대와 출판사의 기대를 모두 충족해야 하는 편집자 쪽에서는 섬세함이 필요해요." 카를 빈터샤이트는 헛기침을 하고 말을 이었다. "베르시 씨는 경험이 아주 많은 편집자입니다. 지금까지 수십 년 동안 그녀가 담당한 작가들 가운데 몇 명은 아주 중요한 현대작가예요. 하지만 주문하는 대로 책을 써내는 작가는 거의 없습니다. 가끔 시간이 오래 걸리기도 하고, 작가에게 휴식이 필요하다는 사실을 출판사가 받아들여야 하는 일이 생기기도 합니다. 제베린 벨텐이 그런 경우였지요. 그는 엄청난 성공을 거둔 소설을 일곱 권 썼고 모두 상을 받았습니다. 하지만 베르시 씨는 그의 신간을 우리 출판사 봄 프로그램의 대표 소설로 기획하려고 그를 심하게 압박했어요. 사망한 칠레 작가의 단편소설을 그에게 주고 거기서 영감을 받으라고 제안하기까지 했습니다. 벨텐은 배경만 독일로 옮기고 줄거리와 등장인물, 대화까지도 그냥 넘겨받았지요. 아마 아무도 눈치채지 못했을 텐데, 베르시 씨가 직접 공개하자 스캔들은 완벽해졌습니다. 《외다리 두루미》는 올봄 문학계의 센세이션이었고, 독일 도서상과 그 외 다른 상들을 받을 전망이 밝았으니까요. 베르시 씨는 원래 출판사에 해를 입히려고 했지만 그러지 못했습니다. 놀랍게도 스캔들 덕분에 오히려 책이 날개 돋친 듯 잘 나가서 벨텐의 전작 대부분보다 훨씬 더 잘 팔렸지요. 우린 책을 서점에서 반품받으려고 했지만 서점들은 흥분해서 계속 판매했습니다. 그사이에 우린 칠레 작가 유족들과도 합의할 수 있었고요."

"그리고…… 으음…… 벨텐 씨는 이 일에 대해 뭐라고 말하나요?" 피아가 물었다.

"그때 이후로 그는 소란을 피하려고 잠수를 타는 중입니다." 카를 빈터샤이트가 대답했다. "그에게는 끔찍한 상황이지요. 모든 작품이 이제 전반적으로 당연히 의심을 받게 되었으니까요. 하지만 저는 독자들이 그를 용서할 거라고 확신합니다."

피아는 저절로 니콜라 엥겔을 떠올리고 고개를 끄덕였다.

"벨텐은 엄청난 잘못을 저질렀고, 적절한 시기에 사과할 겁니다. 하지만 베르시 씨는 자기 명성에 앞으로도 지속될 심각한 해를 입혔고 그 행위로 인해 자기 작가들에 대한 성실성과 신뢰를 불확실하게 만들었어요. 그래서 그녀가 빈터샤이트에서 빼내 자기 출판사로 데려가려던 작가들은 우리 출판사에 남아 있기로 결정했고요."

그의 말은 모두 수긍할 만했다. 분별 있고 정중한 카를 빈터샤이트를 보며 상관을 떠올린 피아는 그를 당황하게 만들 수 있는 것이 혹시 존재할지 의문이 들었다. 이상하게도 자기 통제를 잘하는 사람들이 통증 역치를 넘어서는 일이 발생할 때 제어력을 잃어버리고 평소 상황이라면 전혀 하지 않을 일을 하는 경향이 있었다. 하이케 베르시가 카를 빈터샤이트를 너무나 분노하게 만들어 그가 그녀를 살해하고 시신을 쓰레기통에 버린 건가? 하지만 그래서 그가 얻는 게 뭐지?

"화요일 저녁에 〈파울라와 책 읽기〉 방송에 초대 손님으로 가셨지요." 피아가 말했다. "하이케 베르시도 거기 초대받았다는 사실을 아셨나요?"

"아니요." 발행인이 깜짝 놀라며 대답했다. "몰랐습니다."

"알았더라도 그 방송에 참석하셨을까요?"

카를 빈터샤이트는 잠시 머뭇거리다가 고개를 저었다.

"아니, 가지 않았을 겁니다." 그가 솔직하게 대답했다.

"자기 출판사를 설립한다는 베르시 씨의 계획을 어떻게 알게 됐습니까?" 셈이 끼어들었다.

"누군가에게서 우연히 들었습니다."

"그 누군가도 이름이 있겠지요?" 피아가 물었다.

"물론이지요." 카를 빈터샤이트가 대꾸했다. "하지만 말하지 않겠습니다."

"그냥 기록하려고 묻는 건데요." 피아가 수첩을 덮고 말을 이었다. "월요일 저녁에 어디 계셨지요?"

"여기요."

"목격자가 있나요?"

"아니, 없을 겁니다. 저는 자정 직전까지 여기 있었어요. 밤늦게까지 사무실에 자주 있답니다."

"질문이 하나 더 남았습니다." 셈이 말했다. "당신은 미국 엘리트 대학교에서 공부하셨지요. 또 상당히 젊은데도 주목할 만한 이력을 쌓았고요. 그런데도 독일로 돌아와 파산할 지경에 이른 출판사를 넘겨받은 이유가 뭔가요?"

빈터샤이트의 얼굴에 처음으로 제대로 된 미소가 떠올랐다.

"이유는 여러 가지입니다." 그가 대답했다. "일단 감상적인 이유에서지요. 빈터샤이트 출판사는 가업이고, 저는 할아버지에게서 지분을 물려받았습니다. 그리고 저는 도전을 아주 좋아하지요. 페가수스 같은 미디어그룹의 사장은 책 제작이나 저자와 더는 관계가 없습니다. 그저 경영인에 불과하지요. 하지만 저는 책을 가까이하고 싶습니다. 사람들이 읽는 좋은 책 말이지요. 그리고 아버지와 할아버지의 유산인 이 출판사를 다시 성공 궤도에 올려놓고 싶습니다."

그가 드러낸 이 열정은 피아가 여태껏 찾아내지 못했던 바로 그것이었다. 카를 빈터샤이트는 이상주의자인 동시에 현실주의자였고, 전체를 보면서 결정을 내리고 문제 해결하기를 두려워하지 않았다. 그에게 하이케 베르시는 문제였고, 그는 현명한 전략과 합법적인 방식으로 이 문제를 해결했다. 그는 베르시 씨를 죽일 필요가 없었다.

* * *

카를 빈터샤이트는 두 사람을 알렉산더 로트에게 직접 안내
했다. 5층에 자리한 그 사무실은 사장의 사무실보다 훨씬 작았
다. 출판사에 처음 와본 피아는 호기심에 여기저기를 둘러봤다.
사방이 책, 책, 또 책이었다! 사무실마다 높은 천장까지 책장들
이 솟아 있고, 벽에는 책 표지나 베스트셀러 목록 또는 이미 오
래전에 열린 저자 낭독회 포스터들이 액자에 끼워져 걸려 있었
다. 허공에서는 피아가 어릴 때 동생과 일주일에 최소한 한 번
은 찾아가던 시립도서관이 그랬듯 먼지 쌓인 종이 냄새가 풍겨
왔다. 헝클어진 회색 곱슬머리에 둥근 구식 뿔테 안경을 쓴 땅
딸막한 50대 중반 남자를 보자마자 피아는 카이가 제대로 짚었
다는 걸 알아챘다. 닷새쯤 면도하지 않은 수염, 술 또는 고혈압
때문에 얼굴이 불콰하게 부은 알렉산더 로트는 월요일 늦은 오
후에 하이케 베르시 집 옆에서 이웃 사람이 봤다는 그 남자가
틀림없었다. 그 또한 하이케 베르시의 집에 갔다는 사실을 숨기
려고 하지 않았다.

"왜 가셨죠?" 셈이 물었다.

"아…… 걱정이 되더군요. 연락이 안 되어서 그저 어떻게 지
내는지 알고 싶었습니다." 기획부장은 사무실이 쾌적할 정도로
서늘한데도 땀을 흘렸다. "하이케는…… 그러니까 베르시 씨와
저는 좋은 친구이자 30년 동안 직장 동료였답니다."

피아는 세련된 사장과 완전히 반대인 이 남자를 자세히 살폈
다. 그는 잔뜩 긴장한 채 거의 죄책감까지 드러나는 표정으로

손가락을 주무르며 피아의 시선을 마주하려고 애썼다. 더운 날씨인데도 긴팔 셔츠에 아주 새까만 진바지 차림이었다.

"오랜 친구이자 동료인 그분을 찾아간 진짜 이유가 뭔가요?" 피아가 곰살맞게 물었다.

"무…… 무슨 뜻입니까?" 그의 울대뼈가 오르락내리락했다. 알렉산더 로트는 가만히 앉아 있지 못하고 회전의자를 계속 돌리거나 손가락 관절을 꺾고 발을 까닥까닥 흔들었다. 그러더니 안경을 벗고 새빨갛게 충혈된 눈을 문질렀다.

"베르시 씨가 자기 출판사를 설립하려고 했기 때문에 즉시 해고당했다고 들었습니다. 설립 계획에 대해 알고 계셨나요? 당신에게 지원을 청하거나 스카우트하려고 했습니까?"

알렉산더 로트는 헛기침을 하고 안경을 다시 쓴 후에 입을 열었다.

"흐음, 네. 하이케는 헨리가, 그러니까 전임 발행인인 헨리 빈터샤이트와 제가 그녀와 함께 출판사를 운영해주길 바랐습니다. 제가 거절하자…… 꽤…… 화를 냈지요."

"당신이 가실 이유가 없지 않습니까?" 셈은 순진한 미소를 지어 보이며 물었다. "기획부장이 되셨잖아요. 평판 좋은 출판사에서 안정적인 직업을 가지신 건데요."

"네, 하이케는 그 점 때문에도 저를 미워했습니다." 로트가 인정하고 한숨을 내쉬며 곱슬머리를 훑었다. "새 임원진이 저에게 그 자리를 준 게 제 책임도 아닌데 말이지요."

"거절하실 수도 있었잖아요." 셈이 반박했다. "신뢰하는 오랜 친구이자 길동무로서."

"저는 56세입니다. 이 출판사의 새로운 구상이 마음에 들어요. 그리고 변화를 좋아하는 성격도 아니고요." 필요 이상으로 변명하던 로트 씨는 얼굴이 더 심하게 붉어졌다. 금방이라도 기절하여 의자에서 쓰러질 것 같은 인상을 풍겼다. 빛이 안경알에서 반사되어 그 뒤에 있는 눈은 보이지 않았다.

"월요일에 베르시 씨와 무슨 말씀을 나누셨나요?" 피아가 물었다.

"제 아내 파울라 돔스키가 화요일 저녁 자기 프로그램에 하이케를 초대했습니다. 저는 하이케에게 거기 가지 말라고 부탁하려고 했어요."

"이유는?"

"왜냐하면……." 유리창을 향했던 그의 시선이 머뭇거리며 피아와 셈에게로 돌아왔다. "아내가 카를 빈터샤이트도 초대했기 때문입니다. 으음…… 저는 하이케를 잘 알아요. 얼마나 충동적이고…… 타인에게 얼마나 심하게 상처를 줄 수 있는지 말입니다. 그리고…… 그리고 카를이 하이케도 초대받았다는 걸 모르는 게 부당하다고 생각했습니다. 두 사람은 그를 위험에 빠뜨리려고 한 거예요."

이 신의는 정말 자기 사장을 향한 걸까 아니면 자기 직업, 그러니까 자기 자신이 더 중요해서일까?

"사장과 반말을 하는 사이인가요?" 셈이 물었다.

"네, 그가 그렇게 하자고 제안했습니다." 로트가 대답했다. "저는 카를이 태어났을 때부터 그를 압니다. 카를의 어머니가 제 친구 중 한 명이었고, 저는 카를의 세례식에 참석했지요." 그의 입가에 미소가 번졌다. "오랫동안 카를을 못 봤어요. 2년 전에 불쑥 눈앞에 나타났을 때 저는 처음에 전혀 알아보지 못했습니다. 흐음, 예전의 그 어린 소년이 이제는 제 상관이지요."

보호받을 필요가 전혀 없는 사람을 보호하려는 욕구를 그는 이렇게 설명했다.

"월요일에 베르시 씨는 당신 부탁에 어떤 반응을 보였나요?"

알렉산더 로트는 웃음과 가쁜 숨이 뒤섞인 소리를 냈다.

"저를 비웃더군요." 그는 계속되던 버둥거림을 멈추고 양손을 배에 대고 깍지를 꼈다. "저는 제베린과 관련해서도 이야기하려고 했습니다. 하이케는 그 행동으로 자기 자신에게 해를 입혔거든요."

"하지만 어떤 작가가 다른 작가의 정신적 자산을 훔쳤다는 사실을 대중이 알게 되는 건 옳은 일 아닐까요?" 셈이 물었다.

"네, 물론입니다. 표절, 특히 그런 정도의 대규모 표절은 경미한 사건이 아니지요." 로트의 태도가 변했다. "하지만 이 사건에서 독특한 점은 하이케가 먼저 제베린에게 그렇게 하도록 강요했다는 사실이고, 그게 밝혀진 이후로 그녀는 이 분야에서 끝난 것이나 다름없어요. 제 말을 오해하지 않길 바랍니다. 제가 모험을 하기에는 너무 늦었다고 느끼거나 그녀가 설립하려는 새 출판사에 가길 원하지 않는다고 해서 하이케가 저에게 아무 의미도 없다는 말은 아닙니다. 우린 30년 이상 성공적으로 함께 일했고, 또 친구니까요."

"월요일 저녁에, 그 후에는 어떻게 됐지요?" 피아는 그를 중요한 이야기로 다시 이끌었다.

"유감스럽게도 더는 기억나지 않습니다." 놀랍게도 로트는 이렇게 대답했다. 그러고 다시 손가락을 주무르기 시작했다. "그 후에 술집에 갔어요. 저는…… 알코올중독자입니다. 15년 동안 마시지 않았어요. 하지만 온갖 상황이 너무 힘들었습니다. 아내가 화요일 아침에 니더회흐슈타트 경찰서에서 저를 데리고 나왔어요."

"우리가 왜 이 질문을 하는지 아시지요?"

"아니요, 잘 모르겠습니다."

"베르시 씨가 화요일 아침부터 실종 상태입니다."

피아는 로트의 시선이 아주 짧은 순간 텅 비었다가 다시 돌아오는 모습을 지켜봤다.

"실종이라고요? 왜요?" 그가 당황해서 물었다. "여행을 떠난 줄 알았는데요."

"왜 그렇게 생각하시나요?"

"흐음, 하이케는…… 화요일 저녁 방송에 오지 않았습니다." 기획부장이 더듬더듬 대답했다. "그리고…… 저에게 갖은 소란을 겪은 후에 휴식이 필요하다고 말한 적이 있고요."

피아가 메모를 하자 로트 씨는 다시 버둥대기 시작했다.

"베르시 씨의 오랜 친구가 어제 우리에게 연락했답니다. 걱정하더군요."

"오랜 친구라고요?"

"에이전트 마리아 하우실트. 아시나요?"

"마리아. 네, 물론이지요. 오래전부터 아는 사이입니다."

"베르시 씨의 아버지도 아십니까?" 셈이 물었다.

"베르시 씨의 아버지요?" 로트는 잠시 생각할 시간이 필요하다는 듯이 되물었다. "아니요…… . 아니, 예전에 알았습니다. 오래전부터 요양원에 살고 있잖아요. 아니면 이미 사망했나요?"

"아닙니다. 치매에 걸렸고, 딸과 함께 살고 있어요. 베르시 씨가 오래전부터 돌봤습니다." 피아는 알렉산더 로트가 친한 옛 친구 하이케 베르시의 사생활에 대해 마리아 하우실트만큼이나 아는 게 없다는 사실을 확인하고 쌤통이라는 생각이 들었다. "베르시 씨가 아버지를 홀로 집에 내버려두고 며칠씩 여행을 가지는 않을 것 같아요. 어떻게 생각하시나요?"

"저…… 제 생각에도…… 아닐 겁니다. 그래요, 그렇게 하지…… 않겠지요." 알렉산더 로트는 더듬더듬 대답하며 얼굴이 새빨개졌다가 또 시체처럼 창백해졌다.

"DNA 검사를 위해 구강 점막 채취하는 데 이의 있나요?" 피아가 물었다. "그리고 지문 채취도 하고 싶습니다. 걱정 마세요. 감식해서 당신을 제외하려고 하는 거니까요."

"아니요." 로트가 땀을 흘리며 속삭이듯 대답했다. "이의…… 없습니다."

* * *

보덴슈타인은 소피아를 부모님 댁에 내려주었다. 소피아는 크벤틴 삼촌을 찾으려고 바로 사라졌다. 농장과 농림업과 동물에 별로 관심이 없던 언니 오빠와 달리, 소피아는 농장과 농장의 모든 일을 사랑했다. 이제는 성인이 된 크벤틴과 마리 루이

제의 아이들도 자기들이 자란 농장에 관심이 없었으므로 보덴
슈타인은 언젠가는 자기 막내딸이 동생의 뒤를 잇게 될지도 모
른다고 생각했다. 그는 바로 다시 출발하려고 했지만, 사흘 동
안 제대로 먹지 못했다는 말을 실수로 꺼낸 탓에 이어진 뭐라도
좀 먹고 가라는 어머니의 강요를 차마 거부할 수 없었다. 보덴
슈타인 집안사람들은 대부분 감정을 드러내는 일이 드물었다.
말보다는 행동과 변함없는 연대감으로 연민을 표현했다. 보덴
슈타인은 집에서 손수 만든 허브 소스를 얹은 차가운 양지고기
를 어머니가 옆에서 지켜보는 가운데 선 채로 꾸역꾸역 삼켰다.
가까운 가족들은 코지마가 아프다는 건 알았지만, 코지마의 바
람대로 로렌츠와 로잘리 외에는 그녀의 상태가 얼마나 심각한
지 알지 못했다.

　"너 때문에 걱정이야." 어머니가 불쑥 집안의 터부를 깼다.
"올리버, 너 아주 안 좋아 보여. 무슨 일이니? 내가 도울 수 없을
까?"

　"소피아가 여기 살 수 있다면 다들 이미 충분히 도와주시는
거예요." 그가 대답하고 접시를 개수대에 넣었다. "지금 모든 상
황이 좀 안 좋아서요."

　"아이고, 우리 아들." 어머니가 걱정스럽게 말하며 손을 뻗
어 그의 뺨을 쓰다듬었다. 진심을 드러내는 이 드문 몸짓에 그
는 깊은 감동을 받았고, 어린아이처럼 어머니 품에 머리를 기대
고 모든 게 다시 좋아질 거라는 말을 어머니 입에서 듣고 싶다
는 필사적인 욕구를 느꼈지만 여든 살이나 된 어머니를 자기 문
제로 괴롭히고 싶지 않았다. 어머니가 어떻게 도울 수 있으랴?

그의 삶은 모든 에너지와 희망을 빨아들이는 검은 구멍이 되었다. 예전에도 힘든 시기가 몇 번 있었지만 그때 그는 아직 젊었고 지금보다 낙관적이었다. 일을 할 때엔 어느 정도 편안하지만 이제 곧 니콜라와 피아에게 예정된 수술과 자기 사생활에 대해 이야기해야 한다는 걸 스스로 알고 있었고, 그러면 검은 구멍은 음울한 그림자처럼 일터까지도 그를 따라올 터였다.

"어머니, 고마워요." 그가 잠긴 목소리로 말하고 미소를 지으려고 애썼다. "다 괜찮아질 거예요."

"몸조심해라." 어머니가 대답했다. "그리고 너도 알다시피, 뭔가 일이 생긴다면 우리 문은 언제나 너에게 활짝 열려 있어."

보덴슈타인은 아무 말 없이 그저 고개만 끄덕였다. 그러고는 감사하는 마음으로 어머니를 안고 뺨에 입을 맞추었다. 다시 차에 올라앉아 무음으로 해둔 스마트폰을 보고 카이 오스터만이 전화한 걸 확인하고는 그에게 전화를 걸었다.

"반장님." 오스터만이 몇 초 후에 바로 전화를 받았다. "하이케 베르시의 휴대전화 동선을 방금 받았어요. 화요일로 넘어가는 밤 0시 5분까지 바트 조덴의 동일한 기지국에 접속해 있었어요. 그 후에 움직였고, 통신업체 자료에 따르면 목요일 오전 11시 22분까지 약 2킬로미터 떨어진 기지국에 있었다고 합니다."

"그 후에는?"

"없어요. 아마 배터리가 방전된 것 같습니다."

"휴대전화가 지금 거기 있다는 뜻이로군." 보덴슈타인이 이렇게 결론을 내리고 왼쪽 슈나이트하인 방향으로 차를 꺾었다.

"바로 그겁니다." 오스터만이 대답했다. "어쨌든 에슈보른 쓰레기 소각장에는 확실히 없어요. 그리고 느낌상 그녀의 시신도 그곳에 없을 겁니다."

"마지막으로 확인된 기지국이 정확하게 어디야?" 보덴슈타인이 물었다.

"쾨니히슈타인과 맘몰스하인, 노이엔하인 사이의 어디쯤입니다."

그러니까 숲이란 말이지. 누군가 흔적을 지우려고 휴대전화를 덤불에 던졌을 수도 있다. 물론 하이케 베르시의 시신까지 그 숲에 있는지도 모른다. 보덴슈타인은 100인조 기동수사대와 시신 수색견 투입에 드는 비용과 쓰레기 소각장 수색 비용을 머릿속으로 재빨리 비교한 후에 결정을 내렸다.

"크리스티안에게 전화해서 수색을 중단하라고 해. 일단 숲부터 뒤져야겠군." 그는 이렇게 말하며 불행한 자신의 사생활에서 다른 데로 관심을 돌릴 수 있어 다행이라고 생각했다. "그리고 단체 채팅방에 소식을 올려줘. 한 시간 후에 경찰서에서 회의한다고 모이라고 해. 크리스티안도 참석하라고 전해줘."

* * *

알렉산더 로트는 사무실 창가에 서서 실러 거리를 내려다봤다. 두 경찰이 출판사 건물을 나가 증권거래소 방향으로 가는 모습이 눈에 들어왔다. 그의 셔츠는 완전히 푹 젖어 있었고, 떨리는 걸 멈추는 안정제 역할을 할 보드카 한 모금을 온몸이 원한다고 느꼈다. 저 위선적인 조지 클루니 스타일의 경찰과 계속 수첩에 뭔가를 끼적이던 금발 경찰은 분명히 내 속을 뚫어봤겠지. 아니라면 왜 구강 점막과 지문을 원한단 말인가? 하이케의 집에 나를 알리는 흔적을 남겼던가? 그는 연기를 잘하지 못했고, 좋은 친구이자 오랜 세월 동료였던 하이케가 걱정되어 바트 조덴으로 갔다는 진술을 경찰이 믿지 않는다는 걸 확실하게 알고 있었다. 알렉산더 로트는 왜 거짓말을 했는지 스스로도 알지 못했지만 거짓말은 이미 오래전부터 반사작용이 되어버렸다. 내가 월요일 저녁에 어디 있었는지 경찰이 알아낼까? 자기가 한 일이 정말 기억나지 않는다는 사실이 가장 끔찍했다. 하이케와 격렬하게 다퉜던 일은 기억났다. 그는 너무나 실망하고 분노했고, 그녀가 사람들에게 그 사실을 알리겠다고 위협하자…….

문을 노크하는 소리가 들렸다. 도로테아가 머리를 문 안으로 들이밀었다.

"알렉스, 나야. 당신도 표지 회의에 참석하겠다고 했잖아. 우리 이미……." 그녀가 말을 멈추고 그를 빤히 바라보다가 책상 위에 놓여 있는 수화기로 눈길을 돌렸다. "왜 그래? 무슨 일이야? 낯빛이 아주 창백하네!"

알렉산더 로트는 심호흡을 했다. 그러고 다시 책상 앞에 앉아, 방해받지 않으려고 책상 위에 내려뒀던 수화기를 다시 전화기에 올렸다.

"방금 형사들이 다녀갔어." 그가 대답했다. "하이케 때문에."

"형사들이?" 도로테아가 호기심을 보였다. 문을 닫고는 방금 전까지 금발 경찰이 앉아 있던 방문객용 의자에 앉았다. "하이케 때문에 왜?"

"실종된 것 같대."

"'실종'을 정의해 봐."

"그녀가 어디에 있는지 아무도 모른다나 봐." 알렉산더 로트는 한 손으로 얼굴을 훑으면서, 보드카를 한 모금 마실 수 있게 도로테아가 얼른 나가기를 바랐다. "하이케가 치매인 아버지를 집에서 돌봤다는 거 알고 있었어?"

"뭐라고?" 도로테아의 눈이 휘둥그레졌다. "아니, 그런 말은 한 적이 없어. 하기야 나는 뭐 당신처럼 하이케와 가까운 관계도 아니었으니까. 경찰이 또 뭐라고 했어? 얼른 말해 봐!"

"무슨 말을 하라는 거야?" 로트는 어깨를 으쓱했다. "연락이 닿지 않아서 마리아가 어제 하이케 집에 갔대. 그리고 경찰에게 신고한 모양이야."

"형사들이 왜 당신을 찾아온 거야?" 도로테아의 눈이 분홍색 안경 뒤편에서 센세이션을 기대하며 반짝거렸다. 그녀에게는 이 모든 게 그저 흥미진진한 화젯거리인 듯했다. "당신이 그 일과 무슨 관련이 있어? 하이케가 자기 자리를 얻은 당신을 증오했다는 사실 말고 말이야."

"내가…… 월요일에 하이케 집에 갔었어." 알렉산더 로트가 고백했다.

도로테아는 당황해서 웃음기가 가신 얼굴로 그를 빤히 노려봤다.

"아, 세상에. 알렉스!" 그녀가 충격을 받아 속삭였다. "당신이 하이케를 죽인 거야?"

"말도 안 되는 소리! 도대체 무슨 말을 하는 거야?" 그가 어이 없다는 표정으로 웃었다. "난 그저 하이케와 이야기를 나누고, 화요일에 파울라의 방송에 가는 걸 말리려고 했어."

책상 위의 전화벨이 울리기 시작했다.

"흠, 어쨌든 그렇게 되긴 했네." 영업부장이 싸늘하게 말했다. "당신이 어떻게 했든 간에 말이야."

'제발 좀 꺼져라.' 알렉산더 로트는 이렇게 생각하며 손을 수화기에 댔다. 도로테아는 이제 나가야 한다는 걸 깨달았다. 그녀는 가지고 온 서류철을 책상에 내려놓고 방문객용 의자에서 몸을 일으켰다.

"이즈미니 파파디마코풀로의 신간 표지 초안들이야. 델라무라 씨가 세부사항을 당신에게 이메일로 보낼 거야. 그의 에이전트에게 보내고 결과를 나에게 바로 알려줘. 3번과 7번이 우리 마음에 들어."

"알았어. 나갈 때 문 닫아줄래?"

문이 닫히자 그는 벌떡 일어나 사무실 한쪽 구석 탁자 아래에 숨겨진 작은 냉장고로 갔다. 술병을 꺼내 뚜껑을 돌려 열고 입술에 대고는 얼음처럼 차가운 보드카를 어제저녁 이후 처음으로 몇 모금 벌컥벌컥 마셨다. 눈을 감은 채, 목구멍에서 예리하게 타는 듯한 느낌과 중추신경계를 놀랍도록 안정시키는 알코올의 효과를 즐겼다. 전화벨은 그냥 울리게 내버려뒀다.

* * *

"베르시 씨의 휴대전화는 8월 31일 금요일부터 9월 4일 화요일 0시 5분까지 계속 바트 조덴의 기지국에 접속해 있었습니다." 카이가 이렇게 보고하며 지도 출력물에 해당 기지국 반경을 표시했다. "베르시 씨, 아니 더 정확하게 말하면 그녀의 휴대전화가 집에서 최대 150에서 200미터 거리 안에 있었다는 뜻이지요. 그게 아니라면 다음 기지국에 접속했을 테니까요."

"반드시 그런 건 아니야." 크리스티안 크뢰거가 이의를 제기했다. "한 기지국이 과부하에 걸리면 휴대전화가 다른 기지국에 접속되니까."

"맞아." 카이가 고개를 끄덕였다. "하지만 자정에 기지국이 과부하에 걸리는 경우는 드물지."

강력11반 전체가 회의실에 모여 있었다. 크리스티안 크뢰거와 카트린과 타리크는 머리카락과 옷에서 풍기는 쓰레기 냄새를 견딜 수 없어 열린 창가에 자리를 잡았다.

"다행스럽게도 위치 추적 기능이 있는 휴대전화입니다." 카이는 다른 지도 한 장을 화이트보드에 붙였다. "그래서 휴대전화가 꺼지기 전에 마지막으로 있던 장소의 정확한 좌표를 알 수 있지요."

"숲 한가운데로군." 크뢰거가 말했다.

"나, 저기 알아." 피아가 말했다. "일주일에 최소한 세 번은 저기로 벡스랑 산책을 가거든."

"내일 아침 8시에 수색을 시작하자고." 보덴슈타인이 공고했다. "만나는 지점은 노이엔하인 소피엔루에 있는 '숲속 식당 후베르투스' 맞은편 주차장."

"정확한 자료가 있는데 왜 지금 당장 시작하지 않나요?" 카트린 파힝거의 질문에 보덴슈타인이 대답했다.

"내일에야 수색견을 쓸 수 있으니까."

"9번 갱도를 일단 폐쇄해달라고 부탁했습니다." 크리스티안 크뢰거가 말했다. "숲에서 아무것도 발견되지 않는다면 계획대로 그곳을 수색해야 하니까요."

"좋아." 보덴슈타인이 고개를 끄덕이자 크뢰거가 회의실을 나갔다.

"빈터샤이트 출판사에서는 뭐 좀 나온 거 있나?"

"카를 빈터샤이트는 사업가예요." 피아가 대답했다. "달변이고, 정중하고, 차분하고, 속을 알기 어려워요. 하이케 베르시가 어쩌면 살해됐을지도 모른다고 했더니 깜짝 놀라는 반응을 보이더군요. 하이케 베르시를 왜 해고해야 했는지 우리에게 설명했고, 그녀 때문에 불쾌한 일이 많다는 사실도 감추지 않았어요. 하지만 그에게서 살해 동기는 보이지 않아요. 방해 요인을 해고와 노동법원이라는 수단을 통해 지극히 합법적으로 제거했어요."

"제베린 벨텐의 '외다리' 책 스캔들도 출판사에 문제가 되지 않았답니다." 셈이 보충 설명했다. "그때 이후로 그 책은 그의 전작들보다 훨씬 더 잘 팔린다고 하네요."

"그러니까 제베린 벨텐도 베르시 씨에게 해를 가할 동기가 없다는 말인가요?" 카트린이 캐물었다.

"작가 입장은 출판사와는 다르겠지." 보덴슈타인이 끼어들었다. "그가 지금 있을 만한 곳을 물어봤어?"

"빈터샤이트 말로는 그 이후로 잠수를 탄대요. 그게 무슨 뜻인지는 정확하게 알 수 없지만요." 피아가 대답했다.

"그가 어디 있는지 알 것도 같아요." 카이 오스터만이 말했다. "그에 관한 유튜브를 몇 편 봤어요. 그중에는 2016년 것도 있었는데, 거기서 벨텐은 슈바벤 지방 사투리를 쓰는 문학평론가와 함께 풀밭을 걸으면서 신간에 대해 이야기를 나눴습니다. '가정 방문'이라는 유튜브였어요. 벨텐은 거기서 타우누스의 작은 마을에 있는 글짓기 암자에 자주 간다는 말도 했습니다."

노트북 앞에 앉은 카이의 손가락이 자판 위를 날아다녔다. 얼마 후에 그는 자기가 말한 장소를 다른 사람들이 모두 볼 수 있게 화면을 돌렸다.

"오버엠스." 보덴슈타인과 피아가 동시에 말했다. "저 뒤에 코메르츠은행의 컨벤션센터가 있어요." 피아가 자세히 알고 있었다. "그리고 카메라가 움직일 때 바트 캄베르크 방향 8번 국도가 보이고, 그 뒤로는 오버로드와 니더로드가 보여요."

"카이, 아주 잘했어." 보덴슈타인이 카이를 칭찬했다. "벨텐의 글쓰기 암자가 아직도 거기 있다면 찾을 수 있겠군."

"호흐타우누스 지역 지적사무소에 문의해볼게요. 그리고 그 도시에도……. 그 시골이 어디 소속이지?"

"글라스휘텐." 피아가 대답했다.

"알렉산더 로트에 대해서도 의논해야 합니다." 셈이 말했다. "그는 빈터샤이트 출판사의 문학부 기획부장으로 하이케 베르시의 후임인데, 스스로의 진술에 따르면 그녀와 오랜 동료일 뿐 아니라 학창시절부터 친구라고 합니다."

"하지만 그 역시 마리아 하우실트와 마찬가지로, 베르시 씨가 아버지를 돌보는 걸 몰랐어요." 피아가 수첩을 뒤적이며 말을 이었다. "그런데 발행인인 카를 빈터샤이트는 알고 있더라고요. 베르시 씨가 범죄 희생물이 됐을지도 모른다는 말을 듣고 그가 던진 첫 번째 질문이 그녀의 아버지 안부였어요. 제가 보기에는 그의 관심이 진짜 같았고요."

"피아 선배는 카를 빈터샤이트의 팬이랍니다." 셈이 놀렸다.

"나는 기본적으로 알렉산더 로트와 달리, 우리를 속이지 않는 사람들의 팬이야." 피아가 대꾸했다. "그는 월요일에 베르시 씨 집에 갔다는 걸 바로 인정했지만, 모험으로 가득한 이야기를 늘어놓았잖아."

"그의 말로는, 화요일 저녁에 자기 아내의 문학 방송에 베르시 씨가 참석하는 걸 말리려고 했다더군요. 출판사 사장도 초대받았는데, 사장은 호전적인 예전 직원을 거기에서 만나게 되리라는 걸 몰랐다고 하면서요."

"점잖기도 해라." 카트린이 비웃었다. "그 말을 믿어요?"

"부분적으로는." 피아가 대답했다. "하지만 그게 하이케 베르시를 찾아간 진짜 이유는 분명히 아닐 거야."

"그 사람 행동이 아주 이상했어요." 셈이 말했다. "잔뜩 긴장해서는 계속 버둥거렸고, 15년 동안 금주하다가 다시 음주를 시작했다고 말했습니다. 그게 월요일 저녁에 무슨 일이 더 있었는지 기억하지 못하는 것에 대한 변명이었어요. 베르시 씨 집에 다녀온 뒤에 술집에 갔는데 필름이 끊겼다고 해요. 그의 아내가 화요일 아침에 니더회흐슈타트 경찰서 만취자 보호실로 그를 데리러 왔다고 합니다."

"그거야 쉽게 확인할 수 있지." 보덴슈타인이 말했다. "텔레비전 방송 사회자의 진술도 받아야겠군."

"파울라 돔스키입니다." 순식간에 인터넷에서 정보를 얻은 카이 오스터만이 대답했다. "문화 부문 저널리스트이자 도서비평가이고, 본인 웹사이트가 있어요."

"자, 여러분. 솔직하게 말해봅시다. 우리가 여기서 하는 말은 결론이 나지 않아요." 피아가 짜증 난 목소리로 말했다. "하이케 베르시의 시신이 발견되지 않는 한 그저 어수선하기만 하죠. 아주 다양한 이유로 베르시 씨에게 분노하는 사람이 많지만, 우린 그녀가 어떻게 사망했는지도 몰라요."

"어딘가에 갇혔을 가능성도 있습니다." 타리크가 자기 생각을 다시 꺼냈다.

"어쩌면 알렉산더 로트가 월요일 저녁에 그녀를 제압하고 어딘가에 가둬서 그렇게 초조한 모습을 보인 건지도 모르지요." 셈이 타리크의 가설에 살을 붙였다.

"내 생각에 베르시 씨는 사망한 것 같아." 피아가 반대 의견을 냈다. "그냥 예감이야. 다른 사람들을 탐문하다가 범인에게 경고를 보내기보다는 시신 수색견이 내일 숲에서 뭔가 발견하는지 기다려보는 게 좋겠어."

보덴슈타인이 헛기침을 했다.

"피아 말이 옳아." 그가 이렇게 말하고 의자를 획 빼며 자리에서 일어섰다. "오늘은 그만하지. 아까 말한 대로 내일 아침 일찍 숲에서 만나자고. 우리 모두 주말은 없겠네. 그럼 내일 봐."

"제가 아직……." 카이가 말했지만 상관은 이미 사라졌다.

* * *

보덴슈타인은 지쳤다. 머리가 쿵쿵 울리고, 오늘 두어 번 가슴이 옥죄어서 불안했다. 하루 종일 그의 머리는 두 궤도를 달렸다. 어제 내린 결정을 실행에 옮기지 않는다면 이런 상태가 지속되리라는 걸 알고 있었다. 한 시간 반 전에 종양학과 주임 의사가 그에게 전화했다. 검사 결과가 나왔는데 모두 정상이라고 했다. 그의 쪽에서 간 이식은 의학적 관점에서 방해가 될 게 없었다. 그러니 화학 색전술 후에 코지마의 상태가 수술을 견딜 만큼 안정될 때까지 그에게 안 좋은 일이 생겨서는 안 되었다. 소피아를 안전한 곳에 데려다준 후에 한 가지 걱정은 덜었지만, 카롤리네와 대화를 나누고 짐을 꾸려 그 집에서 나와야 했다. 다른 숙소를 구할 때까지 성 호텔에 머물기로 제수와 이미 이야기를 끝냈다.

카롤리네가 집에 오기 전에 혼자 차분하게 짐을 챙기고 싶었지만, 공무용 차량을 지하 차고에 주차할 때 보니 뭔가 예감하고 일찍 왔는지 아내의 자동차가 이미 포르쉐 옆에 주차되어 있었다. 아내의 SUV 차량 모터가 아직 나지막하게 딱딱 소리를 내는 걸로 미루어 볼 때 귀가한 지 오래된 것 같지는 않았다. 보덴슈타인은 심호흡을 한 후에 지하실 문을 열고 집에 들어섰다. 카롤리네는 그레타가 어질러놓은 거실을 치우는 중이었다. 뻣뻣한 동작으로 빈 과자 봉지와 병을 모으고 있었다.

"나 왔어." 그가 말했다.

"그레타 말로, 소피아가 오늘 점심때 짐을 모두 챙겨서 나갔다고 하더라. 그런데 둘이 그레타와 한마디도 주고받지 않았다면서?" 카롤리네는 그의 인사에 대답하지 않은 채 빨갛게 충혈된 눈으로 곁눈질만 했다. "아이가 화가 많이 났어. 너무 울어서 말도 제대로 하지 못하더라. 올리버, 당신을 이해할 수 없네! 어쩜 이렇게 잔인하지?"

"소피아가 복통에 시달렸어. 그래서 학교에서 데리고 와야 했지." 그는 아내의 비난에 말려들지 않고 대답했다. "이제 여기 오기 싫다더군. 그래서 일단 부모님 댁에 데려다줬어."

"흠, 그래." 카롤리네는 그를 지나, 틴에이저들이 대대적으로 파티를 치른 듯한 부엌으로 들어갔다. 사용한 냄비와 프라이팬이 여기저기 늘어져 있고, 믹서에는 초록색 스무디 잔해가 묻어 있었다. 지저분한 그릇 옆에는 과일 껍질이 산더미처럼 쌓여 있고 아일랜드 식탁에는 계란껍데기가 가득한 계란박스와 스무디 재료들이 그대로 놓여 있었다. 찬장과 약장 문이 열려 있고, 전기레인지 열판은 기름이 잔뜩 튀어 지저분했다. "흐음, 아마 그게 낫겠지. 그러면 그레타도 분명히 다시 진정할 테니까."

카롤리네는 찬장과 약장 문을 닫고 입술을 앙다문 채 쓰레기통에 쓰레기를 던져 넣었다. 보덴슈타인은 그런 그녀를 비애와 속수무책이 뒤섞인 감정으로 지켜보면서, 그가 몇 년 전에 사랑에 빠졌던 현명하고 공감 능력이 많던 여자는 어디로 갔는지 의아했다. 오해와 의도하지 않은 상처가 가득했던 힘든 초창기를 넘긴 후에 둘은 서로 가까워졌고, 카롤리네는 그에게 자신의 과거와 화해할 기회를 주었다. 그녀는 그라는 사람 자체에 진정한 관심을 가졌다는 느낌을 주었으므로 그가 마음을 연 첫 번째 여자였다. 결혼 후에 한동안 둘의 관계는 아주 좋았고, 그는 이런 상태가 영원히 지속될 거라고 믿었다. 그러나 그레타는 둘 사이의 틈을 벌리는 데 성공했고, 카롤리네는 딸의 그런 행동을 방관했다. 그녀는 그에게서 점점 더 멀어지는 동시에 그의 주변 사람들, 특히 코지마와 소피아를 병적으로 질투했다. 싸우는 횟수가 늘어날수록 카롤리네는 오로지 그의 마음을 다치게 하려는 의도로, 예전에 그가 자기를 믿고 털어놓았던 일들을 가지고 그를 공격했다. 관계를 망치는 소소한 말이나 아주 작은 빈정거림, 부당한 모든 비방 때문에 그녀를 향한 그의 믿음과 사랑은 조각조각 부서져서 결국 잔해만 남았다. 카롤리네가 나중에 울면서 수없이 사과했지만 일단 한번 내뱉은 말은 다시 주워 담을 수 없었고 가시처럼 그의 가슴에 박혀버렸다.

"소피아는 내가 심하게 충격받을 이야기를 했어." 보덴슈타인은 그레타가 자기 딸에게 날마다 퍼부은 가증스러운 말을 짤막하게 설명했다.

"설마 그 말을 믿는 건 아니겠지!" 카롤리네가 경멸하듯 웃음을 터뜨렸다.

"아니, 믿어. 소피아는 그런 걸 생각해내지 못해."

"말도 안 되는 소리! 그레타는 그런 말을 절대로 하지 않아!"

"당신 딸에 대해 더는 토론하고 싶지 않군." 보덴슈타인이 지쳐서 대답했다. "난 호텔로 가겠어."

"왜?" 카롤리네가 말을 멈췄다. 진심으로 당황스러워하는 그녀의 표정에 보덴슈타인은 놀랐다. 결혼생활이 끝났다는 걸 카롤리네는 정말 느끼지 못하는 걸까?

"내가 여기서 환영받는다는 느낌이 더는 들지 않으니까." 그가 대답했다.

"아! 오늘 아침 일 때문에 그러는구나!" 카롤리네는 웃으며 다시 전기레인지를 닦기 시작했다. "그레타는 그냥 괜히 그런 거야."

보덴슈타인은 카롤리네와 대화를 나누는 게 아무 의미도 없다는 걸 깨달았다. 아내는 문제를 보려고 하지 않았다. 그는 카롤리네가 전쟁터를 계속 정리하게 두고 위로 올라갔다. 복도 벽장에서 트렁크와 보스턴백들을 꺼내 침실로 갔다. 4년 전에 루퍼츠하인의 자기 집에서 여기로 이사 오면서 가구와 이사용 박스를 일단 넓은 지하 차고에 두었다. 딸 로잘리가 6년 동안 여러 나라에서 머물다가 작년에 독일로 돌아와, 남편과 함께 켈크하임에 작은 집을 사서 그의 가구를 가져갈 때까지 짐은 차고에 그대로 있었다. 지붕이 편평한 카롤리네 집에는 다락이 없었으므로 이사용 상자들은 차례로 부모님 댁 다락으로 옮겨졌다. 그러니 이제 꾸릴 짐도 별로 없었다. 보덴슈타인은 트렁크를 연 다음, 정장과 바지들이 들어 있는 옷장을 열어 옷걸이를 잡으려고 했으나 옷은 거기 없었다. 옷걸이는 텅 비었고 옷장 바닥에 정장과 콤비와 바지들이 쌓여 있었다.

"이 못된 망나니 같으니라고!" 그레타의 짓이라는 걸 바로 깨달은 그가 중얼거렸다. 옷을 집어 들고 처음에는 너무 열을 받은 나머지 자기 머리가 지금 어떻게 된 거라고 생각했지만, 다시 들여다보니 모든 옷이 아주 정확한 간격으로 줄지어 가늘게 잘려 있는 게 분명했다. 맥박이 귀에서 뛰기 시작했다. 서랍장을 열어보니 속옷들도 같은 운명에 처해 있었다. 성한 게 하나도 없었다. 양말과 속옷, 티셔츠와 셔츠, 낡은 조깅바지와 재킷과 외투도 모두 가위에 희생당했다. 남은 옷이라고는 지금 몸에 걸친 것뿐이었다. 그는 이런 도륙 결과를 휴대전화로 사진 찍고 보스턴백을 트렁크에 넣고 뚜껑을 덮고는 욕실로 들어갔다. 립스틱으로 거울에 쓴 글씨를 보자 안 좋은 예감이 들었다. 그레타는 그의 치약과 얼굴 크림을 가죽 세면도구 가방에 짜 넣었고, 애프터셰이브 스킨과 향수병도 싹 비웠다. 분노하는 그레타의 파괴력은 아주 거침없었다. 면도기 충전 케이블도 잘게 잘려 있었다.

"거기서 뭐해?" 카롤리네가 욕실 문간에서 물었다.

"누군가 내 옷을 모두 잘랐군." 분노를 간신히 억누르느라 그의 목소리가 갈라졌다. "그러니 내가 당신 집에서 환영받고 있다고 우기지 마." 그는 카롤리네에게 지저분해진 세면도구 가방을 보여주고 거울에 쓰인 립스틱 글자를 가리켰다. '꺼져, 개자식아.'

"올리버, 당신 잘못이야." 카롤리네의 말에 보덴슈타인은 자기 귀를 의심했다. "왜 그레타를 그냥 내버려두지 않아? 아이가 얼마나 예민한지 당신도 잘 알잖아!"

"걔는 예민한 게 아니라 정신적으로 아픈 거야." 그가 대꾸했다. "전문적인 도움이 다급하게 필요하다고. 제발 눈을 좀 떠!"

그는 빈 트렁크를 끌고 아래로 내려가면서 켈크하임 경찰서에 전화를 걸어, 순찰대더러 여기 들러서 공무용 차를 가져가라고 부탁했다. 책과 시디가 모두 사라진 게 놀랄 일은 아니었지만 쓰레기통을 뒤지는 굴욕을 겪고 싶지는 않았다. 최소한 오늘 낮에 중요한 서류들은 이미 모두 안전하게 옮겨졌다.

이런 식으로 끝나는 게 어쩌면 더 나을 수도 있었다. 집에 화재가 난 것처럼 완전히 새로 시작할 수 있을 테니까. 카롤리네는 그를 따라 지하 차고로 왔다. 그다음 경악이 그를 기다리고 있었다. 그레타가 그를 향한 증오를 포르쉐에 푼 것이다. 그가 카롤리네와 결혼할 때 코지마의 어머니가 선물한, 그가 아끼는 스포츠카 운전석 문에 '개자식'이라는 단어가 긁혀 있고 트렁크 보닛에는 페니스 모양이 조잡하게 긁혀 있었다. 그는 이 광경에 심장이 절개되는 것 같았지만 증오의 말이 입 밖으로 나오지는 않았다. 차고 문을 열고 휴대전화로 훼손 상태를 찍었다. 카롤리네는 아무 말 없이 그런 그의 모습을 지켜보고 있었다.

"자동차를 칠하고, 새 옷을 사고 영수증을 보낼게." 그가 아내에게 말했다. "당신이 계산하면 고소는 포기하지."

순찰차 한 대가 차고 앞에 섰다. 보덴슈타인은 제복을 입은 동료에게 공무용 차량의 열쇠를 건네고 호프하임 경찰서로 가져가서 거기 반납해달라고 부탁했다. 그런 다음 트렁크를 조수석에 놓고 포르쉐에 올라 시동을 걸고 차 지붕을 올렸다.

"이제 끝이야?" 카롤리네가 가느다란 목소리로 물었다.

"응, 끝이야." 보덴슈타인이 대답했다. "잘 지내."

차고에서 도로로 운전해서 나오자 비로소 그에게서 아주 무거운 짐이 떨어져 나갔다. 그는 아쉬움이 아니라 그저 안도감만 느꼈다.

* * *

알렉산더 로트는 사무실 유리창 너머로 환하게 빛나다가 계속 흐릿해지는 은행 타워들을 빤히 노려봤다. 술에 몽롱하게 취한 생각이 과거로 향했다. 예전에는 헨리와 하이케와 함께 밤늦게까지 이곳에 있었다. 원고와 작가들에 대해 열정적으로 토론하고, 전략을 짜내고, 계획을 세우고, 술을 마시고 담배를 피우며 함께 웃었다. 그런 후에 같이 식사하러 가거나 어딘가에서 마지막으로 한 잔 더 마시는 일도 흔했다. 대화 주제가 마르는 일은 없었다. 그랬다, 그들은 거의 30년 동안 훌륭한 팀이었다. 하지만 지금은 모든 게 달라졌다. 그는 많은 직원들이 출판사가 경제적으로 어려움에 처한 책임을 그들에게 돌리는 게 마음 아팠다. 특히 연령상 딸뻘인 젊은 동료들은 그를 백악기에서 살아남은 공룡처럼 취급하면서, 정중하게 대하긴 했지만 경외는 고사하고 존경심도 보이지 않았다. 그 자신을 포함하여 출판사 직원들 모두 그가 문학부 기획부장으로 승진한 것은 임원진의 전략적인 결정이라고 간주했다. 공식적으로는 그가 연속성을 상징하며 작가들의 신뢰를 얻고 있다고 했지만 그 스스로 더 잘 알았다. 카를은 예전에 자기 아버지가 그랬듯이 교활한 여우였다. 하이케의 출판사 설립 소문을 얻어들은 카를은 언제나 그저 2인자에 불과했던 그에게 하이케의 자리를 제안했는데, 알렉산더가 허영심 때문에 이 제안을 거절하지 못하리라는 것을 틀림없이 알고서 한 행동이었다. 하지만 자세히 살펴보면 이 자리는 오스카 공로상과 비슷해서, 누군가가 정상까지 오른 적은 결코 없다는 걸 알려주는 부끄러운 위안 상품이었다. 출판계의 모든 사람이 이 사실을 알고 있었다. 알렉산더는 몇 달 후에야 카를이 노련하게 친 덫에 자기가 아주 기꺼이 빠졌다는 걸 깨달았다. 불행은 그렇게 시작됐다. 하이케는 자기 제안을 거절한 그를 용서하지 않았다. 자기를 도와주리라고 믿었는데 어려움에 처하게 했다며 비난했고, 줏대 없는 겁쟁이에 결단력도 없다고 화를 내며 욕했고, 그가 늘 자기보다 열등한 것에 대해 복수하느라 자기가 망하는 꼴을 보려고 한다며 누명을 씌웠다.

"넌 그저 실패가 두려운 거야. 사실은 아무것도 할 줄 모르고, 30년 동안 네가 방패로 삼았던 빈터샤이트라는 위대한 이름이 없으면 비참하게도 아무것도 아니니까!" 하이케가 비웃음을 담아 그의 면전에 대고 말했다. 그는 깊은 상처를 받았지만 하이케가 자기를 더 심하게 비난하는 걸 피하려고 침묵했다. 하이케는 자기 출판사를 설립하고 최고의 작가들을 데려감으로써 카를 빈터샤이트에게 앙갚음을 하려고 했으나 그 계획은 미완이었다. 헨리만 빼고 슈테판과 마리아, 요지, 그리고 마지막으로 알렉산더 자신도 하이케의 제안을 거절한 이유는 아마도 그것 때문이었을 것이다. 문을 두드려본 출판사에서 모두 거절당한 후에 또 이렇게 걷어차이는 상황은 성공에 길들여진 하이케의 자아가 받아들이기에는 굴욕 이상이었을 터였다. 하이케는 눈먼 분노 때문에 편집자로서 용서받지 못할 잘못을 저질렀다. 가장 성공을 거둔 자기 작가가 일단은 빈터샤이트에 머물고 싶다고 하자 그를 배반한 것이다.

잔을 비운 알렉산더는 오늘 오후에 짭새들이 다녀간 뒤로 자기가 술을 거의 반병이나 비웠다는 걸 깨달았다. 15년 동안 금주하던 상태여서 술의 효과는 예전보다 훨씬 빨리 나타났다. 어지럽고 살짝 구역질도 올라왔는데, 오늘 거의 아무것도 먹지 않았기 때문인 듯했다. 게다가 두통이 너무 심했다. 심한 숙취 때도 경험해보지 못한 두통이었다. 알코올 중독이 재발해서 스스로가 혐오스러웠지만, 하이케의 위협을 떠올리기만 하면 작고 예리한 톱니로 뇌피 주름을 갉아대는 불안을 제압하기 위해 술의 도움을 빌릴 수밖에 없었다. 열흘 전에 우편함에서 발견한, 발송인 없이 평범한 갈색 봉투에 들어 있던 이상한 편지도 마찬가지였다. 그때 이후로 그는 제대로 된 생각을 할 수 없었고 밤에 잠을 이룰 수도 없었다.

오늘 불쑥 형사들이 나타났을 때 그는 거의 기절할 지경이었고, 영혼을 짓누르는 끔찍한 압박감을 드디어 털어내기 위해 하마터면 모든 것을 자백할 뻔했다. 그러나 그랬다가는 자기 인생뿐 아니라 아무 책임도 없는 아내와 장성한 딸들 인생까지도 망치리라는 것을 알았기에 덜컥 겁이 났다. 죽을 때까지 교도소에 수감되어야 한다는 사실은 더욱 큰 공포를 불러일으켰다. 그래서 스스로를 경멸했지만, 성가신 일 없이 이 상황을 벗어나게 되기를 여전히 기대했다.

그는 책상 매트를 들고 종이 두 장을 꺼내, 편지 내용을 이미 오래전에 다 외웠음에도 한 줄 한 줄 다시 천천히 읽었다. 누군가 모든 일을 알고 있었다. 그 사람은 그를 좋아하지 않는 게 분명했다. 그가 그 일을 생각하지 않던 시기, 거의 잊었던 시기도 있었다. 그는 누가 이 편지를 보냈는지 전혀 감이 잡히지 않았다. 하지만 한 가지는 확실했다. 모든 게 밝혀질 것이다. 이르든 늦든. 그를 믿었던 사람들, 그가 지금 가진 것을 얻게 해주고 그를 지금의 그로 만들어준 사람들은 그가 내내 그들을 속였다는 걸 알게 될 터였다.

알렉산더는 자리에서 일어났다. 어지럼증이 가라앉을 때까지 책상을 잡고 기다려야 했다. 그런 다음 파쇄기로 가서 종이 두 장을 넣고 기계를 작동했다. 그 금발 경찰에게 전화해서 자수하고 모든 걸 고백할까?

아니, 안 된다. 그럴 용기가 없었다. 아니, 할 수 있을까? '망설이기만 하는 인간! 겁쟁이!' 하이케의 목소리가 그의 머릿속에서 울려 퍼졌다. 그는 과감하게 휴대전화를 들어 전화번호를 하나 누르고는 상대방이 전화를 받을 때까지 기다렸다.

"나야." 그가 꽉 눌린 목소리로 말했다. "우리, 얘기 좀 하자."

* * *

"말도 안 돼. 안 그래?" 코지마는 미소를 지으며 보덴슈타인의 휴대전화에 저장된 사진을 넘겼다. "어린 괴물 같으니라고!"

"하나도 남겨두지 않으려고 아주 애를 썼더군." 보덴슈타인이 대답했다. "이것 좀 봐. 내 머리빗 털 부분도 잘랐잖아."

카롤리네의 집이 자동차 백미러에서 사라지는 순간 그레타를 향한 분노도 사그라져서 그는 이제 웃을 수 있었다. 해방감을 느꼈다. 이제 드디어 자기가 하는 모든 행동을 변명하거나 설명하지 않아도 되고 끝없는 논쟁을 견딜 필요도 없었다. 6년 내내 그 아이가 문제였다. 모든 게 그레타를 중심으로 돌아갔고 그 아이에게 맞춰야 했다. 이제 그런 시절은 지나갔다.

"유일하게 아까운 건 당신이 뉴욕에서 사다 준 멋진 세면도구 가방이야." 그가 이렇게 말하고 휴대전화를 다시 가져갔다.

"새그 하버에 있는 조그만 상점에서 샀어." 코지마가 기억을 떠올렸다. "그래서 지금은 기분이 어때? 어디 살지 생각해뒀어?"

"아니." 보덴슈타인이 고개를 저었다. "지금 제일 중요한 건 당신 수술이야. 소피아는 이제 안전한 곳에 있고."

"니콜라와 피아에게 이야기했어?"

"아니, 아직."

"이제 해야 해."

"응, 할 거야." 그가 약속했다. "지금 새로운 사건이 생겼어. 제베린 벨텐 작가의 편집자가 실종됐거든."

예전에 그는 자기 일에 대해 코지마와 자주 이야기를 나누었다. 코지마는 남편의 일에 관심이 있었고, 그가 너무 많은 나무 때문에 숲을 못 볼 때면 도움이 될 만한 충고를 해주기도 했다.

"하이케 베르시 말이야?" 코지마가 깜짝 놀라 물었다.

"그 사람을 알아?" 보덴슈타인은 그다지 놀라지도 않고 되물었다. 코지마는 온 세상 사람들을 다 알고 있었다.

"안다고 하면 과장이고. 내 옛 친구 파울라와 함께 오랫동안 제1방송에서 문학 토크 프로그램 사회를 봤어." 코지마가 대답했다. "두어 번 만난 적이 있지."

"파울라 돔스키가 당신 옛 친구라고?" 보덴슈타인이 캐물었다. "당신이 그 이름을 말한 적은 한 번도 없는데!"

"당신을 만나기 전에 알던 친구야." 코지마가 미소를 지었다. "파울라와 나는 함부르크 헨리 난넨 언론학교 1기생이었어. 아니, 어쩌면 당신도 파울라를 알 수도 있겠다. 파울라가 그때 자기 집을 구하기 전에 두어 달 동안 내가 살던 주거공동체에 묵었거든."

보덴슈타인은 아무 기억도 나지 않았다. 파울라 돔스키가 그에게 별다른 인상을 주지 못했을 수도 있지만 함부르크 시절은 벌써 38년 전의 일이었다.

"그 사람과 아직 연락해?" 그가 물었다.

"아니. 몇 년 전에 만하임 다큐멘터리 필름 페스티벌에서 우연히 만나 와인을 한잔 같이 마신 적은 있어. 그때 파울라는 남편과 함께 아이들 때문에 프랑크푸르트에서 리더바흐 연립주택으로 막 이사했는데 불평하던 기억이 나. 보른하임의 오래된 아파트에 살던 멋진 대도시 사람이 교외에 사는 엄마가 된 게 끔찍하다고 했어."

보덴슈타인은 대화가 코지마를 심하게 지치게 한다는 걸 깨닫고 화제를 바꾸었다. 코지마는 그와 소피아의 이사가 어땠는지 묻고, 소피아가 보낸 동영상을 그에게 보여줬다.

"어린 우리 농부." 코지마가 사랑이 담뿍 담긴 미소를 지었다. "말똥을 치우고 트랙터를 운전해도 된다는 허락을 받으면 행복해하지."

"아버지가 막내 손녀딸이 어쩌면 자기 농장주 유전자를 물려받았는지도 모른다고 기대하셔." 보덴슈타인이 농담을 했다.

"어쨌든 소피아는 해낼 수 있을 거야." 코지마가 대답했다.

"엄마한테 당신과 아이들을 위해 유언장을 변경해달라고 부탁했어."

"코지, 당신은 살 거야!" 보덴슈타인이 반박했다. "당신 스스로 그럴 의지가 있어야 해!"

"물론 살고 싶어. 하지만 나도 보는 눈이 있다고." 그의 전배우자가 반박했다. "거울을 보면 저승사자가 내 어깨너머로 히죽거리고 있어. 그리고 설령 내가 여기 이걸 넘기고 살아남는다고 해도 상속세를 두 배로 낼 필요는 없잖아. 어쨌든 아주 큰 돈이란 말이야."

보덴슈타인은 코지마가 내민 손을 잡았다.

"난 형편없는 엄마야." 코지마가 나지막하게 말했다. "아니, 반박하지 마! 우리 아이들을 기른 사람은 내가 아니라 당신이야. 아이들에게 가족 의식과 훌륭한 가치 체계를 알려준 사람도 당신이고. 아이들이 지금의 걔들이 된 건 오로지 당신 덕분이지. 나는 늘 모성애가 부족했어."

"지금 작별 인사를 하는 건가?" 보덴슈타인은 일부러 가벼운 말투로 근심 걱정을 슬쩍 은폐했지만 코지마는 당연히 알아챘다. 그녀는 이틀 전보다 더 안 좋아 보였고, 그렇게 힘들어하는 모습을 보는 보덴슈타인의 가슴은 찢어지는 것만 같았다.

"방금 의사선생님이 그러는데, 당신 혈액 수치가 좋아지고 종양도 작아졌대." 그는 부서질 것 같은 코지마의 손을 조심스럽게 잡았다. "코지, 당신은 해낼 수 있어! 우리 같이 해내자!"

"자기, 고마워. 여기 있어줘서 고마워." 코지마는 머리를 힘없이 베개에 기대고 다른 손을 그의 손에 얹었다. "나는 전 세계를 다녔어. 상상할 수 있는 온갖 오지에 갔지. 하지만 아일랜드에는 가지 못했어. 점무늬 말이 끄는 마차를 타고 초록 섬으로 가는 꿈을 어릴 때부터 꾸었지. 코네마라, 골웨이, 코크. 그곳에서는 만류 때문에 야자수도 자란다고 하더라. 나랑 같이 거기 갈래?"

보덴슈타인은 가슴이 무너졌다. 이 저주받은 병이 강인한 여자의 육체에서 삶을 갉아먹는 모습을 지켜보는 게 끔찍했다. 이게 작별 인사일까? 자기가 이 싸움에서 패배하리라는 걸 느끼는 건가?

"응." 그가 속삭이듯 대답하고는 코지마가 자기 눈물을 보지 못하게 뺨을 그녀의 손에 댔다. "그래, 코지마. 그렇게 하자. 약속할게."

* * *

창가는 이제 거의 어둠에 잠겼다. 동료들 대부분은 외부 영업자 회의를 치른 힘겨운 한 주가 지나자 이른 저녁에 주말을 시작하느라 사라졌고 청소 팀도 이미 지나갔다. 율리아는 하품을 하며 등을 쭉 펴고 눈을 비볐다. 늦은 시각에 일하는 게 좋았다. 출판사가 조용해지고 전화벨이 울리지 않으면 보통 집중하기 제일 좋았지만 며칠 전부터는 그렇지 않았다. 점심 때 형사들이 출판사에 와서 카를 빈터샤이트와 알렉산더 로트를 만났다는 소문이 들불처럼 번지자 추측이 난무했다. 율리아는 오후에 간이 주방에서 편집부 동료에게서 그 소식을 들었는데, 그

동료는 영업팀의 어떤 직원에게서, 그리고 그 직원은 접수처 직원에게서 들었다고 했다. 정확한 내막을 아는 사람은 아무도 없었지만 형사들이 찾아온 이유는 틀림없이 하이케 베르시의 실종과 관련이 있었다. 소식을 들은 율리아는 신간 인쇄에 앞서 헌사를 원하는 대로 바꾸는 데 성공했다는 핑계로 헤닝 키르히호프에게 전화했다. 그러고는 지나가는 말처럼 베르시 씨 소식을 물어봤다. 실망스럽게도 그는 새로운 소식을 알지 못했다. 어쩌면 그저 율리아에게 말하지 않은 건지도 모른다. 법의학자로서 의사의 비밀을 지켜야 할 의무가 있을 테니까. 시계를 보니 벌써 9시 반이었다. 밀리에 피셔 사진 촬영 때문에 내일 아침에 일찍 나가야 하니 이제 집에 가야 했다. 컴퓨터를 끄고 짐을 챙기다 말고 오늘 몇 번이나 들었던 생각, 혹시 하이케 베르시의 실종이 카를 빈터샤이트와 연관이 있는 게 아닐까라는 생각이 또 들었다. 시장에서 우연히 그를 만나 함께 즐거운 오전 시간을 보낸 이후로 율리아는 출판사 사장에 대해 자주 생각하곤 했다. 인터넷에서 그에 관한 정보를 찾으며 그를 스토킹하는 것 같아 살짝 부끄럽기도 했지만, 그렇게 찾은 자료는 그에 대한 궁금증을 더욱 크게 키웠다. '링크드인'과 '씽'과 도서 분야 잡지 《도서 리포트》와 《주식시장 저널》에서 찾은 내용은 모두 그의 경력에 관한 이야기뿐이었다. 카를 빈터샤이트는 사생활에 대해 한 번도 언급한 적이 없었다. 1년 반 전에 그가 출판사를 넘겨받을 때 〈프랑크푸르터알게마이네차이퉁〉 한 면 전체에 그에 관한 기사가 아주 자세하게 실렸고 거기서 그는 가족 이야기를 하긴 했지만 연애 이야기는 한마디도 없었다. 인터넷에 그가 어떤 여성과—또는 남성과—찍은 사진이라고는 전혀 없었고, 위키피디아 항목은 몇 줄에 불과했다. 카를 빈터샤이트처럼 잘 생기고 직업에서도 성공을 거둔 똑똑한 남자가 왜 혼자 살까? 매력적인 외모 뒤에 어떤 비밀이 숨어 있을까? 시장에서 만난 그날 오전에 그는 자기 이야기를 조금 했고 좋아하는 것과 싫어하는 게 무엇인지도 말했지만, 그건 그저 율리아가 한 말에 대한 반응이었을 뿐 정말 자기 이야기는 아니었다.

율리아는 책상 스탠드를 끄고 사무실을 나섰다. 이렇게 늦은 저녁에는 혹시 갇히는 일이 발생할지 몰라 승강기를 타지 않았다. 흐릿한 비상등 불빛에 잠긴 계단실에 그녀의 발소리가 울렸다. 카를 빈터샤이트가 전 남자친구를 연상시킬 때도 가끔 있었다. 그와의 관계는 2년 전 여름에 더없이 완벽하게 시작됐다. 젊은 시절의 레오나르도 디카프리오와 닮은 레나르트는 그녀에게 정말 심하게 아첨하며 구애했고, 그녀는 그렇게 많이 사랑받고 누군가와 그 정도로 가깝다고 느껴본 적이 없었으므로 두어 달 동안 믿을 수 없을 만큼 행복했다. 레나르트가 율리아에게 민낯을 드러내고 그가 한 말 중에 사실이 거의 없다는 걸 그녀가 깨닫고 충격을 받기 전까지는 그랬다.

그녀가 누군가와 만날 때마다 레나르트가 언짢아하는 바람에 자신이 가족과 친구들에게서 점점 멀어진다는 사실을 율리아는 거의 느끼지 못했다. 그는 율리아를 싸늘하게 대하거나 다혈질적인 분노 폭발로 놀라게 했고, 그녀는 그에게 수없이 사과하고 화해하려고 애썼다. 이렇게 음험한 방식으로 그는 율리아의 삶에서 유일한 사람이 되는 데 성공했고, 그녀는 처음에 무슨 일이 일어났는지 알려고 하지 않았다. 율리아는 서른한 살이었고 대학 교육을 마친 성인이었으며 직업을 책임감 있게 수행했지만, 레나르트는 율리아의 입을 다물게 만드는 격렬한 분노 발작을 점점 더 자주 일으켰다. 그가 율리아의 휴대전화를 감시하고 하루에 수십 번 전화를 걸고 욕을 퍼붓자 그녀는 주변 사람들이 이미 오래전에 알던 사실을 드디어 깨닫게 됐다. 이 관계를 끝내야 했다. 레나르트가 이별을 받아들이지 않고 그녀를 쫓아다니며 귀찮게 굴고 위협했으므로 그를 떨쳐버리는 일은 쉽지 않았다. 그에게서 해방되기 위해 율리아는 신변 보호를 요청했고 그 도시를 떠나야 했다. 율리아는 파괴적인 이 관계의 후유증과 지금도 여전히 싸우는 중이었고, 앞으로 어떤 남자를 또 신뢰하는 일이 생기기나 할까 싶기도 했다. 어쨌든 이제는 사람을 보는 자신의 안목을 믿지 않았다.

카를 빈터샤이트도 나와 비슷한 경험을 한 걸까? 이따금 그의 눈에 떠오르는 어둠은 어디서 오는 거지? 그는 매혹적이었지만 동시에 계산이 되지 않는 사람이라서 섬뜩하기도 했다. 그가 나를 좋아하나? 아니면 내가 몇 주 전의 대화에 너무 많은 의미를 부여하는 걸까? 그는 아마 사장으로서 능력이 뛰어난 직원을 그저 친절하게 대했을 뿐인지도 모른다. 내가 지금 집으로 가는 동안 그는 어쩌면 다른 여자와 저녁식사를 하면서 내 생각은 조금도 하지 않을 거야. 이런 생각을 하니 청승맞군. 하지만 외로우면 이렇게 되는 법이지. 율리아는 이 낯선 대도시 한복판에서 정말 외로웠다.

1층에 도착한 율리아가 저녁 8시면 잠기고 보안이 설정되는 앞문이 아닌 뒷문으로 막 향하려고 하는데 위에서 승강기가 움직였다. 그녀는 깜짝 놀라 발걸음을 멈췄다. 나 말고 또 누가 아직 건물에 남아 있었나? 율리아는 심장을 두근대며 우편함으로 이어지는 복도로 물러나 승강기에서 내리는 알렉산더 로트를 지켜봤다. 율리아의 바로 옆을 지나간 그가 창고처럼 사용하는 뒷마당으로 이어지는 뒷문을 여는 소리가 들려왔다. 하지만 그는 나가는 게 아니라 누군가를 들여보냈다.

"와줘서 고마워." 그의 목소리가 들렸다. 무거운 문이 요란한 소리를 내며 닫히는 바람에 율리아는 방문객의 대답 소리를 알아들을 수 없었다. 이렇게 늦은 시간에 그를 찾아온 사람은 누굴까? 율리아는 들키지 않으려고 벽에 몸을 바짝 가져다댔다. 심장이 두방망이질 치는 이 상황에서 스스로가 멍청한 바보처럼 느껴졌다. 내가 지금 왜 숨는 거지?

"사무실로 올라가자." 그 순간 로트 씨가 말했다. 이제 율리아가 모습을 드러내기에는 너무 늦었다. 그녀는 승강기가 위로 올라가기를 기다렸다가 건물을 나와서 무거운 안전문을 최대한 조용히 닫았다.

3일째

2018년 9월 8일 토요일

바트 홈부르크 병원 건강 캠퍼스 건물을 나온 피아는 배낭 옆 주머니에서 주차권을 꺼내 주차기에 넣었다. 피아는 목적에 딱 맞게 특수 제작된 기계로 척추 자가 근육강화 훈련을 하려고 1년쯤 전부터 2주에 한 번씩 아침 일찍 바트 홈부르크로 왔다. 이런 노력은 할 만한 가치가 있었다. 수술도, 약도, 주사도 없이 8개월 전부터 통증을 느끼지 않았다. 몇 년 동안 고통스러운 허리 통증에 시달린 나머지 수술을 받을 생각까지 했는데 그러기에 앞서 이 훈련을 먼저 해보라는 조언을 받았다. 척추가 망가졌다는 사실을 바꿀 수는 없었지만 이 훈련 덕분에 일상생활, 그리고 무엇보다도 일을 문제없이 해나갈 수 있었다. 주차요금은 부과되지 않았다. 피아는 거의 텅 빈 주차장에 외롭게 서 있는 자동차로 향했다. 이것 역시 일찍 일어나면 얻는 장점 중 하나였다. 리모컨으로 차 문을 열자 조수석 바닥에서 둥글게 몸을 말고 있던 벡스가 고개를 들고 귀를 쫑긋 세우고는 흥겹게 숨을 훅훅 내쉬었다. 피아는 운전석에 앉아 차 지붕을 열었다. 시간이 많이 남아 숲 수색이 시작되기 전에 벡스와 한 바퀴 돌 수 있을 것 같았다. 막 출발하려는데 휴대전화가 울렸다. 카이가 강력11반 채팅방에 소식을 올렸다. '산림 노동자들이 조금 전 쾨니히슈타인과 맘몰스하인 사이 숲에서 시신 한 구를 발견함. 하이케 베르시인지 확인해줄 수 있는 사람?'

'내가 15분 내에 거기 도착할 수 있음.' 피아가 곧장 답장을 달았다.

그러고는 출발하여 오버우젤 바로 앞에서 크론베르크를 지나 쾨니히슈타인으로 이어지는 455번 국도로 차를 꺾었다. 오펠 동물원을 지나다가 직원용 주차장에 주차된 남편의 SUV를 보자 저절로 미소가 지어졌다. 사흘 동안 둘 다 자존심을 부리며 고집스럽게 침묵을 지킨 후에 크리스토프와 피아는 어제저녁에 거의 동시에 하트 이모티콘을 보내고 뒤이어 바로 통화했다. 가정의 행복은 이제 다시 찾아왔다. 피아는 오늘 저녁에 집에서 크리스토프를 만날 생각에 기뻤다.

이른 시간이라 쾨니히슈타인에는 다니는 차들이 별로 없었다. 피아는 회전교차로를 돌아 네 번째 진출로로 나가서 고정된 과속 단속기를 정확하게 시속 48킬로미터로 지났다. 변두리 철도병원 건물 뒤에서 왼쪽 바트 조덴 방향으로 차를 틀었다. 높이 자란 활엽수들이 도로 위로 가지를 뻗어 그늘진 초록 터널을 만들었다. 도로 왼편에 서 있는 순찰차가 멀리서부터 눈에 들어왔다. 피아는 속도를 늦추어 방향지시등을 켜고, 열린 차단기 앞에서 팔짱을 끼고 있는 제복 차림의 동료 옆에 차를 세웠다.

"수고하십니다!" 피아가 인사하며 선글라스를 벗었다.

"안녕하…… 아이고!" 벡스가 조수석 발치에서 일어나 하품을 하느라 무시무시한 이빨을 드러내자 질비아 비티히 순경이 놀라서 얼른 뒤로 물러섰다.

"규정에 맞지 않습니다." 그녀가 멀찌감치 떨어진 채 피아를 나무랐다. "개는 이동 케이지에 넣거나 다른 방식으로 안전하게 있어야지 앞좌석에 있으면 안 돼요."

"멍!" 벡스가 한번 짖고는 조수석에 앉아 꼬리를 흔들었다.

"알아요." 피아가 자책하는 표정으로 미소를 지었다. "케이지가 든 자동차를 남편이 가지고 갔어요. 여기 일이 얼마나 오래 걸릴지 몰라서 개를 집에 혼자 둘 수 없었답니다."

"몇 주 전에도 똑같은 이야기를 하셨지요." 순경이 싸늘하게 미소 지었다. "그때는 그냥 경고만 했어요. 하지만 내가 바보 취급당하는 건 견딜 수 없습니다!"

"죄송해요……." 피아가 말을 다시 꺼냈지만 순경은 다른 핑계나 변명은 들으려고 하지 않았다.

"교통 법규를 잘 아시겠지요." 그녀가 피아의 말을 가로챘다. "벌금 30유로입니다. 도로 교통안전을 위협할 경우에는 60유로가 되고 벌점도 1점 부과돼요. 바로 내시겠어요, 아니면 우편으로 고지서를 받으시겠어요?"

"바로 낼게요." 피아는 벡스를 발치로 다시 밀어 넣고 배낭에서 지갑을 꺼내 비티히 순경에게 현금카드를 내밀었다. "현금이 없네요."

"문제없습니다." 질비아 비티히가 활짝 웃으며 대답하고 순찰차로 갔다. 피아는 그녀가 무선 카드단말기를 가지고 돌아올 때까지 초조하게 손가락으로 핸들을 두드렸다. 스스로에게 화가 났다. 규정에 맞는 케이지를 갖춘 자동차가 집 차고에 있었기 때문이다. 작년에 헤닝에게서 산 낡은 볼보 SUV였다. 원래는 카브리오를 타고 허리 훈련만 하고 돌아가서 얼른 차를 바꿔 타려고 했다. 운이 나빴다.

비티히 순경이 영수증과 현금카드를 내밀고 말했다.

"고맙습니다." 표정을 보아하니 소소한 이 일화 덕분에 그녀의 하루가 행복할 듯했다. "숲길을 따라 계속 가세요. 그런데 바닥에 나무가 많이 놓여 있어요. 그러니 케이지가 없는 멋진 소형차가 망가지지 않게 조심하셔야 할 겁니다."

"조언 고맙습니다!" 피아가 이를 갈며 대답했다. "제가 바로 돌아와도 또 벌금 용지를 받나요?"

"개가 그때까지 규정에 맞게 앉아 있다면 당연히 아니지요."

"알겠습니다." 피아는 미소를 지으려고 애쓰며, 숲을 빠져나가는 다른 길이 있는지 머리를 굴렸다. "수고하세요!"

피아는 자갈이 깔린 숲길을 덜컹거리며 보행 속도로 천천히 운전했다. 수지 향기를 풍기며 산더미처럼 쌓여 있는, 막 베어낸 나무줄기들을 지났다. 조수석에 앉아 앞발을 우아하게 계기판에 올린 벡스는 호기심에 가득 차서 주위를 둘러봤다. 무거운 산림 기계들이 길을 내며 베어낸 굵고 잔 나뭇가지로 가득한 숲길에 잎사귀들 사이로 들어온 햇빛이 점점이 얼룩무늬를 찍었다. 피아는 장애물을 피하려고 애썼지만 몇백 미터를 운전한 후에 포기했다. 그녀의 자동차 미니는 최저 지상고가 15센티미터밖에 되지 않아서 울퉁불퉁한 바닥이나 나뭇가지에 걸릴 위험이 너무 컸다.

"벡스, 가자." 피아는 차 지붕을 닫고 벡스의 목끈에 줄을 묶고는 차에서 뛰어내리게 했다. 그런 다음 배낭을 어깨에 메고 걷기 시작했다. 스니커즈 바닥에서 자갈이 바각바각 소리를 내고, 허공은 새들이 지저귀는 소리와 곤충이 윙윙거리는 소리로 가득했다. 시신을 보러 가는 길이 아니었다면 즐거운 산책이 됐을 터였다. 피아는 벡스 덕분에 바트 조덴과 맘몰스하인, 쾨니히슈타인 사이 숲을 이제 꽤 잘 알게 됐다. 15분을 걷자 산비탈에 위험할 만큼 아주 가까이 주차된, 이른바 하비스터라고 불리는 괴물 같은 샛노란 산림 기계가 보이고 그 옆을 배회하는 남자 몇 명도 눈에 들어왔다. 길 오른쪽은 급경사를 이루는 바위 계곡이었고, 그 계곡을 따라 몇백 킬로미터 더 내려가면 쥐세 그륀트헨과 연결됐다. 급경사의 한 면은 얼마 전에 산사태를 겪은 게 분명했다. 마른 가문비나무들이 부러지고 쓰러져 나무줄기들이 계곡과 그 계곡으로 이어지는 좁은 숲길에 가로세로로 마구 널려 있었다. 거인이 미카도 게임(대나무 막대기를 사용하는 유럽의 테이블 게임—옮긴이)을 즐긴 것처럼 보였다.

"안녕하세요!" 피아가 벡스를 조심하느라 뒤로 물러서는 남자들에게 인사했다. "호프하임 경찰서 강력11반 피아 산더 형사입니다."

"올 때도 됐지." 산림 노동자 한 명이 툴툴거렸다.

"우린 한 시간 전부터 일도 못 하고 여기서 그냥 서성거리기만 했다고요." 다른 한 명도 투덜거렸다.

피아는 불평을 못 들은 척하고 물었다.

"여기 책임자가 누군가요?"

"접니다." 위에서 목소리가 울렸다. 피아와 벡스는 몸을 돌렸다. 길 위쪽 나무들 사이에…… 달타냥이 서 있었다. 어깨까지 내려오는 짙은 색 고수머리에 콧수염과 턱수염이 난 그는 역사 영화 캐스팅에서 바로 온 듯했지만, 갑옷 속에 입는 짧은 상의와 러플 셔츠와 깃털 모자 대신 지극히 평범한 청바지와 작업화 차림이었다. 그가 경사면에서 민첩하게 뛰어내려 피아와 벡스 앞에 섰다. 나이가 많아야 30대 중반일 그는 강인해 보이면서 눈빛이 깨어 있었고 미소가 인상적이었다.

"헤센 산림청의 보탄 벨라스케스입니다." 그가 자기소개를 했다. "이 지역 산림 관리인이에요."

"어…… 뭐라고요?" 피아는 자기가 잘못 들었다고 생각했지만 남자는 본인의 이름이 불러일으키는 반응에 익숙한 듯했다.

"보탄(북유럽 신화에 나오는 최고의 신―옮긴이)이라는 이름은 어머니가 지으신 겁니다. 북유럽 신화를 좋아하시거든요." 그가 어깨를 으쓱하며 설명했다. 부모가 아이에게 이런 부담스러운 이름을 붙이다니 도대체 무슨 생각인지 피아가 어리둥절했던 게 이번이 처음은 아니었다. "아버지는 스페인 사람입니다. 저는 헤센 산림청에서 일하고요."

피아는 산림 관리인에게 자기소개를 하고 시신에 대해 질문을 던졌다.

"저 아래 계곡에 있습니다." 보탄 벨라스케스가 대답했다. "오늘 아침에 우연히 발견했어요. 주말에 폭풍이 지나간 후에 폭풍 피해를 제거하기 위해 무거운 기계를 가지고 숲속으로 들어가야 했기 때문이지요. 따라오십시오. 안내해드리겠습니다."

피아는 벡스를 옆에 바짝 붙이고 산림 관리인을 따라 좁은

길을 내려가면서 실종된 여자를 찾는 중이라고, 그 사람 휴대전화 위치가 마지막으로 이 지역에서 확인된다고 그에게 설명했다. 그러면서 뿌리에 걸리거나 오래된 잎사귀 아래에 음험하게 숨어 있는 돌에 걸려 넘어지지 않으려고 조심했다. 벨라스케스는 빠른 속도로 움직였다.

숲은 그야말로 가련한 모습이었다. 초여름만 해도 무성하게 그늘이 져 있었지만 지금은 계곡 주위로 빈터가 생겼고, 진초록이던 높다란 가문비나무들은 앙상한 붉은 잿빛 가지만 남기고 있었다.

"이 나무들이 모두 주말 폭풍에 쓰러진 건가요?" 피아가 물었다. "지난주만 해도 이렇게 안 좋은 상황은 아니었는데요."

"네, 유감스럽게도 그렇습니다." 산림 관리인의 목소리에서 안타까움이 묻어났다. "지난 몇 달 동안 지속된 더위와 가뭄에 가문비나무들이 특히 많이 약해져서 나무좀에 저항하지 못했지요." 그가 손으로 넓은 지역을 가리켰다. "우린 4월부터 숲에서 죽은 나무들을 치우느라 거의 쉴 새 없이 일했답니다. 나무좀이 더 번지지 못하게 하려고요. 따뜻한 가을과 건조하고 더운 여름은 나무좀을 엄청나게 번식하게 합니다. 그리고 그런 기후를 우린 앞으로 더 자주 겪게 될 거고요. 기후 변화 때문이지요."

잎사귀가 모두 떨어진 거대한 가문비나무 우듬지가 길을 가로막았다. 벨라스케스가 멈춰 서서 경사면 아래를 가리켰다.

"시신은 저 아래에 있습니다. 이 나무가 이렇게 길에 쓰러져 있지 않았더라면 시신을 절대 발견하지 못했을 겁니다."

"시신을 혹시 누군가 만지거나 움직였나요?" 피아가 물었다.

"아니요." 벨라스케스가 고개를 저었다. "우리 직원들은 시신을 발견하자마자 바로 작업을 멈췄습니다. 시신 또는 시신의 일부가 발견되는 일은 자주 있어요. 이따금 유골만 남아 있기도 하고요. 몇 년 전에 알트쾨니히에서는 산악자전거와 자전거를 탄 사람의 유골이 온전하게 모두 발견됐지요."

산악자전거 이야기를 유카 야자수의 거미(거미가 숨어 살면서 물을 줄 때마다 움직이며 삑삑 소리를 낸다는 이야기—옮긴이)처럼 현대판 전설로 여겼던 피아는 눈을 질끈 감았다. 여기 위에서는 아무것도 보이지 않았다. 아니, 보인다! 관목 사이에서 뭔가 번쩍 빛을 발했다. 햇빛이 금속에 반사됐다. 저게 뭘까? 허리띠 버클인가?

"아마 저 사람은 미끄러지거나 어딘가에 발이 걸렸나 봅니다." 산림 관리인이 이렇게 짐작하고는 다시 움직이기 시작했다. "산길에 적절하지 않은 신발을 신으면 그런 일이 자주 일어나지요."

계곡 바닥까지는 40에서 50미터가량 남아 있었다. 시신이 저기 얼마나 오래 누워 있었을까? 이렇게 더울 때 며칠 동안 야외에 방치된 시신이 어떤 모습이 되는지 아주 잘 아는 피아는 마음속으로 단단히 무장하고 경사면의 마지막 3분의 1을 내려가기 시작했다. 벨라스케스는 양치류와 나무딸기 넝쿨과 쐐기풀을 단단하게 밟으며 피아에게 길을 내줬다. 피아는 땀이 솟았다. 나무딸기 넝쿨이 청바지에 달라붙었고, 한번은 발이 어딘가에 걸리는 바람에 하마터면 굴러떨어질 뻔했다. 코로 들어오는 들큼한 썩는 냄새는 계곡 바닥에 가까이 갈수록 점점 더 심해졌다. 벨라스케스가 물이 메마른 개울을 따라 피아를 안내했다. 두 사람은 바위와 나무줄기를 몇 개 더 넘은 뒤에야 목적지에 도착했다.

"저 앞쪽 나무줄기 아래에 있습니다." 벨라스케스가 말했다.

피아는 벡스의 줄을 쓰러진 나무의 가지에 묶고서 라텍스 장갑을 꼈다. 후텁지근한 공기는 썩어가는 사체 주위에서 날아다니는 파리들의 윙윙거리는 소리로 가득했고 시신 부패 냄새가 너무 심해서 피아는 잠시 구역질과 싸워야 했다. 두어 번은 입으로만 숨을 쉬었다. 잠시 후 썩는 냄새에 익숙해졌다. 어차피 야외는 닫힌 실내보다 견디기가 쉬웠다. 피아는 엎드려 있는 시신 옆으로 가서 쪼그려 앉았다. 옷으로 보아 남자가 아니고 여자였다. 올리브색 티셔츠와 그 위에 걸친 얇은 베이지색 조끼, 같은 색깔 카프리 바지에 밝은색 운동화 차림이었다. 양쪽 손목에 노르딕 워킹용 스틱 고리가 매달려 있었다. 이 스틱이 조금 전에 햇빛에 반사된 듯했다. 짧게 자른 회색 머리 아래 목덜미가 이미 초록색으로 변해 있었다. 긴장했던 피아의 기대감은 실망으로 변했다. 붉은 갈기 고수머리인 하이케가 아니네! 하지만 이 숲에 시신 '두 구'가 있을 확률이 얼마나 될까? 피아는 시신 발견 상황을 기록하려고 스마트폰을 꺼내 여러 각도에서 사진을 찍었다.

"시신을 돌려야 해요. 혹시 도와주실 수 있나요?" 피아가 산림 관리인에게 물었다.

"물론입니다." 보탄 벨라스케스가 기꺼이 응하며 가까이 다가왔다.

"보기 끔찍할 거예요." 피아가 경고했다. 그러고는 배낭에서 라텍스 장갑 한 켤레를 더 꺼내 그에게 건넸다. "구역질이 나더 라도 시신은 피해서 토하세요."

"걱정 마십시오. 토하지 않습니다." 벨라스케스가 피아를 안 심시켰다. "죽음과 부패는 자연의 순환이니까요."

"좋습니다. 자, 시작하죠."

시신을 만지고 위치를 바꾸면 크뢰거와 헤닝이 욕을 퍼부을 테지만, 피아는 100인조 기동수사대와 수색견과 훈련사가 불 필요하게 타우누스로 향하기 전에 시신을 확인해야 했다. 그녀 는 벨라스케스에게 시신의 어디를 잡고 어디로 움직여야 할지 자세히 지시했고, 그는 주저하지 않고 그 지시를 정확하게 따랐 다. 그는 주변에서 윙윙대는 파리 떼에도 아랑곳하지 않고 힘들 이지 않고 시신을 돌려 눕혔다. 시신의 얼굴은 심하게 붓고 초 록색으로 물들어 있었고, 윤곽을 거의 알아보기 힘들었다. 콧구 멍과 입에서 구더기가 기어 나오고 있었고 얼굴 왼쪽 절반이 없 었다. 시신이 한동안 야외에 있으면 안타깝게도 동물이 먹는 일 이 흔했다. 피아는 쪼그리고 앉아서 죽은 여자의 머리와 얼굴을 자세히 살폈다.

"이거 보이나요?" 그녀가 옆쪽 숲 바닥에 쪼그리고 앉은 산림 관리인에게 시신의 머리를 가리키며 물었다.

"머리를 다쳤군요." 벨라스케스가 대답했다. "추락하면서 입 은 상처일까요?"

"아닌 것 같아요." 피아는 헤닝과 결혼생활을 하면서 집에서 보다 법의학연구소 지하 부검실에서 더 많은 시간을 보낸 느낌이었는데, 전남편은 탁월한 교사였다. 피아는 이 16년 동안 물 속에서, 또는 화재로, 또는 집에서 온갖 단계로 부패한 시신들을 봤다. 교통사고와 총질 또는 범죄 희생자도 있었지만 사망 원인을 한눈에 바로 알아볼 수 없는 시신도 있었다. 뼈만 남은 시신도 가끔 있었는데, 헤닝은 법의인류학 전문가로서 시신의 비밀을 캐고자 했고 성공을 거둘 때가 많았다.

"골절 모서리의 대칭을 잘 보세요." 피아가 벨라스케스에게 말했다. "각이 졌지요. 제가 보기에는 사각형 물체로 때려서 생긴 압입 골절 같아요. 자세한 건 두피를 제거하고 부검해야 알겠지만요."

피아는 시신의 왼쪽 바지 주머니를 조심스럽게 뒤져 스마트폰을 꺼냈다. 다른 쪽 바지 주머니에서는 열쇠 꾸러미가 나왔다. 피아는 자기 휴대전화에 저장된 하이케 베르시의 사진을 클릭하여 앞에 놓인 시신의 얼굴과 비교했다. 붉은 고수머리가 아니라고 혼란스러워할 필요는 없었다. 어쩌면 가발일지도 모르니까.

"어떤가요?" 법의학적 설명에도 전혀 놀라지 않은 산림 관리인이 호기심 어린 목소리로 물었다. "찾으시는 여자일 수도 있나요?"

"어떻게 생각하세요?" 피아가 스마트폰을 내밀자 벨라스케스는 사진을 한참 들여다본 후에 시신 쪽으로 몸을 숙이고 다시 자세히 살폈다.

"네, 동일인이군요." 그가 확신에 차서 대답했다. "왼쪽 눈썹 옆에 이렇게 눈에 띄는 점이 난 사람이 또 있을 확률은 드물 테니까요."

"제 생각도 그래요. 벨라스케스 씨, 도와주셔서 고맙습니다."

피아는 몸을 일으킨 후에 채팅방에 소식을 올렸다.

'하이케 베르시 발견함. 수색 불필요.'

* * *

카를 빈터샤이트는 거의 2년째 머무는 에셔스하임 성문 옆 호텔에서 8시 조금 지난 시각에 나와 블라이히 거리를 건너 50미터를 간 후에 실러 거리로 접어들었다. 그가 프랑크푸르트에 왔을 때 큰아버지와 큰어머니는 마지못해 그뤼네부르크 공원 옆 빌라에 비어 있는 방으로 들어오라고, 어차피 출판사 소유라고 권했지만 그는 헨리와 마가레테와 한 지붕 아래 살면서 가족인 척 연기하고픈 마음이 없었다. 호텔에서 사는 것은 뭔가에 얽매일 필요가 없을뿐더러 그 같은 독신자에게는 장점이 수두룩했다. 가구나 그림, 기타 인테리어 제품을 사거나 청소 인력을 구하지 않아도 됐다. 매일 저녁 깔끔한 방과 막 세탁한 옷이 기다리고 있고, 사우나와 증기욕실과 피트니스 스튜디오를 이용하고 아침마다 풍성한 뷔페를 즐길 수 있었다. 호텔 장기 투숙객은 드물지 않았다. 우도 린덴베르크는 함부르크 고급 호텔 '아틀란틱'에 30년째 묵고 있고, 패션 디자이너 코코 샤넬은 거의 평생을 파리 '리츠' 호텔에 머물렀다.

카를은 뒷마당에 차를 주차하고 현관 비밀번호를 입력하여 경보기를 해제한 후에 출판사에 들어섰다. 6층까지 계단으로 올라가 간이 주방에서 커피메이커를 켜고 코피 루왁 원두 한 스푼을 분쇄기에 넣었다. 몇 년 전 인도네시아로 출장 갔다가 수마트라섬에서 알게 된 후로 아침마다 마셔온 이 특별한 커피 한 잔은 그가 스스로에게 허락하는 유일한 극단적 사치였다.

책상 컴퓨터를 켜고 커피를 홀짝였다. 비서가 가져다둔 우편물을 집으려던 그의 손이 우편물 무더기 제일 위에 놓인, 충전재를 넣은 크림색 봉투 때문에 허공에서 잠시 멈추었다. 지난번처럼 주소가 검은 사인펜으로 세심한 인쇄체로 쓰였고 두툼한 글씨로 '본인 직접 개봉!!!!'이라는 메모도 적혀 있었다. 카를은 봉투를 들고 뒤집었다. 발신인은 없었다. 엊그제 날짜 프랑크푸르트 소인이 찍혀 있었다. 카를은 발신인에 대한 호기심과 짜증이 뒤섞인 심정으로 봉투를 손에 들고 무게를 가늠해봤다. 이번 것은 매치박스 미니카가 들어 있던 저번 우편물보다 훨씬 무거웠다. 결국 호기심이 이겼다. 그는 탄저균이나 신경 독소가 들어 있기라도 한 것처럼 조심스럽게 봉투를 열었지만 책상에 의심스러운 가루는 떨어지지 않았고 대신 고무줄로 묶은 종이뭉치가 모습을 드러냈다. 봉투 안쪽도 살펴봤지만 지난번과 마찬가지로 아무것도 없었다. 고무줄을 벗기자 종이 사이에서 사진 한 장이 빠져나왔다. 카를은 사진을 자세히 들여다봤다. 여름 옷차림인 젊은이 여섯 명—남자 셋, 여자 셋—이 계단에 앉아 있었다. 배경의 덤불과 높은 나무들 사이에 하얀 칠을 한 집이 살짝 보였다. 사진 뒷면에 볼펜으로 '누아르무티에'라고 쓰여 있었다. 날짜 도장은 거의 읽을 수 없을 만큼 빛이 바랬지만 '1983년 8월'인 듯했다. 사진을 내려놓은 카를은 종이뭉치가 타자기로 친 원고처럼 보여 깜짝 놀랐다. 첫 장에 대문자로《영원한 우정으로》라는 제목이 쓰여 있었다. 그리고 그 아래에는……카를의 심장 박동이 몇 초간 멎었다. 제목 아래에 '카타리나 빈터샤이트'라고 쓰여 있는 게 아닌가. 어머니의 이름이었다!

이게 무슨 뜻일까? 누군가 나에게 사악한 장난을 치는 건가? 카를은 손이 떨렸다. 처음에는 원고를 휴지통에 던지려고 했다. 카를의 어머니는 그가 학교에 입학하기 사흘 전에 자살하여 그를 완전히 고아로 만드는 용서할 수 없는 잘못을 저지른 사람이었고 그는 어머니에게 전혀 관심이 없었다. 어머니는 그가 너무 어렸을 때 사망했기에 제대로 기억나지 않았고, 그저 흐릿한 한두 장면만 머릿속에 남아 있었다. 헨리와 마가레테 집에서 자랄 때 두 사람은 카를의 어머니와 아버지 이야기를 한 적이 거의 없었다. 세월이 흐르면서 그를 낳은 사람은 희미한 그림자처럼 빛이 바랬고, 그가 어릴 때나 외로운 기숙학교 시절에 어머니를 향해 품었던 원망 또한 흐릿해졌다. 알지도 못하고, 자기를 소중하게 여기지도 않은 게 분명한 사람에 대한 분노는 그저 시간과 감정 낭비일 뿐이었다.

카를은 원고를 바라봤다. 카타리나 빈터샤이트는 사진 두어 장과 책과 낡은 옷 약간을 빼고는 이 세상에 남긴 게 없었다. 마치 존재한 적도 없었던 것처럼. 큰어머니 말로는 카를의 외할머니도 일찍 돌아가셨고 그의 어머니는 아버지가 누군지 모르는 혼외자였다고 했다. 어머니에 대한 관심을 일으킬 만한 것은 전혀 없었다. 그런데 이제 타자기로 친 이 원고가 눈앞에 불쑥 나타났고, 카를은 호기심을 느꼈다. 이 종이들을 어머니가 손에 쥐고 있었다는 상상은 기이하게도 그의 마음 깊은 곳을 건드렸다. 카를은 주저하며 원고를 넘겼다. 둘째 페이지 중간에 딱 한 줄, 헌사가 있었다.

'늘 그랬듯이 영원히…… 가장 소중한 내 보물 카를에게.'

이 문장은 위력을 갖고 그의 심장 한가운데를 때렸다. 눈물이 솟는 동시에 스스로 경악할 만큼 뜨거운 분노가 솟구쳤다. 어떻게 이런 걸 쓰고서 얼마 안 돼 자살해 나를 홀로 내버려둘 수 있지? 원고를 읽지 않겠어! 지금은 더더욱 아니야! 지금은 맑은 머리가 필요하고 이런 것에 방해받으면 안 돼. 결심이 선 그는 원고를 봉투에 다시 넣고 사진도 거기에 끼워 넣었다. 나중에 읽자. 아마 언젠가 읽게 될 테지.

* * *

차량 네 대가 줄지어 숲길을 따라 들어와 산림 노동자들의 노란 하비스트 뒤에 주차했다. 감식반의 파란색 폭스바겐 미니버스 한 대, 그리고 그 뒤를 헤닝의 검은색 SUV와 하이케 베르시의 시신을 법의학연구소로 운반할 장례회사 차량이 따라왔다. 마지막 공무용 차량에서 보덴슈타인과 셈과 타리크가 내렸다. 피아는 보덴슈타인이 전날 입었던 것과 똑같은 옷을 입었다는 걸 바로 알아봤다. 전혀 그답지 않은 일이었다. 그는 흠잡을 데 없는 옷차림에 큰 의미를 두었고, 매일 다른 넥타이를 매는 습관을 이삼 년 전에야 그만뒀다. 벡스가 새로 온 사람들을 유쾌하게 맞았다.

"욕먹기 전에 미리 말할게. 산림 관리인이랑 내가 시신 위치를 돌렸어." 피아가 전남편과 크리스티안 크뢰거에게 말했다. "100인조를 투입하기 전에 정말로 하이케 베르시가 맞는지 확인해야 했으니까. 하지만 그 전에 사진을 찍었어."

"그래, 괜찮아." 크뢰거가 대답했다.

"잘했어." 헤닝도 고개를 끄덕이며 말했다. "마리아의 친구라는 게 확실해?"

"응, 맞아." 피아가 고개를 끄덕였다. "안타깝게도."

두 남자는 장비를 차에서 내리고 전신작업복을 입었다. 둘 모두 자기가 먼저 현장에 도착했다고 고집부리지 않았다. 누가 먼저 시신에 도착했는지를 두고 벌이던 유치한 경쟁은 이제 다 지난 일인 듯했다. 두 사람은 감식반 팀원을 두 명 동반하고는 서로 비꼬거나 욕하는 일 없이 놀랄 만큼 조화를 이루며 산림 관리인을 따라 계곡으로 내려갔다.

"저 두 사람, 무슨 일이에요?" 피아가 고개를 저으며 둘의 뒷모습을 바라봤다.

"내 생각에 크리스티안은 헤닝이 자기 일을 인정해주길 원했던 것 같아. 항상 그게 중요했나 봐." 보덴슈타인이 답했다. 두 사람도 내려가기 시작했다.

"그런데 이제 갑자기 인정받게 됐다고요?" 피아가 물었다. "저는 특별히 느끼지 못했는데요."

"헤닝이 노련하게 했기 때문이지." 보덴슈타인이 슬그머니 웃음을 흘렸다. "자기 범죄소설에서 법의학자가 크뢰거로 짐작되는 인물에 대해 좋게 생각하고 말함으로써 말이야. 크리스티안이 그 일을 얼마나 자랑스러워하는지 자네도 들었잖아."

피아의 휴대전화가 울렸다. 카이가 제베린 벨텐의 오버엠스 집 주소를 알아냈다.

"순찰차를 거기로 보낼까?" 카이가 물었다.

"아니, 반장님이랑 내가 벨텐에게 직접 갈게." 피아가 대답하며 보덴슈타인을 곁눈질했다. 그가 동의한다는 뜻으로 고개를 끄덕였다.

크뢰거와 키르히호프도 잠깐 들여다본 후에 죽은 여자가 하이케 베르시라고 판단했다. 헤닝이 시신을 살피는 동안 크뢰거의 직원들이 현장 사진을 찍었다.

"월요일 저녁의 시간 흐름이 분명하지 않아." 피아가 혼잣말로 중얼거렸다. "베르시 씨는 장을 보러 가느라 아버지를 묶어뒀어. 돌아와보니 제베린 벨텐이 와 있어서 아버지를 풀어주지 못했고. 자정이 지나 이웃들이 그녀를 봤다고 했지. 하지만 지금 죽어서 숲에 누워 있잖아. 손목에 노르딕 워킹 스틱이 매달려 있고, 바지 주머니에는 휴대전화와 열쇠 꾸러미가 들어 있어. 그렇다면 부엌에, 쓰레기통에 피가 묻은 건 도대체 언제야?"

"자정 무렵에는 이미 죽었을 거예요." 타리크가 대답했다. "휴대전화가 월요일에서 화요일로 넘어가는 밤 0시 5분에 기지국을 떠나, 2킬로미터 떨어진 다른 기지국에 접속했잖아요. 목요일에 배터리가 방전될 때까지 그곳에 있었고요."

"자정 무렵에 혼자 숲을 걷는 사람이 있을까?" 셈이 둘러선 사람들에게 물었다.

"게다가 피를 그렇게나 많이 흘린 후에?" 피아도 의문을 보탰다. "그리고 장본 건 도대체 어디 있지?"

"반대 사실을 확실하게 증명할 수 있을 때까지 우린 베르시 씨가 자정 이후에도 살아 있었다고 가정해야 해." 보덴슈타인이 말했다. "하지만 타리크 짐작이 맞을 수도 있지. 범인이 베르시 씨의 가발을 썼을지도 모르니까. 어둡고 비가 오는데 멀리서 봤다면, 잘 아는 이웃이라도 속을 수 있어."

"반장님, 고맙습니다!" 타리크가 자랑스럽게 히죽거렸다.

"잠깐 방해해도 될까요?" 헤닝이 끼어드는 바람에 모두 그를 향해 몸을 돌렸다. "이 사람이 정말 걸으려고 나온 게 아니라는 암시가 시신에 있어요. 알아맞히는 사람에게 제 출판기념회 VIP 입장권을 드리지요."

"난 맞힐 필요 없어." 피아가 말했다. "이미 입장권이 있으니까."

"저는 아내와 함께 가고 싶으니 두 장이 필요해요." 타리크가 대답했다.

"오말리, 그럼 얼른 맞혀봐요." 헤닝이 눈을 반짝이며 말했다. "알아내면 1열에 두 자리를 확보하는 거니까."

"오마리입니다." 타리크가 자기 이름을 정정해줬다.

모두 제베린 벨텐의 편집자 시신에 몸을 숙였고, 대학교 교수의 위치로 완전히 돌아간 헤닝은 강의실에서 1학년 1학기 학생들을 보듯이 경찰들을 바라봤다.

"스틱이 너무 짧습니다." 뒤에 서 있던 산림 관리인이 대답했다. "아까 이미 그게 눈에 띄더군요. 그렇게 짧은 스틱을 짚고는 걸을 수 없지요."

"아주 좋아요! 탁월한 관찰력입니다." 헤닝이 흡족한 미소를 보였다. "멋진 젊은이, 누구시라고 했죠?"

"보탄 벨라스케스, 이 지역 산림 관리인입니다."

"초치는 사람이네!" 타리크가 투덜거렸다. "나도 맞힐 수 있었는데."

피아는 몸을 숙이고 스틱 길이를 늘여봤다. 연결 부위를 돌리려면 힘이 필요했다.

"그렇네요." 피아가 말했다. "누군가 밀어 넣고 고정했어요. 추락하면서 짧아진 게 아니에요."

"차고에서 그렇게 했겠지." 보덴슈타인이 말했다. "그 누군가가 죽은 하이케 베르시를 자동차 트렁크에 넣고 여기로 와서 사고인 척 꾸민 거야. 그런데 서두르느라 스틱 길이를 다시 연장하는 걸 잊어버렸어. 그것 말고는 거의 모든 사항을 세심하게 계획했군. 바지 주머니에 휴대전화와 열쇠 꾸러미를 넣고, 맞는 신발도……."

"그런데 운동화 속에 양말은 신지 않았어요." 헤닝이 끼어들었다.

"짐작 가는 사망 원인이 있어요?" 보덴슈타인이 물었다.

"머리 부상 때문인 것 같습니다." 법의학자가 대답했다. "그중 몇 개는 심각해요. 어떤 상처가 죽기 전에 생기고 어떤 상처가 사후에 생겼는지, 그리고 그중 어떤 게 결정적인 사인인지는 부검을 해야 알 수 있습니다. 어쨌든 여기서 사망한 게 아니라는 건 거의 확실합니다."

"고마워, 헤닝." 피아가 말했다. "부검은 언제 할 거야?"

"오늘 오후에 바로." 키르히호프가 한숨을 내쉬었다. "불쌍한 마리아! 큰 충격을 받을 텐데."

전남편의 이런 감정 표현은 보덴슈타인이 전날 입었던 옷을 그대로 입고 나타나는 것만큼이나 드문 일이었다.

"피아, 이제 벨텐에게 가자고." 보덴슈타인이 말했다. "셈, 타리크. 두 사람은 크뢰거의 감식 작업을 도와줘. 시신이 자동차에서 내려져 언덕으로 떨어진 위치가 어디인지 정확하게 알아야 해. 그리고 실험실에서는 자동차 타이어 흔적을 자세히 살피고 비교 샘플을……."

"이봐요, 반장님. 제 일에 참견하시는군요." 보덴슈타인의 지시를 들은 크뢰거가 소리쳤다.

"그럴 생각은 전혀 없어." 보덴슈타인이 차분하게 대꾸했다.

피아는 벡스와 간식 봉투와 자동차 열쇠를 타리크에게 건네고, 도로 앞쪽에서 제복을 입고 지키고 있는 케르베로스에게 30유로를 털리지 않으려면 다른 길로 숲에서 나가라고 알려줬다. 그런 다음 상관과 함께 출발했다.

"헤닝과 마리아 하우실트라는 여자 사이에 뭔가 있는 것 같아요." 보덴슈타인의 공무용 차량으로 걸어가면서 피아가 말했다. "헤닝에게 물어봤더니 아니라고, 그냥 사업상의 관계라며 부인하더군요."

"사업상의 관계가 아닐 이유가 있나?" 생각에 잠겨 있던 보덴슈타인이 물었다.

"모르겠어요. 그냥 그런 느낌이 들어요." 피아가 대답했다.

"얼마 전에 헤닝이 타인에게 변명할 필요 없이 자기가 원하는 걸 하고 원하지 않는 걸 하지 않을 자유가 드디어 생겨서 기쁘다고 말했어." 보덴슈타인이 말했다. "그리고 연구소 관리인 숙소에서 아주 잘 지내는 것 같던데."

"둘이 바로 결혼은 하지 않을지도 몰라요." 피아가 어깨를 으쓱했다. "어쩌면 그냥 잠자리만 하는 걸 수도 있고요."

"그렇다면 그건 프로답지 못한 에이전트의 행동이야." 보덴슈타인이 대답했다. "그리고 나도 헤닝의 신간 교정쇄를 읽어봤어. 특히 헌사를 말이지."

"그건 바꿨어요." 피아는 얼굴이 달아오르는 걸 깨달았다.

"피아, 자네 전남편에게 의미 있는 사람은 자네뿐이야." 보덴슈타인이 말했다. 헤닝의 첫 번째 소설을 읽었을 때 피아도 그런 생각을 했다. 《너무 친한 친구들》의 행간에서는 이런 불편함이 더욱 확실해졌다. 그 책은 어느 정도 그녀에 대한 숨겨진 사랑 선언이었고, 크리스토프도 그렇게 느꼈다.

"말도 안 돼요!" 피아가 격하게 반박했다. "저는 행복한 결혼 생활을 하는 유부녀예요. 헤닝과 저는 그냥…… 오랜 친구 같은 사이지요. 예전에는 사랑했던 오랜 친구."

"코지마와 나 같군." 보덴슈타인이 차분하게 말했다. "우리는 35년 전에 연인이 됐고, 세 아이를 함께 키웠고, 수많은 일을 같이 겪었어. 이 모든 게 우리를 연결하고 있지만 카롤리네는 그걸 이해하려고 하지 않아. 코지마와 관련된 일이면 엄청나게 질투하지."

"그렇다면 카롤리네가 코지마의 어머니를 위해 일하는 게 상당히 불편할 텐데요." 피아가 의아해했다.

"그래, 맞아." 보덴슈타인은 한숨을 내쉬고 몇 초 동안 침묵하다가 말을 이었다. "코지마에게 내 간을 이식해줄 예정이야."

피아는 말문이 막혀 그 자리에 멈춰 섰다.

"어머, 세상에." 충격적이었다. "몰랐어요……. 그러니까 제 말은…… 코지마 상태가 그 정도로 나쁘다는 말을 안 하셨잖아요!"

"안타깝게도 안 좋아. 오래전에 앓은 간염 후유증으로 간암에 걸렸어. 기증 장기가 마지막 기회지만 시간이 없어. 암이 전이되면 이미 너무 늦은 거니까. 아이들은 기증자로 적합하지 않고, 코지마의 자매들은 여러 이유로 거절했고, 모친은 너무 나이가 많아. 우연히도 나는 모든 변수가 맞았지."

"그래서 언제…… 반장님이…… 아니, 두 분이 수술을 받게 되나요?" 피아는 충격적인 소식으로부터 힘겹게 다시 정신을 차렸다. "반장님에게 위험한 건 없어요?"

산 사람에게서 간을 기증받는 일에 대해 피아가 아는 거라고는 미국 의학 드라마 〈그레이 아나토미〉에서 본 게 전부였지만 그런 수술이 기증자에게도 쉽지 않다는 건 확실했다.

"물론 위험이 있긴 하지." 보덴슈타인도 인정했다. "다른 모든 수술과 마찬가지로 간 일부를 떼어낼 때도 합병증이 생길 수 있어. 하지만 남은 간은 꽤 빨리 다시 자라서 거의 원래 크기로 돌아가고, 이식된 간 일부도 마찬가지야. 나는 지난 몇 주 동안 필요한 모든 검사를 받았어. 58세라서 연령상으로 아슬아슬하게 기증자의 범위에 들 수 있었지. 6주째 술을 전혀 마시지 않고 있고 담배도 피우지 않아."

"어머, 세상에." 피아는 아까 했던 말을 반복했다. "정말 충격적이에요. 코지마를 위해 그런 일을 하다니 대단하세요. 카롤리네는 뭐라고 해요?"

"카롤리네는 몰라." 보덴슈타인이 고백했다. "내 가족과 코지마 가족 외에는 아무도 모르지. 이젠 자네도 알고."

둘은 공무용 차량에 도착해서 올라탔다.

"하지만 이제 카롤리네가 뭐라고 하든 상관없어." 보덴슈타인이 안전벨트를 묶으며 말했다. "어제 그 집에서 나왔어."

"정말요? 옷을 모두 거기 두셨군요?" 피아는 시동을 걸고 후진 기어를 넣은 다음 넓은 숲길에서 차를 돌렸다.

"응, 맞아." 보덴슈타인이 슬쩍 웃음을 흘렸다. "어떻게 알았어?"

"어제랑 똑같은 셔츠와 바지 차림이잖아요."

"흐음, 오늘 쇼핑하러 가지 못한다면 이걸 계속 더 입고 다녀야 해. 그레타가 내 자동차만 긁은 게 아니라 내 옷을 모두 스파게티로 만들었으니까."

"뭐라고요?" 피아는 속도를 줄이고 믿지 못하겠다는 표정으로 상관을 빤히 바라봤다.

새로 얻은 자유가 옷장 내용물보다 훨씬 더 소중한 보덴슈타인은 어제저녁 카롤리네의 집에서 일어났던 일을 피아에게 설명하면서 몇 번이나 웃음을 터뜨렸다.

"사실 웃을 일이 아니에요." 피아는 비티히 순경에게 싹싹하게 고개를 끄덕여 인사하고 국도로 접어들었다. "그 애는 심리 상담을 받으러 가야겠네요."

"나도 자네 의견에 완전 동의해. 아이 엄마도 가야 하고. 하지만 이제는 내 문제가 아니지. 카롤리네를 설득하려고 정말 온갖 노력을 했지만 실패했어." 보덴슈타인이 말했다. "그래서 이제 끝이야. 충격적인 결말은 끝없는 충격보다 낫지."

* * *

이른 오전이라 8번 국도는 주말 소풍객들로 아직 붐비지 않아서 차가 시원하게 빠졌다. 보덴슈타인은 마인-타우누스 센터 백화점 속옷 매장에 있는 큰딸 로잘리와 통화하며 뭘 사야 할지 정확하게 불러주고 있었다. 피아는 상관의 옷 사이즈에 별로 관심이 없었지만 이게 얼마나 급한 일인지는 충분히 이해했다. 그가 전배우자의 건강 상태에 대해 전해준 말은 충격적이었다. 피아는 13년 전 8월, 검사의 시신이 발견된 호흐하임의 어느 포도원 가장자리에서 코지마 폰 보덴슈타인을 처음 만났을 때를 선명하게 기억하고 있었다. 당시 피아는 비르켄호프 농장을 막 사고 호프하임 강력반에서 일을 시작했는데, 그것이 보덴슈타인과 함께 일한 첫 사건이었다. 그녀는 보덴슈타인의 결혼생활이 망가지는 모습을 목격했지만, 그와 전배우자가 세 아이를 통해 다시 가까워지는 상황도 지켜봤다. 에너지로 가득하고 강한 여성, 자기보다 겨우 몇 살 더 많은 코지마가 간 이식을 얼른 받지 않으면 사망한다는 게 상상이 되지 않았다.

글라스휘텐 교외를 지난 직후에 보덴슈타인이 옷 주문을 마쳤다.

"자, 이제 우리 두루미가 집에 있기를 기대하자고." 그가 이렇게 말하고 양손을 비볐다. "작가가 시신을 쓰레기통에 버릴 거라는 상상은 안 되지만 범행을 감추려고 숲에 버리는 건 있을 법한 일이라고 생각해."

"그건 안 좋은 고정관념이에요." 피아가 대꾸했다. "작가가 수많은 다른 사람들과 다른 점이 뭐죠? 어젯밤에 인터넷으로 좀 찾아봤어요. 살인자가 된 삼류작가가 놀랄 만큼 많더군요. 어떤 네덜란드 범죄소설 작가는 아내 시신을 고기 가는 기계에 돌려서 비둘기에게 모이로 줬더라고요."

"정말?" 보덴슈타인은 속이 메슥거려 인상을 찌푸렸다. "어떻게 잡혔지?"

"멍청하게도 아내 해골을 정원 오두막 아래 묻고는 몇 년 후에 집을 매도한 거예요." 피아는 도시 표지판을 지나면서 속도를 늦추었다. 내비게이션을 따라 마을을 다 통과한 후에 오른쪽으로 차를 꺾어, 숲 가장자리를 따라가다가 막다른 골목이 끝나는 곳까지 왔다.

"여기예요. 48번지." 피아가 이렇게 말하고 시동을 껐다. "왠지 모르게 빈집처럼 보이네요."

두 사람은 차에서 내려 방갈로식 집으로 다가갔다. 블라인드가 모두 내려와 있어, 높은 가문비나무들에 에워싸인 집은 햇살 가득한 늦여름 날임에도 어두웠고 손님을 거부하는 듯이 보였다. 지붕에는 이끼가 두툼하게 끼고 가문비나무 잎들이 잔뜩 덮여 있고, 집을 둘러싼 X자형 나무 울타리는 썩고 부서진 자리가 많았다.

"벨텐은 유튜브 그 인터뷰에서 이 집이 오랫동안 비어 있었다고 했어. 전 소유주가 차고에서 목을 맸는데 몇 주 후에나 시신이 발견되어서 말이야." 보덴슈타인이 말했다.

"아, 그렇군요." 피아의 시선이 저절로 차고로 향했다. "포근한 두루미 둥지네요."

피아는 이름이 표시되지 않은 녹슨 우편함 옆에 달린 초인종을 눌렀다. 아무 반응도 없자 덜그럭거리는 작은 문을 열고 뜰에 들어섰다.

"얼마 전에 차가 지나갔군." 피아의 뒤를 따르던 보덴슈타인이 차고 진입로의 우거진 잡초에 난 차바퀴 흔적을 가리켰다. 그는 과거 언젠가 앞뜰이었을 곳을 지나, 구식 차고 문을 조금 들어 올렸다. "여기 프랑크푸르트 번호판을 단 자동차 한 대가 있어."

"어쨌든 벨텐은 전주인의 유령을 확실히 두려워하지 않았네요." 피아는 주먹으로 단호하게 문을 두드렸다. "벨텐 씨! 강력반 형사입니다! 문 여세요!"

한참 동안 아무 반응도 없었다. 피아가 집을 막 둘러보려고 하는데 문틈이 살짝 벌어지더니 담배 연기가 구름처럼 밀려 나왔다. 어두침침한 실내에서 면도를 하지 않은, 지저분한 흰색 티셔츠와 회색 조깅바지를 입은 창백하고 마른 남자가 맨발에 텅 빈 눈동자로 바깥을 내다봤다.

"제베린 벨텐입니까?" 보덴슈타인이 다시 확인차 물었다. 그가 사진에서 본 작가는 완전히 다른 모습이었다. 고루하고 자기만족적인 표정, 이중 턱에 정확한 옆 가르마, 셔츠와 조끼 차림.

지금 자기 앞에 서 있는 지리멸렬한 형체와는 전혀 닮은 점이 없었다. 의기양양함으로 가득했던 모든 것은 벨텐의 얼굴에서 사라지고, 더 강인하고 젊은 분위기가 자리했다.

"그걸 알고 싶어 하는 그쪽은 누구죠?" 벨텐은 적의에 찬 눈길로 그와 피아를 빤히 노려봤다.

"강력반 형사입니다." 보덴슈타인이 신분증을 내밀었다.

벨텐의 눈이 반짝였다.

"강력반 형사!" 그가 그 말을 따라 되뇌었다. "좋아요, 좋습니다. 귀찮은 파리 떼 언론이 저를 찾아낸 줄 알았어요." 벨텐은 불현듯 안도한 표정으로 돌변했다. "들어오십시오. 오실 줄 알았습니다."

* * *

비행기가 지나간 자리를 빼고는 구름 한 점 없는 연파랑 하늘에서 태양이 웃고 있었다. 밀리에 피셔는 한밤중에 일어나야 했지만 기분 좋은 얼굴로 9시 20분 정각에 중앙역에 도착했다. 율리아는 약속대로 그녀를 역에서 마중했고, 택시로 조금 움직여 9시 40분에 베스트엔드에 있는 빈터샤이트의 빌라에 도착했다. 안야 델라무라와 사진작가와 사진 팀이 이미 기다리고 있었다. 작가들의 사진 촬영을 자주 기획하는 안야는 넓은 정원의 앞쪽, 고전주의 분위기를 내는 정자를 촬영 장소로 선택했다. 수십 년에 걸친 차가운 겨울 냉기 때문에 대리석에 틈이 벌어지고 담쟁이가 궁륭형 천장까지 자란 정자는 퇴폐미를 풍겼다. 출판사 관리인이자 정원사, 동시에 운전사인 발데마르 배어가 모든 것을 준비해뒀는데, 소소한 간식과 커피와 시원한 음료까지 차려둬서 율리아는 일단 할 일이 없었다. 메이크업 아티스트는 접이식 탁자에 크고 작은 화장품 용구와 브러시와 펜슬 등 각종 도구를 펼쳐두었다. 밀리에 피셔는 다행스럽게도 전혀 까다롭지 않은 작가였다. 안야나 메이크업 아티스트와 웃고 농담을 주고받으며 느긋하게 화장과 머리 손질을 받았고, 그사이에 사진작가는 팀원들과 조명 조건을 살피고 테스트 사진을 찍었다. 정원 뒤쪽, 긴 진입로가 끝나는 곳에 빈터샤이트의 빌라가 있었다. 노란 사암 벽돌을 입힌 웅장한 19세기 중반의 건물로, 예전 발행인과 그의 부인이 사는 곳이며 유명한 리브만 문서실도 여기 있었다.

율리아는 커피를 한 잔 따르고 차려진 간식 중에서 초콜릿 크루아상을 골라, 조금 떨어진 커다란 은행나무 아래 있는 하얀 벤치에 가서 앉았다. 출판사에서 일한 지 1년 반이 지났지만 이곳에 온 건 처음이었다. 대중소설 편집자인 그녀는 마가레테와 헨리 빈터샤이트가 빌라 사교 모임에 초대하는 고상한 범주에 들어가지 않았다. 그 특권은 오래된 직원들만 누렸다. 여기 살면 어떤 기분일까? 주변의 높은 고목 사이에서 새들이 지저귀고 모든 게 전원풍이라서 대도시 한복판이 아니라 시골 어딘가에 있는 듯했다. 빌라와 아름다운 정원 사진을 좀 찍어도 될까? 율리아는 커피잔을 내려놓고 어깨에 메는 가방을 뒤져 스마트폰을 꺼냈다. 놀랍게도 9시 56분에 카를 빈터샤이트가 보낸 문자가 들어와 있었다. '안녕하세요, 브레모라 씨. 토요일 오전에 방해해서 죄송합니다만, 오늘 뵙고 싶습니다. 나중에 출판사에 잠깐 들르실 수 있을까요? 물론 시간이 된다면 말입니다. 사랑을 담아, 카를 빈터샤이트.' 율리아는 문자를 두 번 읽었다. 자기도 모르게 배 속에서 나비가 날아다니는 느낌이었다. 이걸 어떻게 받아들여야 하지? 어떤 반응을 보여야 할까? 사장이 토요일에 왜 출판사에서 만나자는 거야? 월요일까지 기다리지 못할 만큼 중요한 일이 뭘까? 왠지 모르게 뒤숭숭하게 흥분이 되기도 했지만 동시에 낯설기도 했다. 일에 관한 게 아니라 혹시…….

"브레모라 씨, 안녕하세요? 모두 만족스럽게 준비된 겁니까?" 누군가 뒤에서 말을 거는 바람에 율리아는 깜짝 놀라 몸을 돌렸다.

"아, 배어 씨. 안녕하세요! 어…… 가까이 오시는 소리를 전혀 못 들었어요." 율리아는 말을 더듬으며 스마트폰을 가방에 넣었다. "네, 고맙습니다. 모두 아주 좋아요. 정말 고맙습니다!"

"별말씀을요." 발데마르 배어가 미소 지었다. 율리아는 수선스러움 없이 정중한 그의 태도를 좋아했다. 출판사 안에서나 어떤 행사에서 일이 다급하게 돌아갈 때도 그는 느긋함을 잃지 않았고, 문제가 생길 때마다 언제나 해결책을 찾아냈다. 정자에서 이제 사진 촬영이 시작됐다. 밀리에 피셔는 계단에 앉거나 서서 포즈를 취하며 이보다 더 멋진 일은 세상에 없다는 듯이 카메라를 향해 미소를 지었다. 이따금 메이크업 아티스트가 그녀에게 뛰어가서 얼굴에 파우더를 두드리거나 머리와 옷을 손봤다.

"아이고! 저라면 못 할 것 같아요." 율리아가 말했다. "배경에 머물러 있는 게 정말 더 낫죠."

"그건 저와 같군요." 관리인이 웃으며 동의했다.

거대한 단철 대문이 열렸다. 짙은 초록색 재규어가 문을 지나 자갈이 깔린 진입로를 따라 빌라로 왔다.

"아, 도착했네요." 도로테아 빈터샤이트-핑크가 차에서 내리는 걸 본 율리아가 벤치에서 일어났다. 영업부장은 오겠다고 약속했었다. 밀리에 피셔는 중요한 새 작가였고, 출판사에서 자기에게 얼마나 신경을 써주는지 알아야 했으니까. 와이-파이 씨가 잔디밭을 가로질러왔다. 그녀가 작가와 사진작가와 이야기를 나누느라고 사진 촬영이 잠시 중단됐다. 미소가 왠지 모르게 어색해 보였다. 그녀가 안야와 율리아에게로 몸을 돌리고 목소리를 낮추어 말했다.

"원래 계획과 달리 나는 점심식사에 함께 갈 수 없어요. 알렉산더 로트가 어제 사고를 당했어요. 남편과 난 이제 어머니를 모시고 같이 병원으로 가려고 해요."

"로트 씨가 사고를 당했다고요?" 율리아가 깜짝 놀라 물었다. 소름이 끼치도록 안 좋은 느낌이었다. 어제저녁에 그가 누군가를 출판사 뒷문에서 맞아들이는 걸 봤는데.

"네, 하지만 자세한 건 나도 몰라요." 영업부장이 대답했다. "혹시 무슨 일이 생기면 언제라도 휴대전화로 연락하세요."

안야는 자기가 모든 걸 잘 통제하고 있으니 걱정하지 말라고 답했다.

"보나 마나 또 술을 마신 거겠지." 와이-파이 씨가 듣지 못할 만큼 거리가 멀어지자 안야가 경멸하는 말투로 말했다. "음주운전 금지!"

율리아는 안야에게 반박하려다가, 안야가 하이케 베르시의 실종에 대해 전혀 모른다는 걸 깨달았다. 그녀가 아는 두 사람에게 동시에 무슨 일이 일어난 게 우연일까? 와이-파이 씨는 빌라로 들어가고, 율리아가 오늘 처음 본 그녀의 남편은 자동차 흙받기에 기대 담배를 피우며 발데마르 배어와 이야기를 나누고 있었다.

"빈터샤이트 큰사모님이 왜 병원에 함께 갈까?" 율리아가 안야에게 물었다.

"착한 알렉스는 가족이나 다름없으니까 그렇겠지. 도로테아의 사망한 오빠 괴츠랑 가장 친한 친구였을 거야. 그리고 알렉스는 빈터샤이트 집안이 설립한 재단의 이사장이기도 하고."

"아, 그렇군."

율리아는 빈터샤이트-핑크 씨가 자기 어머니와 함께 현관문을 나서는 모습을 지켜봤다. 둘은 야외 계단을 내려왔다. 배어 씨가 마가레테 빈터샤이트에게 재규어 문을 열어주고, 그녀가 차에 오르자 부드럽게 다시 닫았다.

"로트 씨 상태가 어떤지 아세요?" 안야는 돌아온 관리인에게 걱정보다는 호기심으로 질문했다.

"안 좋은 것 같아요." 배어 씨가 심각한 표정으로 답했다. "자전거 사고였고, 지금 혼수상태랍니다."

"세상에, 끔찍하네요!" 아트디렉터와 달리 율리아는 정말 충격받았다. 기획부장과 관련이 많았던 건 아니지만, 그래도 매일 출판사에서 그를 봤고 그가 좋았다. 아름다운 날에 뜻밖에도 그늘이 드리웠고, 정자에서 울려 퍼지는 밀리에의 흥겨운 웃음소리는 이 상황에 맞지 않게 느껴졌다.

"그래요, 정말 그렇지요." 발데마르 배어가 고개를 끄덕였다. "이제 가봐야겠어요. 뭔가 더 필요하면 옆문 초인종을 누르세요."

"알겠어요. 고맙습니다, 배어 씨." 안야가 답했다.

율리아는 그가 고개를 숙이고 집으로 향하는 뒷모습을 지켜봤다. 알렉산더 로트 사고 소식에 나도 이렇게 놀랐는데 그를 30년 전부터 알아온 배어 씨는 과연 어떤 느낌일까?

"자, 이제 나는 저 사람들에게 좀 더 서두르라고 해야겠다. 12시 반에 '오호 데 아구아'에 예약했거든." 아트디렉터는 사고를 당한 동료 생각을 더는 하지 않는 듯했다. "밀리에는 진짜 끝내준다. 안 그래?"

"그래, 맞아." 율리아는 마지못해 동의했다. 그녀의 휴대전화가 울렸다. 율리아는 안야가 다시 밀리에와 사진작가 옆으로 가길 기다렸다가 휴대전화를 꺼냈다. 심장이 쿵쿵 뛰었다. 카를 빈터샤이트네!

"안녕하세요, 브레모라 씨." 그의 말투는 사무적이었다. "유감스럽게도 지금 바로 나가야 합니다. 하지만 당신과…… 으음…… 할 말이 있어요. 지금 사진 촬영장에 계시나요?"

"어…… 예……." 율리아가 주춤거리며 답했다.

"잘됐군요." 카를 빈터샤이트가 대답했다. "그럼…… 제가 10분 내로 거기 도착하겠습니다."

율리아가 미처 뭐라고 답하기 전에 그는 전화를 끊었다.

* * *

제베린 벨텐의 집 내부에는 가구가 별로 없었다. 그러나 그가 두 사람을 복도에서 거실로 안내했을 때, 피아는 감탄한 나머지 하마터면 탄성을 지를 뻔했다. 바닥까지 내려오는 통창은 오버로드와 니더로드의 드넓은 계곡이 내다보이는 숨 막히는 경치를 제공했다. 긁힌 자국이 많은 쪽매널마루 바닥의 넓은 공간에 가구라고는 책상과 의자뿐이었다. 책상에는 펼쳐진 노트북과 독서용 스탠드가 놓여 있고, 그 옆에는 당장 비워야 할 재떨이와 물병 여러 개가 있었다. 책상 주변 바닥에는 빈 물병과 구겨진 담뱃갑이 여러 개 굴러다녔다. 담배 연기가 공간에 가득 차 있어서 피아는 눈과 목구멍이 따가웠다.

"우리가 여기에 오리라고 예상하셨다고요?" 피아가 벨텐에게 물었다.

"흐음, 제가 하이케를 살해했으니까요. 경찰은 그런 걸 언제나 밝혀내지 않습니까." 놀랍게도 그가 이렇게 대꾸했다. "새 책을 다 쓴 후에 자수하려고 했습니다. 이제 드디어 다시 글을 쓸 수 있어요! 5년 동안 글을 쓰지 못했습니다. 머릿속이 완전히 비어 있었어요. 아이디어가, 영감이 메말랐지요. 그런데 이제 다시 손가락에서 글이 술술 흘러나옵니다! 그때 이후로 밤낮으로 쓰고 있어요. 정말…… 믿을 수 없습니다!"

그가 웃음을 터뜨렸고, 피아는 상관과 이상하다는 눈길을 주고받았다. 이게 무슨 일이지?

"그때 이후라니요?" 보덴슈타인이 어리둥절해 물었다. "무슨 뜻입니까?"

벨텐은 대답하지 않았다. 양손을 내밀고 주먹을 몇 번 쥐었다 폈다 하고는 마치 처음 본다는 듯이 감탄하며 지켜봤다.

"지금까지 저는 이 손으로 책만 썼답니다." 그가 중얼거렸다. "그런데 이제…… 이제 이 손으로 사람을 죽였어요."

"벨텐 씨." 보덴슈타인은 다시 한번 대화를 시도했다. "지난 월요일에 바트 조덴 하이케 베르시의 집에 계셨습니까?"

"네, 그래요." 벨텐은 손을 내리고 시선을 들었다. "하이케와 이야기하려고 갔습니다. 난 그때 완전히 절망한 상태였어요. 하이케는 제 경력을, 제 삶 전체를 파괴했어요. 그것도 마른하늘에 날벼락처럼 갑작스럽게. 어느 날 아침에 전화벨이 울렸습니다. 제 에이전트가 사실이냐고 묻더군요. 저는 그에게 그게 무슨 말이냐고, 뭐가 사실이냐고 되물었지요. 그렇게 물으면서도 이미 양심의 가책을 느꼈습니다. 그거 아세요? 제가 기꺼이 한 일이 아닙니다. 저는 하이케에게 글이 써지지 않는다고, 휴식이 필요하다고, 이해해달라고 말했어요. 하지만 그녀는 봄 프로그램을 위해 기필코 제게서 원고를 받아내려 했습니다. 거의 애원했지요. 하지만 그런다고 될 일이 아니었어요. 머릿속에서 나올 게 아무것도 없어서 몇 주 동안 텅 빈 모니터만 노려보고 있는 게 어떤 느낌인지 아시나요?"

수사학적 질문이라서 작가는 대답을 기다리지 않았고, 보덴슈타인과 피아는 그의 거침없는 말을 방해하지 않으려고 신경 썼다. 벨텐은 양손으로 헝클어진 머리카락을 훑고는 멍한 표정으로 담뱃갑과 라이터를 집었다.

"어느 날 하이케가 그 얇은 책을 가지고 왔어요.《콘도르의 깃털을 훔친 남자》, 칠레 작가가 1951년에 쓴 112쪽짜리 단편 소설이었습니다." 벨텐이 숨을 훅 내쉬고 말을 이었다. "하이케가 이 책을 읽어보고 영감을 얻으라고 하더군요. 저는 그렇게 했습니다. 그래요, 저는 이야기를 훔쳤습니다. 하지만 완전히 다른 걸 만들었어요. 아시겠어요? 뭔가 새로운 것이었지요! 하이케를 생각해서 그렇게 했습니다. 제 원고를 받아 출판사에서 체면을 잃지 않게 하려고요. 그녀가 저를 이렇게 파괴하리라고 어떻게 예상했겠습니까?"

"지난 월요일로 다시 돌아가지요." 보덴슈타인이 말했다.

"아, 알겠습니다. 제가 말이 많았지요. 죄송합니다." 벨텐은 담배와 라이터를 내려놓고 생각에 잠긴 채 뒤통수를 긁었다. 움직일 때마다 시큼한 땀 냄새가 풍겨왔다. "요제프, 그러니까 제 에이전트가 전화를 했어요. 아주 흥분해서는 하이케가〈프랑크푸르터알게마이네차이퉁〉과의 인터뷰에서 제 책을 표절이라고 폭로했다더군요. 그때부터 제 휴대전화가 쉬지 않고 울렸습니다. 며칠이나 그랬지요. 정말 미치는 줄 알았습니다. 건물 아래에서는 기자 떨거지들이 카메라와 마이크를 든 채 진을 치고서 제 입장 표명을 기다리고……." 그는 말을 멈추더니 의자에 주저앉았다. 표정이 어두워졌다. "그때 제 인생이 끝났다는 걸 깨달았습니다. 그런 비난에서 회복할 길은 없으니까요. 책이 출간되고 엄청난 성공을 거둔 뒤로 저는 내내 양심의 가책을 느꼈습니다. 인터뷰와 도서 비평, 서평을 볼 때마다 누군가《콘도르의 깃털을 훔친 남자》와의 유사성을 알아채지 않을지 걱정스러왔습니다. 그럴 가능성이 희박하긴 해도 아주 불가능하지는 않았으니까요. 하지만 하필이면 하이케가 저를 배신하리라고는 상상도 못 했습니다."

"그녀가 왜 그랬을까요?" 피아가 물었다.

제베린 벨텐은 고개를 들고 충혈된 눈으로 피아를 바라봤다.

"하이케는 자기 출판사를 설립하려고 했습니다. 헨리 빈터 샤이트와 또 다른 두어 명과 함께 말이지요. 저더러 같이 가자고 했는데, 저는 그러고 싶지 않았습니다. 변화를 싫어해요. 그리고 빈터샤이트 출판사에 만족하고요. 하이케는 그래서 저를 배반한 겁니다. 화가 나고 모욕감을 느껴서, 그리고 가장 중요한 작가인 제가 그녀가 설립하려는 새 출판사로 옮기려 하지 않아서 말이지요. 또 자기를 해고한 카를 빈터샤이트에게 복수하려는 마음도 있었습니다. '타버린 땅.' 하이케가 늘 한 말입니다. 자기가 빈터샤이트 출판사를 떠나면 타버린 땅만 남을 거라고요."

벨텐이 아랫입술을 깨물었다.

"기자와 팬들이 며칠 동안이나 집을 포위하고 있어서 저는 문밖으로 한 걸음도 나갈 수 없었습니다. 하이케에게 전화를 하고 이메일도 썼지만 전혀 반응이 없었지요. 월요일에 파리 떼가 드디어 사라져서 집 바깥으로 살짝 나올 수 있었습니다. 하이케에게 갔지만 저와 대화를 나누려고 하지 않더군요. 고함을 지르며 저더러 배신자라고 했습니다. 저는 그저 하이케가 사실만 말하길 바랐습니다. 그러니까, 그녀가 저에게 그 책을 베끼라고 강요했다는 걸 말이지요!" 벨텐은 잠시 허공을 노려봤다.

"베르시 씨 집에 갔을 때 무슨 일이 벌어졌습니까?" 보덴슈타인이 물었다.

"하이케는 제 말을 들으려고 하지 않았어요. 제가 그녀의 노트북을 바닥에 던져버리자 미친 사람처럼 저에게 달려들더군요. 하지만 저는 방어했습니다." 그는 얼핏 자랑스러운 미소를 지었다.

"아하, 어떻게 방어하셨지요?"

벨텐이 다시 자기 손을 빤히 들여다봤다.

"나는 원래 평화를 사랑하는 온화한 사람인데. 사실은 겁쟁이지." 그는 보덴슈타인에게라기보다 혼잣말에 가깝게 이야기했다. "다툼이 벌어지면 늘 피했습니다. 사람들을 특별히 좋아하지 않아요. 충돌을 아주 싫어합니다. 인생을 언제나 멀리서, 무관심한 구경꾼처럼 바라봤지요. 그런데 그때 이후로, 그러니까 하이케에게 가서 그녀와 다툴 용기를 낸 이후로 뭔가 바뀌었습니다."

그가 의자에서 몸을 일으켰다. 눈이 부자연스럽게 번쩍이고 창백한 얼굴이 붉어졌다.

"그때 이후로 완전히 다른 '느낌'이에요! 폭력과 육체적 충돌, 열정, 분노와 만족 등등이…… 더는 제가 상상하고 간접적으로 묘사하는 이론이 아니라 진짜가 된 겁니다! 직접 경험하고 느낀 감정! 마치 지금까지는 물속에서 살았는데 이제 불현듯 물 밖으로 나와서, 그저 흐릿하게만 인식하던 세상을 갑자기 아주 선명하게 보는 느낌이에요!" 벨텐은 약물이라도 복용한 것처럼 황홀경에 빠진 상태였다. "하이케에게 해를 입히려는 생각은 없었습니다. 그저 왜 그랬는지 알고 싶었고, 그녀가 상황을 대중에게 제대로 설명하기를 바랐습니다. 그런데 저를 욕하기 시작하더군요. 정말 기막히게 욕을 했습니다! 세상에, 그 온갖 욕설과 저주를 받아쓸 수 있는 수첩이 있었더라면 좋았을 거라는 생각까지 들었어요!" 그는 킥킥대다가 고개를 저었다. "저는 노트북을 집어 들었고, 하이케가 욕을 멈추지 않자 그걸로 머리를 때렸습니다. 제발 좀 조용히 하고 제 말을 들으라고 말입니다. 그런데…… 그냥 쓰러져버리더군요. 그리고 온 사방에 갑자기 피가 가득…… 그래서 저는…….

"벨텐 씨." 피아가 그의 말을 가로챘다. "당신이 지금 하는 모든 발언은 당신에게 불리하게 작용할 수 있다는 말씀을 드려야겠군요. 당신은 불리할 경우 묵비권을 행사할 수 있고 또한 변호사를 선임할 권리가 있습니다."

벨텐은 잠시 피아를 빤히 바라봤다. 그의 눈빛이 정신 나간 사람처럼 흔들렸지만 피아는 이 사건과 이런 모든 상황이 그에게 별다른 영향을 끼치지 않는다는 인상을 받았다.

"제가 교도소에 가야 한다는 건 알고 있습니다." 그가 대답했다. "사람을 죽였으니까요. 제 손으로 직접! 하지만 그거 아세요? 제가 노트북으로 그녀의 머리를 내리쳐서 두개골이 부서지는 소리를 들은 순간, 온 사방에 번진 피를 본 순간 제 안에서 꽉 막혔던 매듭이 풀렸답니다! 뭘 쓰고 싶은지 아주 정확하게 알게 됐어요! 주유소에서 담배 몇 보루를 사서 프랑크푸르트에 사는 제 에이전트에게 가서 그냥 쓰기 시작했습니다! 일반적으로 글쓰기는 힘겨운 과정이라서 저는 모든 문장을 쓸 때마다 짜내듯

싸워야 하는데, 월요일부터 쉬지 않고 써 내려가고 있답니다. 이건…… 마치 취한 기분이에요! 엄청납니다! 이런 경험은 처음이에요! 이해하실 수 있습니까?"

"어느 주유소에서 담배를 사셨죠?" 피아가 물었다.

"그게 중요한가요?" 벨텐이 당혹스러운 표정으로 되물었다.

"네, 제 생각에는요."

"바트 조덴 옆 동네였어요. 우연히 그곳을 지나게 됐습니다."

"줄츠바흐요?"

"네. 네, 그랬던 것 같군요."

피아는 스마트폰을 꺼내 몇 걸음 물러났다. 줄츠바흐 주유소 영업시간을 검색해보니 짐작한 대로였다. 긴장이 풀렸다. 제베린 벨텐이 지금 진술한 말이 사실이라면 그는 어쩌면 하이케 베르시를 죽였을지는 몰라도 부엌을 청소하고 시신을 숲에 버린 사람은 아니었다. 주유소는 22시에 문을 닫았다.

"네, 이해할 수 있습니다." 보덴슈타인이 벨텐에게 말했다. "그래도 이제 저희와 함께 가셔야겠습니다."

"저를 체포하시는 건가요?" 작가가 호기심 어린 목소리로 물었다. "수갑도 제대로 채워서?"

"그럴 필요는 없습니다. 혹시 저항하신다면 몰라도요." 보덴슈타인이 대답했다. "그리고 체포하는 게 아니라 그냥 진술을 받으려는 겁니다."

"오케이, 알겠습니다." 벨텐은 코를 비비고 주위를 둘러봤다. "오케이, 오케이. 잠깐 생각 좀 하고요. 흐음. 원고를 다 쓰고 나서 경찰서에 들러도 될까요? 저는 외국으로 도주하지도 않을 거고, 원하시는 건 뭐든지 말씀드리겠습니다. 맹세하지요. 하지만 지금은 안 돼요. 이 흐름을 중단할 수 없습니다."

"유감스럽지만 함께 가주셔야겠습니다." 보덴슈타인은 물러서지 않았다. "그러나 노트북을 가져가시는 건 허락하지요."

* * *

두 사람이 깨끗하게 샤워하고 옷도 갈아입은 제베린 벨텐과 경찰서에 막 도착했을 때 헤닝이 피아에게 전화를 걸어 한 시간 후에 하이케 베르시 부검을 시작한다고 알렸다.

"오마리와 알투나이를 보낼게." 피아가 대답하고 보덴슈타인과 작가를 앞서가게 했다. "여기서 지금 중요한 심문이 있어서 말이야. 엑스레이 결과 나왔어?"

"응. 뵈메가 방금 끝냈어. 그런데 왜?"

"베르시 씨가 노트북에 맞아 죽었을 수도 있을까?" 피아가 계단 앞에 멈춰 섰다. "알면 좋겠어. 여기 피의자가 한 명 있는데, 그 사람이 그렇게 주장해."

"당신은 그 말을 의심하고?"

"응. 오늘 아침에 시신 후두부에서 사각형 파열을 본 것 같아. 산림 관리인과 그 이야기를 주고받았어. 범행도구로 망치 같은 걸 예상했거든. 노트북이 아니라."

"잠깐 기다려."

자판이 달그락거리는 소리가 들려왔다. 엑스레이 사진을 라이트박스에 붙이던 시절은 법의학연구소에서도 이제 지나갔다. 지금은 사진을 엑스레이 기기에서 컴퓨터로 바로 전송했다.

"흐음." 잠시 후에 헤닝이 말했다. "후두부 모자챙 라인 위쪽에 다양한 골절 패턴이 보여. 두개골 내부를 들여다보기 전이라서 지금 확실하게 말할 수는 없어. 하지만 당신 말이 맞네. 압입 골절이 최소한 세 개는 보여. 노트북 때문에 생긴 상처로는 보이지 않아."

"피의자 말로는 머리덮개뼈가 깨지는 소리가 들렸대." 피아가 말했다. "그 후에 희생자는 출혈이 심했다던데."

"시신 모근에 찢어진 상처가 있어." 헤닝이 대답했다. "물론 노트북으로 칠 때 얼마나 큰 힘이 들어갔는지에 따라 다르지. 원칙상 둔기로 두개골을 치는 모든 폭력은 중상을 입힐 수 있어. 하지만 피의자가 들었다는 소리가 노트북이 망가지는 소리였는지도 모르지."

"고마워. 일단 그거면 충분해. 끝나면 전화해줘." 헤닝이 그러겠다고 약속하자 피아는 통화를 끝냈다. 걸어가면서 이 소식을 채팅방에 올리고 경찰서 건물에 들어섰다.

보덴슈타인은 복도에서 벨텐의 수갑을 풀어주고 신원 확인 절차를 위해 그를 동료에게 인계하던 참이었다.

"외다리 두루미는 이상한 새군요." 피아가 위층으로 올라가면서 말했다. "왜 수갑을 채워달라고 강력하게 고집을 부렸을까요?"

"상아탑에서 진짜 삶으로 비틀거리며 들어섰기 때문이겠지." 보덴슈타인은 이렇게 짐작했다. "그래서 이런저런 경험을 자기 몸에 직접 모으고 싶은 거고."

"심문할 때 자기 얼굴에 불빛을 비춰달라고 부탁하지 않기를 바라야겠네요." 피아는 계단실로 이어지는 방화문을 열고 상관을 먼저 들여보냈다. "벨텐의 에이전트와 이야기해봐야 해요. 그가 정말 22시 전에 줄츠바흐 주유소에서 담배를 사고 프랑크푸르트로 갔다면 하이케 베르시의 시신을 숲으로 옮긴 사람은 그가 아니에요."

회의실에서 보덴슈타인은 동료들에게 일을 나눠줬다. 셈과 타리크는 하이케 베르시 시신 부검에 참석하러 법의학연구소로 가고, 카트린은 벨텐의 구금실 입실을 처리하기로 했다.

"폰 보덴슈타인 씨." 니콜라 엥겔의 목소리가 불현듯 울려 퍼졌다. "제베린 벨텐을 체포했다고 들었어요. 왜 그랬죠?"

모두 뒤를 돌아봤다. 상관이 사무실에 들어온 걸 아무도 알아채지 못했었다.

"벨텐 씨가 하이케 베르시를 살해했다고 자백했습니다." 보덴슈타인이 대답했다. "월요일 저녁에 베르시 씨와 싸우고서 우발적으로 노트북으로 내리쳐 살해했다고 주장합니다."

니콜라 엥겔은 눈도 깜짝하지 않았다.

"수갑을 꼭 채워야 했나요?"

"그가 그렇게 해달라고 우겼습니다." 보덴슈타인은 어깨를 으쓱하며 대답했다. "그리고 난 그에게 노트북을 가져와서 작업해도 좋다고 허락했고요."

"변호사를 요구하던가요?" 엥겔이 물었다.

"아니요." 피아가 끼어들었다. "그 사람에게 중요한 건 지금 쓰고 있는 책뿐이에요. 책을 완성한 후에 자수하려고 했답니다."

엥겔 박사는 회의실 문을 닫았다. 이 사건에서 어떤 문제들이 생길지 고민하느라 미간에 깊은 주름이 잡혔다.

"다들 제 말 잘 들으세요." 엥겔이 입을 열었다. "제베린 벨텐은 1급 유명인사입니다. 우리나라에서 아주 유명한 작가 중 한 명이고, 몇 주 전부터 언론에서 이름이 언급되고 있으니까요. 절대로 실수하면 안 되고, 비밀 엄수 철저하게 하시기 바랍니다."

"당연하지요." 보덴슈타인이 표정 변화 없이 대답했다.

"제가 벨텐을 직접 담당하겠습니다." 피아가 걱정했던 대로 니콜라 엥겔이 말했다. "지금 심문하실 건가요?"

"아니요. 일단 그의 에이전트와 이야기를 나눠보려고 해요." 피아가 대답했다. "제 생각에, 벨텐은 노트북에 전원이 연결되고 재떨이만 있으면 행복할 겁니다."

"좋아요. 그가 원하는 건 뭐든 제공하세요." 니콜라 엥겔은 문을 열고 나지막하게 스니커즈 발소리를 내며 사라졌다.

"아이고, 대단하네." 카트린 파힝거가 짜증이 나서 툴툴거렸다. "과장님이 지금까지 우리가 본 사람 중에 제일 흥미로운 고객을 채 갔어요. 저 이제 뭐 하죠?"

"벨텐이 들어갈 구금실에 화재경보기를 해제하고, 나를 도와서 월요일 저녁에 바트 조덴 해당 지역 기지국에 접속한 휴대전화 번호를 정리하는 걸 할 수 있겠지." 카이가 제안했다. "전화번호가 수백 개야."

"그걸로 뭘 알아낼 수 있는데?" 피아가 물었다.

"우리 범인이 하이케 베르시를 살해하고 숲에 버릴 때 친절하게도 자기 휴대전화를 가지고 갔는지도 모르잖아." 카이가 대답했다. "난 자정까지 48701E-332 기지국에 접속했다가 그 후에 48701W-334 기지국으로 옮겨 간 전화번호를 찾고 있어."

"그거 불법이잖아요." 카트린이 카이를 비난했다. "잘 아실텐데요. 아닌가요?"

"그러거나 말거나." 카이가 히죽거리며 대꾸했다. "날 도울거야, 아니면 투덜거리며 그냥 있을 거야?"

* * *

율리아는 긴장한 채 사장이 오기를 기다렸다. 안야와 메이크업 아티스트와 밀리에 피셔의 끝없는 수다가 신경에 거슬렸다. 어떻게 하면 작가의 기분을 상하지 않고 점심식사에서 빠질 수 있을지 고민했다. 한 시간 반짜리 스몰토크를 견디며 관심 있는 척 연기할 생각만 해도 피곤했다. 11시 20분에 발행인의 은색 아우디가 문으로 들어섰다.

"사장님이잖아!" 안야가 깜짝 놀라 말했다. "여기 들르는 줄 몰랐어." 율리아는 안야가 요염하게 머리카락을 매만지고, 치마를 반듯하게 펴고, 메이크업 아티스트가 밀리에를 위해 마련해 둔 거울에 자기 외모를 체크하는 모습을 놀라서 빤히 바라봤다. 안야는 미백한 치아를 빛내며 카를 빈터샤이트를 맞았지만, 그가 자기에게는 고개만 슬쩍 까닥하고 별일 없는지 물은 후에 작가에게로 가 인사하고 대화를 나누자 바로 실망했다. 카를은 평소와 다름없이 신중하고 친절했지만, 그의 눈은 마음의 동요를 은근히 내비쳤다. 그도 알렉산더 로트의 사고 소식을 틀림없이 들었을 터였다.

"브레모라 씨, 지금 시간 좀 있습니까?" 그가 물었다.

"저요? 어, 네. 네, 물론 있어요." 율리아는 깜짝 놀라는 연기가 성공적이었기를 바랐다. 사장과 함께 그의 자동차로 걸어가는 동안 안야 델라무라의 날카로운 눈빛이 등 뒤에서 느껴졌기 때문이다. 입이 가볍기로 유명한 호기심쟁이 아트디렉터가 카를 빈터샤이트와 율리아 소식을 왓츠앱에 올리면 순식간에 출판사 전체에 요란하게 소문이 날 터였다.

"얼마 전에 충전재를 채운 봉투에 매치박스 미니카가 든 우편물을 받았는데 발신인이 없었습니다." 발행인이 이야기를 시작했다. "흰색 플라스틱 강아지가 뒷좌석에 앉아 있는, 하늘색 피아트 미니카였지요. 어릴 때 제가 제일 좋아하던 자동차였어요. 30년 동안 못 봤고, 찾아보지도 않았답니다."

"아, 네." 온갖 상상을 해봤지만 장난감 차 이야기는 생각도 못 했던 율리아는 당황했다.

"어제 익명의 봉투가 또 우편으로 왔습니다." 카를 빈터샤이트가 말을 이었다. "이번에는 사진 한 장과 타자기로 친 원고가 들어 있더군요."

"원고요?" 놀란 율리아가 물었다.

작가의 소명을 타고났다고 느끼고 명예와 부를 꿈꾸며 자기 자신과 자신의 능력을 의심의 여지 없이 유명 작가들과 비교하는 사람은 셀 수 없이 많았다. 날마다 출판사와 에이전시에는 청하지도 않은 원고가 쏟아져 들어왔고, 인턴들은 이 원고를 분류하여 읽고 대부분은 거절했다. 그중 99퍼센트의 원고는 형편

없고 그걸 쓴 작가들은 재능이 없었기 때문이다. 축제나 파티에 초대받으면 율리아는 절대 자기 직업을 밝히지 않았다. 누군가 새 베스트셀러가 될 엄청나게 좋은 아이디어(또는 자기 숙모나 이웃이나 직장 동료의 아이디어)가 있다며 들어달라고 달라붙었으니까. 처음 보는 사람이 율리아의 손에 원고를 쥐여준 적도 있었다. 사람들은 종이에 쏟아낸 정신적 장광설을 도서전에서 나눠주기도 했다. 아주 대담한 사람들은 원고를 발행인에게 직접 보내기도 했다.

"네. 지금 하는 말이 좀 이상하게 들리기도 하겠지요. 저도 압니다." 카를 빈터샤이트가 목소리를 낮추었다. "원고에 제 어머니 이름이 저자로 쓰여 있었습니다. 그리고 그 원고는…… 저에게 헌정됐더군요."

정말로 상당히 이상한 이야기였다. 동시에 율리아는 호기심도 느꼈다.

"어머님이…… 그러니까 제 말은, 어머님이 글을 쓰신다는 걸 아셨나요?" 율리아가 물었다.

"아니요. 어머니에 대해서는 아는 게 거의 없답니다. 제가 여섯 살 때 돌아가셨어요." 그는 적당한 표현을 찾느라 잠시 입을 꾹 다물었다가 말을 이었다. "개인적인 일이라는 거, 잘 압니다. 그러니 거절하셔도 정말 괜찮고요. 하지만…… 당신이 믿을 만해서 부탁드리는 겁니다." 진지한 그의 얼굴에 미소가 슬쩍 스치고 지나갔다. 율리아가 지금까지 그에게서 보지 못한 미소였다. "저는 지금 원고를 살펴볼 시간이 없어요. 혹시 원고를 읽고나서 어떻게 생각하시는지 말씀해주실 수 있을까요? 물론 시간이 된다면 말입니다."

이런 부탁을 상상도 하지 못한 율리아는 처음에 거절하려고 했다. 왜 그가 직접 읽지 않는 거지? 이런 무리한 요구를 하는 목적이 뭘까? 내가 유일하게 도움을 줄 수 있다고 아부함으로써 나를 조종하려는 건가? 혹시 레나르트와 비슷하게 처음에는 자상한 척하다가 나중에 파괴적으로 변하는 사람일까? 아니면 상관인 자기 지위를 뻔뻔하게 악용하는 건가? 다시는 나르시시스트에게 빠지지 말라는 심리상담사의 강렬한 경고가 머리를 스치고 지나갔다. 빌어먹을, 불신이 점점 병적이 되는군! 만일 친구가 이렇게 정중한 부탁을 들고 다가왔더라면 그녀는 신뢰의 증거로 여기지, 조정하려는 시도라고 느끼지 않았을 것이다. 카를은 그녀를 믿는 것 같았다. 율리아도 이제 다시 타인을 믿기 시작해야 했다.

"네." 그래서 율리아는 올바른 일을 한다는 확신은 없었지만 이렇게 대답했다. "네, 할 수 있어요."

"고맙습니다." 카를이 대답했다. "정말 고맙습니다. 서두르실 필요 없어요. 도서전 때문에 아주 바쁘시다는 걸 잘 압니다."

"미니카와 원고를 누가 보냈는지 짐작 가는 사람이 있나요?" 율리아가 물었다.

"전혀 없어요." 발행인은 어쩔 줄 모르겠다는 표정으로 어깨를 으쓱했다. "일종의 신호 같다는 생각이 듭니다. 하지만 그렇다고 해도 무슨 신호인지 알 수 없군요."

그는 차 조수석 문을 열고 좌석에 있던 봉투를 들고 사진을 꺼냈다. 그러고는 잠깐 들여다보다가 율리아에게 건넸다. 모두

20대 초반으로 보이는 젊은이 여섯 명이 1980년대의 전형적인 옷차림을 하고 하얀 회칠을 한 건물 앞 계단에서 카메라를 향해 포즈를 취하고 있었다.

"다들 옛날부터 서로 알던 사이예요." 이렇게 말하는 카를의 목소리가 이상하게 울렸다. "하지만 친한 친구들이었다는 건 몰랐습니다."

"누구 말인가요?" 율리아는 사진을 좀 더 자세히 들여다봤다. 그러다가 안경을 낀 갈색 곱슬머리 남자가 알렉산더 로트라는 걸 알아보고는 온몸이 감전되는 듯했다. 새빨간 머리카락을 두툼하게 땋은 여자는 하이케 베르시 같았다. 그녀 옆에는 갈색으로 살갗이 그을린 마른 여자가 전형적인 1980년대 파마머리를 하고 반바지와 비키니 윗도리 차림으로 손에 담배를 들고 있었다.

"이 사람은 마리아 하우실트인가요?" 율리아가 물었다.

"그런 것 같습니다." 카를이 대답했다. "그리고 이쪽은 제 사촌누나 도로테아의 남편인 슈테판 핑크, 이쪽은 요제핀 린트너일 테고요."

"마인-타우누스 센터에 있는 서점 주인요?"

"맞습니다."

"다른 남자는 누구죠?"

"제 사촌형 괴츠입니다. 이 사진을 찍고 며칠 뒤에 사망했습니다."

'사망'. 그 단어는 율리아의 마음속에서 기이한 느낌을 불러일으켰다. 아주 잠깐 동안 그녀는 그냥 못 읽겠다고 대답할걸 그랬다는 후회가 들었지만, 흥미진진한 이야기와 비밀의 매력이 다른 모든 의구심을 물리쳤다.

"어떻게 사망했어요?" 율리아가 물었다.

"바다에 빠져 익사했어요. 시신이 해변으로 밀려왔다고 합니다." 카를이 대답했다. "아마 술 때문에 일어난 사고일 겁니다. 형은 겨우 스물한 살이었지요."

"끔찍하군요." 충격을 받은 율리아가 대답했다. "이 사진을 찍은 사람은 누굴까요? 그리고 '누아르무티에'가 무슨 뜻이죠?"

"대서양에 있는 프랑스 섬입니다. 우리 가족은 예전에 거기 별장이 한 채 있었어요. 하지만 괴츠 형이 사망한 후에 큰아버지가 팔았지요." 카를은 손목시계를 슬쩍 들여다보고 말했다. "유감스럽지만 저는 이제 가봐야겠어요."

"사장님도 로트 씨 병원에 가시나요?" 율리아는 이렇게 묻고서야 사실은 자기가 참견할 일이 아니라는 데 생각이 미쳤다. 하지만 사장 생각은 다른 모양이었다.

"네." 그가 대답하고 한숨을 내쉬었다. "연관이 있는지는 모르겠지만 로트 씨가……."

그가 말을 하다 멈추는 바람에 율리아는 그의 시선을 따라갔다. 빌라 입구 위쪽 발코니 전망대에 노인 두 명이 서서 〈머펫 쇼〉에 등장하는 두 할아버지처럼 그들을 내려다보고 있었다. 율리아는 카를의 큰아버지 헨리 빈터샤이트와 헬무트 엥글리슈를 금방 알아봤다.

"망하기 전에 교만이 먼저 오는 법이지!" 엥글리슈가 새된 목소리로 고함을 치며 주먹을 흔들었다. "카를 빈터샤이트, 내 말이 생각나는 때가 올 거다!"

카를은 노인들에게 신경 쓰지 않았다.

"미리 감사드립니다." 그가 봉투를 건네자 율리아는 가방에 바로 집어넣었다. "나중에 다시 전화 드리지요. 오케이?"

"네, 오케이." 율리아는 가방을 어깨에 메고 정자로 갔다. 발코니에 있던 노인들만 카를과 그녀를 빤히 본 게 아니라 안야 델라무라도 두 사람의 모든 행동을 세심하게 눈으로 좇았다. 다가가자마자 안야는 카를이 왜 율리아를 보자고 했는지 물었다.

"별거 아니야." 율리아는 즉답을 피했다.

"받은 봉투에 뭐가 들어 있어?" 아트디렉터가 캐물었다. 율리아는 주변을 두리번거리며 소곤거렸다.

"누군가 사장님에게 보낸 원고야. 하지만 아무에게도 말하면 안 돼."

"흥!" 안야 델라무라가 짜증을 냈다. "넌 가끔 진짜 바보 같은 말을 한단 말이야."

율리아는 미소를 지으며 그저 어깨만 으쓱했다. 진실은 이따금 거짓말보다 더 믿을 수 없는 법이다.

* * *

모스브루거 에이전시는 알트-헤더하임의 조용하고 나무들이 많은 거리에 초록색 유리창 덧문이 달린 아름다운 옛날 건물에 입주해 있었다. 안타깝게도 눈처럼 새하얀 건물 벽에 그라피티가 몇 개 있어 미관을 해쳤다. 건물 바로 맞은편의 놀이터가 있는 작은 공원에서는 어머니와 아버지들이 아이들을 보고 있었다. 그 옆 풀밭에서는 어린 남자아이들 몇 명이 요란하게 소리를 지르며 축구공을 쫓아 이리저리 뛰어다녔다. 나이가 몇 살 더 많은 청소년 무리는 공원 벤치 주변에서 어슬렁거렸다. 담배를 피우는 아이도 많고, 또 몇몇은 에너지 음료를 홀짝이기도 했는데 다들 손에 스마트폰을 들고 있었다. 피아는 에이전시 바로 앞에서 주차할 자리를 하나 찾아냈다. 제베린 벨텐은 요제프 모스브루거와 그의 아내가 사무실 위층에 산다고 했다. 초인종에 응답이 없어서 안뜰에 가보니 거기에 에이전트가 있었다. 접는 의자에 편안하게 누워 두툼한 책을 읽는 중이었다. 다른 의자에는 붉은 고양이 한 마리가 졸고 있었다.

"문학 에이전트를 해야겠네." 보덴슈타인이 부러워서 중얼거렸다.

"흠, 그러니 직업을 고를 때 눈을 똑바로 뜨고 있어야지요." 피아가 냉정하게 대꾸했다. "모스브루거 씨인가요?"

"예?" 남자가 책을 옆으로 치우고 돋보기를 이마로 밀어 올린 후에 의자에서 몸을 일으켰다. 피아는 보덴슈타인과 자기소개를 한 후에 토요일 낮에 방해하게 된 것을 사과했다.

"괜찮습니다. 아내가 여행을 가서 지금 홀아비거든요. 아마 하루 종일 일만 했을 겁니다." 60대 초반이고 탄탄해 보이며 깨어 있는 눈빛에 장난꾸러기 같은 미소를 띤 요제프 모스브루거는 팔을 크게 움직여 원을 그리며 바이에른 억양이 살짝 묻어나는 말투로 설명했다. "여름에는 이곳이 실외 사무실이랍니다. 남부 이탈리아를 연상하게 하지요. 특히 이웃이 빨래를 말리느라 발코니에 널면 말입니다."

"여기 정말 아늑하네요." 보덴슈타인도 인정했다. 포장석이 깔린 마당 한쪽 구석에는 숯불 그릴 기구가, 무성하게 자란 포도넝쿨이 드리운 퍼걸러 아래에는 소파 세트가 놓여 있었다. 꽃이 활짝 핀 대형 테라코타 협죽도 화분들 사이에 있는 자그마한 조립용 풀장이 어서 열기를 식히라고 유혹하고 있었다.

"뭐 마실 것 드릴까요? 물? 콜라? 아니면 아주 시원한 레몬주 한잔?"

"아니, 괜찮습니다." 피아가 거절했다. "이곳 에이전시 소속인 제베린 벨텐 때문에 왔답니다."

"아이고, 제베린! 이번에는 또 무슨 일을 저질렀나요?" 모스브루거가 한숨을 내쉬었다. "원래 저는 아내와 함께 아직 토스카나에 있어야 하는데, 표절 사건 때문에 계획보다 일찍 돌아올 수밖에 없었답니다."

그는 고양이를 부드럽게 안아 의자에서 내려놓고 보덴슈타인과 피아에게 앉으라고 권했다. 둘이 자리에 앉자 모스브루거는 담뱃불을 붙였다. 도서 분야는 정말이지 흡연자를 위한 마지막 구역인 듯했다.

보덴슈타인은 일단 벨텐이 지난 월요일 이른 저녁에 담당 편집자인 하이케 베르시 집에 가서 다퉜다고 하더라는 말부터 꺼냈다.

"예, 압니다." 모스브루거가 고개를 끄덕였다. "그는 14일 동안 자기 집에서 꼼짝도 하지 않고 전화도 받지 않다가, 월요일 저녁 8시 반쯤에 여기 불쑥 나타났어요. 엄청난 일을 당했으니 연락이 두절됐더라도 그를 나쁘게 생각할 수 없었습니다."

"그가 여기 와서 무슨 말을 했나요?" 피아가 물었다. "어떻게 행동하던가요?"

"무척 흥분한 상태였고, 따지려고 하이케를 찾아갔다더군요." 모스브루거가 기억을 떠올렸다. "자세히 캐묻지 못했습니다. 그가 제 사무실에 앉아 노트북을 켜고 글을 쓰기 시작했으니까요. 아마 하이케와 드잡이를 한 모양입니다. 제베린은 그런 행동을 하지 않기 때문에 저는 많이 놀랐답니다. 그는 갈등을 피하는 사람이라서, 뭔가 불편한 상황이 생기면 일반적으로 저를 앞세웁니다. 다시 말해서 항상 그렇다는 말이지요. 하이케는 성격이 급하고 상처를 심하게 줄 때가 많습니다. 그녀는 제베린이 자기가 설립할 출판사로 옮기지 않겠다고 해서 감정이 상했지요. 하이케는 저에게도 화가 났습니다. 제가 제베린과 우리 에이전시 소속인 다른 작가들이 출판사를 옮기도록 설득했어야 한다고 생각하니까요."

"이유가 뭔가요?" 보덴슈타인이 물었다.

"흐음, 하이케와 저는 아주 오래전부터 아는 사이랍니다." 에이전트가 설명했다. "제가 에이전시를 설립하기 전에 우리는 빈터샤이트 출판사에서 함께 일했고, 이제 에이전트로서 하이케의 작가들 몇 명을 담당하고 있습니다. 그런데 그들의 작품이 비평가들에게서는 호평을 거두지만 유감스럽게도 독자층이 넓지 않을 때가 많아서 하이케와 저는 예전에 그들 중 몇 명과 함께 토스카나에 있는 제 집에서 글쓰기 세미나를 진행했지요. 뷔히너 상 수상자에게서 글쓰기 조언을 얻으려는 야심 찬 아마추어 작가들이 정말 많답니다. 그리고 저는 에이전트로서 거기서 우연히 탁월한 재능을 지닌 새 작가를 발견할지도 모른다는 기대를 당연히 품고 있고요." 그는 웃음을 터뜨리며 고개를 끄덕였다. "이따금 그렇게 되기도 했습니다."

"벨텐 씨가 여기 얼마나 머물렀지요?" 보덴슈타인이 물었다.

"밤새 글을 쓰더군요. 저는 그사이에 잠자리에 들었습니다." 요제프 모스브루거가 대답했다. "다음 날 아침 우리는 함께 커피를 마셨는데, 그때 저는 이 상황에서 해를 덜 입고 무사히 빠져나올 방법을 의논하려고 했습니다. 하지만 그는 들으려고 하지 않더군요. 자기 머릿속에 환상적인 플롯이 있다고, 지금 바로 계속 써야 한다고 했습니다."

"잠깐만!" 보덴슈타인이 그의 말을 가로챘다. "벨텐이 베르시 씨와의 다툼에 대해 정확하게 뭐라고 하던가요?"

"하이케가 말을 들으려고 하지 않아서 노트북을 바닥에 던졌다고 했습니다. 그러자 하이케가 그에게 달려들어 양쪽 주먹으로 자기를 때리고 욕설을 퍼부었다고, 그래서 그는 노트북을 들어 그녀의 머리에 던졌다고 했습니다." 모스브루거가 담배를 재떨이에 눌러 껐다. "하이케가 피를 흘리며 욕설을 더욱 심하게 했다더군요. 어쨌든 제베린은 그래서 도망쳤답니다. 무슨 일이 있었는지 들어보려고 하이케에게 전화했지만 받지 않더군요. 아마 제 전화번호를 봤기 때문이겠지요. 그래서 왓츠앱으로 문자를 보냈습니다. 다시 화가 풀리겠지요. 하이케의 해명과 입장을 들으려는 제베린의 태도는 어느 정도 타당합니다. 그를 안좋은 상황에 빠뜨린 사람이 바로 하이케니까요. 작가가 창의성을 되찾기 위해 휴식이 필요하다고 하면 인정해야 하는데, 하이케는 그렇게 하지 않았습니다. 그를 압박하고, 영감을 얻으라며 그 얇은 책을 건넸지요. 제베린처럼 기억력이 뛰어난 사람은 그럴 경우에 쉽게 표절 위험에 빠집니다. 본인이 의도하지 않았더라도 말이지요."

"벨텐 씨가 여기 얼마나 계셨습니까?"

"차분하게 글을 쓴다며 화요일 아침에 타우누스에 있는 자기 오두막으로 갔습니다. 그때 이후로 소식을 듣지 못했는데, 그게 별일은 아니에요. 그는 글을 쓸 때 자기 세계에 가라앉으니까요. 먹지도 않고, 몇 주 동안이나 샤워도 하지 않고, 휴대전화를 충전하는 것도 잊어버린답니다."

"벨텐 씨는 자신이 베르시 씨를 노트북으로 때려서 숨지게 했다고 확신하던데요." 보덴슈타인이 말했다. "그럴 가능성을 생각해보신 적은 없습니까?"

"아이고, 아닙니다." 모스브루거가 고개를 저었다. "심각하게 생각해본 적은 없습니다. 제베린은 아무도 죽이지 못해요."

피아가 눈썹을 치켜세웠다.

"월요일 이후에 베르시 씨와 연락하신 적 있나요?"

"아니요." 모스브루거는 이맛살을 찌푸리며 대답했다. "두어 번 더 연락해봤습니다. 우린 오랜 친구 사이예요. 의견이 달랐다고 해도 다시 화해하지요. 하지만 이번에는 하이케가 정말 화가 난 것 같습니다. 제 문자를 읽지도 않는 걸 보면 말이지요." 모스브루거는 탁자에 있던 휴대전화를 들고 돋보기를 쓴 뒤에 왓츠앱을 열었다. 그리고 보덴슈타인과 피아에게 스마트폰을 건넸다. "여기 보십시오. 제가 수요일에 보낸 문자에 여전히 안 읽었다는 표시가 되어 있잖아요."

"모스브루거 씨, 베르시 씨는 문자를 읽지 않을 겁니다." 피아가 말했다. "오늘 아침에 그녀의 시신이 발견됐어요."

"예?" 에이전트의 낯빛이 아주 창백해졌다. 그가 몸을 일으켰다. "하이케가 죽었다고요?"

"네, 안타깝습니다. 범죄에 희생된 게 분명합니다."

"아, 세상에. 그럴 리 없어요!" 모스브루거가 담배를 집었다. 그러다가 토요일 오후에 왜 형사들이 자신을 찾아왔는지 그제야 의문이 든 모양이었다. "혹시 제베린이 그 일과 뭔가 관련이 있다고 생각하시는 겁니까?"

"아무 생각도 하지 않습니다." 보덴슈타인이 대답했다. "하지만 최소한 벨텐 씨가 베르시 씨를 생전에 본 마지막 몇 명 중 한 명일 수는 있지요. 지금 심문받는 중입니다."

"제베린은…… 아니…… 그를 '체포'하셨다고요? 어…… 그는 이제 어떻게 되는 겁니까?" 오랜 친구의 사망 소식에 모스브루거는 심한 충격을 받은 듯했다. 당황한 기색이 역력했다. 손을 떨었고, 머리카락을 훑으려다가 실수로 안경을 코에서 떨어뜨렸다. "제베린이 벼…… 변호사가 필요한가요? 제가 그를 만날 수 있을까요? 지금 어디 있지요? 그는…… 가족이 없습니다. 이혼했어요. 부모님은 돌아가셨고요. 아는 사람이라고는 저밖에 없습니다."

에이전트가 자기 작가를 걱정하는 모습은 어딘지 모르게 감동적이었다. 피아는 그에게 하이케 베르시가 사망했다는 말을 바로 하지 않은 걸 조금 후회했다.

"제게 당신 연락처를 주시는 게 제일 좋겠어요. 그러면 벨텐 씨가 도움이 필요한 경우에 제가 전화 드리겠습니다." 피아가 동정심을 느끼며 이렇게 대답하고 자기 명함을 그에게 건넸다. "벨텐 씨는 잘 있으니까 걱정하지 마세요. 노트북도 가지고 가서 열심히 글을 쓰고 있습니다."

이 소식에 모스브루거는 조금 안심하는 듯했으나, 놀랍게도 갑자기 눈물을 글썽였다. 그는 진정하려고 애를 썼다.

"그거 아세요?" 그가 흔들리는 목소리로 말했다. "원래 지금 제일 먼저 하이케에게 전화해서 이 소식을 전해야 한답니다. 하지만 이제…… 그럴 수가 없네요."

* * *

율리아는 출판사에서 멀지 않은 곳에 있는 멋진 아르헨티나 스테이크 식당 '오호 데 아구아'에서의 점심식사가 점차 끝나가자 무척 기쁜 마음이었다. 누가 어떤 이유에서 카를에게 장난감 자동차와 원고와 사진을 보냈는지 곰곰이 생각하느라 식탁의 대화를 거의 따라갈 수 없었고 신선한 치미추리 소스와 파마산을 얹은 맛있는 카르파초 요리를 즐기지도 못했다. 그의 어머니는 하이케 베르시와 알렉산더 로트, 마리아 하우실트와 요제핀 린트너, 그리고 영업부장의 남편과 무슨 관계일까? 이 익명의 소포가 하이케 베르시의 실종과 혹시 뭔가 연관이 있는 건 아닌가? 뭔가 알려주는 걸까, 아니면 협박일까? 머릿속에서 어떤 나지막한 목소리가 카를 빈터샤이트는 겉보기와 달리 그다지 순수한 사람은 아닐 거라고 끈질기게 속삭였다. 그는 전직 동료 이야기나 어제 형사들이 찾아왔었다는 이야기를 전혀 하지 않았잖아. 혹시 내가 지금 멀리해야 할 일에 발을 들여놓는 건 아닐까?

사진작가와 조수 두 명, 메이크업 아티스트는 식사 초대에 감사 인사를 한 후에 떠났고, 안야는 스무 번째로 휴대전화를 들여다봤다. 도로테아 빈터샤이트-핑크가 밀리에 피셔에게 출판사 안내를 해주겠다고 약속했는데 연락이 없었다.

"아마 아직 병원에 있나 보다." 밀리에가 화장실에 간 사이에 율리아가 말했다.

"그래, 착한 늙은이 알렉스에게 무슨 일이 생겼는지 어떻게 알겠어." 안야가 대답했다. "도로에게 전화를 해봐야겠다. 난 출판사 열쇠가 없어. 배어 씨가 문을 열어줄 수는 있을 테지만, 난 출판사 안내는 임원진이 해야 한다고 생각해."

안야는 오래된 직원들 대부분과 마찬가지로 영업부장과 반말을 하는 사이였고, 기회가 있을 때마다 그 사실을 강조했다. 빈터샤이트-핑크 씨는 바로 전화를 받았다. 율리아는 그녀가 무슨 말을 하는지 들을 수 없었지만, 안야 델라무라는 전화를 받으면서 선정적인 소식이라도 들었다는 듯 눈을 치켜떴다.

"끔찍하네!" 아트디렉터는 방금 자기가 들은 말을 알리느라 율리아를 향해 입술을 크게 움직여 보이고는 연민을 가장하며 계속 통화했다. '죽음'이라는 말만 알아들은 율리아는 몸이 싸늘해졌다. "아, 세상에. 소름 끼친다! 그래······. 그래. 아니, 괜찮

아. 작가도 이해할 거야. 확실해. 오케이, 그럼…… 그래, 늦어도 월요일에는 만나겠다."

"무슨 일이야?" 안야가 전화를 끊자 율리아가 물었다. 동료가 몸을 앞으로 숙였다.

"그거 알아? 베르시가 죽었대!" 안야가 흥분해서 눈을 빛내며 소곤거렸다. "오늘 아침에 숲속에서 시신을 발견했다는 거야! 아이고, 엄청나네! 흐음, 하기야 얼마 전부터 누군가 그녀를 갑자기 살해할지도 모른다는 생각을 하기는 했지."

"믿을 수 없어. 무시무시해." 예상도 못 한 소식은 아니었지만 율리아는 충격을 받았다. 하이케 베르시가 살아서 나타날 거라고 생각하지는 않았다. 하지만 날마다 속으로 죽기를 바랐던 누군가가 정말 죽었다는 건 그야말로 끔찍한 느낌이었다.

"로트 씨 이야기도 들었어?" 율리아가 물었다.

"혼수상태로 누워 있대." 아트디렉터는 이 속보를 왓츠앱으로 퍼뜨리느라 분주했다. 이런 불경한 행동은 역겨웠다. 충격받은 척이라도 할 수 있지 않을까. 율리아는 종업원에게 자기 신용카드로 계산하고, 나중에 비용을 돌려받기 위해 출판사 이름으로 영수증을 받았다.

화장실에 갔던 밀리에 피셔가 돌아왔다. 안야는 안타깝지만 출판사 방문 계획이 다음으로 미뤄졌다고 알렸고, 다행히도 그 이유는 말하지 않았다. 작가는 혹시 속으로는 실망했을지 몰라도 겉으로는 그런 낌새를 보이지 않았다. 10분 후에 그녀는 안야와 율리아를 요란하게 포옹하고 등을 두드리며 이날 오전이 얼마나 멋지고 촬영장소가 얼마나 훌륭했는지, 자기가 빈터샤이트 출판사 작가라서 얼마나 행복한지 여러 차례 말하고는 환하게 웃으며 택시에 올랐다. 택시가 증권가로 사라지자 안야의 얼굴에서 억지로 꾸며낸 미소가 사라졌다.

"푸, 작가들은 정말 귀찮아." 안야가 투덜거렸다. "너희 편집자들은 도대체 어떻게 견디는지 모르겠어! 작가들은 자기 이야기만 하고 계속 칭찬과 아첨을 바라잖아. 한마디로 끔찍해."

"이제 집에 갈게." 아트디렉터가 새로 수다를 시작하기 전에 율리아가 말했다.

"사장님이 준 원고를 빨리 읽어야 하는 모양이지?" 안야가 비웃었다.

"맞아!" 율리아가 대꾸하고 입을 비죽이며 웃었다. "주말 잘 보내."

그러고는 동료를 레스토랑 앞에 그대로 둔 채 타우누스안라게에서 전철을 타기 위해 호흐 거리를 빠르게 지나 오페라광장 방향으로 내려갔다.

* * *

"시신의 부패가 이미 꽤 많이 진행되었기 때문에 사망 시간을 확인하기 어려웠어." 보덴슈타인과 피아가 탄 공무용 차량 스피커에서 헤닝의 목소리가 울려 퍼졌다. 둘은 66번 고속도로에서 긴하임의 텔레비전 방송 송신탑을 지나는 중이었다. "하지만 내 짐작으로는 시신이 발견됐을 때 하이케 베르시는 사망한 지 최소한 닷새는 된 것 같아."

"그러면 월요일 밤이 맞을 수도 있겠네." 피아가 얼른 계산했다. "이웃들의 진술이나 지금까지 우리가 한 수사와도 일치해."

"어쨌든 사망 원인은 가로세로 4센티미터 크기의 사각형 도구로 두개골에 강한 충격을 받아 심각한 뇌출혈이 일어났기 때문이야. 파열돼 회백질이 흘러나온 곳과 압입 골절을 일곱 군데 확인했고, 어깨와 목덜미에도 열일곱 개의 혈종이 있어."

"방어흔이 있던가요?" 보덴슈타인이 물었다.

"아니요." 헤닝은 헛기침을 하고 말을 이었다. "피아, 혹시 노트북으로 인한 머리 부상이 있는지 물었잖아. 오른쪽 전두골 위치에 열상이 하나 있긴 하지만, 그건 기껏해야 뇌진탕을 일으켰을 거야."

"좋아. 그런데 출혈이 심한 경우도 있어?" 피아는 노트북으로 때리자 하이케 베르시가 쓰러지고 온 사방에 피가 가득했다는 벨텐의 진술을 떠올렸다.

"그럴 수도 있지." 헤닝이 대답했다. "특히 항응혈제를 규칙적으로 먹는 경우에는 그렇지. 인공판막을 한 걸 보니 베르시는 아마 그 약을 먹었을 거야."

"헤닝, 고맙습니다." 보덴슈타인은 자기 휴대전화에서 눈을 떼지 않은 채 말했다. "도움이 많이 되네요."

"별말씀을. 세부사항을 모두 포함한 보고서를 최대한 빨리 드리겠습니다." 피아의 전남편이 대답했다. "한 가지 질문이 있어요. 마리아 하우실트가 방금 전화를 했더군요. 친구가 사망했다는 소식을 지인에게서 막 들은 모양입니다. 제가 마리아에게 어디까지 말할 수 있을까요?"

"사망 원인 세부사항은 말하지 마." 피아가 말했다. "시신이 발견됐다는 말은 해도 되고."

"어디서 발견됐는지 알려줘도 돼?"

"그래도 됩니다." 보덴슈타인이 끼어들었다.

"아 참, 하나 더." 헤닝이 뭔가 생각해냈다. "마리아 말로, 친구의 옛 동료가 병원에 입원했다고 하던데. 오늘 아침에 의식을 잃은 채 발견됐다고 말이야."

피아는 귀가 번쩍 뜨였다.

"그 동료 이름이 뭔데?"

"알렉스라고 하더군."

"알렉산더 로트?" 피아가 물었다. "셈이랑 내가 어제 그 사람과 이야기를 나눴는데!"

헤닝은 그 남자가 어느 병원에 입원했는지 알아봐주겠다고 약속하고 전화를 끊었다.

"모스브루거가 지금 손가락이 닳도록 전화를 돌리고 있겠군." 보덴슈타인이 말했다. "우리에겐 유리한 일이야. 뭔가 알려질지도 모르니까."

"어제 셈과 저랑 말할 때 로트의 태도가 상당히 이상했어요." 피아가 생각에 잠긴 채 말했다.

"'형사가 찾아온 건 처음이네'라는 이상한 태도였어, 아니면 진짜 이상해서 이상했어?" 보덴슈타인이 물었다.

"후자라고 말할 수 있겠네요. 그 사람은 왠지 모르게…… 죄책감을 느끼는 것 같았거든요." 피아는 상관을 흘낏 곁눈질했다. "뭘 그렇게 계속 입력하시죠?"

"코지마의 혈액 수치가 좋아졌대." 그가 대답했다. "수술이 곧 잡힐 거라고 기대해도 좋다는 뜻이지. 오늘 저녁에 가족들 모임을 마련하는 중이야. 의논할 게 많거든."

"아이고, 세상에." 피아는 뺨을 부풀렸다가 공기를 내보냈다. 어제저녁에 생체 간 이식이 성공할 확률과 위험 정보를 인터넷에서 찾아본 피아는 보덴슈타인의 이타심에 존경하는 마음이 한없이 커졌다. 인간의 몸에서 간은 그런 수술을 받고도 완전히 회복되는 유일한 기관이긴 하지만 그래도 기증자에게는 심각한 수술이었고, 상관은 이제 더는 젊은이가 아니었다.

"니콜라에게 언제 말씀하실 거예요?"

"최대한 일찍." 보덴슈타인이 휴대전화를 치우고 돋보기를 벗었다. "이식 수술 일정이 금방 잡힐 수도 있어. 그때까지 범인이 잡히지 않으면 자네에게 이번 수사 지휘를 넘겨야 해."

"뭐, 어떻게든 해낼 수 있을 거예요." 피아는 사실 전혀 다른 말을 하고 싶었지만 이렇게 말하여 그를 안심시켰다.

"난 안 죽어." 보덴슈타인이 마치 그녀의 생각을 읽기라도 한 듯이 말했다. "2주 동안 입원하면 다시 회복한다고."

"꼭 그렇게 되길 빌어요." 13년 동안 함께 일해온 피아와 상관은 오랜 부부 같았다. 둘은 서로를 잘 알았고, 상대방이 무슨 생각을 하는지도 정확하게 알았다. 직업상으로는 서로를 완벽하게 보완했지만 넘지 않는 경계선, 넘더라도 아주 조심스럽게 넘는 경계선이 여전히 존재했다. 예를 들면 상대방의 건강과 사생활이 그랬다.

"제베린 벨텐은 하이케 베르시를 죽이지 않았어." 보덴슈타인의 말에, 피아는 둘의 대화가 다시 직업 분야로 돌아온 게 반가웠다.

"제 생각도 그래요. 그리고 시신을 숲에 던지지도 않았고요. 풀어주면 되겠네요." 피아는 예전에 살던 비르켄호프를 지날 때면 늘 그렇듯이 고개를 오른쪽으로 돌렸다. 하지만 고속도로 옆 나무들의 잎사귀가 너무 무성해서 집은 그저 얼핏 보일 따름이었다. "벨텐의 에이전트는 그가 베르시 씨를 죽이지 않았다는 걸 단 한 순간도 의심하지 않는 것 같아요. 자기가 담당하는 작가를 그 작가 자신보다 더 잘 안다는 뜻이지요."

"베르시 씨는 잔인한 폭행치사를 당했어." 보덴슈타인이 생각에 잠겼다. 이런 과잉 폭력, 과잉 살상은 분노와 공격성, 가해자와 희생자 사이의 개인적인 원한 관계에서 발생하는 사건 신호라는 사실은 프로파일러가 아니더라도 알 수 있었다. "우리가 지금까지 알아낸 베르시 씨의 주변인물 중에 어떤 물체로 스무 번이 넘게 그녀를 때릴 만한 사람이 누굴까?"

피아는 그의 질문에 대해 곰곰이 생각해봤다. 세월이 흐르면서 그녀는 인간이 저지르지 못하는 잔혹한 짓은 이 세상에 없다는 사실을 알게 됐다. 눈에 잘 띄지 않는 사람, 평범한 시민과 다정한 이웃 사람이 끔찍한 일을 저지를 때도 흔했다. 책이나 영화에서 암시되는 분위기와 달리, 고의적 살인자든 우발적 살인자든 내면의 목소리를 따르거나 피에 취해서 살인을 저지르는 싸늘한 사이코패스나 무시무시한 연쇄살인범은 보기 드물었다. 현실에서 범인은 희생자의 주변인물일 때가 많았고 살인 동기 역시 복수나 부러움, 질투와 탐욕 또는 처벌에 대한 두려움

등 거의 언제나 놀랄 만큼 일상적이었다. 범인이 잡히면 능란한 변호사들이 의뢰인을 위해 감형을 받아내는 일도 잦았다. 심리 상담사들이 범인이 힘겨운 유년시절을 보냈다거나 그와 비슷한 것을 겪었다고 확인해줬기 때문이다. 가해자들은 비교적 짧은 구류형을 살고 언젠가 다시 석방되기도 했지만, 피해자가 다시 눈을 뜨는 일은 없었다.

"진짜 중요한 건 '이유'예요." 피아가 말했다. "동기가 아직 확실하게 알려지지 않았어요. 하이케 베르시에 대해 더 많은 걸 알아내야 해요. 그러니 셈과 타리크와 카트린이 오늘부터 베르시 씨 집에서 증거를 찾는 게 좋겠어요. 그녀가 그런 증오를 불러일으킬 만한 뭔가를 했을 거예요."

"그럼 우리 둘은 뭘 하지?"

"헤닝이 다시 연락할 때까지 기다렸다가, 알렉산더 로트가 입원한 병원으로 가보자고요." 피아가 제안했다. "거기서 베르시 씨에 대해 분명히 아주 많이 알아내게 될 거예요."

* * *

율리아는 원고와 아이스티 한 병을 들고 방 두 개짜리 집의 작은 발코니에 편하게 자리 잡았다. 지난 1년 반 동안 자주 이곳에 앉아 원고와 번역본, 교정쇄, 저작권에 관심이 가는 영어와 프랑스어 책들을 읽었다. 대부분은 급하게 모니터로 원고를 읽으면서 오타나 논리적 오류, 중복을 살피거나 머릿속으로 영업부와 마케팅부에 이야기할 논거로 원고의 고유한 특징과 잠재 독자층 또는 이와 비슷한 매개 변수를 모으곤 했다. 오로지 즐기기 위한 독서는 휴가 때나 가능했다. 그러니 이른바 사장의 어머니가 썼다는, 타자기로 작업한 이 원고를 읽는 일은 더욱 흥미진진했다. 종이는 당연히 오래됐다. 요즘 일반적으로 사용하는 80그램짜리보다 얇았고 세월과 함께 누렇게 빛이 바랬다. 율리아는 줄 간격이 좁고 아래 번호가 매겨진 134쪽짜리 원고를 조심스럽게 넘겨봤다. 요즘 프린터 출력물과 달리 글자 모양이 고르지 않았고 어느 정도 역사적이라는 느낌까지 들었다. 율리아는 갑작스러운 이 발굴에 자신의 전문적인 의견을 내놓아야 할 것 같았다. 제목은 《영원한 우정으로》였고, 그 아래에 저자 이름이 쓰여 있었다. '카타리나 빈터샤이트, 프랑크푸르트, 1990년 5월 23일' 율리아는 페이지를 넘겨 헌사를 읽었다. '늘 그랬듯이 영원히…… 가장 소중한 내 보물 카를에게.'

"늘 그랬듯이 영원히." 율리아가 중얼거렸다.

늘 그랬듯이? 이게 무슨 뜻일까? 카타리나 빈터샤이트가 어린 아들에게 이미 여러 번 헌사를 썼다는 것처럼 들리네. 참 이상하군.

율리아는 아이스티를 한 모금 마시고 원고를 읽기 시작했다. 3쪽까지 읽자, 어머니 장례를 막 치르고 프랑크푸르트로 이사 온 젊은 여성의 이야기가 율리아를 완전히 끌어당겼다. 빈터샤이트 출판사 집안에 시집와서 작가나 되어볼까 하는, 일상을 지루해하는 가정주부의 서툰 글쓰기 시도는 확실히 아니었다. 놀랍게도 카타리나 빈터샤이트는 등장인물을 생생하게 만들 줄 아는 노련한 이야기꾼이었다. 명확한 언어는 쉽고 편하게 읽혔다. 그녀는 글쓰기 작업 도구를 무척 잘 다루었다. 맞춤법에 오류가 없고 구두법 활용도 포괄적이었으며, 사용 어휘도 폭넓었다. 율리아는 어느덧 1980년대 후반의 프랑크푸르트로 돌아가, 카를라가 1인칭으로 서술하는 장면에 빠져 들어갔다. 주인공은 저렴한 숙소를 찾다가 대학교 게시판에서 여성 주거공동체의 네 번째 동거인을 찾는 티나의 광고를 발견했다. 좋은 집안의 딸인 티나는 아버지가 집 안 사우나에서 심근경색으로 사망할 때 자기 방에서 헤드폰을 쓰고 음악을 듣느라 알아채지 못했고, 엄청난 돈과 함께 어떤 집을 상속받았는데 유언장이 개봉되기 전까지는 이 집의 존재조차 몰랐었다.

25쪽까지 읽은 율리아는 이 원고가 어떤 장르에 속하는지는 아직 판단하지 못했지만 이미 무척 감탄했다. 카타리나 빈터샤이트가 카를라와는 달리 모두 교양 있는 시민계급 출신인 세 명의 주거공동체 일원들을 유머와 아이러니를 살짝 섞어 묘사하는 방식은 아주 재미있었다. 원고는 처음에 매력적인 연애소설처럼 보였지만 계속 읽다 보니 율리아를 당황하게 만드는 요소가 불쑥 등장했다.

카를라는 티나의 남자친구인 루츠의 초대로 주거공동체 일원 세 명과 함께 메르톤 지역의 19세기 중반에 지어진 호화로운 빌라에 갔다. 루츠는—우연인지 의도적인지— 아도르노와 호르크하이머 같은 철학자들의 친구인 프랑크푸르트의 유명한 발행인 하디 포겔장의 아들이었다. 율리아는 읽으면서 현실과의 유사성을 점점 더 많이 찾아냈고, 카타리나 빈터샤이트의 소설이 자전적 성격이 강하다는 사실에 매혹당한 동시에 충격과 감동을 받았다. 그녀는 이 원고가 갑자기 어디서 나타났는지, 원고를 쓴 지 28년이 지난 후에 누군가 왜 저자의 아들에게 익명으로 이 원고를 보냈는지 더 이상 생각하지 않게 되었다. 그저 이야기가 어떻게 전개되고 어떻게 끝나는지 알고 싶었기 때문이다. 진정 이것은 원고에 대한 최고의 칭찬이었다.

* * *

"그럴 리 없습니다! 착각하시는 거예요!" 제베린 벨텐이 고개를 저었다. 그의 손이 떨리고 목소리가 갈라졌다. "제가 그 사람을 죽였어요! 확실합니다. 노트북으로 머리를 쳤더니 머리덮개뼈가 깨지는 소리가 아주 또렷하게 들렸다고요."

"노트북 케이스가 깨지는 소리였을 겁니다." 보덴슈타인이 인내심을 가지고 세 번인가 네 번째 똑같은 대답을 했지만 벨텐은 그저 고개를 저으며 혼잣말만 했다. 옆쪽 모니터실에서는 셈과 타리크, 카트린과 카이가 여기서 벌어지는 익살극을 카메라와 마이크를 통해 지켜보고 있었다.

"하지만 피! 사방이 온통 피범벅이었습니다! 하이케는 바닥에 쓰러져 있었고요!" 작가는 우리에 갇힌 맹수처럼 흥분한 채 좁은 취조실을 이리저리 오가면서 연기하듯이 양손을 움직였다. 어제 수갑을 채워달라고 부탁한 것과 마찬가지로 조금 전에도 창문이 없는 방에서 '취조'를 받겠다고 고집을 부렸다. 처음에 피아는 그의 기묘한 태도가 흥미로웠지만 이제 점점 짜증이 났다.

"이해가 안 됩니다!" 벨텐이 고장 나서 튀는 음반처럼 반복해서 말했다. "그렇게 출혈이 심하면 죽는다고요!"

"베르시 씨는 항응혈제 펜프로쿠몬을 복용했어요." 피아도 같은 대답을 반복했다. "그래서 찢긴 상처에서 출혈이 그렇게 심했던 거예요."

피아는 팔짱을 끼고 문간에 기대선 채, 15분 내내 집요하게 필사적으로 자신의 죄를 증명하려는 남자를 가만 바라봤다. 이와 비슷한 상황은 겪어본 적이 없었다. 그녀가 벨텐에게 이제 혐의를 다 벗었다고, 가도 좋다고 알려주자 그는 눈물을 쏟으려고 했다.

"잘못한 게 없는데 여기 계속 머물면서 구금실을 사용하실 수는 없습니다." 피아가 다시 차분하게 설명했다. 용의자를 다루는 방법이나 얼마나 오래 구금할 수 있는지에 관해서는 수많은 규정이 있었다. 대부분의 사람들이 최대한 빨리 풀려나고 싶어 했기 때문이다. 그러나 석방을 거부하는 사람을 다루는 방법은 그 어디에도 쓰여 있지 않았다. 육체적 폭력을 사용하여 건물에서 그냥 끌어내도 될까?

"부탁입니다! 제발 내쫓지 말아주세요!" 벨텐이 애원했다.

"내쫓는 게 아니에요. 가시라고 부탁하는 겁니다."

"왜 여기 있으면 안 된다는 거죠? 저는 아무도 방해하지 않습니다! 그리고 구금실은 어차피 비어 있잖아요."

"이유 없이 사람을 잡아두면 안 됩니다."

"그게 아니에요! 저는 자발적으로 여기 있겠다는 겁니다!"

"세금 낭비예요."

"그렇다면 비용을 지불하겠습니다!"

상황이 점점 기괴하게 돌아갔다. 이 남자는 제정신이 아닌 듯했다. 피아는 상관과 체념한 눈길을 주고받고서 그에게 따라오라는 눈짓을 보냈다. 취조실 복도에서 그녀는 벽에 걸린 전화 수화기를 들고 엥겔 과장의 내선을 눌렀다.

"벨텐 씨가 여기서 나가지 않겠다고 해." 과장이 드디어 전화를 받자 피아가 말했다. "이제 어떻게 해야 하지?"

"내가 갈게." 니콜라 엥겔이 짤막하게 대답하고 전화를 끊었다. 모니터실에서 나온 동료들이 벨텐을 어떻게 쫓아낼지에 관해 그다지 도움이 안 되는 조언과 농담을 했다. 과장이 복도에 막 들어선 순간, 취조실에서 누군가 주먹으로 문을 두드리는 소리와 비명이 들려왔다.

"여기서 나가고 싶어요! 도와주세요! 내보내주십시오!" 벨텐이 고함을 질렀다.

"아이고, 이게 도대체 무슨 난리야?" 이제 보덴슈타인조차 인내심을 잃었다. 그는 잠겨 있지도 않은 문을 벌컥 열었다. "내보내드린다고요!"

"어…… 하지만 나갈 마음이 없습니다." 벨텐이 더듬더듬 대답하며 뒤로 물러났다.

"그런데 왜 고함을 지른 거죠?"

"그게…… 제가…… 저는…….". 벨텐은 적당한 말을 찾느라 애를 썼다.

"어떤 느낌인지 직접 경험해보고 싶었던 거로군요. 그렇지요?" 니콜라 엥겔이 그에게 도움을 줬다.

제베린 벨텐이 그녀를 빤히 쳐다봤다. 얼굴에 감사의 미소가 퍼지더니 격하게 고개를 끄덕였다.

"맞습니다." 그가 안도하며 대답했다. "바로 그거예요. 당신은 저를 이해하시는군요."

"알겠습니다." 과장이 문을 다시 닫고 보덴슈타인과 그의 팀원들에게로 몸을 돌렸다. "벨텐 씨는 그가 원하는 한 언제까지든 여기 머물 겁니다. 제가 직접 돌보지요. 모두 일하러 가세요."

"하지만……."

"반대 의견은 받지 않겠습니다." 니콜라 엥겔이 피아의 말을 막았다. "이미 말했듯이, 벨텐 씨는 우리나라에서 아주 유명한 작가 중 한 명이에요. 베스트셀러가 될 게 분명한 신작을 이곳 구금실에서 쓴다면 우리에게 영광스러운 일입니다."

그 말을 하고 엥겔은 취조실로 들어갔다.

"저 사람도 두루미처럼 제정신이 아니군." 피아가 짜증을 내며 툴툴댔다.

"이 얼마나 영광스러운 일인가요?" 카트린이 킥킥거렸다.

"과장님은 우리나라에서 아주 유명한 작가 중 한 명이 자기에게 책을 헌정하길 원하는 거야." 셈이 비웃었다.

"쓰레기통에서의 죽음, 제베린 벨텐 지음." 카이가 히죽거렸다. "지극히 존경하는 나의 천사 니코에게."

"자, 다들 그만하지." 보덴슈타인이 입을 뗐다. "할 일이 아주 많아. 벨텐은 범인이 아니야. 그러니 우리는 다시 출발선에 서 있는 거라고."

* * *

"하이케 베르시는 숲에서 노르딕 워킹을 하다가 숨진 게 아 닙니다." 나중에 회의실에서 타리크가 보고했다. "부검 결과 사 각형 도구로 맞은 상처가 후두부에서 최소한 일곱 군데 확인됐 습니다. 뇌에 중상을 입고 회백질이 누출될 정도의 두개골 골절 을 겪었는데, 이게 아마 사망 원인인 듯합니다. 그리고 어깨와 목덜미 부위에서도 혈종이 열일곱 군데 발견됐습니다."

피아는 화이트보드를 빤히 노려봤다. 미소 짓는 하이케 베 르시의 얼굴 사진 아래에 그녀의 시신과 시신 발견 장소 사진 이 붙어 있었다. 광각 촬영, 그리고 소름 끼치게 상세한 근접촬 영 사진들이었다. 카이는 지금까지 알려진 희생자 주변인물들 의 이름을 적어두었다. 피아는 타리크의 보고를 한쪽 귀로 흘려 들었다. 수사를 처음부터 완전히 다시 시작하고 모든 걸 새로 판단하는 일은 언제나 절망적이고 힘들었지만, 시신이 없을 때 는 모든 게 그저 추측에 불과했다. 이제는 수사가 제대로 시작 된 거고, 부검 결과로 용의자의 범위도 훨씬 축소됐다. 무딘 물 체로 희생자의 머리와 상체를 마구 때리는 범인의 특성 프로필 은 우발적으로 누군가의 머리를 노트북으로 때리는 범인의 프 로필과는 완전히 달랐다. 하이케 베르시 사건에서 범인은 완전 히 죽이려는 의도로 행동했음이 이제 분명해졌지만 동기는 여 전히 수수께끼였다. 범행현장인 베르시 씨네 부엌은 유감스럽 게도 별 도움이 되지 않았다. 크뢰거와 그의 팀이 온갖 지문과 다양한 DNA 흔적을 부엌과 베르시 씨의 자동차에서 채취했지만, 경찰의 데이터베이스에는 그것과 일치하는 샘플이 없었다.

피아는 작년에 연쇄살인범 사건에 조언을 해준 미국 프로파일러 데이비드 하딩 박사라면 이 사건을 어떻게 수사할지 생각해봤다. 하딩 박사는 사례 분석가로서 가해자의 행동을 평가하고 사건 흐름을 시간순으로 판단하는 것 외에 피해자학, 즉 희생자의 특성에도 주목했다. 그는 희생자와 희생자의 상황과 그의 진면목에 대해 더 많은 것을 알기 위해 일기장과 일정표, 편지와 문자와 이메일을 뒤져보는 게 도움이 된다고 했다. 하딩 박사의 원칙 가운데 한 가지가 가해자와 희생자가 서로 아는 관계라는 것이기 때문이었다. 피상적으로 간략하게 아는 경우도 포함된다고 했다. 이미 오래전에 범죄학 과목의 하나로 인정받을 정도로 발전한 피해자학의 목표는 희생자가 무엇을 해왔는지, 그래서 가해자와 어떻게 관계가 만들어졌는지 피해자의 관점에서 재구성하는 것이다.

불현듯 찾아든 회의실의 적막 때문에 피아는 정신이 들었다.

"왜?" 그녀는 의아한 표정을 짓고 있는 동료들을 바라봤다. "미안, 제대로 듣지 않았어."

"알렉산더 로트의 알리바이를 확인해보려고 해." 카이가 다시 말했다. "그리고 베르시 씨랑 다퉜다는 이웃 건축주도 찾아가봐야 하고."

"정말? 그 사람이 범인인 것 같지는 않아. 다혈질로 보이는 그 남자가 폭우가 쏟아지는 밤에 하이케 베르시의 시신을 숲으로 옮기고 거기서 경사면 아래로 던진다는 게 상상이 잘 안 되거든." 피아가 반박했다. "범인은 베르시 씨를 차고로 옮기고 차 트렁크에 넣었을 뿐 아니라 그 전에 노르딕 워킹용 스틱을 손목에 달고, 휴대전화와 열쇠 꾸러미를 주머니에 넣는 등 시신을 철저하게 손질했어. 그러려면 베르시 씨를 만져야 하잖아. 그건 뭐랄까……." 피아는 말을 중단하고 적당한 용어를 떠올리려 애썼다. "왠지 모르게…… 친근한 동작이야."

모두 동의한다는 듯이 고개를 끄덕였다.

"그래서 자네 제안은 뭐야?" 보덴슈타인이 물었다. "이제 어떻게 해야 하지?"

"제 생각에는 하이케 베르시의 집에서 증거를 찾아야 할 것 같아요. 오로지 출판사 설립 계획 때문에 그렇게 잔혹하게 살해당했다고는 생각하지 않아요. 배후에 분명히 더 많은 이유가 있을 거예요. 지금까지 우리가 그녀에 대해 아는 거라고는 이웃사람들의 주관적인 묘사와 예전 직장 동료 두 명의 진술뿐이에요. 베르시 씨에게 어떤 비밀이 있었을까? 혹시 그녀가 누군가를 협박했나? 30년 동안 그 출판사에서 일했어요. 그사이에 분명히 아주 많은 일을 알게 됐을 거예요."

"예를 들어 어떤 일 말인가요?" 카트린이 물었다.

"모르겠어." 피아가 어깨를 으쓱했다. 휴대전화가 삑삑거렸다. 헤닝에게서 문자가 왔다. 알렉산더 로트는 바트 조덴 병원에 입원했고, 마리아 하우실트가 로트의 아내를 위로하려고 지금 그곳으로 가는 중이라고 했다.

"난 지금 병원으로 갈게." 피아가 말했다. "같이 가실 분?"

"미안. 나는 지금 나가봐야 해서." 보덴슈타인이 문 위에 걸린 시계를 흘깃 본 후에 말했다.

"나도. 아들이 중요한 경기를 하는데, 내가 가겠다고 약속했거든." 셈이 이유를 댔다.

"어, 오늘이 아내 생일이에요." 타리크가 유감스럽다는 듯이 말했다. "아내가 오늘 오후에 사람들을 잔뜩 초대했는데, 제가 나타나지 않으면 나중에 일이 커질 거예요."

"으악, 제가 너무 못된 사람처럼 느껴지네요." 카트린이 얼굴을 찌푸렸다. "오늘은 드물게도 저 역시 다른 계획이 있어요."

"내가 같이 갈 수 있어." 카이가 제안했다. "외근 나가본 지 너무 오래됐네."

"아니, 괜찮아." 피아는 자리에서 일어나 배낭을 들었다. "힘든 일도 아니고, 난 병원 바로 옆에 사는 거나 마찬가지니까. 내일 아침 9시에 베르시 씨 집에서 만나. 크뢰거가 알고 있어. 벡스, 가자!"

벡스는 탁자 아래 자기 자리에서 일어나 몸을 흔들고 피아의 뒤를 터덜터덜 따라갔다. 피아도 사실은 집에 일찍 돌아가길 바랐다. 크리스토프가 오늘 암스테르담 회의에서 돌아오니 그 전에 장을 보고 뭔가 맛있는 요리를 준비하고 싶었다. 하지만 초과근무를 해야 하는 피아를 이해하는 사람이 있다면 바로 남편이었다. 그도 정시에 퇴근하는 일이 드물고 주말에도 자주 일해야 했다.

"피아, 기다려!" 피아가 계단을 막 내려가려는데 보덴슈타인의 목소리가 울려 걸음을 멈췄다.

"내가 함께 갈게." 그가 말했다. "한 시간 정도로 큰일 나는 건 아니니까."

"정말이에요?"

"응. 가족 모임 전에 얼른 마인-타우누스 센터에 가서 새 옷을 좀 사려고 했어." 보덴슈타인이 피아 옆에서 계단을 내려갔다. "하지만 병원에서 시간이 오래 걸리지 않는다면 모임 전에 해결할 수 있을 것 같아."

"뭐, 그렇다면." 피아가 방화문을 열고 둘은 출구로 향했다. 보안 게이트 앞에 이르자 니콜라 엥겔 박사가 여섯 개들이 생수 두 박스와 담배 한 보루, 이 지역 타이 레스토랑 로고가 그려진 종이 박스를 들고 맞은편에서 걸어왔다. 테이크아웃이나 배달 서비스 덕분에 호프하임 경찰서에서 인기 만점인 레스토랑이었다.

"벌써 퇴근인가?" 과장이 비웃는 어조로 물었다. 벡스가 종이 박스에 관심을 보이며 킁킁 냄새를 맡았다.

"아니. 우리 희생자와 가까운 주변인물 중 한 명이 병원에 입원했대." 피아가 대답했다. "지금 거기로 가서 환자 가족과 이야기를 해보려고 해."

"언제부터 담배를 사는 거야?" 보덴슈타인이 비꼬았다. "그리고 타이 음식이라니? 당신하고는 전혀 맞지 않네."

"두루미 모이잖아요." 피아가 비웃었다. "게다가 공공건물에서는 금연인데."

"특별한 상황에는 특별한 조치가 필요한 법이지." 니콜라 엥겔이 근엄하게 대꾸하고 발길을 재촉하려 했다.

"아, 니콜라." 보덴슈타인이 과장을 불러 세웠다. "당신과 두루미가 서로 말도 하나?"

"당연하지." 니콜라 엥겔이 미심쩍은 눈길로 그를 바라봤다. "그걸 왜 물어?"

"월요일에 하이케 베르시와 다툴 때, 그녀가 빨간 가발을 썼는지 혹시 물어볼 수 있어?"

"그래. 그런데 왜?"

"그냥 알고 싶어서." 보덴슈타인이 대답했다. "관심이 가거든."

"좋아. 물어볼게." 과장은 좋아하는 작가가 있는 지하실로 가려고 마음이 바빴다. "부탁할 거 또 있어?"

"일단은 없어."

"왜 그걸 물어보라는 거예요?" 보안 게이트를 지나면서 피아가 물었다. 피아는 방탄유리 뒤편에 있는 동료에게 고개를 끄덕여 인사하고 바깥으로 나왔다.

"타리크가 한 말이 떠올라서." 보덴슈타인이 대답했다. "이웃들이 비 오는 날 밤에 쓰레기통을 바깥에 내놓고 차를 타고 차고로 들어간 사람이 하이케 베르시라는 걸 어떻게 알았을까?"

"그 사람들은 베르시 씨를 아니까요." 피아가 어깨를 으쓱하며 대답했다.

"그리고 다른 사람이라고는 생각하지 않았기 때문일 거야." 보덴슈타인이 제일 아래 층계에 멈춰 섰다. "남자였거나 금발 여자였더라면 이웃 사람들은 호기심이나 의아함 때문에라도 다시 한번 쳐다봤겠지. 하이케 베르시가 그 가발을 집에서도 썼는지 아니면 외부에서만 썼는지 알고 싶어. 타리크 말대로 살인범이 하이케 베르시로 변장했던 거라면, 그 범인은 베르시의 붉은 머리가 가발이라는 걸 알았다는 뜻이니까."

"우리가 범인을 가까운 주변인물 중에서 찾아야 한다는 또 하나의 증거가 되겠네요." 상관의 사고 과정을 이해한 피아가 인정한다는 듯이 고개를 끄덕였다. "좋아요, 두루미가 자기 편 집자를 얼마나 잘 알고 있었는지 궁금하네요."

* * *

바트 조덴 병원 접수처에서 보덴슈타인은 알렉산더 로트에 대해 물었다. 정보를 기다리는 동안 로비를 훑어보던 피아는 경찰 생활 중에 겪은 가장 끔찍한 경험이 생각나서 소름이 끼쳤다. 거의 10년 전에 이곳에서 한 남자가 피아의 눈앞에서 유리문으로 넘어졌다. 피아는 그를 필사적으로 구하려 했지만 결국 남자는 몇 분 만에 그녀의 손 아래에서 과다출혈로 숨졌다. 직업적으로든 개인적인 이유로든 이곳에 올 때마다 피아는 그 남자를 떠올렸다. 내가 당시에 제때 개입했더라면…….

"피아?"

"아, 죄송해요." 피아는 심호흡을 했다. "여기 올 때마다 하르트무트 자토리우스 생각이 나서요."

"나도 마찬가지야." 보덴슈타인이 대답했다. "그리고 수의사 조수가 사람들이 모두 보는 앞에서 나를 유도 기술로 바닥에 내던진 것도. 자, 가자고. 3층으로 올라가야 해."

그 순간 어떤 여자가 회전문을 지나 로비로 들어섰다. 잿빛이 섞인 금발 보브커트 헤어스타일이었고 알 색깔이 짙은 커다란 선글라스를 끼고 있었다.

"하우실트 씨?" 방향을 알아보려고 안내판 앞에 멈춰 선 여자에게 피아가 말을 걸었다. 헤닝의 에이전트는 선글라스를 벗고 당황한 표정으로 잠시 피아를 보다가 기억을 떠올렸다.

"아, 산더 형사님. 안녕하세요." 하우실트는 화장을 전혀 하지 않은 민낯이었는데 눈이 붓고 새빨개져 있었다. "알렉스가 어느 병원에 입원했는지 당신이 알고 싶어 한다고 헤닝이 말하더군요."

"네, 알려주셔서 고맙습니다. 이쪽은 제 상관, 보덴슈타인 수사반장님입니다." 피아는 조만간 헤닝에게 앞으로 그런 정보는 외부인에게 알리지 말라고 부탁해야겠다고 마음먹었다. "로트 씨에게 무슨 일이 일어났는지 아시나요?"

"자세히는 몰라요. 아마도 자전거에서 굴러떨어진 모양이에요." 에이전트는 어수선한 손짓으로 머리카락을 훑었다. 흥분한 듯했다. "오늘 쾰른에서 작가와 만나 점심식사를 하고 있는데, 도로가 전화를 걸어 알렉스가 사고를 당해 혼수상태에 빠져 있다고 하더라고요."

"도로가 누군가요?" 피아가 물었다.

"도로테아 빈터샤이트-핑크요." 마리아 하우실트가 설명했다. "빈터샤이트 출판사 영업부장이자 헨리와 마가레테 빈터샤이트의 딸이에요. 도로에게서 전화를 받자마자 최대한 서둘러 지금 온 거예요."

"왜요?"

"왜라니요?" 에이전트는 당황해서 되물었다. "우린 오랜 친구 사이랍니다. 서로 돕지요. 게다가 하이케가 끔찍한 일을 당한 마당이니. 하이케가…… 더는 살아 있지 않다는 걸 아직도 믿을 수 없어요. 우리는 청소년 시절부터 친한 친구였어요."

피아가 말을 잇기 전에 보덴슈타인이 끼어들었다.

"하우실트 씨, 조의를 표합니다." 그가 연민을 담아 말했다. "엄청난 상실감이 드시겠어요."

"예, 그렇답니다. 하이케가 이제 없다는 게 실감이 나지 않아요. 우리가 다투고 헤어졌다는 사실이 너무 힘드네요." 마리아 하우실트는 다시 머리카락을 쓸었지만, 이번에는 어수선한 손짓이 아니라 교태에 가까웠다. 그녀의 눈길은 말 그대로 보덴슈타인의 얼굴을 빨아들였다. 피아가 이미 자주 목격한 현상이었다. 여자들은 나이를 불문하고 그에게 푹 빠졌다. 보덴슈타인은 셈과 달리 할리우드 영화배우처럼 생기지는 않았지만 나이 드는 게 아주 잘 어울리는 매력적인 남자였다. 관자놀이에 잿빛이 섞인 숱 많은 짙은 머리칼, 갈색 눈 주위의 잔주름은 그가 가진 귀족의 성이나 완벽한 행동거지와 조화를 이루었다. 사람들은 그가 누구인지, 왜 자기와 이야기하려고 하는지 잊을 때가 많았다. 목격자나 용의자와 이야기를 나눌 때 자기 이마에 '형사'라는 단어가 문신으로 새겨져 있는 모양이라고 항상 느끼는 피아는 이따금 이런 상관의 능력이 부러웠다.

헤닝의 에이전트가 고개를 비스듬하게 기울이고 보덴슈타인에게 말했다.

"반장님을 보니 누군가 떠오르네요." 피아는 그녀가 '좋은 옛 친구'에 관한 감동적인 이야기를 늘어놓으리라고 짐작했지만 예상치 못한 말이 나왔다.

"아, 그래요. 이제 생각났어요!" 마리아 하우실트가 미소를 지었다. "영화배우 팀 베르크만을 살짝 닮으셨네요."

"그래요? 영광입니다." 늙은 아첨쟁이 보덴슈타인은 피아가 '백작의 눈길'이라고 부르며 놀리는 특유의 매혹적인 미소를 지었다. 이제 정중하게 무릎을 굽히며 저 여자 손등에 입맞춤만 하면 되겠네. "괜찮으시다면 저희가 위층으로 모셔다드리겠습니다."

"그럼요, 괜찮고말고요." 에이전트가 황홀하다는 듯 대답했다. "옛날 친구들이 모두 모여 있답니다. 폰 부흐발트 씨, 제가 다 소개해드리죠."

"보덴슈타인입니다." 피아가 정정해줬다.

"아, 그렇지요. 죄송해요." 마리아 하우실트가 웃음을 터뜨렸다. 살해된 친구에 대한 슬픔은 잠시 사라진 듯했다. "키르히호프 교수님이랑 소설 플롯과 등장인물들에 대해 무척 진지하게 이야기를 나누어서, 실존인물을 이렇게 만나고 보니 허구와 현실을 구별하기 힘들군요."

"괜찮습니다. 소설을 통해 불멸의 인물이 된다는 건 저희에게 큰 영광이지요." 보덴슈타인은 어이없다는 표정으로 그저 고개만 젓고 있는 피아에게 윙크했다.

승강기가 도착해 문이 열렸다. 보덴슈타인은 에이전트와 피아를 먼저 들여보냈다.

"요제프가 전화해서 하이케의 시신을 발견했다고 말했을 때, 저는 처음에 도저히 믿을 수 없었어요." 마리아 하우실트는 다시 침울해 보였다. "누군가와 이렇게 오랜 세월 알고 지내면 그 사람이 이제 더는 존재하지 않는다는 게 상상이 되지 않아요. 게다가 알렉스 사고 소식까지. 정말 끔찍하네요."

"로트 씨가 오랫동안 금주하다가 왜 다시 마시기 시작했는지 아시나요?" 피아가 물었다.

"정확한 이유야 저도 당연히 모르지요." 에이전트가 대답했다. "하지만 하이케가 그를 심하게 압박했다는 건 알아요. 하이케는 자기가 설립할 새 출판사로 그를 반드시 데리고 가려 했어요. 뭔가 하겠다고 마음먹으면 기필코 이루려고 하지요. 제 생각에 카를이 알렉스를 기획부장으로 임명했을 때 알렉스는 갈등했을 거예요. 다른 사람들에 비해 압박을 잘 견디지 못하는 사람도 있어요."

"예를 들어 당신과는 다르다는 말씀이지요?" 피아가 물었다.

마리아 하우실트는 생각에 잠긴 표정으로 피아를 빤히 바라보다가 대답했다.

"그래요, 저는 압박을 잘 견딘답니다. 하지만 처음부터 그랬던 건 아니에요. 미움을 받는다는 건 쉬운 일이 아니에요. 특히 자기가 좋아하는 사람들에게 그러는 건 무척 힘들지요. 특히 당신이라면 더 잘 이해하실 수 있을 텐데요."

'아이고!' 피아가 생각했다. 1 대 0으로 에이전트가 선점.

"직업상 두 분은 분명히 압박을 견뎌야 할 때가 많겠지요." 마리아 하우실트는 자신의 날카로운 대답을 조금 완화하려고 얼른 덧붙였지만, 피아는 그녀가 뭘 말했는지—특히 누구에게 말했는지—정확하게 이해했다.

"직업상 저희는 좋아하는 사람들과 관계를 맺을 일이 별로 없답니다." 피아가 대답했다.

"이따금 그런 일이 생기기는 하지요. 어쨌든 당신은 오펠 동물원 사건 때 남편을 만났잖아요." 마리아 하우실트가 고집스럽게 말했다. "그리고 상관이 남편을 오랫동안 살인 용의자로 봤지만 당신은 그를 사랑하게 됐고요."

"헤닝에게 앞으로는 등장인물들을 좀 더 심하게 변형하라고 충고해야겠군요." 피아가 무뚝뚝하게 대꾸했다. "제 비밀을 모두 폭로하니 말이에요."

승강기가 3층에 멈춰 서자 세 사람은 승강기에서 내려 복도를 따라 걸어 중환자실 입구로 향했다. 대기실에 모여 있는 사람들은 모두 말이 없었다. 등을 꼿꼿하게 펴고 민트그린 색 플라스틱 의자에 앉아 있는 나이 든 부인 한 명만 빼고는 모든 사람이—남자 두 명과 여자 다섯 명—스마트폰으로 분주하게 뭔가 하고 있었다. 피아는 카를 빈터샤이트도 여기 있다는 것에 잠시 의아했지만, 지금 여기서 중요한 사람은 하이케 베르시가 아니라 그의 직원인 알렉산더 로트라는 사실을 떠올렸다.

"마리아! 왔구나!" 나이 든 부인이 의자에서 몸을 일으키고 힘겹게 미소를 지으며 팔을 벌렸다. 에이전트가 사랑을 듬뿍 담아 부인을 포옹했다.

"마가레테! 최대한 서둘러 왔어요. 알렉스는 어떤가요? 뭔가 알아낸 거 있어요?"

"파울라가 의사들과 아직 이야기 중이야." 검게 염색하고 들쑥날쑥하게 자른 짧은 헤어스타일에 새파란 뿔테 안경을 쓴 여자가 대답했다. "상태가 안 좋은 것 같아."

"아, 어쩌나!" 키 큰 금발 여자가 에이전트의 양쪽 빰에 입맞춤을 했다. "정말 모든 게 끔찍하네!"

보덴슈타인과 피아는 조신하게 문간에 서서, 대기실에 있는 사람들이 모두 마리아 하우실트에게 인사하는 모습을 지켜봤다. 다들 충격을 받은 듯했고 목소리를 낮추어 소곤소곤 이야기를 나누는 것이 마치 장례식 장면처럼 느껴졌다. 노부인은 마리아 하우실트를 독차지하여 자기 옆쪽 의자에 앉히고 양손으로 그녀의 손을 잡고 귓가에 뭔가 속삭였다. 마리아 하우실트는 피아에게 미안하다는 눈길을 보냈다. 카를 빈터샤이트가 피아와 보덴슈타인에게 다가왔다. 마리아 하우실트는 그와도 포옹했는데, 그런 모습에 피아는 살짝 어리둥절했다.

"마리아는 제 대모입니다." 발행인이 설명했다. 그런 다음 그가 그곳에 있는 사람들을 차례로 소개했다. 머리카락이 하얀 노부인은 카를의 큰어머니, 그러니까 그의 큰아버지이자 전임자로 오늘 건강상의 이유로 이곳에 오지 못한 헨리 빈터샤이트의 아내 마가레테 빈터샤이트였다. 과감하게 자른 검은색 머리카락에 파란 안경을 쓴 사람은 그의 사촌인 도로테아 빈터샤이트-핑크, 그리고 카를 말고 대기실에 있던 유일한 남자는 그녀의 남편 슈테판 핑크였다. 주근깨 많은 금발은 서점 주인인 요제핀 린트너, 울어서 퉁퉁 부은 눈으로 날개 꺾인 새처럼 벤치에 나란히 쪼그리고 있는 젊은 여자 두 명은 사고를 당한 알렉산더 로트의 두 딸이었다. 소개가 끝나자마자 중환자실의 반투명한 양쪽 여닫이문이 낮은 소리를 내며 열렸다. 한 여자가 대기실로 나왔다. 키가 크고 바짝 말랐으며 어깨까지 내려오는 갈색 머리칼, 목에 실크스카프를 두르고 청회색 바지 정장 차림인 여자는 우아한 동시에 감정을 억누르는 인상을 풍겼다. 곧 소곤거리던 대화를 멈추고 다들 그녀를 바라봤지만, 그녀는 카를 빈터샤이트에게만 말을 건넸다.

"알렉산더는 아직 혼수상태이고 인공호흡 중이야." 여자가 그에게 나지막하게 말했다. "넘어지면서 얼굴을 크게 다치고 골절상을 입었어. 의사들은 그가 언제 의식을 찾을지 진단하지 못하고 있어. 앞으로 24시간이 중요하다네."

젊은 여자 한 명이 흐느끼기 시작하자 다른 한 명이 위로하며 포옹했다.

그러니까 이 사람이 하이케 베르시와 몇 년 동안 일요일 문학 방송을 진행한 텔레비전 언론인이자, 상관에게서 들은 바에 따르면 코지마의 옛 친구인 파울라 돔스키로군. 피아는 생각했다. 카이가 회의실 화이트보드에 썼던 이름들이 이제 얼굴을 드러냈다. 인간관계를 파악해내는 섬세한 감각을 지닌 피아는 대기실에 있는 사람들 사이의 긴장감을 눈치챘다. 마리아 하우실트와 슈테판 핑크, 요제핀 린트너가—의식적이든 무의식적이든—마가레테 빈터샤이트를 에워싸고 있고, 알렉산더 로트의 딸들과 카를 빈터샤이트는 그들에게서 약간 거리를 두고 떨어져 있는 모습이 눈에 띄었다. 도로테아 빈터샤이트-핑크는 중재자 역할을 하는 듯했다.

"아, 파울라. 정말 안됐어!" 침묵을 깬 사람은 도로테아 빈터샤이트-핑크였다. "불쌍한 알렉스! 다시 깨어날 거야. 그렇지?"

"몰라." 파울라 돔스키가 쌀쌀맞게 대꾸했다. "카를, 네가 여기 남으면 좋겠다." 그녀의 시선이 다른 사람들을 훑었다. "와줘서 고맙습니다. 알렉산더가 알면 기뻐할 거예요. 하지만 지금은 여기서 하실 일이 없어요. 그러니 돌아가주세요."

"알렉산더는 내 아들이나 마찬가지야." 마가레테 빈터샤이트가 단호한 목소리로 말했다. "난 남겠다. 알렉산더에게는 그렇게 해야 해."

"나도 남을래." 마리아 하우실트가 곧장 끼어들었다.

"우리도." 슈테판 핑크가 입장을 밝히자, 도로테아 빈터샤이트-핑크도 고개를 끄덕여 동의를 표했다. 사람들의 반응은 집단 내부의 권력 관계를 명백하게 드러냈다. 마가레테 빈터샤이트의 권위에 도전하는 사람은 아무도 없었다. 그녀가 남으면 모두 남았다.

"마음대로 해." 파울라 돔스키가 대꾸했다. 경멸을 뚜렷이 드러내는 말투였다. "늘 그랬으니까. 하지만 그걸로 뭔가 배상할 수 있다고는 믿지 마. 알렉산더가 다시 술을 마시게 된 건 당신들 때문이니까. 난 절대로 용서하지 않아. 모두 지옥에나 떨어지라고!"

그녀는 딸들에게 따라오라는 손짓을 하고 몸을 돌려 나갔다. 당황하는 카를 빈터샤이트를 제외하고는 파울라 돔스키가 퍼부은 저주에 아무도 반응을 보이지 않았다. 다들 그녀를 진지하게 받아들이지 않는 듯했다.

젊은 여자 두 명이 엄마를 따라나서고, 보덴슈타인과 피아도 그녀를 따랐다.

몇 미터 앞서간 파울라 돔스키가 복도에서 멈춰 섰다. 그러고는 팔짱을 낀 채 목소리를 낮춰 딸들과 이야기를 나누었다.

"실례합니다." 보덴슈타인이 언론인에게 말을 걸었다.

"안녕하세요?" 파울라 돔스키는 당황해서 그를 바라보다가, 두 사람을 대기실에서 봤다는 데 생각이 미친 듯했다. "조금 전에 소란스럽게 굴어 죄송합니다. 중환자실에 가족이 계신가요?"

"아닙니다. 저희는 형사입니다." 보덴슈타인이 정중하게 대답했다. "지금 시간 있으신가요?"

"형사라고요?" 파울라 돔스키가 당혹스러운 표정으로 그를 바라봤다. "네…… 네, 물론 있습니다."

보덴슈타인이 바깥에서 이야기하자고 제안하자 그녀는 바로 동의했다. 대기실의 불청객들에게서 잠시라도 벗어나게 되어 안도하는 듯했다.

"금방 올게." 파울라 돔스키가 딸들에게 말했다. 아래로 내려가면서 그녀는 피아와 보덴슈타인에게 알렉산더 로트가 병원에 실려 올 당시 혈중알코올농도가 측정됐다고, 그것 역시 자전거에서 추락한 원인 중 하나일 거라고 말했다. 평소와 마찬가지로 헬멧 없이 자전거를 탔으므로 몇 군데 골절상 외에 심한 얼굴 부상도 당했다고 했다.

"더 일찍 발견됐더라면 아마 희망이 있었을지도 몰라요. 하지만 남편은 버스 운전사가 우연히 발견하고 구급의사에게 알리기 전까지 의식을 잃은 채 몇 시간 동안 길가 도랑에 누워 있었던 모양이에요." 그녀는 놀라울 만큼 차분했지만, 어쩌면 그저 자신의 감정을 강력하게 통제하는 걸 수도 있었다. "CT 사진으로 볼 때 뇌 손상은 없어요. 하지만 의사들은 그가 의식을 회복할 가능성이 매우 낮다고 하더군요. 두뇌 활동이 거의 측정되지 않는다고 해요."

보덴슈타인은 회전문을 지나 그녀를 바깥으로 안내하여 보리수나무 아래 벤치로 갔다. 파울라 돔스키와 보덴슈타인은 벤치에 앉고 피아는 서 있었다.

"어제 오후에 제가 동료와 함께 출판사에 가서 남편분을 만나 이야기를 나눴습니다." 돔스키 씨에게 이렇게 말을 건넨 피아는 알렉산더 로트의 아내가 그 일에 대해 전혀 모르는 듯한 반응을 보이는 것에 놀라지 않았다. "로트 씨는 지난 월요일 오후에 하이케 베르시 씨 집에 갔다고 하더군요. 화요일 저녁에 당신 방송에 나가지 말라고 부탁하려요."

"그렇게 하는 데 성공한 것 같네요." 파울라 돔스키는 즐거운 기색이라고는 전혀 없이 짤막하게 흥, 콧소리만 냈다. "그 모든 일이 자기 아이디어였지만 나타나지 않았거든요."

"어떤 일 말씀인가요?" 피아가 물었다.

"하이케는 청중 앞에서 생방송으로 카를을 모욕하려고 했어요." 언론인이 대답했다. "이른바 자기가 겪었다는 불의에 복수할 마음으로 들끓었지요. 방송국 부장은 이 아이디어에 열광했고요. 하이케가 〈파울라와 책 읽기〉에서 물러난 이후, 시청률은 1퍼센트 정도밖에 되지 않아서 우린 방송국의 블랙리스트에 올라 있어요. 부장은 하이케가 등장해서 소소하면서도 매력적인 스캔들을 일으켜 시청률이 올라가기를 기대했지요. 그러나 하이케는 그를 곤경에 빠뜨렸어요. 취소조차 하지 않았답니다. 제가 수십 번이나 연락했는데 하이케는 전화를 받지도, 문자에 답장을 주지도 않았어요."

"하이케 베르시는 그 시점에 이미 사망했을 확률이 매우 높습니다." 피아가 말했다. "오늘 아침에 그녀의 시신을 발견했어요."

"예, 아까 들었어요. 끔찍한 일이에요." 파울라 돔스키는 별로 놀라는 기색 없이 고개를 끄덕였다. 남편에 대한 걱정이 예전 동료를 잃은 슬픔보다 큰 걸까, 아니면 하이케 베르시의 운명에는 관심도 없는 걸까? 조금 전에 대기실에서 그녀는 카를 빈터샤이트에게만 말을 걸고 그에게 남아달라고 부탁까지 했지만, 지난 화요일에는 시청률을 올릴 생각에 카메라 앞에서 그가 큰 위험에 빠지는 것을 방치할 참이었다.

"베르시 씨를 잘 알고 계셨지요. 맞죠?" 피아가 물었다. "오랫동안 함께 일하셨잖아요."

"예, 맞아요." 파울라 돔스키가 고개를 끄덕였다. "우린 탁월한 쌍두마차였어요. 친구 사이라고 말할 수는 없지만, 항상 훌륭한 동료 관계였지요. 사망 소식에 충격을 받거나 슬픔을 느끼면 좋을 텐데 그럴 수 없군요. 하이케는 너무 많은 것을 망가뜨렸어요."

"베르시 씨의 사망 소식은 누구에게서 들으셨습니까?" 보덴슈타인이 물었다.

"영원한 사람들에게서요." 알렉산더 로트의 아내는 병원 건물을 머릿짓으로 가리키며 냉소적인 말투로 대답했다. "저는 남

301

편의 옛 친구들을 '영원한 친구들'이라고 부른답니다. 거의 평생을 알고 지내는 사이라서요."

"아, 그렇군요."

"남편분이 베르시 씨와 다퉜다고 저희에게 진술했습니다." 피아가 말을 이어받았다. "베르시 씨는 로트 씨가 기획부장 자리를 얻고서 새 출판사로 옮기려고 하지 않아 화가 났다고 하더군요."

"알렉산더는 기획부장이 될 자격이 충분해요. 그리고 출판사가 새로 구성된 후에 하이케가 그 자리를 얻지 못한 건 본인 잘못이에요." 파울라 돔스키가 단호하게 반박했다. "하이케는 첫날부터 새 경영진에게 반대했고 직원들을 충동질했어요. 그런 일에는 아주 뛰어납니다. 하지만 그걸로는 자기 뜻을 이루지 못하고 다른 출판사에 자리도 얻지 못하자 자기 출판사를 설립하겠다는 생각에 빠졌어요. 자기가 담당하는 작가들과 동료들이 따라올 거라고 굳게 믿었지만 예상치 못한 결과가 나오고, 그녀는 자기가 사람들에게 얼마나 미움을 받는지 깨달았어요. 하이케는 본인이 모든 걸 가장 잘 알고 가장 잘할 수 있다고, 다른 사람들은 무능력한 멍청이라고 믿었고 그런 생각을 전혀 숨기지 않았어요. 그녀가 나가자 출판사 사람들은 기뻐했지요. 저는 그곳 사람들은 눈물 한 방울도 흘리지 않을 거라고 생각해요."

"하지만 남편분은 그 자리를 얻고도 기쁘지 않았던 것 같은데요." 피아가 말했다.

"아니, 만족했을 거예요." 파울라 돔스키가 주장했다. "그를 힘들게 한 건 그저 상황뿐이었지요." 그녀는 잠시 쉬었다가 말을 이었는데, 뭔가 힘겹게 자제한다는 듯 목소리가 억눌려 있었다. "남편과 저는 25년째 부부예요. 훌륭한 딸을 두 명 두었고, 우리 둘 다 직업생활에서 성공했고 언제나 서로 도왔어요. 사실 행복한 삶을 영위할 모든 전제조건을 갖춘 셈이지요. 하지만 제 남편에게 출판사와 영원한 친구들은 언제나 우리보다, 가족보다 더 중요했어요. 두 분도 저 위에서 보셨잖아요. 거긴 폐쇄된 회원제 클럽이에요. 저는 언제나 바깥에 있었지요. 예전 이야기, 함께한 추억, 다들 웃음을 터뜨리는 소소한 암시. 저는 지금까지도 이런 게 뭔지 알지 못해요."

"조금 전에 남편이 다시 술을 마시게 된 게 친구들 때문이라고 했는데, 그게 무슨 뜻인가요?" 피아가 물었다.

"그들은 친구라서 제 남편이 금주 중인 알코올중독자라는 사실을 알고 있었어요. 남편을 압박하여 다시 술을 마시게 할 게 아니라 그가 마시는 걸 말렸어야지요." 이렇게 말하는 파울라 돔스키의 입가에 쓸쓸한 기미가 묻어났다. "남편은 거의 17년 동안 술을 마시지 않았어요. 그러다가 몇 달 전, 카를이 그를 기획부장으로 임명하고 얼마 지나지 않았을 때 저는 그를 밤에 프랑크푸르트의 어느 파출소에서 데려와야 했답니다. 완전히 취한 채 길을 잃어버린 그를 역 주변에서 발견했대요. 다음날 남편은 후회했어요. 술에는 손도 대지 않겠다고 눈물로 맹세했는데 금주에 성공하지 못한 거예요." 파울라 돔스키는 잠시 멈췄다가 다시 말을 이었다. "예전에 그는 사람들과 함께 술을 마셨어요. 당시에 출판사에서 저녁마다 술을 마셨고, 참석해야 하는 모임에서도 물론 마셨지요. 하지만 이번에는 그의 음주 뒤에 뭔가 다른 게 있다는 느낌이 들어요. 몇 주 전부터 남편은 완전히 달라졌어요. 제가 대화를 시도하면 바로 차단했지요."

파울라 돔스키는 헛기침을 하고 어깨를 쭉 폈다.

"며칠 전에, 그러니까 아마 지지난주 화요일이나 수요일이 었을 텐데, 남편이 엄청나게 취해서 집으로 왔어요. 늦은 시각 이라서 저는 이미 침대에 누운 후였죠. 그가 올라오지 않기에 찾아봤더니 차고에 있더라고요. 너무 취해서 일어서지 못하더 군요." 돔스키 씨는 잠시 감정을 억눌렀다. 남편의 약점에 대해 이야기하는 것을 얼마나 힘들어하는지 확연하게 보였다. "자전 거를 타고 어떻게 프랑크푸르트에서 리더바흐까지 왔는지 신 기할 지경이었어요. 저는 당장 술을 끊지 않으면 내쫓아버리 겠다고 협박했지요. 그러자 남편은 울기 시작했어요. 그러고는 자기는 자격이 없다고, 자기 삶과 이력은 전부 거짓말을 토대 로 이루어졌다고, 그게 밝혀지는 게 끔찍할 만큼 두렵다고 그 랬어요."

"그게 무슨 뜻일까요?" 보덴슈타인이 물었다.

"저도 모르겠어요. 더는 말하지 않았으니까요." 파울라 돔스 키가 무거운 목소리로 대답했다. "남편은 어쩌면 죽을지도 모르 겠어요. 아니면 영원히 뇌손상을 입을 수도 있겠지요. 뭐가 그 를 그토록 고통스럽게 했는지 전 아마 영원히 알아내지 못할 거 예요. 그를 제대로 안 적이 없다는 느낌이 들어요."

"반평생을 함께 산 사람이 나에게 비밀이 있고, 내가 그 사람을 전혀 모른다는 걸 알게 된다면 정말 끔찍한 느낌일 거예요." 파울라 돔스키가 병원 건물로 들어간 후에 피아가 말했다.

"저 사람은 지금 기분이 씁쓸하고, 남편의 옛 친구들에게 질투하는 거야." 보덴슈타인이 대답했다.

"이상한 일도 아니지요." 피아가 고개를 끄덕였다. "'영원한 사람들', 그녀에게는 출입이 결코 허락되지 않은 '폐쇄된 회원제 클럽'이라고 했죠. 상당히 적절한 묘사예요."

"어쩌면 저 사람이 하이케 베르시를 살해했을지도 몰라." 보덴슈타인이 혼잣말을 했다. "베르시 씨에게 가서, 자기 남편이 한 말이 무슨 뜻일 것 같냐고 물어봤을 수도 있지."

"베르시 씨가 아무 대답도 하지 않아서, 혹은 자기가 듣고자 하는 대답을 하지 않아서 그녀를 때려죽였다고요?" 피아는 고개를 저었다.

"그럴 수도 있잖아." 보덴슈타인이 말했다.

"흐음, 저 사람이 하이케 베르시를 때려서 피와 회백질이 부엌 사방에 흩뿌려지고, 그 후에 시신을 숲으로 가져가서 버리고 부엌을 청소했다고 상상하기는 힘드네요."

"잘 통제된 저 부인의 얼굴 뒤에는 감정의 화산이 들끓고 있어." 보덴슈타인이 주장했다. "절망과 25년 동안 쌓인 불평이 폭발하면 무슨 일이든 벌어질 수 있다고. 겉으로는 통제를 잘하고 무감각해 보이는 바로 그런 사람들이 대부분은 마음 깊은 곳에 상처를 안고 있지."

"흐음, 그러면 돔스키 씨의 월요일 저녁 알리바이가 필요하겠군요. 지문과 DNA 검사도요. 하지만 지금은 하지 않는 게 좋겠어요. 게다가 다른 사람들 앞에서는." 피아는 서점 주인인 금발 여자와 슈테판 핑크와 이중 성을 사용하는 그의 부인이 회전문으로 나와서 흡연 구역 방향으로 천천히 걸어가는 모습을 지켜봤다. 핑크 부부는 담뱃불을 붙이고, 금발 여자는 두 사람의 양쪽 뺨에 입맞춤으로 작별하고 주차장 쪽으로 사라졌다.

"저기 있는 두 사람과 이야기를 나눠보죠. 그 후에 카를 빈터샤이트의 진술을 다시 한번 받고요." 피아가 제안했다. "그 사람은 '영원한 사람들'을 모두 알지만 거기 소속은 아니잖아요. 어쩌면 그는 자기가 안다는 것조차 의식하지 못하는 뭔가를 알고 있을지도 몰라요."

"좋은 생각이야. 파울라 돔스키는 어디 도망가지 않을 테니까." 보덴슈타인이 동의하고 힐끔 시계를 들여다봤다.

"반장님, 저 혼자 할 수 있어요." 피아가 그에게 자신 있게 말했다. "그러니 상점이 문을 닫기 전에 새 옷을 좀 사세요."

보덴슈타인은 공무용 차량으로 가고, 피아는 슈테판 핑크와 그의 아내에게 가서 자기소개를 했다. 아까는 카를 빈터샤이트 사촌누나의 남편이 앉아 있는 모습만 봤는데, 지금 보니 키가 크고 어깨가 아주 넓은 것에 놀랐다. 화강암으로 조각한 듯한 각진 얼굴과 연파랑 눈동자, 금빛 눈썹과 속눈썹은 나이 들어가는 바이킹 추장을 연상하게 했다. 아내와 마찬가지로 그 역시 우울한 표정이었는데, 친한 친구들에게 일어난 사건을 생각하면 이상한 일도 아니었다.

"어제 출판사에 오셨지요. 아닌가요?" 도로테아 빈터샤이트-핑크가 이렇게 묻고는 금속제 재떨이 가장자리에 담배를 눌러 껐다. 전혀 화장하지 않은 민낯에 들쑥날쑥하게 자른 검은 머리카락, 귀여운 들창코는 거인 같은 남편 옆에 있는 그녀를 소녀처럼 보이게 했다.

"맞습니다." 피아가 대답했다. "동료와 제가 빈터샤이트 씨랑 로트 씨를 만났어요. 하이케 베르시 일 때문에요."

"정말 끔찍한 사건입니다." 슈테판 핑크가 셔츠 깃까지 내려오는 재색 섞인 금발 머리카락을 손으로 훑으며 말했다. "우리 모두 엄청난 충격을 받았어요."

"그러실 거라고 생각해요." 피아가 고개를 끄덕였다. "정말 다들 힘드실 거예요. 더구나 오랜 세월 알던 사이잖아요."

"학창시절부터 알았죠." 슈테판 핑크가 대답했다. "하이케와 저는 요제핀과 마리아, 알렉산더와 괴츠랑 같은 학년이었습니다. 괴츠는 제 아내의 오빠인데, 안타깝게도 사망했고요."

도로테아 빈터샤이트-핑크는 남편보다 두 살 어렸는데, 남편은 학업을 마친 후에 부모님의 대형 인쇄소를 물려받았다. 빈터샤이트 출판사는 50년 이상 핑크 인쇄소의 가장 큰 고객이므로 이 부부는 사업상으로도 서로 연결되어 있었다.

"학창시절의 우정이 그렇게 오래 유지된다는 건 드문 일이지요." 피아가 말했다. "저는 동창들 대부분과 더는 연락이 되지 않는답니다."

"아마 우리 모두 출판업계에서 일하기 때문인지도 모릅니다." 슈테판 핑크가 대답했다. "이 시장은 그다지 넓지 않아서 늘 다시 만나게 되지요. 물론 우리가 예전처럼 가깝지는 않지만 그래도 뭔가 자주 함께합니다. 알렉스와 저는 무릎관절이 말썽을 부려 테니스 라켓을 내려놓기 전까지 오랫동안 함께 테니스를 쳤어요. 요지 부부와 우리 부부는 정기적으로 카드게임을 합니다. 하이케와 마리아, 우리 부부는 이삼 년 전까지 오페라 극장 콘서트에 정기적으로 갔고요."

그가 쓸쓸하게 미소 지었다.

"우린 함께 파티를 하고, 함께 일하고, 힘든 일이 있으면 서로 돕는답니다." 도로테아도 남편의 말에 동의했다. "그래서 오늘 모두 여기에 온 거고요."

"정말 아름다운 모습이에요." 피아는 이렇게 말하고 슬쩍 도발적인 말을 덧붙였다. "돔스키 씨도 여러분의 마음에 고마워할 거예요."

"아니요, 안타깝게도 그렇지 않아요." 도로테아 빈터샤이트-핑크가 대답했다. "파울라는 우리가 자기보다 알렉스를 더 오래 전부터 안다는 사실을 늘 질투했어요. 우린 우리 모임에 파울라를 들어오게 하려고 정말 온갖 시도를 했지만 그녀는 그럴 필요를 느끼지 못했지요. 그런 느낌을 항상 아주 명확하게 표현했고요. 하지만 우린 오늘 파울라가 아니라 우리 친구 알렉스 때문에 이곳에 온 거예요. 우리가 온 것을 파울라가 어떻게 생각하든 우린 신경 쓰지 않아요. 알렉스가 다시 술을 시작한 건 오로지 파울라 책임이에요. 알렉스가 뭘 해도 파울라는 만족하지 못했고, 언제나 불평했어요. 그런 걸 견딜 수 있는 남자는 없어요."

조금 전에 파울라 돔스키가 했던 것과는 완전히 다른 말이었다. 피아는 뭔가 판단을 내리기 전에 언제나 양쪽 말을 다 들어 봐야 한다는 생각을 다시 한번 했다.

"하이케 베르시에 대해 저에게 해주실 말씀 있나요?" 피아가 물었다. "지난 몇 달 동안 출판사에 큰 문제를 일으켰잖아요. 그걸 안 좋게 생각하지는 않으셨어요?"

"물론 안 좋게 생각했죠! 그랬어요! 그것도 아주 안 좋게!" 도로테아가 강조했다. "카를과 우리 모두는 하이케와 저희 아버지의 고집 때문에 하마터면 망할 뻔한 출판사를 구하려고 1년 반 동안 아주 열심히 일하고 있어요! 저는 하이케에게 새로운 방향이 마음에 들지 않으면 사표를 내라고 여러 번 이야기했죠. 그녀가 직장 분위기에 독을 뿌리는 걸 언젠가부터 더는 견딜 수 없었으니까요. 하지만 하이케는 너무 오만해서, 자기가 없다면 출판사가 정체성을 잃어버릴 거라고 생각했어요." 도로테아의 목소리가 떨리고 눈빛이 불현듯 수상하게 반짝이기 시작했다. "지금 이 말은 제가 하이케를 좋아하지 않았다는 것처럼 들릴 텐데요. 그렇지 않아요. 하이케는 그저 제가 아는 사람 중에 가장 고집이 센 사람일 뿐이에요. 그리고 저는 최근에 그녀 때문에 아주 많이 흥분했고요."

도로테아 빈터샤이트-핑크는 서툰 연기를 하는 중이었다. 그녀의 말과 행동에는 과장이 살짝 섞여 있었다. 양심의 가책을 느끼는 걸까? 아니면 뭔가 숨기고 있나? 피아는 그녀를 신중하게 관찰했다. 이런 상황에서 눈물을 솟구치게 하는 원인은 슬픔이나 충격이 아니라 자기연민이나 발각될 것에 대한 두려움일 때가 많았다.

"베르시 씨는 자기 출판사를 설립하려고 했다지요." 피아가 언급했다.

"예, 그랬어요." 도로테아 빈터샤이트-핑크는 진심이었든 연기였든 감정이 요동치던 짧은 순간을 금방 극복했다. "제 아버지와 알렉스 로트와 함께 말이에요. 마리아와 요제핀도 그 계획을 알고 있었지만, 하이케는 저에게만 숨겼어요. 제가 카를에게 말할 거라고 걱정했을 거예요. 사실이에요. 저는 분명히 말했을 테니까요."

그런데도 카를 빈터샤이트는 다른 경로로 그 계획을 알게 되어 베르시 씨를 해고했다. 피아는 그가 어제 정보원을 밝히기를 거부하던 일을 떠올렸다.

"말했을 건가요, 말하셨나요?" 그래서 피아가 물어봤다.

"말했을 거예요!" 도로테아 빈터샤이트 핑크가 강조했다. "저는 도리어 카를에게서 그 말을 들었으니까요."

"당신은 어차피 거기로 가지 않았을 거잖아." 슈테판 핑크가 손을 뻗어 아내의 팔을 쓰다듬었다.

"그렇지." 그녀가 인정했다. "그래도 저는 하이케에게 화가 났어요. 게다가 하이케가 아버지의 이름과 돈만 원한다는 게 아주 명백했으니까요. 아버지가 하이케를 위해 그동안 한 일들을 생각하면 너무나 뻔뻔한 행동이었어요. 그녀는 아버지가 새 출판사를 설립하고 운영할 능력이 이제 더는 안 된다는 걸 정확하게 알고 있었어요. 하이케의 아이디어가 본인이 여전히 능력자라고 생각하는 아버지의 허영심을 자극했을 테지만, 아버지는 이미 오래전부터 기저귀를 차지 않고서는 외출도 하지 못해요.”
도로테아 빈터샤이트-핑크는 걱정스러운 표정으로 손을 내저
었다. “어쨌든 어머니와 저는 그 계획이 이제 더는 실현되지 않
는 게 다행이라고 생각해요. 아버지에게는 굴욕이었을 텐데, 아
버지가 그런 대접을 받을 필요는 정말 없으니까요.”

“그 계획이 실현되지 않는 이유가 베르시 씨가 사망했기 때
문인가요, 아니면 그 전에 어차피 포기했기 때문인가요?” 피아
가 캐물었다.

“어, 흐음. 솔직하게 말하자면 잘 모르겠어요.” 도로테아 빈터
샤이트-핑크는 오해를 일으킬 만한 자신의 표현에 당황해 웃음
을 터뜨렸다. 하지만 피아의 경험에 따르면 사람들이 ‘솔직하게
말하자면’이라고 말하는 내용은 대부분 솔직한 것과 거리가 멀
었다.

“베르시 씨를 살해할 만한 이유가 있는 사람은 누굴까요?” 피
아는 이제 부부에게 아주 직선적으로 물었다.

“저도 하루 종일 그 생각을 하는 중이에요.” 도로테아 빈터샤
이트-핑크는 이렇게 대답하고 한숨을 내쉬었다. “하이케는 지
난 몇 달 동안 많은 일을 일으켰어요. 하지만 그 이유로 누군가
그녀를 살해한다는 건……. 아뇨, 아무리 생각해도 그런 일은
상상할 수 없군요.”

“흐음, 하이케는 적을 만드는 데 대가였습니다.” 슈테판 핑크
가 새 담배에 불을 붙였다. “언제나 상처를 줄 만큼 직설적이었
지요. 그녀 아래에서 모욕을 견뎌야 했던 수세대에 걸친 인턴
들, 그녀 때문에 이력이 끝난 많은 작가들, 욕설을 들은 기자들,

비방을 당한 비평가들, 굴욕을 당한 동료들, 택시 운전사, 식당 종업원, 환경미화원, 판매원 등 세월이 흐르면서 하이케를 죽일 이유를 갖게 된 사람들은 아주 많을 겁니다."

"그건 맞아요." 도로테아 빈터샤이트-핑크가 남편에게 동의했다. "그리고 하이케는 누구에게서든 약점을 바로 찾아내어 그걸 공격하는 재능이 있었지요."

"게다가 우리 친구들을 대하는 태도도 예외가 아니었답니다." 슈테판 핑크가 말했다. "가차 없이 솔직했어요. 하지만 우린 이런 비난이 사적인 감정은 아니라는 걸 알았기 때문에 그럭저럭 잘 지낼 수 있었습니다. 하이케는 완벽주의자였고, 자기 속도를 따라오지 못하는 사람들에게 곧장 화를 냈어요. 정말 고약하게 굴기도 하지만, 무척 재미있고 영감을 주는 대화 파트너였지요. 그녀가 그리울 겁니다."

피아는 비난을, 특히 친구의 입에서 나오는 비난을 사적인 감정이 아니라고 받아들일 수 있다는 게 의심스러웠다. 우정은 솔직하지 않음에 기반을 두고 있을 때가 많았다. 진실을 말한다면 대부분의 우정은 금방 사라질 것이기 때문이다.

"저도 그렇게 말할 수 있다면 좋겠지만." 도로테아 빈터샤이트-핑크는 속마음을 숨기지 않았다. "저는 하이케의 파괴적인 성격과 계략 때문에 그저 화만 났어요. 그녀가 죽는 거야 결코 바라지 않았지만, 남아메리카로 이민 가서 다시는 못 본다고 했다면 전혀 섭섭하지 않았을 거예요."

이 말은 방금 남편이 한 말보다 훨씬 솔직하게 들렸다.

"베르시 씨가 치매에 걸린 아버지를 집에서 돌보고 있었다는 걸 아셨나요?" 피아가 물었다.

"예, 우린 알고 있었어요." 도로테아 빈터샤이트-핑크가 고개를 끄덕였지만, 피아는 슈테판 핑크가 놀라서 아내를 흘낏 바라보는 모습을 놓치지 않았다.

"마리아 하우실트는 모르던데요. 알렉산더 로트도 몰랐고요. 친한 친구 사이라고 했는데 말이죠." 피아가 말했다.

"하이케가 소문을 내지 않았으니까요." 도로테아 빈터샤이트-핑크가 대답했다.

"하이케는 아버지와 언제나 사이가 좋았습니다." 도로테아의 남편이 말했다. "남동생과 어머니를 일찍 잃었어요. 저는 하이케가 친척 이야기를 하는 걸 한 번도 듣지 못했습니다. 언제나 아버지와 그녀뿐이었지요."

"베르시 씨는 한 번도 연인이 없었나요?" 피아가 묻자 핑크 부부는 다시 한번 눈길을 주고받았다.

"있었어요. 하지만 드러내지는 않았지요." 도로테아 빈터샤이트-핑크가 대답했다. "하이케는 30년 동안 제 아버지의 연인이었어요. 그 관계는 아버지가 2년 전에 뇌졸중을 겪기 전까지 지속됐죠."

* * *

피아는 벡스와 함께 가까운 숲을 한 바퀴 돌고 사료를 주고서, 길고 힘든 하루가 지났으니 느긋하게 샤워를 하려고 욕실로 올라갔다. 크리스토프는 암스테르담에서 비행기를 타기 직전에 하트 이모티콘이 포함된 문자를 보냈다. 그가 탄 비행기는 19시 50분에 프랑크푸르트에 도착할 예정이니, 중간에 다른 일이 생기지 않는다면 9시 무렵이면 집에 도착할 터였다. 피아는 남편이 돌아오는 게 기뻤다. 이따금 며칠 정도 혼자 있는 것도 괜찮긴 했지만 크리스토프가 없으면 편안하지 않았고, 그가 없는 집은 그저 건물에 불과했다. 처음 만난 지 벌써 거의 12년이나 지났지만 둘 사이에는 여전히 사랑의 불꽃이 튀었다. 이렇게 긴 세월이 지난 후에 연인들 대부분은 이런 관계를 지속하기 힘들었다. 헤닝과의 결혼생활이 실패한 후에 피아는 위대한 사랑을 또 하게 될 거라고 예상하지 못했다. 그런데 갑자기, 그리고 일부러 찾지 않았음에도 저절로 사랑이 찾아왔다. 크리스토프와 함께 그녀는 웃고, 다투고, 다시 화해할 수 있었다. 그는 최고의 친구이자 조언자이며 친밀한 사람이었고, 함께 있으면 다른 그 누구와 함께하는 것보다 편했다.

피아는 부엌으로 내려가 냉장고에서 호박 두 개와 가지 한 개를 꺼냈다. 마늘과 양파를 다지고 채소를 가늘게 썰어 프라이팬에 볶고 국수 삶을 물을 얹으면서 지금 담당한 사건을 곰곰이 생각해봤다. 지금까지 수집한 팩트들은 서로 맞지 않았다. 한 가지 사실은 확실해 보였다. 제베린 벨텐이 노트북으로 하이케 베르시를 때리고 도망친 후에 다른 누군가가 베르시의 집으로 가서, 벨텐이 대충 벌여놓은 일을 단호한 살해 의지로 완성했다는 사실이었다. 범행 후 행동으로 볼 때 범인은 하이케 베르시와 아는 사이였다는 결론이 나왔다. 범인에게 베르시는 아무렇지도 않은 사람이 아니었다. 그랬더라면 시신을 그냥 그대로 뒀을 것이다. 때려죽인 후에 왜 살인을 사고처럼 보이게 위장하느라 애썼을까? 숲에서 시신이 발견되지 않기를, 아니면 몇 달 또는 몇 년 후에 자연 작용에 의해 사체가 해골로 완전히 바뀐 후에 발견되기를 기대했나? 하지만 그랬더라면 시신을 타우누스산지 가장 깊은 곳에 감추지 않았을까? 왜 휴대전화와 열쇠 꾸러미를 바지 주머니에 넣었지? 휴대전화 위치 추적이 된다는 걸 이제는 아이들도 모두 아는데! 이런 행동은 피아가 지난 몇 년 동안 범죄심리학에서 배운 것과 일치하지 않았다. 그녀는 머릿속으로 모순점들을 몇 개 삭제해봤지만 항상 같은 지점에서 막혔다. 도무지 말이 되지 않았다.

피아는 비뉴 베르데를 와인잔에 따라 마시며 부엌 시계를 흘낏 쳐다봤다. 9시 20분 전이었다. 국수물이 끓었다. 소금과 올리브오일 약간과 파스타를 넣고, 유리문이 활짝 열려 있는 테라스에 식탁을 차렸다. 파스타가 '알 덴테'로 막 익었을 때 벡스가 자기 쿠션에서 벌떡 일어나더니 꼬리를 흔들며 현관문 쪽으로 달려갔다. 다음 순간 열쇠 돌아가는 소리가 들리고 문이 열렸다. 크리스토프가 벡스에게 말을 거는 소리가 들리더니 부엌에 나타났다. 그를 보자 행복해진 피아의 심장이 공중제비를 넘었다.

"아! 당신 왔구나!" 피아는 프라이팬을 뜨거운 전기레인지에서 내리고 크리스토프에게 키스한 후에 그의 품에 안겼다. "돌아와서 정말 좋다."

"까칠한 우리 다툼은 어떻게 됐지?" 그가 피아를 놀리며 부드럽게 뺨을 쓰다듬었다.

"아유, 싸우기에는 인생이 너무 짧잖아." 피아가 대답했다.

"당신 말이 맞아." 크리스토프도 동의했다.

식사를 마친 후에 함께 부엌을 정리하면서 크리스토프는 회의 이야기를, 피아는 전배우자에게 자기 간의 일부를 이식해주려는 보덴슈타인의 각오를 이야기했다. 두 사람 모두 피곤했지만 크리스토프는 두 번째 와인 병을 땄다. 오늘 저녁은 셈과 타리크가 대기 근무라서 피아는 마음 편하게 한 잔 더 할 수 있었다. 촛대에 촛불을 켠 후에 둘은 편안한 테라스 소파에 앉았다. 피아가 크록스를 벗자 크리스토프가 그녀의 발을 마사지했다. 둘은 한동안 말없이 가만 앉아서 적막과 와인과 부드러운 저녁 공기를 즐겼다. 주변 나무의 새소리도 멎었다. 나방 두어 마리가 촛대 주위를 날아다녔다.

"무슨 걱정거리 있어?" 크리스토프가 물었다.

"살인사건이 일어났어. 여기 바트 조덴, 저 아래쪽 부르크베르크 거리에서." 피아가 하품을 하며 대답했다. "처음에는 우발적 사건처럼 보였는데, 지금은 상당히 복잡해졌지."

"이야기하고 싶어?"

어떤 사건이 미묘해지면 모든 것을 범죄수사학적 관점에서 보지 않는 사람에게 수사에 대해 설명하는 것이 도움이 될 때가 많았다. 그저 팩트를 나열하는 것만으로도 그전에 못 봤던 연관성을 깨닫게 될 때가 가끔 있었다.

"희생자는 56세 여성이야." 그래서 피아는 이야기를 시작했다. "우연하게도 헤닝 에이전트의 친구이고, 그의 책을 출간하는 출판사에서 몇 달 전에 즉시 해고를 당했어. 유명한 작가 제베린 벨텐을 담당하던 편집자이기도 해. 오늘 쥐세 그륀트헨 위쪽 숲에서 그 사람 시신을 발견했어."

"아하! 그런 이야기라면 언제든 들을 용의가 있지." 크리스토프는 와인을 더 따르고 자세를 편하게 잡았다.

피아는 하이케 베르시 집 앞에서 마리아 하우실트를 만난 이야기부터 시작해서 아까 병원을 찾아갔던 이야기로 마쳤다. 범죄소설을 즐겨 읽고 〈트루 디텍티브〉나 〈크리미널 마인드〉 같은 미국 범죄 드라마 팬인 크리스토프는 세심하게 귀를 기울이면서 아주 가끔씩만 질문을 던졌다.

"도무지 말이 안 돼." 설명을 마친 피아가 말했다. "베르시에게 화가 나서 싸우다가 실수로 죽일 만한 사람들은 많아. 상대방이 피가 끓을 정도로 자극할 수 있는 사람이었던 건 확실해 보여. 하지만 우발적으로 머리를 때리는 것과 완벽한 파괴력을 동원해서 죽을 때까지 체계적으로 때리는 건 너무나 큰 차이가 있어. 누군가 모욕을 당했거나 심술이 난 정도가 아니라, 엄청난 증오심을 품은 거야."

"어쩌면 당신 팀이 그저 아직 모르는 게 많은 건지도 몰라." 크리스토프가 대답했다. "출판사와 전혀 연관이 없고, 아주 다른 방향에서 생각해야 할 수도 있겠지."

"당신 말이 맞을지도 모르겠다." 피아는 다시 하품을 했다. 눈이 저절로 감기고, 계단을 올라가 침대에 들지도 못하겠다고 느낄 정도로 피곤했다. "내일은 베르시의 집을 샅샅이 뒤질 거야. 완전히 다른 흔적을 발견할 수도 있겠지."

4일째

2018년 9월 9일 일요일

보덴슈타인은 8시 조금 전에 손님이 별로 없는 성의 식당에 들어가 일요일 신문을 들고 식탁으로 향했다. 겨우 이틀 밤을 보냈지만 제수가 철저하게 진두지휘하는 오성 호텔에서의 생활이 얼마나 편한지 아주 잘 느꼈고, 자기애에 빠진 열여덟 살짜리가 이른바 알레르기에 시달리지 않게 배려하느라 전자 신문만 읽는 게 아니라 인쇄된 종이 신문을 드디어 다시 읽게 됐다는 기쁨을 한껏 즐겼다. 부지런한 요정들이 그가 새로 산 셔츠를 밤새 세탁하여 완벽하게 다리고 구두도 닦아두었다. 그는 딱딱한 매트리스가 깔린 호텔 침대에서 꿈도 꾸지 않고 아주 깊은 잠을 잤다. 그러니 새집을 찾는 일을 그다지 서두를 필요가 없었는데, 게다가 소피아가 드디어 대농장에 살게 되어 무척 행복해하니 더더욱 그랬다. 1980년대에 성을 작은 호텔로 개조하고 레스토랑을 열기 전까지는 부모님과 조부모님이 이곳에 살았다. 보덴슈타인과 형제자매들은 1884년에 튜더 양식으로 지어진 그 작은 성에서 자랐는데, 품격 넘치는 곳이긴 하지만 살기에 쾌적하지는 않았다.

카롤리네는 엊그제 저녁부터 더는 연락하지 않았지만 대신 뭔가 잘못을 저지르면 늘 그랬듯이 그레타가 수많은 음성 메시지와 문자 메시지를 남겼다. 하지만 보덴슈타인은 하나도 확인하지 않았다. 이제 아무 관심도 없었다. 이번에 그레타는 선을 넘었으니 스스로 그 사실을 느껴야 했다. 친절한 종업원이 커피를 갖다준 후에 그는 아침 뷔페에서 바로 주문하여 요리한 채소 오믈렛을 식탁으로 가져와서 신문을 읽었다. 〈프랑크푸르터알게마이네차이퉁〉은 하이케 베르시의 죽음을 두 단짜리 사망 기사와 흑백사진으로 알렸다. 그 기사는 독일 문학에 남긴 그녀의 탁월한 공헌에 대한 헌사였다. 제베린 벨텐 때문에 일어난 소동이나 직장에서의 즉시 해고, 그녀의 사망 경위는 한마디도 적혀 있지 않았다. 죽은 자에 대해서는 험담을 하지 않는 법이다. 그녀가 발행인 헨리 빈터샤이트의 연인이었다는 말도 당연히 없었다. 어제저녁에 피아에게서 전해 들은, 상당히 흥미로운 사실이었다.

보덴슈타인이 오믈렛을 먹고 비르허뮤즐리 한 그릇을 비우자마자 휴대전화가 조용히 진동했다. 전화기를 드는데 옆 식탁에 앉은 노부인의 못마땅하다는 시선과 마주쳤다. 이곳에서는 휴대전화가 엄격히 금지되어 있었으므로 노부인이 큰 소리로 욕설을 퍼붓기 전에 보덴슈타인은 바로 자리에서 일어나 로비로 나갔다.

"피아, 좋은 아침." 그가 전화를 받았다.

"유감스럽게도 그다지 좋지 못해요." 피아가 대답했다. "병원에서 연락이 왔는데, 알렉산더 로트가 의식을 되찾지 못한 채 오늘 새벽에 사망했다고 하네요."

"정말 안 좋은 소식이군." 보덴슈타인이 지나가며 접수처 직원에게 고개를 끄덕이자 그 직원도 친근한 미소로 화답했다. 이렇게 긍정적인 태도로 하루를 시작하는 것도 오랜만이었다. "지금 어디야?"

"병원이에요. 담당 의사는 사망진단서에서 '자연사 아님'에 체크를 했고, 저는 당직 검사에게 연락했어요." 피아가 목소리를 낮춰 말했다. "제가 사망 원인 조사가 뭔지, 자연사가 아닌 경우에는 그게 왜 필연적인 규정인지 설명했는데도 돔스키 씨와 두 딸은 지금 의사와 논쟁 중이에요."

의사가 자연사가 아니라거나 한 걸음 더 나아가 불명확한 사인으로 확인하고 형사들이 등장하면 유족들은 언제나 충격을 받았다. 사랑하는 사람이 부검된다는 상상에 유족들 대부분은 심하게 당황했는데, 검찰이 시신을 언제 다시 내줄지 정확하게 아는 경우란 없기 때문이었다.

"헤닝에게 부검을 최대한 빨리 하라고 부탁할게요." 피아가 말을 이었다. "뭔가 이상해요."

"알았어." 보덴슈타인은 다른 질문을 하지 않았다. 세월이 흐르면서 그는 피아의 직관이 믿을 만하다는 걸 알게 됐다. "내가 바로 갈게."

그는 성에서 나와서 테라스를 지나 주차장으로 내려가 열쇠꾸러미에 달린 리모컨으로 공무용 차량 문을 열었다. 주차장에서 나오면서 고개를 오른쪽으로 돌려, 그림처럼 아름다운 계곡 위쪽 끝자락에 놓인 루퍼츠하인을 힐긋 올려다봤다. 다시 이곳에 살면서 아침마다 닭 우는 소리와 말이 히힝거리는 소리에 잠을 깬다는 건 정말 멋진 일이었다. 어쩌면 소피아와 자기 자신을 위해, 민간요법 치료사 부부가 몇 달 전에 이사 나간 뒤로 비어 있는 대농장의 한 집에 들어가는 게 좋을지도 모르겠다는 생각이 들었다. 크벤틴은 어제서야 그에게 그 제안을 했고, 동생이 요구하는 집세는 켈크하임이나 쾨니히슈타인 또는 바트 조덴에서—만약 구할 수나 있다면—테라스를 갖춘 방 네 개짜리 집과 비교하면 터무니없을 정도로 저렴했다. 보덴슈타인은 혼자 잘 지내지 못하는 사람이었다. 일상의 경험을 다른 사람과 나누지 못하는 게 가장 끔찍했다. 하지만 보덴슈타인 농장에는 그와 대화를 나눌 사람들이 많았다. 부모님부터 시작해서 소피아를 거쳐 크벤틴과 마리 루이제, 그리고 딸 로잘리와 사위 장이브에 이르기까지 충분했다. 나무들이 만들어주는 초록빛 터널을 지나면서 그는 기회를 봐서 코지마와 그 이야기를 해야겠다고 마음먹었다. 그리고 당연히 카롤리네와도……. 조건반사적인 양심이 곧장 그렇게 덧붙였으나 그는 아내가 이제 자신의 미래 계획에 더는 영향을 끼치지 않는다는 걸 깨달았다. 아닌 척해봐야 소용없었다.

위로 올라와 455번 국도에서 왼쪽 슈나이트하인 방향으로 차를 꺾은 다음, 이제 해야 할 일에 정신을 집중했다. 그는 알렉산더 로트의 부인이 하이케 베르시를 살해했을지도 모른다고 생각했다. 그 사람은 금주하는 알코올중독자였던 남편이 다시 술을 마시게 된 원인이 하이케 베르시라고 생각했으니 살해 동기가 가장 강력했다. 게다가 남편의 오랜 친구들이 내부 모임에 끼워주지 않았으므로 그들을 증오했다. 그게 사실일까? 도로테아 빈터샤이트-핑크는 어제 피아에게 다른 이야기를 했다고 했다. 하지만 그랬다면 왜 돔스키 씨는 그 사실을 그냥 받아들이지 않았을까? 25년 동안 왜 남편과 함께 다른 친구 모임을 만들지 못했나? 그 부인이 하는 모든 말에서 뿌리 깊은 불만이 묻어났다. 어떤 관계에서 부수적인 역할만 한다는 게 얼마나 고통스러운지는 보덴슈타인 자신도 직접 경험해서 아주 잘 알고 있었다. 코지마에게도 가족보다 일이 더 중요했다. 전배우자의 팀과 텔레비전 방송국 사람들이 집에 와 있을 때나 그가 코지마와 함께 영화 시사회나 수상식에 가면 보덴슈타인은 언제나 자신이 개밥에 도토리처럼 느껴졌다. 어제 파울라 돔스키가 말했듯이, 그 역시 코지마가 동료나 친구들과 하는 이야기나 웃는 이유를 제대로 이해하지 못했다. 그 세계의 일부가 아니었으니까. 그랬다, 보덴슈타인은 알렉산더 로트의 아내가 어떤 느낌인지 이해할 수 있었고, 조용한 불만이 얼마나 빨리 질투심 가득한 증오가 되는지 정확하게 알았다. 파트너가 자기 삶의 중요한 영역에서 배제한다면 사람들에게 직업상의 성공이나 인정이란 별 가치가 없었다. 피아는 아니라고 할지 몰라도 보덴슈타인은 파울라 돔스키가 하이케 베르시를 죽이고 그녀의 시신을 숲에 감추었을 수도 있다고 생각했다.

* * *

'하이케 베르시 집에 도둑이 들었습니다.' 타리크가 강력 11반 채팅방에 소식을 올렸다. '잠가놨던 부엌문이 뜯겨 열려

있고 집 전체가 엉망입니다. 감식반이 현장에 있습니다.'

"아이고, 난리 났네." 피아가 이렇게 중얼거리며, 화요일에 바로 그 집을 철저하게 수색하지 않은 사실에 짜증을 냈다. "이런 일까지 생기는군!"

피아는 침착함을 유지하는 파울라 돔스키와 신경질적으로 흐느끼는 두 딸을 차까지 배웅하러 간 보덴슈타인을 10분째 기다리는 중이었다. 알렉산더 로트의 시신은 아버지 '내장을 들어내는 행위'를 상상조차 할 수 없는 두 딸의 항의에도 불구하고 영구차에 실려 프랑크푸르트로 가는 중이었고, 헤닝은 부검을 최대한 빨리 하겠다고 약속했다.

"뭘 그렇게 오래 이야기하신 거예요?" 드디어 보덴슈타인이 주차장에서 돌아오자 피아가 물었다. 두 사람은 병원 건물 외부에 주차했다. 일요일 오전이라 주차하는 데 문제가 없었고 게다가 주차권이 필요하지 않아서 더 저렴했다.

"조금 위로했지." 그가 대답했다.

"아하, 어떻게요?"

"난 배우자에게서 배제되는 게 어떤 느낌인지 알거든." 보덴슈타인이 대답했다. "이건 사실 공감을 유발하려는 자네의 작전이잖아. 누군가에게서 뭔가 끌어내려면 본인도 비슷한 경험을 한 척한다, 이거 말이야. 자네가 맘몰스하인 수의사에게 침낭 이야기를 지어냈던 일이 아직도 기억난다고."

"그 작전은 이야기를 지어내는 거예요." 피아가 이렇게 대꾸하고는 매서운 눈길로 상관을 흘끔 쳐다봤다. "제 생각에, 반장님은 아무것도 지어내지 않은 것 같네요."

"흐음, 그거야 돔스키 씨는 모르니까. 어쨌든 기분이 나아졌더라고."

"반장님." 피아가 걸음을 멈추고 말했다. "제가 참견할 일은 아니지만, 파울라 돔스키에게 반하시지 말라고 강력하게 충고드려요. 그 부인은 용의자 가운데 한 명이에요."

"뭐라고?" 보덴슈타인의 눈이 둥그레졌다. "왜 그런 충고를 해?"

"저는 반장님을 아니까요. 그리고 반장님이 어떤 유형에 반하시는지도 알고요. 파울라 돔스키는 직업적으로 성공을 거두었지만 자의식에 상처를 입은 사람이지요. 예전에 아니카 좀머펠트나 카롤리네 또는 잉카 한젠처럼 말이에요."

보덴슈타인의 얼굴이 살짝 붉어졌다.

"도대체 나를 어떻게 생각하는 거야?" 그가 화를 내며 다시 발걸음을 옮겼다. "나는 방금 아내와 헤어졌어. 그리고서 바로 그다음에 만나는 아무하고나 사랑에 빠지지는 않아!"

"그냥 그렇다고요."

"나도 그래. 그리고 자네가 여기서 용의자 어쩌고 한다면 말이야. 나도 자네가 어떤 상황에서 자네 남편을 만났는지 기억나게 해줘야겠군."

피아는 자신이 선을 넘었다는 걸 깨달았다.

"우리 직업상 일하다가 말고는 다른 누군가를 만날 기회가 없잖아요?" 피아가 농담으로 대꾸했지만 보덴슈타인은 대꾸하지 않았다. 피아는 미니 차 옆에 섰다. 빌어먹을! 입을 다물고 있을걸! 지금 반장님에게 전혀 필요하지 않은 게 바로 동료의 명청한 조언일 텐데.

"죄송해요." 피아는 후회하며 사과했다. "반장님 기분을 상하게 하려고 말씀드린 건 아니었어요. 이제 저한테 화가 나셨겠지요. 당연해요."

"화가 난 게 아니야. 오히려 반대지." 그가 진지하게 대답했다. "자네는 나를 정말로 걱정하잖아. 그렇게 걱정해주는 사람은 없어. 우리 어머니를 제외하면 말이야. 그래, 모두 나를 걱정한다고 말은 하지만 자세히 살펴보면 이기적인 동기에서야. 코지마는 내 안색이 좋지 않아서 걱정한다는데, 정말 내 건강이 걱정되는 걸까? 아니면 내가 간 이식을 해주지 못할까 봐 두려운 걸까? 내 아이들과 동생, 또 니콜라도 그래. 내가 소중하기 때문에 수술을 하다가 죽을까 봐 염려하는 걸까, 아니면 믿을 만하고 실용적이며 무료인 해결사이자 운전사, 베이비시터 등등이 더는 존재하지 않아 자기들의 안락함에 해가 될까 봐 걱정하는 걸까?"

피아는 너무 놀라서 아무 말도 할 수 없었다.

"피아, 자네는 진정한 의미에서 유일한 친구야." 보덴슈타인이 말했다. "나를 걱정하는 자네 마음은 이기적이 아니잖아. 그래서 고마워. 자네 말고는 내가 불행해지든 아니든, 계속 완벽하게 기능하는 한 아무도 걱정하지 않으니까."

"저…… 저는…… 으음……." 피아는 뭐라고 대답해야 할지 몰라 불편해서 말을 더듬었다. 둘은 잠시 마주 보고 서 있었다. 피아가 당황한 모습을 지켜보던 보덴슈타인은 얼굴을 찌푸리며 씁쓸한 미소를 지었다.

"나쁘게 생각하지는 마. 그저 이 말을 꼭 해야 할 것 같아서 한 거니까." 그의 말투가 마치 농담이라도 했다는 듯 의식적으로 가볍게 변했다. "돔스키 씨에게 월요일 저녁 알리바이를 물어봤어. 그런데 그거 알아? 없더라고. 집에서 다음날 방송 준비를 했대. 목격자는 물론 없고 말이지."

* * *

"부엌문을 누군가 이 노루발못뽑이로 부숴 열었어요." 흰색 전신작업복을 입은 크리스티안 크뢰거가 보덴슈타인과 피아에게 검정색과 빨간색의 독특한 분말 코팅이 되어 있는 쇠지레를 들어 보였다. 한쪽 끝은 90도로 꺾여 있고 다른 쪽 끝은 편평한데 살짝 구부러져 있었다. "이 물건은 아주 새것이고 거의 사용하지 않았어요. 편평한 쪽의 끝부분에만 분말 코팅이 약간 긁혀 있지요."

"특별한 기구야?" 피아가 물었다.

"유감스럽게도 아니야. 공산품이지." 크뢰거가 장갑을 낀 손으로 쇠지레의 무게를 가늠해보면서 고개를 저었다. "가격표에 따르면 건축자재상에서 29.95유로에 파는군."

"자네는 어떻게 생각해?" 보덴슈타인이 감식반장에게 물었다. "전문 털이범의 소행일까?"

"전문 털이범이라면 범행도구를 현장에 남겨두지는 않겠지요. 게다가 가격표까지 붙인 걸 말입니다." 크뢰거가 이렇게 대답하고 쇠지레를 동료에게 건네자 동료는 그걸 증거물 봉투에 담았다. "어쨌든 우리가 막아둔 집에 침입자가 들어오는 경우는 자주 있어요."

"우리가 들어가도 되나?"

"반장님이 어떤 현장 상태를 원하는가에 따라 다르지요. 우리가 침입 흔적을 확인하려면 두어 시간 걸릴 거예요."

"그런 수고는 하지 않아도 될 것 같아." 피아가 대답했다. "충동적인 절도범이 텔레비전이나 보석을 훔쳐 갔다고 해도 하이케 베르시나 그 아버지가 이제 신경 쓸 일은 없을 테니까."

"범인이 돌아온 거라면?" 셈이 물었다.

"그렇다면 지난번 범행 때보다 더 중요한 흔적이 남아 있지는 않을 거야." 피아가 대답했다.

"나도 그렇게 생각해." 보덴슈타인이 피아의 의견에 동의를 표시했다.

"뭐, 그렇다면." 크뢰거는 어깨를 으쓱하고 들어가라는 몸짓을 했다. "집은 여러분의 것입니다. 지하실부터 다락까지 모두 말이지요."

피아는 셈과 타리크와 카트린, 그리고 감식반의 세 동료로 이루어진 팀에게 뭘 찾아야 할지 알려줬다.

"우린 하이케 베르시가 뭘 했는지, 살해범과 어떻게 관계를 맺게 됐는지 재구성하기 위해 그녀의 생활 전반에 대해 더 많은 걸 알아내야 해요. 중요하거나 쓸모 있다고 생각되는 건 뭐든 모으세요."

그들은 빈 상자와 빨래 바구니로 무장하고 장갑을 낀 채 집 여기저기로 흩어졌다. 위층과 아래층의 텔레비전, 값비싼 푸드 프로세서와 은제 식사 용구, 셈의 말에 따르면 5천 유로짜리라는 다이아몬드 박힌 피아제 로즈골드 여자 손목시계는 그대로 있었다. 이곳에 침입한 사람은 뭔가 다른 걸 찾고 있었고, 엉망으로 남겨진 흔적으로 미루어보건대 아주 급하게 움직였다. 서랍을 당겨 내용물을 모두 바닥에 쏟았다. 서재는 서류철을—적지 않은 양이었다—전부 뒤지고 그냥 바닥에 팽개쳐둔 상태였다. 종이들의 홍수가 복도까지 밀려와 있었다. 우아한 골동품 책상 서랍들이 몽땅 열려 있었고 비밀 서랍도 마찬가지였다. 벽의 그림들도 모두 떼어지고 팬트리 선반과 찬장도 다 비었으며, 소파와 침대와 안락의자는 스프링이 드러나게 모조리 찢어져 있었다. 피아는 훼손된 시신처럼 보이는 집을 이리저리 오갔다. 침입자는 욕실 장과 빨래 바구니, 쓰레기통과 휴지통까지 다 뒤졌다. 하딩 박사라면 이런 엄청난 대혼란 속에서 뭘 할까? 이 상황을 어떻게 해석할까?

"어디부터 시작해야 하죠?" 무릎까지 책 무더기에 잠긴 카트린이 당황해서 물었다. 침입자는 천장까지 뻗은 거실 책장들에서 책과 사진 앨범을 모두 꺼내서 팽개쳤다. "뭘 찾아야 하는지 알기라도 하면 좋겠어요!"

"무엇보다도 메모와 편지, 일기, 일정표, 사진 앨범, 은행 거래명세서 등이 중요해." 피아가 대답했다. "출판사 설립 계획이 어느 정도 진행됐는지, 누가 관계되고 누가 관계되지 않았는지 알고 싶어."

"알겠어요. 자, 그럼 시작." 카트린은 한숨을 내쉬고 쓰러져 있는 책들을 쌓기 시작했다.

'범인의 입장이 되어, 범인처럼 생각해야 합니다.' 하딩 박사의 목소리가 피아 머릿속에서 울렸다. 아직 동기를 알아내지 못한 범인 대신 하이케 베르시의 입장이 되어보면 어떨까? 피아는 층계를 밟고 위층으로 올라가면서 사방으로 눈길을 돌렸다. 내가 하이케 베르시라면 정말 중요한 물건을 어디에 보관할까? 시계와 보석과 기타 귀중품을 그냥 이곳저곳에 늘어놓은 걸 보면 베르시 씨에게 그런 것들은 중요하지 않은 듯했다.

부엌에 가보니 보덴슈타인이 문 옆에 걸린 월간 계획표를 들여다보고 있었다. 크뢰거는 부엌문 앞에서 전신작업복을 벗는 중이었다.

"지금까지 본 것 중에 귀중품과 비밀문서를 숨기는 장소로 가장 독특한 곳이 어디였는지 기억나세요?" 피아가 감식반 동료들에게 물었다.

"온갖 형태의 동물 우리요." 식탁에서 우편물과 서류를 들여다보던 팀원 가운데 한 명이 대답했다. "종류가 아주 다양했지요. 마구간부터 개집과 기니피그 우리와 새장을 거쳐 수족관에 이르기까지."

"탈세 조사 업무를 하던 시절에 남편에게 버림받은 부인에게서 힌트를 얻은 적이 있어요." 한 여자 동료가 말했다. "남편이 정육업자였는데 엄청난 현금과 수상쩍은 은행 서류들을 개 사료통에 숨기고 이걸 다시 전문적으로 잠갔어요. 그 부인의 힌트가 없었더라면 우린 절대로 발견하지 못했을 거예요."

"정원 연못!" 셈이 식품 저장실에서 소리쳤다.

"비닐봉지에 담아서 잔디밭에 묻은 경우도 있지." 크뢰거도 끼어들었다.

"피아노 안에."

"냉동고도 자주 애용하는 장소지요."

"우리 부모님은 자녀들이 다 커서 집에서 나갔을 때, 어릴 적 추억의 물건들을 모두 이사용 상자에 담아서 다락에 넣어뒀어." 보덴슈타인은 월간 계획표를 벽에서 떼어 빨래 바구니에 담았다. "어쩌면 베르시 노인도 그렇게 했을지 몰라."

그때 휴대전화가 울려서 그가 전화를 받았다.

"저기요!" 그 순간 바깥에서 어떤 남자 목소리가 울렸다. "여보세요!"

크뢰거가 문간에서 몸을 돌리더니 말했다.

"저쪽 건축 현장에 어떤 남자가 서 있네."

"아! 어쩌면 베르시 씨 때문에 집짓기를 중단한 건축주인지도 몰라." 피아는 통화 중인 상관을 지나 바깥으로 나갔다. 폐허가 된 거대한 성처럼 베르시 씨 집을 내려다보는 건축 현장에서 한 남자가 바닥까지 내려오는 빈 유리창 자리에 선 채 호기심 어린 눈으로 이쪽을 건너다보고 있었다.

"저기요." 피아가 양쪽 대지를 나누는 철조망 울타리로 다가서자 남자가 다시 말을 걸었다.

"경찰입니까? 늙은 마녀가 실종됐다는 게 사실이에요?"

"이쪽으로 내려오시지요." 남자와 이야기하려면 목을 길게 늘여야 해서 피아가 말했다.

"잠깐만요." 남자가 유리창 구멍 자리에서 사라지고, 피아는 그 시간을 이용해 수첩에서 싸움꾼 건축주의 이름을 찾았다.

"방금 헤닝이 전화했어." 보덴슈타인이 피아 옆으로 와서 말했다. "알렉산더 로트 부검을 오늘 13시에 한대."

"그가 연구소에 사는 덕에 정말 유용해요. 그건 그렇고, 저 남자는 하이케 베르시와 소송 중인 건축주 마르셀 얀이에요." 남자가 반쯤 완성된 콘크리트 궁전 1층으로 내려와 모르타르통과 시멘트 자루와 무성하게 자란 쐐기풀 사이를 힘겹게 지나 울타리로 다가오는 동안 피아가 상관에게 정보를 주었다. 마르셀 얀은 빨간 머리에 건장한 체격, 끔찍한 사춘기 여드름이 남긴 흉터가 얼굴에 가득한 40대 남자였다. 미남은 아니지만 온몸으로 자신감과 추진력을 내뿜는 사람이었다.

"저 남자가 투자 은행가 또는 프랑크푸르트 소재 대형 법률 사무소 소속 변호사이고, 박사학위가 최소한 한두 개는 있고, 아침마다 일을 시작하기 전에 하프마라톤을 뛴다는 데 제 미니를 걸게요." 피아가 속삭였다.

"안 걸어도 돼. 나도 동의하니까." 보덴슈타인이 표정 변화 없이 대답했다. 남자가 30초 후에 코앞에 '마르셀 얀 박사, 사모펀드 책임 파트너'라고 쓰인 명함을 내밀 때도 그는 표정 변화가 전혀 없었다. 얀 박사는 아마 보덴슈타인의 연봉보다 더 많은 금액을 매달 세금으로 내고 있을 터였다. 그의 뒤에서 금발 보브커트 여자가 나타나자 피아는 자기 눈을 믿을 수 없었다. 얼마 전에 그녀의 등에 대고 상스러운 욕설을 퍼부은 바이마라너 주인이었다. 피아는 얀 부부와 호전적인 베르시 씨가 거리에서 서로 야유하는 모습을 아주 생생하게 그려볼 수 있었다.

"이 사람은 우리 집이 완성되는 걸 1년 이상 방해하고 있습니다." 빨간 머리의 슈퍼변호사가 불평했다. "언제나 새로운 트집 거리를 찾아내요."

"이제는 아닙니다." 보덴슈타인이 무표정한 얼굴로 대답했다. "베르시 씨는 사망했으니까요."

"오." 당황했다기보다는 놀라움에 휩싸인 반응이었다. 그의 부인은 예상치 못한 좋은 소식에 기쁨을 쉽게 감추지 못했다.

"흠, 그게 업보겠지요." 여자가 사악하게 히죽거렸다. "그 끔찍한 할멈이 우리 삶을 지옥으로 만들었으니까요."

"집과 대지는 이제 누구에게 상속됩니까?" 남자는 체면치레로라도 충격받았다는 흉내를 내지 않았다.

피아는 그 질문에 대답하지 않고 말을 꺼냈다.

"지난 일요일에 베르시 씨와 두 분 사이에 또 시끄러운 다툼이 있었다고 들었습니다. 그때 무척 눈에 띄는 행동을 하셨다고요." 피아가 수첩을 뒤적였다. "베르시 씨와 다투는 과정에서, 이웃의 말을 그대로 인용하자면 아이들이 여럿 보는 앞인데도 그녀를 향해 '미친년', '늙은 계집'이라면서 죽어버리라고 했다던데요."

얀 부인은 전혀 부끄러워하지 않고 오히려 공격적인 반응을 보였다.

"뭐라고요? 누가 그래요?" 여자는 양손을 옆구리에 올리고 턱을 내밀었다. "끔찍한 거짓말이라고요! 난 그런 표현을 전혀 사용하지 않아요! 누가 그런 말을 했는지 이름을 대요!"

"그럴 생각 없습니다." 피아가 수첩을 덮으며 말했다. "우린 베르시 씨가 범죄에 희생됐으므로 수사 중입니다. 그리고 두 분은 강력한 동기가 있고요."

갑자기 여자의 눈이 가늘어졌다.

"당신을 알아요!" 여자가 피아를 손가락질하더니 남편의 팔을 잡았다. "마르셀, 이 여자가 우리 에디를 물어뜯은 괴물을 데리고 있었어! 내가 수의사에게 250유로나 지불했다고!"

"그러면 다음부터 개를 줄에 묶어 다니세요." 피아가 대꾸했다. "제 개는 묶여 있었어요."

"내 개도요!" 여자가 우겼다. "난 개들을 언제나 줄에 묶고 다녀요."

여자는 너무나 뻔뻔하고 확신에 찬 태도로 거짓말을 했다. 피아는 살면서 이미 거짓말을 많이 듣긴 했지만 이런 수준의 거짓말은 드물었다. 사망한 베르시 씨가 갑자기 불쌍하다는 생각까지 들었다.

"월요일 저녁에 어디 계셨습니까?" 보덴슈타인이 변호사와 그의 아내에게 물었다.

"그런 뻔뻔스러운 질문을 하다니!" 변호사의 금발 아내가 흥분했지만 그녀가 더 나가기 전에 남편이 대답했다.

"저는 일요일 저녁에 시카고로 출장 갔다가 어제 아침에 돌아왔습니다. 우린 베르시 씨와 무척 문제가 많았지만, 그녀가 죽기를 바란 건 정말이지 아닙니다."

"얀 부인, 월요일 저녁에 어디 계셨지요?"

"은행 행사 때문에 프랑크푸르트 카메하 호텔 라운지에 있었어요." 여자가 입술을 가늘게 하고는 대답했다. "자정쯤에 택시를 타고 돌아왔고요. 우리가 마녀를 죽였다고 의심하기 전에,

일요일에 그녀를 찾아왔던 늙은 놈팡이에게 일단 먼저 물어보시죠. 베르시는 그 남자를 거칠게 내쫓은 후에 우리에게 덤벼들었단 말이에요."

* * *

"베르시 씨가 일요일에 다퉜다는 그 남자는 누굴까요? 혹시 알렉산더 로트?" 프리덴스 다리를 넘어 마인강 건너편으로 가면서 피아가 물었다. 평일에는 박람회장에서 프리덴스 다리까지 거의 30분 또는 그 이상 걸렸지만 일요일에는 10분도 채 걸리지 않았다.

"로트가 일요일에 찾아갔다면, 월요일에 '또' 찾아가지는 않았을 거야." 보덴슈타인이 대답했다. "그리고 얀 부인이 묘사한 남자는 로트보다 나이가 많은 것 같아. 어쩌면 예전의 연인이자 미래의 사업 파트너인 헨리 빈터샤이트인지도 모르지."

그는 케네디 길로 들어서려고 차선을 바꾸었다.

"아니, 아닐 거예요." 피아가 대답했다. "헨리 빈터샤이트는 건강 상태가 무척 안 좋아요. 어쨌든 딸의 말로는 그래요. 하지만 얀 부인의 묘사에 큰아버지가 들어맞는지 나중에 카를 빈터샤이트에게 물어보죠."

알렉산더 로트의 사망 원인을 밝히는 데 도움이 되기를 바라는 부검이 끝난 후에 두 사람은 발행인에게 몇 가지 질문을 더 할 예정이었다. 하이케 베르시 살해와 알렉산더 로트의 죽음 사이에는 틀림없이 뭔가 연관성이 있었다. 우연을 믿기에는 보덴슈타인이나 피아가 경찰로 일한 세월이 너무 길었다.

케네디 길의 아름답고 오래된 유겐트 양식 건물에 있는 법의학연구소 주차장에는 자동차 두 대가 다였다. 연구소 직원들이 '고객용 출입구'라고 부르는, 시신 이송에 사용되는 뒷문 앞에서 프레데릭 레머 박사와 부검 선임 조수인 로니 뵈메가 햇살 아래 담배를 피우며 쉬고 있었다.

"흥, 이제 시작할 수 있겠네요." 뵈메가 투덜거렸다. "속도를 내면 혹시 주말 시간이 좀 남을지도 모르겠어요."

"어차피 할 일도 없잖아요." 레머 박사가 히죽 웃으며 담배꽁초를 눌러 껐다. "국제경기도, 분데스리가도 없는데."

"일요일에 귀찮게 해서 죄송해요." 피아가 사과했지만 거인 같은 법의학자는 손을 내둘렀다.

"미안할 거 없어요. 저는 어차피 대기 근무였고, 뵈메 씨는 일요일에 일하면 수당이 짭짤하니까요."

"흥, 짭짤하다니 듣기만 해도 빌어먹을 소리네. 여기서는 박사학위가 없거나 교수가 아니면 쥐꼬리만 한 보수를 받는데 말이지." 뵈메는 혼잣말로 투덜거리며 피아와 보덴슈타인이 들어가도록 문을 잡아줬다. "소장님이 이렇게 자주 불러내시니 제가 집을 내놓고 여기로 바로 이사 오는 게 낫겠어요. 그렇죠, 뭐. 불러내기에는 가족이 없는 사람이 제일 만만할 테니."

"뵈메 씨, 당신이 최고라서 그래요." 레머 박사가 말했다.

"최고라니요. 쯧쯧, 엿 먹이지 마세요." 뵈메가 불퉁거리며 대꾸했다. 세 사람은 그를 따라 복도를 걸어 연구소 건물 지하실에 있는 두 개의 부검실로 향했다. 1번 부검실에 옷을 벗긴 알렉산더 로트의 시신이 번쩍이는 스테인리스스틸 부검대에 누워 있었다. 피아는 헤닝과 살면서 수없이 많은 저녁시간과 주말을 이곳 지하실에서 보내며 온갖 상태의 시신을 보긴 했지만, 엊그제 대화를 나눈 남자의 시신을 보니 기분이 이상했다. 부검에 참관할 때 그 사람을 생전에 알았는지 아닌지에 따라 차이가 있었다. 하지만 그 시신이 알렉산더 로트라는 사실을 미리 알지 못했더라면 피아는 그를 절대로 알아보지 못했을 터였다. 얼굴과 몸이 혈종과 타박상과 찢어진 상처들로 완전히 훼손된 상태였다. 축축하게 젖은 잿빛 머리카락이 일그러진 두개골에 붙어 있었다.

"피아, 어서 와. 반장님, 안녕하세요?" 헤닝이 엑스레이 사진을 보려고 앉아 있던 바퀴 달린 스툴에서 일어났다.

"금방 부검하게 해줘서 고마워." 피아가 전남편에게 말했다. "지금까지 온통 수수께끼투성이인 사건이라서 말이야."

"그 수수께끼의 일부는 아마 내가 풀 수 있을 것 같아." 헤닝이 대답했다. "우리는 이 사람의 전신 엑스레이를 찍고 몇 가지 신속 테스트를 해봤는데, 병원에서 시행한 여러 검사 수치랑 혈액 가스 분석과 일치해."

"무엇보다도 '우리는'이 중요해요. 다른 사람들이 영광을 누릴 때 끼어야지요." 로니 뵈메가 투덜거렸다.

지속적인 불평에 이미 익숙한 헤닝은 그의 말에 신경 쓰지 않았다.

"병원에서 치료했던 의사는 로트가 대사성 산증에 따른 심근경색으로 사망했다고 짐작했어."

"그게 뭔가요?" 보덴슈타인이 물었다.

"대사성 산증은 몸에 산성 물질이 증가한 상태입니다. 당뇨병일 때 특히 많이 발생하지만, 심각한 기아상태나 쇼크 또는 알코올 남용 때도 나타나지요." 헤닝이 설명했다. "대사성 산증은 심장과 혈관에 영향을 끼쳐요. 폐순환에서는 혈압이 오르고 몸의 나머지 부분에서는 떨어지지요. 얼굴이 붉어질 때가 많고 결막도 붉은 기미를 보여요. 거기에 더해 두통이나 피로감, 구토와 식욕부진 같은 비특이적 증상도……."

"금요일에 만나서 이야기할 때 그 사람 얼굴이 새빨갰어." 피아가 헤닝의 말을 가로챘다. "그리고 계속 눈을 비비고 깜박였고."

"그랬을 거야." 헤닝이 고개를 끄덕였다. "나중에는 다른 증상들이 나타나. 탈진, 구토, 가속 호흡, 시력 장애, 호흡 곤란, 실신. 대사성 산증의 치명적인 후유증은 전해질 장애의 하나인 고칼륨혈증인데, 혈액 내 칼륨 농도가 증가해. 그 결과 심방 및 심실 세동에 이르는 심장 부정맥이 일어나지."

"원인이 뭔가요? 와인 몇 잔 마셨다고 그렇게 되지는 않겠지요?" 보덴슈타인이 물었다.

"제 생각에 이 남자는 메탄올 중독이었던 것 같아요." 헤닝이 대답했다. "예전에 2차대전 후나 아니면 동독에서도 알코올을 변조하는 경우가 잦았는데, 그때는 메탄올 중독이 흔했지요. 하지만 현재 독일에서는 그런 일이 아주 드물어서 의사들도 거기까지는 생각하지 못하기도 해요."

"그러니까 그 말은, 로트 씨가 변조된 알코올을 마셨을 거라는 말인가요?"

"그럴 수도 있어요." 헤닝이 대답했다. "메탄올 자체는 독성이 강하지 않아요. 실제 독성은 포름알데히드를 거쳐 포름산으로 분해되면서 발생합니다. 포름산은 인체에서 아주 천천히 분해되기 때문에 이른바 잠복기 상태에서 대사성 산증이 일어나지요. 알코올 탈수소 효소 억제제나 4-메틸피라졸 같은 간단한 해독제가 있어요. 에탄올을 줄 수도 있고, 필요한 경우에는 체내 메탄올 분해를 억제하는 고농도 알코올음료도 도움이 되지요. 엽산을 투여함으로써 포름산 분해를 촉진할 수도 있습니다. 다시 말해서 메탄올 중독은 제때 발견해서 치료한다면 반드시 죽음으로 이어지지는 않는다는 뜻이지요. 하지만 이 사람의 경우에는 너무 늦었어요."

"자전거에서 추락해서 몇 시간 동안 길가 도랑에 누워 있었대." 피아가 말했다.

"맞아. 그러는 동안 아마 돌이킬 수 없는 뇌손상이 일어났을 거야." 헤닝이 대답했다. "내 생각에 우린 아마 망막 부종을 찾아내게 될 거야. 포름산이 이미 눈을 공격해서 시력 장애나 어쩌면 실명까지도 일으켰을 테니까. 그리고 내 추측을 확인시켜줄 뇌와 심장, 간과 신장, 그 외 다른 조직들의 변화도 볼 수 있겠지."

"변조된 알코올을 그가 언제 마셨을까요?" 보덴슈타인이 물었다.

"알코올 섭취로 인한 마비 단계 이후의 잠복기는 여섯 시간에서 서른여섯 시간쯤 걸립니다." 헤닝이 계산했다.

"로트 씨는 금요일에서 토요일로 넘어가는 밤에 사고를 당했어. 아마 23시 무렵일 거야." 피아가 계산을 도왔다.

"하지만 당신과 대화를 나눴다는 금요일에 이미 이 사람은 증상이 심했잖아." 헤닝이 대답했다. "그러니까 첫 번째 중독은 아마도 이미 목요일에 시작됐겠지."

레머 박사는 이미 시신 외부 검안을 시작하고 발견한 사항을 헤드셋 마이크에 대고 말하는 중이었다. 피아는 눈부신 조명을 받은 채 부검대에 무방비 상태로 누워 있는 시신을 보며 한숨을 내쉬고 말했다.

"자전거 사고가 나지 않았더라면 아직 살아 있을지도 몰라."

"아니, 이미 늦었어." 헤닝이 피아의 말을 고쳐줬다. "내 생각에는 이미 많이 진행된 신경 손상과 호흡 곤란 때문에 사고가 난 거니까."

* * *

끈질기게 웅웅거리는 소리가 꿈을 몰아내기 시작했다. 그녀를 에워싼 사람들의 얼굴이 순식간에 흐릿해지고 목소리도 멀리서 울렸다. 꿈이 현실과 섞였다. 사람들 이름이 기억나지 않았고, 이제 곧 완전히 사라질 터였다. 그녀는 더 머물고 싶었지만 그럴 수 없고, 이곳에 다시는 돌아오지 못하리라는 걸 예감했으므로 비애에 잠겼다. 율리아는 눈을 감은 채 한동안 그대로 누워, 너무나도 현실적으로 느껴지던 꿈의 마지막 조각이라도 기억 속에 잡아두려고 애썼다. 몽롱한 정신으로 눈을 떠보니 옷을 입은 채 소파에 누워 있고, 환한 햇살이 유리창으로 들어오고 있었다. 율리아는 이렇게 오래 자는 걸 좋아하지 않았다. 생체 리듬이 완전히 혼란스러워지기 때문이다.

"빌어먹을." 율리아가 중얼거리며 스마트폰을 더듬더듬 찾았다. 거의 정오에 가까운 시각이었고, 우악스럽게 꿈을 몰아낸 웅웅 소리는 카를 빈터샤이트에게서 걸려온 전화 소리였다. 율리아는 하품을 하면서 몸을 일으켜 비틀비틀 욕실로 걸어갔다. 새벽 4시에 원고를 다 읽었는데, 안타깝게도 불쑥 이야기가 끝나버렸다. 이야기가 앞으로 어떻게 진행되는지, 남편이 심근경색으로 갑자기 사망한 후에 네 살짜리 아들과 홀로 남겨진 카를라는 어떻게 되었는지 알고 싶었다. 그 패거리가 대서양의 프랑스 누아르무티에섬 별장 근처 바다에서 남편의 조카를 익사시켰다는 사실이 밝혀질까? 이 이야기는 작가의 판타지가 낳은 산물일까, 아니면 1인칭으로 서술하는 카를라가 사실은 카타리나 빈터샤이트 본인이었을까? 율리아는 어느 순간부터 이름을 적고, 등장인물이 현실에서 누구일지 추측해보기 시작했다. 사장의 어머니에 대해 아는 것이 너무 적어 소설에서 어떤 점이 자전적인지 확실하게 말할 수는 없었지만, 실제 사건들과의 유사성은 놀랄 만큼 많았다. 헨리와 마가레테 빈터샤이트의 아들은 젊은 나이에 사망했는데, 인터넷과 괴츠 빈터샤이트 재단 웹사이트에는 '비극적인 사고'라고만 언급됐을 뿐 살해라는 말은 없었다. 또 이 소설은 율리아에게 뭔가 흐릿한 기억을 불러일으켰지만 그게 뭔지 확실하지 않았다. 혀끝에 맴돌면서 나오지 않는 단어 같았다. 어쨌든 율리아는 이 모든 상황에 깊이 감동받아, 연파랑 유리창 덧문이 달리고 모래언덕에 자리 잡은 하얀 집과 해 질 녘에 절벽에서 엄숙한 의식을 치르며 죽을 때까지 영원한 우정을 맹세하는 젊은이들, 그리고 위대한 사랑을 발견했으나 몇 년 뒤에 잃어버린 젊은 여성 카를라에 대한 꿈을 꾸었다.

샤워를 하고 옷을 갈아입고 커피를 마신 후에 율리아는 카를에게 전화를 걸었지만 그는 받지 않았다. 몇 초 후에 문자 메시지가 왔다.

'긴급회의 때문에 출판사에 있습니다. 알렉산더 로트가 지난밤 부상 후유증으로 사망했습니다.'

"아, 세상에." 나지막이 중얼거리던 율리아는 등과 팔에 소름이 돋는 걸 느꼈다. 먼저 하이케 베르시가, 이제는 알렉산더 로트가 죽었다! 그녀는 그의 살아생전 모습을 마지막으로 본 사람 중 한 명이었다. 아니, 사실은 금요일 저녁에 그를 본 게 아니라 목소리만 들었다.

'정말 소름 끼치는 일이에요.' 율리아는 사장에게 답장을 보냈다. '지난밤에 원고를 다 읽었는데, 사장님과 꼭 이야기를 해야겠어요. 지금은 물론 상황이 안 좋을 테고 나중에라도 뵐 수 있을까요?'

'네, 물론이지요.' 그가 답장을 보냈다.

* * *

부검 결과 헤닝의 추측과 병원 진단이 옳은 것으로 판명되었다. 알렉산더 로트는 메탄올 중독으로 인한 다발성 장기부전으로 사망했다. 사망 원인은 결국 심근경색이었지만 뇌 조직 손상이 너무 커서 신장과 간, 그리고 마지막으로 심장이 차례로 기능을 하지 못했을 때 이미 뇌사 상태였다. 이제 알렉산더 로트의 사망 원인은 밝혀졌지만 왜 그런 일이 생겼는지는 수수께끼로 남았다. 사고였을까, 아니면 로트가 일부러 죽을 의도로 메탄올 중독이 된 걸까? 위험한 독은 어떤 경로로 그의 몸에 유입되었을까?

시내로 돌아오면서 피아가 운전하는 동안, 보덴슈타인은 알렉산더 로트의 사무실과 가택 수색영장을 즉시 받으려고 담당 검사에게 전화했다. 검사는 처음에 미적지근했지만, 보덴슈타인은 로트가 하이케 베르시 살해사건의 용의자였는데 이제 어쩌면 본인이 범죄에 희생된 것일지도 모른다고 그를 설득했다. 그런 다음 바로 카를 빈터샤이트에게 전화했더니 출판사에 있다고 했다.

"제 생각에는 절대로 자살이 아닌 것 같아요." 운터마인 다리를 지나면서 피아가 말했다. 피아는 마인강 작센하우젠 쪽에서 은행가의 마천루를 바라보는 것을 좋아했지만 오늘은 그 장관이 눈에 거의 들어오지 않았다. "그런 식으로 자살하는 사람은 없어요. 훨씬 빠르고 효과적인 방법이 많잖아요."

"난 자살일 수도 있다고 생각해. 로트는 무척 절망한 것 같아." 보덴슈타인이 생각에 잠긴 채 대답했다. "어쩌면 아내와 딸들이 남편과 아버지가 자살했다는 낙인 속에서 살아가지 않도록 일부러 눈에 잘 띄지 않는 방법을 선택했을지도 모르지. 사

람들이 자기 시신을 발견하고 사고사로 가정하리라고 생각했
을 수도 있어."

"죽는 게 뭐 그렇게 쉬운가요?" 피아가 툴툴거렸다.

두 사람은 노이에 마인처를 따라 고층건물들 사이를 지나가
고 있었다.

"알렉산더 로트가 자기 이력은 거짓말에 기반을 두고 있다고
했다는데, 무슨 거짓말일까?" 보덴슈타인이 중얼거렸다. "왜 스
스로를 '자격'이 없다고 여겼지?"

"자격이라……. 참 이상한 표현이에요." 피아가 말했다.

보덴슈타인이 반박했다. "내 생각에는 무척 적절한 것 같아.
내가 바로 봤다면 로트 씨는 자기가 뭔가를 받을 만하지 않다고
믿었어. 칭찬을? 신뢰를? 아니면 업무를 맡았지만 그럴 능력이
없다고 느꼈던 걸까?"

"기획부장 업무인지도 모르지요." 피아는 늘 그렇듯이 실용
적인 추측을 했다. "그 사람은 위대한 발자취를 따라야 했고, 불
쑥 선두에 나서게 됐어요. 그래서 너무 스트레스를 받아 다시
술을 마시기 시작했을 거예요."

"하지만 그것만으로는 충분하지 않아." 보덴슈타인이 대답했
다. "아무리 책임이 크다고 해도 그건 그저 일에 불과해. 그 자리
를 거절할 수도 있고, 퇴사할 수도 있었어."

"제 생각은 달라요. 알렉산더 로트는 그 지위를 통해 자신을
정의했어요. 그 자리를 위해서라면 하이케 베르시와의 우정까
지도 위태롭게 할 만큼 그걸 중요하게 생각했을 거예요. 어쩌면
나중에야 자기가 그 자리를 감당하지 못하고 실패하리라고 깨

달았는지도 모르죠. 이런 딜레마는 불안정한 사람에게는 충분히 도망칠 이유가 돼요. 술로 피하든 자살을 하든."

10분 후에 피아는 증권가에서 람호프 거리로 차를 꺾어 50미터를 더 가서 실러 거리로 들어섰다. 출판사에서 멀지 않은 곳에 주차할 자리를 하나 발견해 차를 세우고 두 사람은 차에서 내렸다. 합의한 대로 검사는 수색영장을 보덴슈타인의 스마트폰에 PDF 메일로 보냈다.

카를 빈터샤이트가 문을 열어주어 두 사람은 로비에 들어섰다. 일요일이라 접수대는 비어 있었다. 검은 셔츠에 검은 진바지 차림인 발행인은 창백하고 긴장한 모습이었다. 알렉산더 로트의 죽음으로 충격을 받은 게 틀림없었다. 피아와 보덴슈타인은 그에게 조의를 표했다. 그는 보덴슈타인이 내민 수색영장을 그저 흘낏 보기만 하고 대답했다.

"필요한 일을 하시지요. 저는 반대할 이유가 없습니다. 이리 오세요. 제가 위층으로 안내하겠습니다."

피아의 시선이 승강기와 계단 사이의 벽에 걸린 니체 인용문으로 향했다. "벌써 바뀌었군요."

"예? 무슨 말씀이신지요?" 카를 빈터샤이트가 당황하여 물었다.

"저 인용문 말이에요." 피아가 벽을 가리켰다. '인간이란 자기 분야에서 희생물이 되더라도 그 분야의 최고가 되려는 남성이다.' 누군가 '남성'에 별표를 붙이고, 그 아래에도 별표를 붙인 '여성'이라는 단어를 보충하여 써두었다.

"저건…… 아, 예!" 빈터샤이트의 얼굴에 미소가 떠올랐다가 금방 스러졌다. "알렉스, 그러니까 로트 씨의 아이디어였습니다. 우리 모두 훌륭한 타협안이라고 생각했지요."

"마음에 드네요." 피아가 친근하게 미소 지었다.

계단실에서 여러 명의 목소리가 울렸다. 어딘가에서 문이 큰 소리를 내며 닫혔다.

"혼자 계신 게 아닌가요?" 보덴슈타인이 물었다.

"네." 빈터샤이트가 양손을 진바지 주머니에 넣으며 대답했다. "제가 긴급회의를 소집했습니다. 임원진과 팀장들이 모두 나왔어요. 로트 씨는 존경받던 중요한 동료였습니다. 그의 갑작스러운 죽음으로, 특히 도서전 직전에 이런 사건이 발생하여 큰 문제가 생겼어요. 우리가 조의를 이유로 도서전 참여를 취소한다면 심각한 경제적 피해를 입게 됩니다. 취소하지 않는다면 무례하다는 비난을 받겠지요. 저를 냉혈한이라고 간주하지 마시길 바랍니다. 저는 물론 로트 씨 가족을 생각하지만 기업을 운영해야 하고, 프랑크푸르트 도서전은 한 해의 아주 중요한 일정 가운데 하나니까요."

"이해합니다." 보덴슈타인이 그를 안심시켰다.

기획부장의 죽음으로 발행인이 큰 충격을 받은 건 확실했다. 충격을 감추려고 그는 말이 많아졌다.

"로트 씨가 담당했던 모든 작가에게 소식을 알려야 하고, 보도 자료를 쓰고, 사망 기사를 내야 합니다." 그가 입술을 깨물었다. "그리고 베르시 씨가 이제 더는 여기서 일하지 않지만 저는 그녀가 여전히 우리 동료라고 생각합니다. 짧은 시일 안에 두 명의 사망은 비극 그 이상이에요. 우리 모두 심한 충격을 받았습니다."

승강기가 도착해 낮은 소리를 내며 열렸다.

"돔스키 씨는 남편이 오랜 세월 금주하다가 다시 술을 마시기 시작했다더군요." 보덴슈타인이 위로 올라가면서 말을 꺼냈다. "며칠 전에는 심하게 취해 집에 와서는 자신은 '자격'이 없고, 자기 삶과 이력은 모두 거짓말을 토대로 이루어졌다는 사실이 밝혀질까 봐 두렵다고 말했다고 합니다. 도대체 그게 무슨 뜻일까요?"

"모르겠습니다." 카를 빈터샤이트가 고개를 저었다. "로트 씨가 다시 술을 마신다는 건 저도 물론 알아챘습니다. 그래서 도와주려고 이야기를 했더니, 자기가 다 알아서 하겠다고 대답하더군요."

"기획부장이 그에게 너무 힘겨운 직책이었을까요?" 피아가 물었다.

"저도 그런 의문이 들었답니다." 빈터샤이트도 인정했다. 그의 어깨가 앞으로 축 처지고 갑자기 우울해 보였다. "제가 내린 인사 결정 때문에 이 재난이 일어난 것 같아서 죄책감을 느낍니다. 알렉산더 로트는 심한 부담을 느꼈을까? 내가 혹시 신의 문제로 그를 갈등하게 만들어 다시 술을 마시게 됐나?"

"그러나 로트 씨가 그 직위를 사양할 수도 있었잖아요." 피아가 말했다.

"예, 그럴 수도 있었습니다." 카를 빈터샤이트가 어깨를 으쓱했다. "하지만 저는 그가 거절하지 않으리라고 확신했지요. 그는 흡족해했습니다. 하이케 베르시와 제 큰아버지의 그늘에서 드디어 벗어나 최고가 되기를 간절히 바랐으니까요."

"그리고 그 방법으로 그가 하이케 베르시의 새 출판사로 가는 걸 막을 수 있다는 것도 아셨을 테고요." 피아는 그가 느낄 양심의 가책을 더욱 강화했다. 충격을 받았거나 감정상 위기 상황에 있는 사람을 심문하는 건 약간 부당하다고 항상 느끼긴 하지만, 이성의 방어기제가 제대로 작동하지 않는 바로 이 순간에 가장 솔직한 대답을 얻을 수 있었다.

"그렇습니다." 카를 빈터샤이트는 상대방을 무장해제 시키는 솔직함으로 즉시 인정했다. "바로 그 점 때문에 저 자신을 탓하고 있습니다. 알렉스 로트를 승진시키는 건 오로지 전술적 결정이었는데, 그게 어쩌면 그를 죽음으로 몰고 갔는지도 모르니까요."

이 말은 사면을 바라는 자기연민적인 요청이 아니라 객관적인 판단이었다. 빈터샤이트 출판사의 젊은 발행인은 훌륭한 위기 관리자일 뿐 아니라 자신의 잘못을 인정하고 자기 행위를 책임질 준비가 됐고 그렇게 할 수 있는 사람이었다. 훌륭한 사장을 만드는 요소는 나이나 직업적인 능력이 아니라 바로 이런 점이었다.

그들은 승강기에서 내려 카를 빈터샤이트를 따라 왼쪽 복도로 향했다.

"이 건물에 감시 카메라가 있나요?" 보덴슈타인이 물었다.

"아니요, 경보기가 전부입니다. 안타깝게도 제 큰아버지는 기반 시설에 절대 투자하지 않았어요. 모든 게 낡았습니다. 그리고 저는 보안 기술보다 최신식 IT 설비가 일단 더 급했고요."

빈터샤이트는 알렉산더 로트 사무실 문 앞에 서서 손잡이에 손을 뻗었다.

"만지지 마세요!" 피아의 외침에 그는 자기 손을 얼른 거두어들였다.

보덴슈타인과 같이 장갑을 낀 후에 피아가 문을 열었다. 사무실은 금요일과 똑같은 모습이었다. 서류장과 사이드보드, 의자 두 개가 있는 탁자에 책과 서류들이 쌓여 있었다. 그러나 책상은 깔끔하게 정리된 상태였다. 피아는 바퀴 달린 정리함의 서랍들을 열고 책상 매트도 들어봤다. 보덴슈타인은 발끝으로 책상 아래에 있는 휴지통을 밀었다. 휴지통은 텅 비어 있었다.

문간에 있는 카를 빈터샤이트의 옆에 키 크고 마른 50대 중반쯤의 남자가 나타났다. 회색 양복에 흰 셔츠와 검은 넥타이 차림이었다.

"발데마르 배어 씨에게 여기로 와달라고 부탁했습니다." 카를 빈터샤이트가 이렇게 말하고 남자를 소개했다. "30년 넘게 이곳을 성실하게 돌보셨기에 저보다 훨씬 더 많이 아십니다. 모든 질문에 틀림없이 대답해주실 수 있을 겁니다."

"다행이군요." 보덴슈타인이 고개를 끄덕였다. "배어 씨, 일요일에 시간을 내주셔서 고맙습니다."

"당연한 일인걸요." 관리인이 정중하게 대답했다.

그의 마른 얼굴은 창백하고 무표정했다. 피아의 눈에, 숱이 많은 눈썹과 그 아래에 깊이 들어간 짙은 색 눈동자, 잘 다듬어진 콧수염을 빼면 모든 면에서 평범한 인상이었다.

빈터샤이트의 휴대전화가 진동했다. 발행인은 액정 화면

을 힐긋 보고는 이제 가봐야겠다고, 하지만 언제든지 불러도 된다고 말했다. 그러고 계단 쪽으로 바삐 걸어가며 전화를 받았다.

발데마르 배어는 문간에 그대로 서 있었다.

"들어오세요." 피아가 그에게 말했다. "뭔가 눈에 띄는 점이 있나요? 평소와 다른 게 있어요?"

관리인은 사무실로 들어와 사방을 자세히 둘러봤다. 책상과 바닥, 책장과 서류장을 훑은 그의 시선은 책상 뒤쪽 휴지통 옆에 있는 서류 파쇄기에 가서 멈췄다.

"파쇄기에 종이가 있네요." 그가 말했다. "청소 인력은 저녁마다 휴지통과 서류 파쇄기를 모두 비웁니다."

"몇 시에요?"

"보통 7시쯤이면 청소가 끝나지요."

"금요일에 언제 건물에서 나가셨습니까?"

"다섯 시 반에요. 빌라에서 할 일이 있었거든요."

로트 씨가 금요일 저녁 늦게까지 사무실에 남아서 서류를 없앴다는 뜻일까? 그 자체로는 수상한 행동이 아니었다. 이론상 출판사 직원은 누구라도 로트의 서류 파쇄기를 사용할 수 있었다. 하지만 누가 왜 그런 행동을 했을까? 피아는 몇 년 전에 갈기갈기 찢긴 서류 파쇄기 내용물을 압수하여 스팀다리미의 도움으로 조각들을 간신히 모아 붙이던 기억을 떠올렸다. 그녀는 보덴슈타인이 건물 관리인에게 계속 질문하도록 놔뒀다. 세월이 흐르면서 두 사람은, 대화 상대자가 두 사람 중 어느 쪽에 더 잘 반응하는지에 대해 섬세한 감각을 터득했다. 정중한 배어 씨는 정중한 폰 보덴슈타인 씨 담당이라는 사실이 명백했다. 피아는 서류 파쇄기 수집함을 꺼내 내용물이 뒤섞이지 않게 주의하며 증거물 봉투를 채웠다.

"배어 씨, 언제부터 로트 씨와 아는 사이였습니까?" 보덴슈타인이 물었다.

"거의 평생이죠. 부모님이 빈터샤이트 빌라에서 일했으므로 저는 그곳에서 자랐습니다. 1988년부터 이곳 출판사와 그뤼네부르크 공원 옆의 발행인 빌라에서 일합니다."

"로트 씨를 마지막으로 본 게 언제인가요?"

"금요일 늦은 오후였지요." 관리인이 기억을 되살렸다. "제 사무실을 지나쳐 뒷문을 통해 뒷마당으로 나갔습니다. 그러다가 일이 분 후에 다시 돌아와 제 사무실에 머리를 들이밀고 주말 잘 지내라고 말해서 조금 당황했습니다."

"왜 당황하셨지요? 그가 평소에는 하지 않는 행동입니까?"

"예. 그렇게 하는 사람은 카를 빈터샤이트와 그의 사촌이자 영업부장인 빈터샤이트-핑크 씨, 젊은 편집자 브레모라 씨뿐입니다. 다른 직원들은 우연히 마주칠 때만 저녁시간이나 주말 잘 보내라고 인사하지요."

"로트 씨가 최근에 변했나요?"

"예, 변했습니다."

"어떤 점에서요?"

"경솔하게 말하고 싶지 않고, 또 제 개인적인 의견에 불과하지만……." 발데마르 배어는 주저하며 엄지와 검지로 콧수염을 매만졌다. "베르시 씨가 나간 뒤로 로트 씨는…… 일에 즐거움을 느끼지 못한다는 생각이 들더군요. 자기 내면에 침잠할 때가 많았습니다. 의기소침했고요. 그래요, 우울해 보이기까지 했습니다."

발데마르 배어의 눈길이 서류장과 서랍을 차례로 열고 있는 피아를 좇았다.

"그리고 다시 술을 마시기 시작했지요." 보덴슈타인이 말을 받았다.

"예, 안타깝게도 그랬습니다." 관리인이 슬픔에 잠긴 표정으로 고개를 끄덕였다.

"대략 언제였습니까?"

"6월 중순이었습니다. 새 직위에 오르고 얼마 지나지 않은 시기였어요. 저는 그때 쓰레기 컨테이너에서 빈 보드카 병을 발견하고 로트 씨가 마신 병이라는 걸 바로 알아챘습니다. 예전에 그가 선호하던 상표였으니까요."

"그 일로 로트 씨 또는 다른 누군가와 의견을 교환하신 적이 있습니까?"

피아는 보덴슈타인이 발데마르 배어의 고풍스러운 화법에 맞추어 말하는 걸 들으며 웃음을 겨우 참았다.

"아이고, 아닙니다!" 배어가 고개를 저었다. "저에게는 그런 일이 허용되지 않습니다. 그저 관리인에 불과한걸요. 모든 게 문제없이 작동하도록 신경을 쓸 뿐 우연히 알게 된 일에 대해 결코 말하지 않습니다. 제가 책임져야 할 영역이라면 예외지만요."

피아 귀에 불현듯 웅웅, 꾸르륵대는 소리가 들려왔다. 그녀는 가만히 서서 귀를 기울였다. 냉장고 소리 같았다. 이 소리가 어디서 들리는 거지?

"하지만 여기 출판사에서 뭔가 듣게 되는 일이 틀림없이 무척 많겠지요. 안 그렇습니까?" 보덴슈타인이 물었다.

"흐음, 저는 거의 재고물품이나 다름없습니다." 관리인은 흐릿한 미소를 흘렸다. "직원들은 보통 저를 인지하지 못하고, 대화를 나눌 때 제가 나타나도 목소리조차 낮추지 않습니다. 하지만 저는 귀를 기울이지 않는 게 습관이 됐답니다."

발데마르 배어는 영국 왕실의 집사처럼 신중하고 입이 무거웠지만 보덴슈타인은 그에게서 로트 씨에 대한 정보를 몇 가지 이끌어냈다. 그러나 이미 알고 있던 사실을 확인하는 데 그쳤다. 하이케 베르시에 대한 질문을 받은 배어는 표정이 바로 굳어졌다.

"저는 베르시 씨의 행동에 무척 실망했습니다." 그가 무뚝뚝한 목소리로 말했다. "그렇게 오래도록 먹을 것을 건네준 손을 물어버리면 안 되지요. 하지만 이건 대단찮은 제 의견일 뿐입니다."

"배어 씨, 정보에 감사드립니다." 보덴슈타인이 말했다. 관리인에게서 더 알아낼 수 있는 건 없었다. "사무실 문을 잠글 예정입니다. 오늘이나 내일 감식반을 보내지요. 보드카 병을 발견한 쓰레기 컨테이너를 보여주실 수 있을까요?"

"물론입니다."

그러는 사이에 피아는 책상 아래에서 냉장고를 찾아냈다. 하지만 보덴슈타인과 관리인이 사무실에서 나갈 때까지 기다렸다가, 의자를 옆으로 치운 후에 쪼그리고 앉아 호텔 미니바보다 조금 더 큰 그 냉장고를 열었다. 냉장실에는 샴페인 한 병, 화이트와인 한 병과 생수 세 병이 들어 있었다. 모두 따지 않은 새 병이었다. 냉동실에는 반쯤 마신 0.7리터짜리 '블랙 무스' 보드카 병이 있었다. 병을 조심스럽게 꺼내는데 각얼음이 든 봉지가 떨어졌다. 냉동실 제일 뒤쪽에 뭔가 더 있었다. 피아는 몸을 숙이고 자세히 들여다봤다. 은빛의 뭔가가 지퍼 백에 들어 있었다. 저게 뭐지? 피아는 스마트폰을 꺼내 사진을 몇 장 찍은 후에 지퍼 백을 조심스럽게 꺼냈다. 그 안에 든 물건을 알아본 그녀는 흥분으로 심장이 쿵쿵 뛰었다. 퍼즐 조각들이 불현듯 올바른 자리를 찾아가는 것 같았다. 배낭에서 증거물 봉투를 한 장 꺼내 내용을 기록하고 지퍼 백을 그 안에 집어넣은 다음 냉장고를 닫았다.

"피아?" 보덴슈타인이 문간에 나타났다. "자네 어디……?"

"반장님, 제가 냉장고 냉동실 각얼음 봉지와 보드카 병 뒤에서 뭘 찾아냈는지 보세요." 피아가 그의 말을 막으며 봉투를 들어 보였다.

"이게 뭐야?" 보덴슈타인은 눈을 꾹 감았다 뜨고서 피아가 발견한 물건을 자세히 들여다봤다.

"고기 두드리는 스테인리스스틸 망치 같은데요." 피아가 대답했다. "두드리는 면적이 가로와 세로 모두 약 4센티미터인 사각형이고요."

* * *

늦은 오후에 보덴슈타인과 피아는 하이케 베르시의 집을 수색한 동료들과 경찰서에 동시에 도착했다. 좀 전에 보덴슈타인은 최신 정보를 교환하기 위해 회의를 소집했다. 1층 음료수 자동판매기에서 차가운 콜라를 막 꺼내던 카이 오스터만이 그들과 합류했다.

"'우가유작'은 지하실에서 도대체 뭘 하고 있을까요?" 타리크가 건물 3층에 있는 강력11반 사무실로 가면서 물었다. 비밀 줄임말은 경찰서에서 인기가 높았고 특히 엥겔 과장이 유달리 좋아했다.

"우…… 뭐라고요?" 니콜라 엥겔이 물었다.

"어, 아닙니다." 타리크는 과장이 방화문을 지나 계단실로 함께 들어온 걸 뒤늦게 알아채고는 얼굴을 붉히며 겸연쩍어했다. "그냥 내부 용어예요."

"그러니까 그 줄임말이 내부 용어로 무슨 뜻이냐고요."

"우리나라에서 가장 유명한 작가요." 타리크가 하는 수 없이 자백했다. 셈과 카트린과 피아는 과장 등 뒤에서 킥킥거렸다.

"나를 놀리는군요." 니콜라 엥겔이 그를 야단치고는 번개처럼 재빠르게 몸을 돌리고 말했다. "당신들도 마찬가지!"

"아 참, 두루미에게 하이케 베르시의 가발에 대해 물어보셨나요?" 피아는 카이와 보덴슈타인을 따라 계단실에서 나오다가 그 의문점에 생각이 미쳤다.

"그래요, 물어봤어요." 과장이 대답했다. "그 사람 이름은 벨텐이에요. 이제 이름을 좀 외울 때도 됐을 텐데요. 어쨌든 벨텐은 베르시 씨가 늘 가발을 쓴다는 사실을 그날 저녁에야 알았다고 하더군요. 그 전에는 가발을 벗은 모습을 한 번도 본 적이 없어서, 갑자기 짧은 회색 머리 여자와 마주하게 되어 아주 많이 놀랐다더군요.”

“벨텐 씨는 아직도 자기가 그 사람을 살해했다고 믿나요?” 보덴슈타인이 질문하며 회의실이 있는 복도와 연결되는 문을 열고 잡아줬다.

“그래요.” 니콜라 엥겔은 어깨를 으쓱했다. “믿으라고 하죠 뭐. 영감을 준다니까.”

“흐음, 그 사람이 언젠가 또 글이 잘 써지지 않는다며 정말로 살인을 저지르는 일이 없기를 바라야겠네요.” 카이는 이렇게 말했다가 과장의 매서운 눈빛을 받았다.

모두 회의실로 들어가 탁자 주위로 둘러앉았다. 피아가 출판사에서 알아낸 것과 발견한 것을 보고했고, 카이는 화이트보드에 관리인의 이름도 적었다.

감식반은 좀 전에 출판사 뒷마당 쓰레기 컨테이너에서 ‘블랙무스’ 상표 보드카 빈 병 세 개를 건져내어 확보했다. 보덴슈타인과 피아는 크뢰거와 그의 팀에게 알렉산더 로트의 사무실을 맡긴 후에 고기 망치를 가지고 법의학연구소로 향했다. 로니 뵈메가 냉장함에서 하이케 베르시의 시신을 꺼내 왔고, 헤닝은 시신 머리덮개뼈의 압입 골절 자리와 고기 망치를 비교했다. 둘은 밀리미터까지 정확하게 맞았으므로 고기 망치가 살해 도구였다는 사실에는 의심의 여지가 없었다.

"축하합니다." 니콜라 엥겔 박사가 말했다. "사건이 해결된 것 같군요."

"정말 실용적이네요. 살인자도 이미 사망했으니 말이에요." 피아가 비꼬는 어투로 말하자 과장은 눈썹을 치켜세우고 날카로운 눈빛을 흘끔 던졌다.

보덴슈타인은 논평을 자제했다. 안 좋은 언론 평을 늘 걱정하는 과장은 존경하는 스타 작가가 편집자를 때려죽였다는 의심에서 벗어나게 되어 기뻐하는 것 같았지만, 알렉산더 로트를 하이케 베르시의 살해범이라고 믿기에는 앞뒤가 맞지 않는 모순이 너무 많았다. 월요일 저녁에 어딘가에서 술을 마시고 용기를 낸 다음, 오랜 동료를 잔인한 방식으로 살해하려고 다시 한 번 그 집에 갔다고?

"하지만 로트는 사실 베르시 씨를 좋아했잖아요. 둘은 친구였어요." 카트린이 반박했다.

"친구라!" 피아가 비웃듯 목소리를 높였다. "그 단어는 듣기만 해도 참 이상해! 도대체 무슨 뜻이지? 둘이 오랫동안 알던 사이라는 건 맞아. 하지만 그게 저절로 서로 좋아한다는 뜻은 아니야. 내 생각에 둘은 오히려 경쟁자였고, 서로 전혀 견디지 못한 것 같아. 솔직하게 말해보자고. 누군가와 '친구'라면 자기가 아버지를 집에서 돌보고 있다고 그 사람에게 이야기할 거야. 안 그래?"

다들 어깨를 으쓱하고 주저하다가 고개를 끄덕임으로써 동의한다고 반응했다.

"셈." 피아가 셈에게 몸을 돌렸다. "당신도 로트를 봤고 그 사람과 이야기도 했잖아. 그가 방금 살해해서 피범벅이 된 좋은 옛 친구의 시신을 자동차 트렁크에 넣고 숲으로 싣고 가서 비탈에 굴려 떨어뜨리고, 돌아와서 평온하게 부엌을 청소할 사람으로 보였어?"

"아니." 셈도 인정했다. "누군가를 때려죽일 사람으로 보이지 않았지."

"왜 아니죠?" 니콜라 엥겔이 물었다.

"그럴 만한 사람이 아닌 것 같았어요." 셈이 대답했다. "바짝 마르고, 사무실에서만 일해서 손이 부드러운 남자였어요. 지적인……."

"말도 안 되는 소리." 엥겔 박사가 그의 말을 잘랐다. "술이 분노와 결합하면 어떤 결과를 낼 수 있는지 알고도 남으실 텐데요."

"어쩌면 그의 아내가 도와줬는지도 모릅니다." 보덴슈타인이 자신이 생각하는 용의자를 거론했다. "파울라 돔스키는 남편의 오랜 친구 패거리를 무척 증오했어요. 남편이 다시 술을 마시게 된 게 하이케 베르시 때문이라고 비난했습니다."

"하지만 파울라 돔스키는 하이케 베르시가 이튿날 저녁에 자기 방송에 나오길 바랐는데요." 타리크가 끼어들었다.

"그걸 정말 원했을까?" 보덴슈타인이 혼잣말처럼 중얼거렸다. "하이케 베르시는 오랫동안 그녀가 받아야 할 관심을 가로챘어. 사람들은 파울라 돔스키가 아니라 '하이케 베르시'를 보려고 텔레비전을 켰지. 프로그램 제목에 파울라라는 이름이 들어가는데도 말이야. 하이케 베르시가 그만두자 시청률은 바닥을 쳤어."

"들끓는 질투심이 동기라는 말씀이군요." 카이가 말했다. "어쨌든 과잉 살상 이유에는 들어맞겠네요. 파울라 돔스키에게 알리바이는 있나요?"

"그다지 확실하지 않아." 보덴슈타인이 대답했다. "자기 말로는 월요일 저녁에 혼자 집에서 다음 날 저녁 방송을 준비했다고 하던데."

"알렉산더 로트의 월요일 저녁 알리바이는 어떤가요?" 니콜라 엥겔이 물었다.

"바트 조덴의 모든 술집 주인에게 로트 사진을 보여주고 물어봤습니다." 타리크가 대답했다. "로트는 6시 반경에 베르시씨 집에서 멀지 않은 스포츠 바에서 보드카 토닉 두 잔을 마신 후에 현금으로 계산하고 나갔다고 합니다. 그 주인 외에는 그를 봤다고 기억하는 사람이 없었습니다."

"화요일 새벽 2시 45분에 순찰차가 바트 조덴 오트프리트-프로이슬러 초등학교 인근에서 그를 발견했는데, 집에 데려다준다고 해도 완강하게 거부해서 니더회흐슈타트로 데려갔다고 합니다." 카이가 파일로 첨부해뒀던 니더회흐슈타트 동료의 조서를 화면에 불러냈다. "그는 술에 취했지만 평온한 상태였다고 합니다. 운전을 하지 않았으므로 혈중알코올농도는 측정하지 않았답니다. 조서에 따르면 어깨에 메는 가방 하나만 가지고 있었다고 해요."

"거기 뭐가 들어 있었죠?" 니콜라 엥겔이 물었다.

"흐음……." 카이의 눈동자가 화면을 훑었다. "그건 적혀 있지 않네요."

"그쪽 동료에게 연락해서, 가방 안을 봤는지 문의하세요." 과장이 지시했다. "고기 망치는 눈에 띄었을 테니까요. 그리고 로트 씨가 어떻게 바트 조덴으로 간 거죠?"

"문의하겠습니다." 카이가 대답했다. "로트 씨는 전철로 이동한 것 같습니다. 음주운전을 두 번 해서 운전면허가 취소됐어요. 그 이유로 자전거로 출근하고, 전철도 자주 이용했습니다."

"휴대전화 위치 추적은?" 보덴슈타인이 물었다.

"요청했습니다." 카이가 대답했다. "토요일 아침에 리더바흐에서 그를 발견한 동료의 조서도 함께 요청했습니다."

"보드카 빈 병과 로트의 사무실 냉장고에 들어 있던 반쯤 빈 병을 실험실로 보냈습니다. 고기 망치와 서류 파쇄기 내용물도요." 크뢰거가 보고했다. "늦어도 내일이면 초기 결과가 나올 겁니다."

"헤닝은 로트가 목요일에 이미 메탄올에 중독됐을 거라고 짐작했어요." 피아가 말했다. "호흡 곤란과 신경 손상 때문에 의식을 잃어서 사고가 난 거라고요. 그가 발견된 시점에는 이미 돌이킬 수 없는 뇌손상이 일어났을 거라고 했고요."

"키르히호프 박사가 로트 씨 몸에 어떻게 메탄올이 들어갔는지도 말했나요?" 니콜라 엥겔이 물었다.

"아니요. 하지만 그가 아마 변조한 술을 마셨을지도 모른다고 짐작하더군요." 피아가 대답하자 크뢰거가 끼어들었다.

"그가 즐겨 마시던 보드카 상표는 '블랙 무스'야. 직접 조제한 질 낮은 술이 아니라 도수 높은 보드카라고."

"하지만 목요일에 어디선가 사제 술을 마셨을 수도 있지." 보덴슈타인이 말했다. "아니면 자살을 공공연하게 드러내지 않으려고 일부러 중독됐는지도 모르고. 메탄올은 인터넷 모형 비행기 가게에서 아무 문제 없이 주문할 수 있잖아."

"진짜 터무니없는 소리예요!" 니콜라 엥겔이 고개를 저었다. "그 사람이 왜 그렇게 고통스러운 방식으로 자살하려고 했다는 거죠?"

"하이케 베르시를 살해한 것과 그 외 다른 잘못들을 참회하려고 그랬을 수도 있지요." 보덴슈타인이 대답했다. "알렉산더 로트는 심한 우울에 시달렸습니다. 아내 말로, 자기는 '자격'이 없다고 했대요. 완전히 우발적으로 자살하는 경우가 아니라면 사람들은 일반적으로 예측할 수 있는 방법을 사용합니다."

과장은 보덴슈타인을 미심쩍은 눈길로 바라봤다.

"베르시 씨 집에서 뭔가 관심이 갈 만한 걸 찾아냈어?" 피아가 동료들에게 물었다.

"은행 금고 열쇠를 발견했어요." 타리크가 대답했다.

"그리고 출판사 설립 계획이 들어 있는 서류철도." 셈이 보충 설명했다. "하이케 베르시는 조직적인 사람이었어. 서류가 철저했지. 마르셀 얀과의 법정 다툼 관련 서류도 모두 질서정연하게 모아뒀더군. 4월에 주거래 은행에 50만 유로 대출 신청을 했는데, 집을 담보로 했는데도 승인이 나지 않았던 모양이야."

"4월이라고?" 보덴슈타인이 캐물었다. "베르시가 해고당한 건 6월 말인데."

"베르시가 자기 출판사를 설립하려는 걸 알고 빈터샤이트 출판사 임원진이 그녀를 해고한 거잖아요." 피아가 그의 기억을 되살려주었다.

"아 참, 그렇지." 보덴슈타인이 끄덕이자 과장은 이번에도 미심쩍다는 눈길로 그를 바라봤다.

"다락은 먼지 쌓인 상자들로 가득했습니다." 셈이 설명을 이어갔다. "다른 것들 말고도 사진 앨범과 추억의 물건들이 있었는데, 일부는 아주 오래되었고 일부는 얼마 전의 것이었어요. 우린 이걸 모두 살펴봤습니다."

"베르시 씨 노트북이 범죄 실험실에서 돌아왔어요." 카이가 말했다. "노트북은 살해도구가 아닌 게 분명하니, 제가 살펴보겠습니다. 이메일 프로그램을 해킹하면 주고받은 메일을 볼 수 있을 거예요."

"베르시의 집에서 비밀번호 목록도 발견했어요." 카트린이 덧붙였다. "실험실에서 그녀의 스마트폰 기능을 되찾아준다면 우리가 거기 문자도 읽을 수 있겠지요."

"좋습니다." 과장이 몸을 일으켰다. "계속 바로 보고해주세요. 보덴슈타인 씨, 5분 정도 시간 있나요?"

"그럼요." 피아가 다음 날 해야 할 업무를 나눠주는 동안 보덴슈타인은 과장을 따라 나갔다.

* * *

보덴슈타인은 니콜라가 그에게 무슨 일이 있냐고 물어주기를 이미 오래전부터 기다렸지만, 둘이 함께한 과거가 예전과 마찬가지로 여전히 방해가 됐다. 서로 구속력이 없는 학창시절의 사랑에 불과했다면 니콜라도 이미 오래전에 그 관계를 극복했을 테지만, 당시에 보덴슈타인은 그녀를 2년째 만나던 중에 갑작스럽게 관계를 끝냈다. 코지마에게 첫눈에 반했기 때문이다. 그는 겨우 몇 달 뒤에 코지마와 결혼했고, 얼마 지나지 않아 아버지가 됐다. 이미 35년도 더 지난 일이지만 과장은 이 굴욕을 제대로 삭이지 못했고 그래서 보덴슈타인의 전부인을 못 견디게 싫어했다. 보덴슈타인이 과장에게 자기 일을 미리 말하지 못한 이유 가운데 하나도 이것이었다.

"최근에 당신이 일에 집중하지 못한다는 인상을 받았어." 니콜라가 사무실 문을 닫자마자 말을 꺼냈다. "왜 그러지?"

"코지마가 간세포암에 걸렸어." 그가 대답했다. "얼마 후에 나는 당분간 일을 쉬어야 할 거야. 간 일부를 코지마에게 이식해주기로 했거든."

"뭐라고?" 과장은 깜짝 놀라 그를 빤히 바라봤다. "코지마가 암에 걸렸다고? 그걸 안 게 언제지?"

"몇 주 전이야." 보덴슈타인이 고백했다. "암은 우연히 발견됐어. 아마도 오래전에 탐험 여행을 갔다가 걸렸던 간염의 후유증일 텐데 그동안 발견 못 했던 것 같아."

"아, 세상에. 정말 안타깝다." 니콜라는 이렇게 말하고 정말로 충격받았다는 듯 한 손을 가슴에 얹었다. 상관이 훨씬 더 싸늘하게 반응하리라고 예상했던 보덴슈타인은 이러한 공감에 감동했다.

"간 이식이 유일한 가능성이야." 그가 대답했다. "코지마는 유럽 장기이식재단 대기자 명단에 이름을 올렸지만, 맞는 장기를 기증받을 때까지 얼마나 기다려야 할지 아무도 몰라. 이식 관련 법률에 따르면 생존 기증은 가족만 할 수 있어서 아이들과 나도 검사를 받았어. 내 경우에는 모든 변수가 적합해. 우린 사실 지금 코지마가 화학요법 후에 수술을 받을 수 있을 만큼 건강을 되찾기만 기다리고 있어. 시간과의 싸움이지."

"이 일을 나에게 미리 말하지 않다니, 정말 믿을 수가 없네. 생존 기증이라니! 당신은 몇 주 동안이나 입원해야 해!" 니콜라가 손을 내렸다. "나는 우리가 이제 정말 서로 신뢰한다고 생각했는데."

니콜라는 기분이 상했다. 보덴슈타인은 그녀가 기분이 상한 게 어느 정도 합당하다는 걸 인정해야 했다.

"당신은 코지마를 견디지 못했잖아." 그가 말했다.

"충분히 그럴 만한 이유가 있었지." 니콜라가 대꾸했다. "하지만 그건 이미 오래전 일이고 이젠 중요하지 않아. 그리고 솔직하게 말하자면 나는 코지마가 아니라 당신을 걱정하는 거야. 그런 수술에는 위험한 요소가 많고, 이렇게 말해서 미안하긴 하지만 당신은 이제 젊지도 않아."

"2년 후였다면 사실 나이 때문에 하지 못했을 거야." 보덴슈타인이 대답했다. "하지만 간은 다시 자라고, 나는 아주 건강해. 필요한 모든 검사를 마쳤고 의사들도 승인했어."

"아내는 뭐라고 말해?" 니콜라가 물었다.

"아내는 몰라." 보덴슈타인은 책상 가장자리에 앉았다. "엊그제 집에서 나왔어. 카롤리나와의 결혼생활은 끝났지."

"아니, 왜?" 니콜라는 또다시 정말 충격받은 것 같았다. "둘이 정말 행복했잖아! 1년 전에 당신은 두 사람이 모든 문제를 극복했다고, 드디어 모든 게 더할 수 없이 좋다고 나한테 직접 말하지 않았어?"

"유감스럽게도 착각이었지." 보덴슈타인이 대답했다. "카롤리네는 내가 가족과 시간을 보내려고 하면 질투가 심해. 나는 가족을 사랑하는데 말이지. 나는 손주들이 커가는 모습을 보고 싶은데 카롤리네는 절대 함께 가려고 하지 않았고, 가족 파티나 모임 계획이 생기면 끔찍하게 난리를 피우는 바람에 난 평화를 위해 그냥 집에 있었어."

그는 니콜라가 언젠가 기회가 되면 지금 자기가 고백한 말을 자기를 공격하는 데 사용할 수도 있다는 걸 알면서도 그레타와의 문제를 털어놓았다.

"카롤리네는 코지마와 나 사이에 우정과 공동의 아이들밖에 없다는 걸 이해하려고 하지 않았어. 처음부터 알고 있었는데도 말이야."

"하지만 카롤리네도 전남편과 연락하고 지내잖아. 아닌가?"

"맞아. 당연히 연락하지. 난 그게 아무렇지도 않아." 보덴슈타인이 고개를 끄덕였다. "살면서 나중에 어떤 관계를 맺으면 이런 것 같아. 각자 과거가 있잖아. 문제는 카롤리네와 그녀의 딸이 트라우마를 극복하기 위해 뭔가 시도하길 거부한다는 점이야. 두 사람이 겪은 일을 알게 되면 그들의 상실 불안이나 질투심, 아니 모든 문제가 정말 완벽하게 이해되거든. 왜 전문적인 도움을 받으려고 하지 않는지 알 수가 없어."

"자기 자신과 싸우는 일이 고통스럽고 지루하고 힘겹기 때문이지." 니콜라가 방문객용 의자 두 개 중 하나에 앉았다. "나도 킴이랑 있을 때 똑같은 경험을 했어. 킴도 과거를 극복하려고 하지 않았어. 모든 걸 그냥 밀어내거나 도망쳤지. 그게 편한 길이니까. 딸의 존재까지도 나에게 숨겼어. 피오나와 마주하고 문제를 해결하는 대신 미국으로 사라졌지. 그 후로 나는 킴 소식을 듣지 못했어."

"당신도 오래 견뎠어." 보덴슈타인이 대답했다.

"그래, 너무 오래였지." 니콜라가 한숨을 내쉬었다. "사람은 자신이 착각했고 실패했다는 걸 인정하려고 하지 않는 성향이 있어. 그리고 언젠가 상대방이 변해주기를 항상 기대하지만 그건 잘못된 믿음이야. 사람은 변하지 않아. 상대방이 본인에게 좋지 않은 영향을 미친다는 걸 깨달으면 곧 결정을 내려야 해. 우리 나이에는 더 나은 걸 기다릴 시간이 많지 않아."

두 사람은 깊이 이해하며 서로를 바라봤다.

"나는 혼자 지내는 게 더 편해." 니콜라가 말했다.

"나도 아마 그런 것 같아." 보덴슈타인도 동감했다.

"이제 다시는 내 인생을 다른 사람이 결정하게 내버려두면서 시간을 낭비하지 않을래." 니콜라가 힘주어 말했다. "예전에는 아이가 있는 사람들을 가끔 부러워하기도 했지만 지금은 아이가 없는 게 무척 다행이라고 생각해."

둘은 한동안 침묵한 채 각자 생각에 잠겼다. 보덴슈타인은 니콜라의 옆모습을 지켜봤다. 코지마를 만나지 않았더라면 내 인생은 어떻게 달라졌을까? 그랬다고 하더라도 니콜라와는 이루어지지 않았을 테지. 함께 가정만 이루는 게 아니라 같은 친구 집단도 만드는 다른 여자를 만났더라면? 코지마와 그는 전혀 그렇게 하지 못했다. 이따금 코지마의 동료나 지인들을 만날 기회는 있었다. 우정을 위해서는 시간을 투자해야 하는데, 보덴슈타인은 그럴 시간을 내지 못했다. 아이들 양육과 살림과 직업은 그에게 우정을 돌볼 수용 능력을 남겨두지 않았다. 진짜 친구, 그가 믿을 수 있고 또 그를 믿어주는 진정한 짝꿍은 전혀 없었다.

보덴슈타인은 하이케 베르시와 알렉산더 로트를, 그리고 로트의 아내가 심하게 질투하던 그들의 오랜 친구 무리인 '영원한 사람들'을 생각했다. 그들은 학창시절부터 아는 사이였고 연락이 끊어지지 않았다. 결혼을 하고 아이를 낳은 후에도 관계가 지속됐다. 무엇이 그들을 묶어뒀을까? 함께한 젊은 날의 추억은 평생 지속되는 우정의 기초로 충분할까, 아니면 그들은 자신의 과거를 예찬해주는 오래된 지인에 더 가까울까? 그런데…… 왜 묶여 있을까? 어쨌든 하이케 베르시는 오랜 친구들에게 모든 것을 이야기하지는 않았고, 그녀가 도움을 요청했을 때 도와준 친구는 아무도 없었다.

"수술이 언제야?" 니콜라가 물었다.

"아까도 말했듯이, 코지마의 상태가 충분히 안정되면 바로." 보덴슈타인이 대답했다. "며칠 전부터 더디긴 하지만 계속 상태가 좋아지고 있어. 구체적으로 정해지면 당신에게 물론 알릴 거야."

"그 전에 휴가를 내고 싶어?" 니콜라가 물었다.

"아니, 휴가는 필요하지 않아." 아무것도 하지 않고 그냥 앉아서 병원 전화만 기다리는 건 상상만 해도 끔찍했다. "준비가 다되면 피아가 수사를 지휘하기로 했어."

"그러니까 피아에게는 벌써 말했다, 이거지?" 니콜라의 목소리에서 비난이 살짝 묻어났다.

"피아에게도 겨우 이틀 전에 알렸어." 보덴슈타인이 대답했다. "당신이 어떻게 반응할지 몰라서 계속 미룬 거야. 하지만 이제 당신이 알게 되어 다행이라고 생각해. 이해해줘서 고맙고."

둘은 자리에서 일어났다.

"우리 둘은 친구일까?" 니콜라가 문손잡이에 손을 뻗었을 때 보덴슈타인이 물었다.

"모르겠네." 니콜라가 손을 내렸다. "나는 당신의 상관이야. 한때는 약혼녀였고. 아니, 내 생각에 우리는 그런 의미에서 친구라고는 말할 수 없을 것 같아. 하지만 어쩌면 친구 이상인지도 모르지. 서로 요구나 기대가 없으니까. 나는 형사가 뭔지, 살인사건 수사를 어떻게 진행하는지, 퇴근하지 못하는 게 뭔지, 거기에 더해서 공공을 위해 희생양이 되어야 할 때가 아주 많다는 게 뭔지 모르는 '친구'보다 훌륭하고 믿음직한 동료가 더 좋아."

보덴슈타인은 천천히 고개를 끄덕이다가 미소를 지었다. 니콜라가 옳았다. 학대당한 여자아이의 시신을 마인강에서 건지는 것, 또는 죄 없는 사람들을 총으로 살해하는 사이코패스를 추적하는 게 어떤 느낌인지 대략 비슷하게라도 이해할 수 있는 사람은 주변에 거의 아무도 없었다. 그런 일은 퇴근한다고 떨쳐지는 게 아니라는 것, 그런 비극은 그들을 따라 집으로 함께 간다는 사실을 오직 동료들만이 진정으로 이해할 수 있었다. 그가 왜 밤에 가끔 사무실에 남아 있는지, 왜 주말에 부검에 참관하거나 부패한 시신을 봐야 하는지 동료들이라면 이해했다. 사실 그의 연애 관계가 파탄이 나는 것도 이상한 일은 아니었다.

"잘 쉬고 내일 일찍 만나." 니콜라가 말했다.

"그래, 당신도 잘 쉬어." 그가 대답했다. "내일 보자."

"아 참, 올리버." 과장이 다시 한번 몸을 돌렸다. "난 코지마가 그때 당신을 빼앗아 갔기 때문에 싫어했어. 하지만 이미 오래전에 잊었고 용서했어. 그녀가 다시 건강해지기를 진심으로 바라. 코지마에게 이 말을 전해줘."

* * *

율리아는 오후 내내 사장의 연락을 기다렸다. 드디어 연락이 왔을 때는 이미 다섯 시가 좀 지난 시각이었다. 그녀는 134쪽짜리 원고를 스캔하며 연락을 기다렸는데, 오래된 평판 스캐너로 하려니 힘들었지만 이제 원고가 안전하게 저장됐으니 수고할 만한 가치가 있었다. 카타리나 빈터샤이트가 원고를 마치기 전에 사망해서 이야기가 어떻게 끝나는지 결코 알 수 없다는 것이 정말 안타까웠다. 율리아는 출판사로 가는 길에 괴테광장에 있는 '모시모시'에 들러 '피너츠 카레 돈' 2인분을 포장했다. 시장 앞에서 우연히 카를 빈터샤이트를 만났던 그날 오전에 그가 이 요리를 가장 좋아한다고 했던 말이 떠올랐기 때문이다.

그가 더 반가워하는 쪽이 음식인지 아니면 자기가 좋아하는 음식을 율리아가 기억한다는 사실인지는 알 수 없었지만 어쨌든 둘이 그의 사무실 회의용 탁자에 앉아 땅콩과 코코넛 카레를 얹은 흑미와 신선한 채소와 다진 땅콩을 먹고 있자니 그의 표정에서 근심이 사라졌고, 율리아는 좋은 친구와 저녁식사를 한다는 느낌도 약간 들었다. 그는 놀라울 정도로 율리아를 신뢰하며, 파울라 돔스키에게서 알렉산더 로트의 죽음에 대해 전해 들은 말과 형사들이 로트의 사무실과 뒷마당 쓰레기 컨테이너를 수색했다는 이야기를 했다. 그는 형사들이 로트의 사무실 냉장고에서 뭔가 발견했는데, 살해 도구일지도 모른다는 말을 우연히 들었다고 했다.

율리아가 젓가락을 내려놓고 고백했다.

"저는 양심의 가책을 심하게 느껴요. 베르시 씨와 로트 씨 사이의 대화를 사장님 비서에게 전한 사람이 바로 저예요. 제가 그렇게 하지 않았더라면 사장님은 아마 베르시 씨를 해고하지 않았을 테고, 그녀는 지금 어쩌면 살아 있을지도 몰라요."

카를 빈터샤이트도 먹기를 멈추었고, 이번에도 율리아의 가슴을 떨리게 만드는 기이한 눈빛으로 율리아를 빤히 바라봤다. 이 눈빛은 무슨 뜻일까? '아하, 그게 바로 당신이었군. 이 배신자! 동료들을 비방하는데 사장에게 직접 말할 용기조차 없단 말이지?'

"저는 비서에게 들은 게 아니랍니다." 그의 말에 율리아는 엄청난 안도감을 느꼈다. "이미 그 전에 알고 있었지요. 또 베르시 씨가 빼 가려던 작가의 에이전트 한 명도 저에게 정보를 줬어요. 이 모든 재난을 불러일으킨 사람은 바로 저라고 생각해요. 로트 씨를 기획부장에 임명했으니까요. 그렇게 하면 베르시 씨가 사직할 거라고 예상했던 건데 안 그러더군요."

율리아는 다시 젓가락을 들었다. 두 사람은 침묵하며 식사를 계속했다. 상자에 든 마지막 밥 한 알까지 다 비우고, 주방에서 화이트와인 한 병과 와인잔 두 개를 가지고 와서 병을 따고 와인을 따른 후에야 카를은 원고에 대해 물었다.

"좋아요." 율리아는 이렇게 대답하고 와인을 홀짝거렸다. "아니, 그게 아니에요. 환상적인 원고예요. 저라면 당장 작가와 계약을 맺을 거예요."

"정말입니까?"

"예, 정말이지 감탄했어요." 율리아는 원고와 메모한 종이를 가방에서 꺼내 탁자에 내려놓았다. "내용은 일단 제쳐두더라도, 텍스트가 완벽하게 설득력 있어요. 긴박감이 지속되고, 독자는 읽으면서 바로 등장인물들과 가까워져서 이들과 자신을 동일시할 수 있어요. 대화가 생생하고 믿을 만하며, 텍스트가 놀랄 만큼 흡인력이 강해서 앞으로 어떻게 전개되는지 반드시 알고 싶은 마음이 들게 해요. 저는 새벽 4시까지 읽었답니다." 율리아는 원고에 조심스럽게 손을 얹었다. "이 원고를 쓴 사람은 일상적으로 글을 쓰는 작가예요. 작가는 클리프행어의 대가이고, 부수적인 내용으로 줄거리를 쓸데없이 부풀리지 않아요. 탁월합니다. 사장님 어머님이 원고를 끝까지 쓸 수 없었던 게 정말 안타까워요."

"무슨 뜻입니까?"

"으음, 134쪽이 끝이에요. 이야기 한가운데서 끊어진 거나 다름없어요. 제 생각에는 벌어질 일이 앞으로 한참이나 더 남았는데 말이지요. 어머니가 글을 쓰셨다는 거, 알고 계셨나요?"

"아니요, 몰랐습니다." 카를이 망설였다. 어느 정도나 밝혀야 할지 고민하는 듯했다. 그러다가 좀 더 솔직해지기로 마음먹은 모양이었다. "어머니에 대해 아는 게 많지 않아요. 큰아버지 댁에서는 어머니 이야기를 하는 일이 드물었답니다. 제가 여섯 살 때 어머니가 자살했기 때문일 테지요. 학교에 입학하기 겨우 사흘 전이었어요. 저는 그것에 아주 많이 상심했고요."

"어머니가 '뭘' 하셨다고요?" 와인을 한 모금 막 마시려던 율리아는 놀라서 입이 벌어질 지경이었다. 그녀는 카타리나 빈터샤이트가 사고나 중병에 걸려 젊은 나이에 사망했으리라고 짐작했었다. 자살이라고는 단 한 번도 생각하지 못했다. 더군다나 미완성 원고와 사랑이 가득한 헌사를 아들에게 남기고 자살이라니.

"어머니는 아버지가 돌아가신 후에 우울해하셨어요." 카를이 설명했다. "어느 날 저녁, 6층이던 집 발코니에서 추락해 즉사하셨지요. 유서조차 남기지 않았어요."

율리아는 몹시 당혹스러웠다. 뭐라고 말해야 할지 알 수 없었다. 카를은 부모님 없이 자라야 했기에 분명히 힘들었을 것이다. 게다가 어머니가 왜 자살했는지, 왜 그를 혼자 내버려뒀는지 이유를 알지 못한다니 얼마나 끔찍한가. 율리아가 보기에 자살하는 사람들은 이기주의자였다. 그들은 자신의 불운함을 끝내면서도, 평생 죄책감에 시달려야 할 유족과 친구와 지인들에게는 관심이 없었다.

"저…… 정말 슬픈 일이네요." 율리아는 겨우 더듬거리며 말했다. 수십 년 전에 일어난 일이긴 해도 그 사건의 치명적인 영향을 고려하면 심히 부족하고 진부한 위로 문구였다. 갑자기 상황이 불편해졌다. 지금 이것은 소설 내용이 아니라 카를 빈터샤이트의 삶이고, 율리아는 자살이 아닌 것 같다고 의견을 말할 권리가 없었다. 게다가 증거가 있는 것도 아니고 그저 느낌일 뿐이었다. 또 카를이 친구가 아니라 직장 사장이라는 것, 그리고 지금 여기서 다루는 원고는 새로운 어떤 작가의 것이 아니라 그의 어머니가 썼으며, 오랫동안 분실됐다가 불가사의한 방식으로 갑자기 다시 나타났다는 사실을 잊어서는 안 되었다.

카를은 자신이 율리아를 당혹스럽게 만들었다는 것을 깨달았다.

"어머니가 소설을 썼다는 건 몰랐습니다." 그가 대화의 끈을 다시 이어갔다. "그런데 매일 저녁 잠들기 전에 들었던, 타자기 달그락거리던 소리는 기억나네요. 그게 어머니의 일이라고 생각했던 것 같아요." 그의 시선이 내면을 향하고 생각도 과거로 옮겨 갔다.

"이상하군요." 그가 생각에 잠긴 채 턱을 문질렀다. "타자기가 어떻게 불현듯 다시 떠오를까요? 노란색이었고, 늘 식탁에 놓여 있었지요. 저는 식탁에서 그림을 자주 그렸는데, 어머니가 타자를 칠 때면 식탁 상판이 흔들리던 기억이 아직도 나요. 우리 고양이도 그 소리를 좋아했어요. 고양이는 거의 언제나 식탁을 가로질러 길게 누워 있었답니다."

"고양이가 있었다고요?" 이제 충격을 조금 벗어난 율리아가 물었다. "혹시 검은색이었나요?"

"예, 맞아요. 발은 하얗고 몸은 검은색이었지요." 카를은 뇌의 어느 숨겨진 구석에 있다가 의식으로 솟아오른 기억에 스스로 놀라며 미소를 지었다. "그걸 어떻게 아셨어요?"

"혹시 고양이 이름이 '플뢰르 드 셀'이었나요?" 율리아는 몸을 앞으로 내밀고서 흥분을 감추지 못한 채 사장을 바라봤다.

"예, 맞아요." 카를의 얼굴에서 미소가 사라지고 미심쩍다는 듯 율리아를 빤히 바라봤다. "어떻게 아셨지요?"

"전혀 몰랐어요." 율리아는 앞에 놓인 원고를 검지로 만졌다. "하지만 처음에는 프랑크푸르트, 나중에는 누아르무티에섬이 배경인 이 이야기에서 여자 주인공이 휴가 중에 항구에서 새끼 고양이를 한 마리 발견하고 입양해요. 원고에서 이 고양이는 아주 새까맣고 발만 하얗지요. 별명이 셸리였어요."

"세상에." 카를의 목소리가 갑자기 잠겼다. "우리 고양이도 바로 그런 모습이었어요. 고양이는 저와 함께 빌라로 들어갔지요. 부모님이 돌아가신 후에 저는 큰집에서 자랐어요."

"작가들은 책에 자전적인 세부사항을 삽입하는 걸 즐기지요." 율리아가 이렇게 말하고 젊은이 여섯 명이 찍은 사진을 그에게 내밀었다. "어머니의 소설 속 주인공은 대학교에서 젊은이들 무리를 알게 된 어떤 여학생이에요. 그 무리에는 프랑크푸르트의 발행인 하디 포겔장의 아들인 루츠도 속해 있지요. 여주인공 카를라는 하디의 남동생이자 자기보다 열두 살 더 많은 다비드를 사랑하게 돼요."

율리아의 말에 신중하게 귀를 기울이던 카를의 얼굴이 점점 더 창백해졌다.

"그 무리는 여름에 함께 누아르무티에섬에 있는 포겔장 집안의 별장으로 가는데, 다비드는 일주일 후에야 따라오게 되어 카를라는 혼자 가요." 율리아가 말을 이었다. "처음에는 연애소설 같은 느낌이지만 나중에는 범죄소설로 변해요. 젊은 친구 다섯 명이 발행인의 아들을 바다에 익사시키기 때문이지요. 그 후에 그들은 거짓말을 지어내고 협정을 맺어요. 이 일에 대해 다시는 말을 꺼내지 않기로 맹세하지요. 다비드와 카를라가 요트 여행에서 돌아왔을 때는 프랑스 경찰이 이미 와 있어요."

율리아가 입을 다물었다.

"그 후에 어떻게 됩니까?" 카를의 안색이 아주 창백했다. 와인잔을 세게 움켜쥐어서 갈색으로 살짝 탄 피부색 아래로 손가락 마디들이 하얗게 도드라졌다.

"루츠 포겔장의 어머니는 자기 시동생 다비드가 아직 거기 없을 때 카를라가 심심해서 자기 아들을 유혹했다고 생각해요." 율리아가 말을 이었다. "그 젊은이 무리가 이 소문을 만들어낸 거예요. 마르타 포겔장은 자기 아들이 죽은 책임을 카를라에게 돌려요. 아들이 사랑의 괴로움 때문에 술을 너무 많이 마셔서 절벽에서 미끄러져 머리를 바위에 부딪히는 바람에 바다에 떨어져 익사했다고 믿으니까요."

"카를라가…… 그 이야기에 반박할 수 없었나요?" 카를이 쉰 목소리로 물었다.

"제대로 반박하지 않은 것 같아요. 루츠의 장례식 6개월 후에 카를라는 임신해서 다비드와 결혼했지만 그녀는 마르타 포 겔장과 좋은 관계를 맺지 못했어요." 율리아는 이렇게 대답하고 전체적인 줄거리를 놓치지 않으려고 메모를 한번 들여다봤다. "나이 든 발행인, 시아버지인 아놀드 포겔장과는 무척 사이가 좋았지만 출판사에서 일을 할 수는 없었어요. 하디와 마르타가 일하지 못하게 손을 썼으니까요. 루츠의 옛 친구들은 편집부와 포겔장 집안이 루츠를 기리며 설립한 재단에서 일자리를 얻었 어요. 그런데 유감스럽게도 밝혀지지 않은 비밀이 몇 가지 있어 요. 예를 들어 루츠의 여동생 코린나의 남자친구 마르크는 어떻 게 되었는지 몰라요. 루츠는 죽기 두어 달 전에 질투가 너무도 심한 여자친구 미아와 헤어졌는데, 미아도 이 무리에 속해 있 었어요. 루츠는 카를라를 사랑한 게 아니라 마르크를 사랑했죠. 원고는 카를라가 의사들에게서 사랑하는 남편이 심근경색으로 사망했다는 말을 듣는 장면에서 갑자기 끝나요."

신중하게 귀를 기울이던 카를이 헛기침을 했다.

"제 어머니가…… 그저 자전적인 세부사항 몇 가지를 소설에 삽입한 정도가 아닌 것 같군요."

율리아도 전적으로 같은 의견이었다. 이 원고는 명백한 실화 소설이었다. 카타리나 빈터샤이트는 일어났던 일을 마음껏 토 로하며 글을 썼다. 왜 소설이 완성되기도 전에 발코니에서 몸을 던졌을까? 카를라가 카타리나의 분신이라면 그녀는 자기 자신 과 어린 아들의 미래를 위한 큰 계획이 있었고 전혀 우울해하지 않았다. 하지만 이 원고를 그녀가 썼다는 걸 누가 알 수 있으랴? 누구라도 타자기로 이런 이야기를 칠 수 있지 않겠는가. 증거는 없고, 의문점뿐이었다.

"이 일에 대해서 마리아 하우실트나 사촌누나와 이야기해보실 수 있을 것 같아요." 율리아는 입을 꾹 다문 채 앞만 노려보고 있는 사장에게 제안했다. "두 분은 사장님 어머니를 분명히 잘 알았을 테니까요. 어쩌면 누가 사장님에게 이 원고와 장난감 자동차를 보냈는지 짐작할지도 모르지요."

"바로 그 이유에서 저는 지금까지 그들과 이야기를 나누지 않았답니다." 카를이 자리에서 일어나 창가로 다가가서 양손을 바지 주머니에 집어넣었다. "어머니에 대해 알고 싶지 않았어요. 예전에는 어머니에게 화가 진짜 많이 났지요. 저에겐 어머니가 필요한데 자살을 하다니, 그건 너무…… 너무 이기적이었으니까요. 오랫동안 어머니를 용서하지 못했지만 그 후에는 극복했어요. 잘 지낼 수 있었답니다. 어머니에게 이제 그냥 관심이 없어요."

"그 마음이 뭔지 이해할 수 있을 것 같아요." 율리아는 자기 생각과는 전혀 다른 말을 했다. 그녀라면 내면의 평화를 찾고 이 일에 종지부를 찍기 위해서라도 자기를 그냥 그렇게 내버려둔 사람에 대해 알아내려고 온갖 시도를 했을 터였다. "하지만 이 원고와 자동차를 보낸 사람이 누구인지 알고 싶지 않으세요? 그리고 왜 지금 보냈는지?"

카를은 입술을 깨물고 그녀에게로 몸을 돌렸다. 갑자기 거부의 몸짓이 보였다. 그의 갈색 눈동자에는 두 사람 사이의 거리가 다시 멀어졌음을 알리는 표현이 담겨 있었다.

"생각해보겠습니다." 그가 직업상의 어투로 말했다.

"원고는 여기에 둘게요. 사장님 것이니까요." 율리아가 메모를 챙기며 말했다. "읽어보세요. 정말 훌륭해요. 어쩌면 더 많이 썼을지도 몰라요. 이걸 보낸 사람이 나머지 부분도 가지고 있는지도 모르지요. 사장님이 어머니의 소설 발행인이 된다고 상상해보세요!"

카를의 휴대전화가 울리기 시작했다. 전화를 꺼내 화면을 들여다본 그의 표정이 어두워졌다.

"유감스럽지만 지금 완전히 다른 걱정거리가 있습니다. 하지만 언젠가는 읽어보지요." 그가 율리아에게 약속했다. "원고가 어디 도망가지는 않으니까요."

"알겠습니다." 율리아는 가방을 어깨에 메고 빈 상자를 쓰레기통에 버리려고 손을 뻗었다.

"아 참, 브레모라 씨. 음식값은 얼마인가요?" 카를의 말에 율리아는 마음이 상했다. 단호한 거부 표시이자 그녀가 예상도 못한 불필요한 권력의 몸짓이었다. 자기 자신에 대해 너무 많이 털어놓아서 화가 난 걸까?

"괜찮으시다면 그건 제가 사드린 걸로 해도 되는데요." 율리아도 카를만큼이나 싸늘하게 대꾸했다. "여기서 받는 보수가 그정도로 나쁜 건 아니니까요. 하지만 사장님이 불편하시다면 언제 기회가 될 때 주세요. 8유로 90센트예요."

그가 스마트폰을 들어 보이며 무뚝뚝하게 말했다.

"전화를 받아야 합니다. 좋은 저녁 시간 보내게 해줘서 고맙습니다."

"네, 받으셔야지요. 저도 고맙습니다." 가차 없이 거부당한 율리아는 빈 상자를 회의 탁자에 그대로 둔 채, 짜증과 체념이 뒤섞인 심정으로 사장 사무실을 나왔다. 하지만 왠지 모르게 사장에게 진심으로 화를 낼 수는 없었다. 잊고 싶은 과거와 이런 식으로 직면한다는 건 분명히 씁쓸할 터였다. 율리아는 실러 거리를 따라 지하철 쪽으로 갈 때에야 카를 빈터샤이트에게 하려던 말이 다시 떠올랐다. 금요일 저녁에 알렉산더 로트가 누군가를 출판사 뒷문으로 들어오게 하는 걸 봤다는 말을 할 생각이었다. 하지만 그는 이미 사망했으니 어차피 이제 더는 상관없을지도 몰랐다.

(2권에 계속)

옮긴이 전은경

한양대학교 사학과를 졸업하고 독일 튀빙겐 대학교에서 고대 역사 및 고전문헌학을 공부했다. 출판 편집자를 거쳐 현재 독일어 전문 번역가로 활동하고 있으며 《여름을 삼킨 소녀》, 《끝나지 않는 여름》, 《폭풍의 시간》, 《리스본행 야간열차》, 《16일간의 세계사 여행》, 《철학의 시작》, 《청소년을 위한 사랑과 성의 역사》, 《데미안》 등 많은 책을 우리말로 옮겼다.

영원한 우정으로 1

초판 1쇄 발행 2022년 7월 29일
초판 3쇄 발행 2024년 2월 27일

지은이 넬레 노이하우스
옮긴이 전은경
펴낸이 신경렬

상무 강용구
기획편집부 최장욱 송규인
마케팅 박진경
디자인 박현경
경영지원 김정숙 김윤하

편집 박은경
표지 본문 디자인 인수정

펴낸곳 ㈜더난콘텐츠그룹
출판등록 2011년 6월 2일 제2011-000158호
주소 04043 서울시 마포구 양화로 12길 16, 7층(서교동, 더난빌딩)
전화 (02)325-2525 **I 팩스** (02)325-9007
이메일 longest@thenanbiz.com **I 홈페이지** www.thenanbiz.com

ISBN 979-11-5879-191-9 04850
ISBN 979-11-5879-189-6 (전2권 세트)